BARBARA MEYER

FASTENZEIT

WESTFALEN KRIMI

emons:

Umschlagzeichnung: Heribert Stragholz
Druck und Bindung: CPI – Clausen & Bosse GmbH, Leck
Printed in Germany 2009
ISBN 978-3-89705-627-5
Westfalen Krimi
Originalausgabe

Doktrin

Schlage die Trommel und fürchte dich nicht,
Und küsse die Marketenderin!
Das ist die ganze Wissenschaft,
Das ist der Bücher tiefster Sinn.

Heinrich Heine

Mittwoch, 9. Februar

Ein blödes Lied. Aber nicht zu vertreiben. Sie hatte nach anderen Melodien gesucht, sie vor sich hingesummt. Doch es drängte sich vor. Verschwand nicht aus ihrem Kopf.

»Wie schön es auch sei ...«

Sie sang dagegen an, was ihr grad einfiel: »Horch, was kommt von draußen rein ...« In ihr begann es von vorn, ebenso jubelnd: »Am Aschermittwoch ...« Sie sang: »... hollahi, hollaho!« Es sang: »... ist alles vorbei ...«

Wenn es noch Jim Morrison wäre! *»This is the End ...«*, versuchte sie anzustimmen. Die Worte fielen ihr ein, aber nicht, wie die Silben auf der Musik lagen. Und ständig dröhnte der Karnevalsschlager dazwischen: »... alles vorbei ...«

Annette gab auf. Was immer da sang in ihrem Kopf – es hatte recht. Alles war vorbei. Unwiderruflich. Beweis: die leeren Tablettenröhrchen vor ihr. Der Zettel. Und heute war Aschermittwoch.

Ihr letztes Lied. Ausgerechnet dieses.

Rosenmontag hatte sie noch mitgesungen. Die kleine Angst verdrängt. Alles wird gut – wer sagte das noch immer? Egal – es war falsch. Nichts war gut. Schon am Dienstag war der Aschermittwoch gekommen und ging nicht vorbei.

Leicht verkatert, aber zuversichtlich war sie am Morgen zu ihrem Termin marschiert. Der Sachbearbeiter im Arbeitsamt hatte ebenfalls eine Fahne gehabt. Was ihn nicht hinderte, ihren Widerspruch abzulehnen. Jetzt stand sie da, ohne Einkommen, ohne Job.

»Die glauben doch wohl nicht, dass ich dich jetzt aushalte!«, hatte Lothar abends geschimpft. »Was meint der, warum wir nicht verheiratet sind?«

»Von all deinen Küssen ...«, sang es.

Sie dachte an seine ewige Angst um sein Geld. Ihr Freund hatte bis vor ein paar Jahren an seine Ehemalige gezahlt. Angesichts seiner Tiraden war sie froh gewesen, mit ihrer Arbeitslosenhilfe unabhängig zu sein. Ansprüche aus einem früheren Arbeitsleben als Buchhändlerin, gering zwar, aber sicher.

Das war nun vorbei. Hartz IV hieß das Zauberwort, das sie zu dem gemacht hatte, was sie nie sein wollte: abhängig.

»Wenn sie dir wenigstens 'ne Stelle besorgen würden!«, und mit einem Blick über die Brille hatte er nachgeschoben: »Oder mach doch selbst mal was!«

Da hatte sie längst die Stellenangebote aus der Datenbank abtelefoniert. Sowieso nichts für Buchhändler, und alle anderen waren überholt, wie immer. Sogar bei den täglich annoncierenden Fleischfabriken hatte sie angerufen. Doch die suchten jüngere Arbeitskräfte ohne Rheumagefahr. Sie stand bei allen Reinigungsfirmen, bei jeder Großbäckerei, sogar in der Marmeladenfabrik auf der Warteliste. Was sollte sie noch tun?

Am Morgen hatte er sie kaum angesehen, aber das Frühstück vertilgt, das sie gemacht hatte. Mit den Worten »Viel Glück!« hatte er sich verabschiedet, was bei ihr als »Tu endlich was!« ankam. Noch hatte er sie nicht als Loser beschimpft, eine Vokabel, die ihm bei anderen allzu locker saß.

Wieder kamen ihr die Tränen. Heulsuse!

»Viel Glück« sparte sich das Leben für andere Leute auf. Sie hatte es satt, darum zu kämpfen, zu betteln. Es fühlte sich ohnehin nicht gut an, ihr kleines Dasein. Schon viel zu lange nicht. Heute Nacht war sie das Weinen leid gewesen, hatte einen Entschluss gefasst und gleich nach dem Abspülen am Morgen umgesetzt.

Sie war müde. Das immerhin war gut. Die Tabletten wirkten. Fallen lassen. Nicht mehr strampeln müssen.

»Am Aschermittwoch ist alles vorbei«, sang es immer noch in ihr. »Die Schwüre von Treue ...« – nun ja, die hatte es nie gegeben – »... sie brechen entzwei ...«

Ohne jede Vorahnung hatte sie mitgesungen, diesen und viele andere Schlager, drei tolle Tage lang, bis sie heiser war. Sie hatten Karneval gefeiert wie jedes Jahr. Alles wird gut. Ihre Verkleidung – Annette als Hula-Mädchen und Lothar als Beachboy – wäre beinahe prämiiert worden. Rosenmontag waren sie Arm in Arm durch die Kneipen gezogen, und am Dienstagmorgen hatte sie sogar einen Abschiedskuss bekommen. Früher nicht ungewöhnlich trotz seiner Morgenmuffeligkeit …

War nett mit dir, Lothar, dachte sie noch. Du bist nicht schuld. Schau auf den Zettel.

Montag, 14. Februar

»Und vergessen Sie nicht, meine Damen und Herren« – endlich kam die Lauterbach zum Schluss –, »wir haben kein Geld zu verschenken! Wie Sie wissen, ist unser Budget äußerst begrenzt, also seien Sie zurückhaltend mit Ihren Zusagen.«

Ganz recht, dachte Rolf Vetter. Beinah hätte er applaudiert. Die Arbeitslosen mit ihrem Anspruchsdenken! Als ob man dafür zuständig wäre, ihnen einen aufwendigen Lebensstil zu finanzieren.

Er drängte sich nach vorn, wo schon andere Kollegen die Chefin umstanden. Die schwarz gefärbten Haare mal wieder auf Sturm, das grelle Make-up völlig verrutscht. Sie nickte ihm zu, lächelte sogar andeutungsweise. Alle sahen ihn an, ohne Lächeln. Das brauchte er auch nicht. Er tat seine Arbeit und zwar so gut, dass bald schon die nächste Beförderung anstand. Walburgas Lächeln war die Bestätigung dafür, sonst nichts.

Er grinste in die Runde. Teamfähig und kooperativ, das war er. Und beliebt. Die Mitarbeiter setzten sich auf seine Schreibtischkante, die Kolleginnen kamen mit einem Kaffee in seinem Büro vorbei. Ganz zwanglos, trotz seines höheren Rangs, den er natürlich nicht heraushängen ließ.

»Da hat uns die Regierung ein Ei ins Nest gelegt, was?«

Kollege Bremer. Wollte sich bei Walburga einkratzen. Jeder wusste, welches Parteibuch ihr auf den Chefsessel verholfen hatte. Mit Rot-Grün hatte sie nichts am Hut. Aber diesmal hatte Ernst sich vertan.

»Die Regierung hat ganz recht!«, widersprach er. Noch mal nickte sie ihm zu.

»Genau«, bestätigte sie. »Genau, Herr Vetter. Fordern und fördern, meine Damen und Herren! Fordern Sie Ihre Kunden, das fördert sie am meisten. Eigenverantwortung, Selbstbemühungen, weniger Anspruchsdenken – alles Forderungen, mit denen diese Regierung nicht danebenliegt. Etwas anderes ist natürlich, wie ich schon sagte, die personelle Unterbesetzung im Amt, deren Leidtragende wir alle zusammen sind. Hier vernachlässigt Berlin seine Fürsorgepflicht auf das Gröblichste! Das habe ich der Bundestagsabgeordneten bei ihrem letzten Besuch auch unmissverständlich zu verstehen gegeben. Dennoch werden wir wie immer unser Bestes tun, allen uns Anvertrauten gerecht zu werden und sie nach Kräften zu fordern, äh ... nicht wahr! In diesem Sinne ...«

Sie wandte sich zum Gehen. Er trat zurück, um ihr den Weg freizumachen. Kollege Koch, nicht schnell genug, rempelte die kleine Quickstern an.

»Hoppla, Mädel, nicht so hastig!« Vetter fing sie auf und fasste sie um die Taille. Niedlich. Roch auch gut. Widerstrebend ließ er die junge Kollegin los.

»Dann wolln wir mal ran, was!« Zuvorkommend hielt er ihr und zwei weiteren Kolleginnen die Tür auf. Sie warteten, bis er ebenfalls hindurch war, und hängten sich an ihn.

»Da hat Walburga ja wieder ihre Show gehabt«, lästerte die eine.

»Gleich hat sie noch ein Interview mit dem WDR, deshalb war sie so aufgedonnert«, spottete die andere.

»Was meinen Sie, Herr Vetter?« Was kam jetzt? »Ein bisschen Angst hat man ja doch – wenn wir alle Widersprüche ablehnen, ob dann nicht doch die Arbeitslosen ...« Statt weiterzureden, sah ihn die Kollegin kuhäugig an.

»Da macht euch mal keine Sorgen, Mädels, wir sind ja auch noch da!« Er trommelte auf seinen Brustkorb und deutete einen Tarzanschrei an. Das mochten sie.

»Aber im Ernst, Kollegin – so ganz unrecht haben Sie nicht.« Er richtete den gelb gepunkteten Schlips an der Knopfleiste des akkurat gebügelten blauen Hemds aus und strich mit der Hand daran herab. Kein Bauch. Er achtete auf seine Figur. Noch einmal strich er am Schlips entlang.

»Soll ja schon vorgekommen sein, dass die Kunden ausrasten!« Er gab sich besorgt. »Und dann stehen die Leute von der Sicherheit im Erdgeschoss herum und bewachen die Eingangstür. Hier oben auf den Fluren kann man doch ganz in Ruhe abgestochen werden.«

Sie machten große Augen. Süffisant setzte er eins drauf. »Unserem Fräulein Quickstern hier kann nichts passieren, die hat ihren Manfred auf dem Zimmer. Aber wer allein ist, nur mit dem Schreibtisch zwischen sich und dem Kunden ...« Bedeutungsvolle Pause.

Jetzt die Luft ablassen. Sonst platzen sie.

»Aber keine Panik. Ein bisschen vorbeugen kann man ja – immerhin.« Drei Frauen schauten ihn erwartungsvoll an. »Ein Vorschlag: Am besten ruft ihr jeden Morgen einen von uns Männern an. Dann braucht ihr im Notfall nur die Wahlwiederholung zu drücken und schon sind wir da.«

Die dummen Hühner vergaßen garantiert, das nach jedem Anruf anderswo zu wiederholen. Nicht seine Sache.

Da war der Aufzug. Zwei Fälle drängten sich mit hinein. Eng. Niemand sprach.

Auf seiner Etage angekommen, machte er sich breit und drehte sich zum Ausgang. Die Arbeitslosen verließen den Lift, um ihm Platz zu machen. So musste es sein.

Zufrieden schloss er die Bürotür hinter sich ab, riss das Fenster auf und steckte sich eine Zigarette an. Endlich!

Wieder hatte die Chefin sie ohne Ende zugetextet. Er hasste ihre endlosen Reden, und es machte ihn nervös, zuhören zu müssen. Das hatte nichts damit zu tun, dass sie eine Frau war. Gar nichts! Aber musste sie alles dreimal sagen? Immer und immer wieder? Und hatte sie irgendwas gesagt, was nicht längst in allen Datenbanken zu lesen war?

Ein paar Mal hätte er sie ohne Weiteres erwürgen können, träumte davon, ihren faltigen Hals zu packen und zuzudrücken, wenn sie nicht sofort aufhörte zu reden. Oder wenigstens das Rauchverbot aufhob.

Er schnippte die Kippe aus dem Fenster und sah ihr hinterher. Wieder nicht getroffen. Trotz der ausladenden Oberfläche verfehlte er den verdammten Pömpel immer wieder. Kunstwerk, pah! Von hier oben sah es aus wie ein Weisheitszahn. Und zwar ein völlig vergammelter.

Unlustig schaltete er den Computer an. Trotz der Februarkälte blieb das Fenster offen. Ein ganz Harter sei er, ging es im Amt um, und das nicht nur wegen der kalten Luft im Raum. Nicht, dass er sich was drauf eingebildet hätte!

»Bei dem Pack, das hier vor dem Schreibtisch sitzt, braucht man frische Luft!«, pflegte er zu sagen, wenn die Kollegen schaudernd sein Büro betraten. Niemand im Amt kam auf die Idee, sein ausdauerndes Lüften könne dazu dienen, sein kleines Laster und die Übertretung des Rauchverbots zu verbergen.

***

Diese Stadt ist das Letzte, schimpfte Therese in sich hinein, als sie dem brutalen Verkehrsgewühl des Westerntors entronnen war. Mittelalterlich, von wegen! Eine Puppenstube von Altstadt, wo die Touristen liefen, sonst monotone Gewerbeflächen und einfallslose Klötze. Das bisschen Grün entlang der Bahnhofstraße kaum überzeugend. Graue Zweckbauten gleich nach der Herz-Jesu-Kirche, leer stehende Verkaufshallen, schlecht gehende Geschäfte. Auf der breiten Straße stadtauswärts stinkende, röhrende Autoschlangen.

Warum blieb sie hier?, fragte sie sich wie so oft. In dieser Stadt, die ihr ansaß wie Dornengestrüpp. Wie Ganzkörperdaumenschrauben. Ein eiserner Mantel mit nach innen gerichteten Spitzen …

Sie hatte nie probiert, anderswo zu leben. Etwas hielt sie in Paderborn. Die vertraute Enge?

Hier war die Stadt zu Ende, begann die Welt. Von hier aus müsste es losgehen. Müsste *sie* losgehen. Der Bahnhof, die westwärts führende B 1, weg, weg, weg.

Aber hier war auch das Arbeitsamt, Endstation für viele. Dem Bahnhof gegenüber. Agentur für Arbeit hieß es jetzt. Neuer Name für den alten Apparat, unbeweglich wie zuvor.

Das Amt hatte sie vorgeladen, das Amt war ihr Ziel und nicht die Welt …

Hör auf zu spinnen, blöde Kuh, schalt sie sich. Spar dir das Gesülze! Wenn du gleich am Schreibtisch sitzt, fällt es dir ja doch nicht wieder ein. Romane schreiben, pah!

Therese Urban war arbeitslos. Germanistin und arbeitslos. Was auch sonst. Wer brauchte Germanisten? Nicht einmal als Sekretärin, die sie vor dem Studium war, hatte man sie einstellen wollen – überqualifiziert, hatte es geheißen. Zu alt, übersetzte sie.

Jetzt hatte sie viel Zeit. Eigentlich. Nur im Moment nicht. Die Bahnhofsuhr zeigte fast zehn, und sie wusste noch nicht, wo Raum 420 war. Oben wahrscheinlich. Hoffentlich wurde der Aufzug nicht wieder von einem Aktenwagen blockiert. Oder von Horden aus der Frühstückspause zurückkehrender Angestellter.

»Herr Vetter« hatte sie eingeladen. So stand es im Briefkopf. Sie hatte noch nicht mit ihm zu tun gehabt.

Hartz IV ließ auch im Amt keinen Stein auf dem anderen. Dauernd wechselnde Sachbearbeiter, Büroumzüge, neue Dienstwege und Verfahren. Herumirrende Antragsteller, die mit ihren Fragen den ganzen Betrieb aufhielten. Oft genug hatte sie in den letzten Monaten dazugehört.

Heute, neun Wochen nach ihrem Widerspruch, dieser Termin. Ob er Klarheit brachte? Und endlich Geld?

Natürlich rot, die Ampel vor dem Arbeitsamt. Vorfahrt für Autofahrer.

Die Apotheke an der Ecke – St. Christophorus hieß sie. Helfer auf allen Wegen, fiel ihr ein; als Kind des heiligen Paderborn, wie die Bielefelder sagten, kannte sie sich aus mit dem Himmelspersonal. Brauchbar war so ein Geleitheiliger schon, obwohl er gegen rote Ampeln auch nicht half. Und auf Behördenfluren? Man muss nur dran glauben, sagte sie sich.

Endlich grün. Sie hastete am Kunstwerk vor der Arbeitsamtsfassade vorbei, das sich wie eine fette stählerne Faust den oberen Stockwerken entgegenreckte.

Vor dem Eingang stand beharrlich der einsame Montagsdemonstrant. Wieder drängte er Therese sein immer gleiches Flugblatt auf, das sie schon dreimal eingesteckt hatte. Wirres Zeug und rechtsradikale Sprüche; niemand solidarisierte sich mit ihm.

Der Aufzug war frei. Super. Aber auch kein Wunder – es war schon nach zehn, und alle anderen waren pünktlich gewesen. Hoffentlich war dieser Vetter nicht so einer, der dauernd auf die Uhr guckte.

Raum 420. Die Tür war zu. Keine Antwort auf ihr Klopfen. Abgeschlossen. Vielleicht war sie doch nicht zu spät.

Sie setzte sich auf den Flur. Aus dem Raum schräg gegenüber drangen Stimmen. Lachen. Sollte sie da klopfen?

Auch keine Antwort. Die Unterhaltung ging weiter. Vorsichtig streckte sie den Kopf in den Raum. Niemand reagierte. Kein Gesicht wandte sich ihr zu. Aber geredet wurde auch nicht mehr.

Zaghaft fragte sie nach Herrn Vetter. Ein feistes Rotgesicht mit Halbglatze grinste bedauernd in die Runde und rutschte von der Schreibtischecke.

»Sind Sie Frau Urban?«

»Ja ...«

»Zehn Uhr ist aber vorbei, nicht?«

Das fing ja gut an. Es war gerade erst zehn nach, und fünf Minuten hatte sie draußen gewartet.

»Tut mir leid ...«

Gleich fiel er ihr ins Wort. »Leid tut es mir auch«, schleimte er. »Viel Zeit habe ich jetzt nämlich nicht mehr. Aber kommen Sie mal mit.«

Er ging voran. Ließ ihr an der Tür nicht den Vortritt. Setzte sich und wies unfreundlich auf den Besucherstuhl, der zwischen Schreibtisch und Wand eingeklemmt war.

Kalt hier. Das Fenster stand sperrangelweit offen.

»Nun, Frau Urban, wo drückt der Schuh?«

Sie begann, ihren Fall zu schildern. Gleich unterbrach er sie: »Wie ist die BG-Nummer?« Sie legte ihm die Einladung vor. Angestrengt hackte er auf der Tastatur herum, vertippte sich, schimpfte auf den blöden Computer.

»Aha!«, rief er dann triumphierend. »Am neunten hab ich Ihren Fall auf den Tisch gekriegt und Sie sofort eingeladen. Fünf Tage! Schnell wie die Feuerwehr, was?« Er lachte meckernd.

Therese verzog das Gesicht. »Der Widerspruch ist von Anfang Dezember! Und nicht mal das bisschen Geld, das mir bewilligt wurde, ist gezahlt worden.«

Vetter schaute auf den Bildschirm. Kroch fast hinein. Blätterte in den Unterlagen, die sie ihm vorgelegt hatte. Las ihren Widerspruch. Jetzt erst. Und gründlich.

Sie wartete. Er kratzte sich den Nacken.

»Aha!«, sagte er wieder. »Es geht also um die Unterkunftskosten. Da sind wir leider nicht zuständig, das macht der Kreis.«

»Sie sind mein Ansprechpartner«, wandte Therese ein. »Die Arbeitsagentur. Der Bescheid kam von Ihnen …«

»Ist ja richtig. Aber entschieden hat der Kreis. Dann müssen wir den Widerspruch auch an den Kreis weiterleiten.«

»Der liegt jetzt hier seit neun Wochen!«, rief sie protestierend.

»Stimmt«, stellte er nach einem Blick auf das Datum fest. »Aber da müssen Sie sich an die Regierung halten!« Er schaute sie inquisitorisch an. Bestimmt hatte sie die falsche Partei gewählt. Sie zog den Kopf zwischen die Schultern.

Ermutigt fuhr er fort: »Ja, wenden Sie sich an Berlin! Wir sind völlig unterbesetzt, das wissen Sie wohl. Die Erfassung der ALG-II-Anträge, die vielen Bescheide … Und jetzt ersticken wir in Widersprüchen! Wissen Sie, wie viele davon ich jeden Tag auf den Tisch kriege?«

Muss wohl an der schlampigen Bearbeitung liegen, dachte sie. Sagte es aber nicht. Schaute ihn nur fragend an. Und hilflos. So brauchte er es.

»Aber wir ändern da nichts! Da müssen wir durch«, sagte er gönnerhaft. »Wolln mal sehn, was der Kollege dazu sagt.«

Er griff zum Telefonhörer. »Tach, Herr Neumann. Vetter hier, Arbeitsagentur. Was habt ihr denn wieder für 'n Blödsinn gemacht? Warum soll die arme Frau Urban ihre Miete nicht zahlen dürfen?«

Er zwinkerte ihr zu und gab umständlich die BG-Nummer durch. »Er muss erst suchen«, sagte er dann und hielt die Sprechmuschel zu. »Bei denen passiert auch viel Mist jeden Tag, das sage ich Ihnen! Die haben doch keine Ahnung von ihren eigenen … Ja, Herr Neumann? War ein Versehen? Dacht ich mir doch! Bis die Tage!«

Therese atmete auf. Ihre Vermieterin würde sich freuen. Doch das war noch nicht alles. Schnell fragte sie: »Und was ist mit dem anderen Punkt?«

»Gibt man ihnen den kleinen Finger, wollen sie gleich die ganze Hand!« Theatralisch seufzend verdrehte er die Augen. »Aber da kann ich leider gar nichts machen. So gern ich Ihnen helfen würde …«

Sie glaubte ihm kein Wort. Hektisch betete sie ihre Einwände herunter. Er hörte kaum zu. Gedankenlos massierten seine Finger den Kugelschreiber.

»Ich kann nichts machen, das sagte ich ja schon.« Ihre Beschwerden wischte er beiseite. »Seien Sie froh, dass wir Ihnen die Miete zahlen. Im Juni können Sie es noch mal versuchen, dann müssen Sie sowieso einen neuen Antrag stellen. Wenn Sie bis dahin nicht längst in Lohn und Brot stehen.«

Der hatte gut reden. Woher sollte sie Arbeit bekommen? Im Agenturbezirk kamen auf fünfundzwanzigtausend Arbeitssuchende fünfhundert offene Stellen. Hatte neulich in der Zeitung gestanden.

Sie musste den Mann überzeugen. Aber wie? Betteln? Einen Versuch war es wert. Immerhin ein gutes Drittel der mageren Bezüge wurde ihr vorenthalten.

»Hundertzwanzig Euro mögen Ihnen nicht viel bedeuten …«, setzte sie an.

»Oh doch!« Auffahrend stoppte er sie. »Hundertzwanzig Euro bedeuten mir sehr viel.« Er plusterte sich auf. »Das ist das Geld des Steuerzahlers, und da ist jeder Cent wichtig! Das ALG II wird aus Steuermitteln gezahlt, das wissen Sie ja selbst. Nicht wie das ALG I, für das Versicherungsbeiträge eingezahlt wurden. Ihr Geld kommt aus unseren Steuern! Schwer erarbeitet! Nur wer bedürftig ist, kommt in den Genuss. Und Sie sind nicht bedürftig! Sie haben Nebeneinkünfte, die wir auf Ihre Bezüge anrechnen müssen. So ist die Gesetzeslage, liebe Frau Urban, das kann ich nicht ändern, so gern ich's täte.«

Das war zwei Jahre her. Seitdem hatte sie fast nichts verdient und das dem Amt auch nachgewiesen. Welcher Student konnte es sich noch leisten, seine Arbeiten Korrektur lesen zu lassen?

Der Sachbearbeiter sortierte ihre Unterlagen und kämpfte mit den verknickten Ecken.

Therese hatte eine Idee. Ein kleiner Bluff; keineswegs sicher, dass er gelang. Sie hatte sich oft ausgemalt, wie er zu laufen hatte. In Romanen klappte so was immer …

Sie brauchte das Geld. Es stand ihr zu. Wenn sie jetzt verzichtete, zahlte ihr das niemand nach. Sie hatte die Schulden am Hals, nicht dieser Bürohengst.

Los, trau dich, Feigling!, motivierte sie sich. Den machst du doch ein! Eben hat er schon klein beigegeben.

Aber sachte! Solchen Typen durfte frau nicht kaltschnäuzig kommen, das hatte sie in langen Jahren des Behördenkontakts gelernt. Bluffen konnten sie besser. Sie wollten ihre Vorurteile bestätigt bekommen, dann waren sie friedlich.

Er reichte ihr den Stapel Papiere über den Schreibtisch und hob bedauernd die Schultern. »Tja, wie ich schon sagte ...«

Jetzt keine Skepsis zeigen. Enttäuschung, aber auch Vertrauen im Blick. »Ja, wenn Sie meinen ... Sie werden wohl recht haben ...«

»Habe ich, das können Sie mir glauben!«

Das tat sie mit frommem Gesicht. Er schaute ungeduldig. Der Kuli stand zwischen seinen Fingern. Die Bewegungen wurden hektischer.

Sie zupfte ihren Schal zurecht, bereit zum Aufbruch.

»Ja, dann muss ich wohl sehen, wie ich klarkomme.« Ein bisschen naiven Optimismus dazugeben. »Ist ja auch nur bis Juni, wie Sie schon sagten. Vielleicht kommt bis dahin der große Auftrag ...«

Er fiel ihr ins Wort. »Ich wünsche es Ihnen!« Der Kuli lag flach und wurde zwischen den Fingerspitzen gedreht.

Sie kramte ihren Papieren in der Tasche nach und schloss sie umständlich. Harmlos wechselte sie das Thema: »Übrigens hat sich neulich Herr Schneider vom Volksblatt für meinen Bescheid interessiert.«

Ihr Gegenüber schaute auf. Jeder in der Stadt kannte das konservative »Bäumchenblatt«, wie es wegen der Eiche im Logo genannt wurde, und seinen Starschreiber. Bekannt für Reportagen aus dem prallen Leben, wie er selbst es gern ausdrückte.

Schneider hatte in den letzten Wochen mehrere Berichte über krasse Fehlentscheidungen der Agentur gebracht, was deren Chefin nicht besonders gefallen hatte. Die Presseerklärungen waren ganz schön giftig gewesen. Die Frage war, ob sie Vetter richtig einschätzte.

»Er kommt manchmal im Arbeitslosenzentrum vorbei«, fuhr sie fort, während sie den Reißverschluss ihrer Lederjacke einfädelte. »Und wollte einfach nicht glauben, dass Nebeneinkünfte, die man gar nicht hat, abgezogen werden können.«

Sie hörte auf zu nesteln und schaute ihn an. Schaffte es, seinem Protest zuvorzukommen. »Sie haben es mir ja jetzt erklärt, ich weiß. Aber ich soll ihn auf jeden Fall über das Ergebnis meines Widerspruchs informieren. Sie haben doch nichts dagegen?«

Sie sah zum Fenster. Er folgte ihrem Blick und verpasste die Chance, ihr ins Wort zu fallen.

»Er will einen großen Bericht machen, mit Bild! Und Sie möchte er ebenfalls interviewen, sagte er, über die Gesetzeslage. Natürlich nur, wenn Sie damit einverstanden sind ...«

Das war's. Jetzt nur nicht zu offensichtlich aufatmen.

Vetter maß sie mit einem langen Blick. Hinter seiner Stirn ratterte es. Therese guckte zurück, Stolz und Erregung angesichts des Presseauftritts im Blick. Dumm aussehen konnte sie gut.

Er scrollte noch einmal durch die Datei. Dann griff er wieder zum Telefonhörer. »Komm Se mal her, Kollege!«, bellte er hinein.

»Mir ist da grad was aufgefallen«, sagte er zu ihr. »Gut, dass ich noch einmal nachgedacht habe, während Sie redeten. Vielleicht kann ich ja doch was für Sie tun! Auch wir in der Agentur sind nicht ohne Fehl und Tadel, das können Sie mir glauben.«

Ein jüngerer Mitarbeiter betrat den Raum. Roter Pullover, offener Kragen, kein Schlips. Sympathisch.

Der Ältere stauchte ihn zusammen. In ihrem Beisein! Das hatte sie nicht gewollt. Peinlich berührt schaute sie zu Boden.

»Also, Frau Urban, Sie haben es gehört.« Vetter drehte sich zu ihr um. »Der Bescheid wird geändert. Solche Fehler dürfen eigentlich nicht passieren!«, schoss er dem Kollegen noch hinterher.

Therese zog ihren Schal zurecht und ging. Das Dankeschön verkniff sie sich. Ein kurzes »Wiedersehn« musste reichen. So ein Widerling!

***

»Dieser Vetter ist so ein Arschloch! Ich könnte ihn glatt ...«

Manfred Koch platzte ins Zimmer, ohne an den Publikumsverkehr zu denken. Das kindliche Gesicht unter dem kurz geschnittenen blonden Haar knallrot. Der Kunde vor Renate Quicksterns Schreibtisch drehte sich erstaunt um. Dann nickte er verständnisinnig. Hatte wohl auch schon seine Erfahrungen mit dem Kollegen gemacht.

Sie konnte ebenfalls ein Lied von der »Liebenswürdigkeit« Vetters singen. »Fräulein Quickstern« pflegte er sie zu nennen. »Das ist ein Kompliment, Fräulein Quickstern!«, sülzte er, wenn sie ihn korrigierte. »Wie kann man ein so zartes Wesen Frau nennen! Fräulein, das steht Ihnen doch viel besser!«

Schnell fertigte sie den Kunden ab und wandte sich dem Kollegen am anderen Schreibtisch zu. Der blätterte hektisch eine Akte durch, die er aus dem Schrank gezogen hatte.

»Der hat den Fall selbst bearbeitet!«, schimpfte er. »Hier – sein Handzeichen. Keins von mir. Den neuen Steuerbescheid hat er selbst übersehen, wahrscheinlich mit Absicht, und mich scheißt er dafür zusammen!«

»Etwa wieder vor Kunden?«, erkundigte sich Renate mitleidig.

»Eine Frau natürlich.« Manfred nickte erbost. »Was sonst. Das macht ihm doch am meisten Spaß, sich als edler Ritter aufzuspielen! Wenn ich dem im Dunkeln begegne – ich sag dir, der kann was erleben!«

Vetter sei der einzige Feminist im Amt, lästerten die Kollegen. Männern gegenüber zog er Ablehnungen knallhart durch, aber bei Frauen knickte er ein. Immer wieder.

»Manche sind so dumm, da muss man doch Mitleid haben!« So begründete er seine Nachgiebigkeit.

Manfred regte sich immer noch auf. »Und wie er dich immer angrapscht! Heute morgen auch wieder. So ein Ekelpaket!«

Renate fand den jungen Kollegen süß, besonders wenn er eifersüchtig war. Seit sie mit ihm das Büro teilte, machte die Arbeit Spaß. Sie konnten wunderbar über die Kollegen herziehen und über ihre Fälle lästern. Privates hingegen hatten sie bisher ausgeklammert.

Der nächste Kunde war für ihn. Als er Platz genommen hatte, verließ sie das Zimmer, um sich einen Kaffee zu holen.

Die Kaffeemaschine war dicht umlagert.

»Was war denn mit Manfred los?«, erkundigte sich neugierig

Angelika Gehrken, die Empfangsdame, als Renate dazutrat. »Er kam wie gestochen aus Vetters Büro gerannt, und der hat noch was hinter ihm hergeschrien.«

Angelika entging nichts. Der Flur unterlag ihrer Kontrolle. Sie kannte jeden Kollegentratsch, und alle hörten ihr zu.

Renates knappe Antwort ging unter.

»Wahrscheinlich hat Vetter nur einen Dummen gesucht, der seine Scheiße ausbügelt!« Arnold drängte sich vor, der oft genug selbst herhalten musste. Er hieß Meurich mit Nachnamen, woraus alle, nicht nur Vetter, »Mäuserich« machten. Er hatte Humor genug, sich am Telefon, bei Hausgesprächen, mit dem Spitznamen zu melden, bei seiner Größe ein gelungener Gag.

»Hat einer gesehen, wie die Frau aussah?« Ernst Bremer hatte seinen Lacherfolg.

»Ich hab mich schon gewundert.« Angelika stieg darauf ein. »War gar nicht sein Typ. Sah nach nichts aus, so 'n Jeanstyp mit Lederjacke. Lila Schal, das sagt ja schon alles!«

Affektiert schüttelte sie die blonden Locken, zu denen sie heute Rosa trug. Wie 'ne ältliche Barbiepuppe, dachte Renate boshaft.

»'ne Alternative!«, tönte Bremer. »Die packt er doch nicht mit der Kneifzange an! Da gefällt ihm unser quickes Sternchen hier viel besser, oder nicht?«

Geschickt entwand sie sich seinem Griff. Viel angenehmer als Vetter war Kollege Bremer auch nicht.

»Wisst ihr, dass Walburga ihn demnächst mit zur Pressekonferenz nimmt?« Woher wusste Angelika das schon wieder? »Weil sie einen Fachmann dabei haben will. Er ist natürlich stolz wie Oskar!«

Arnold unterbrach sie wütend. »Ausgerechnet den! Die spinnt ja wohl! Bloß weil er sich bei ihr einschleimt, der Blödmann! Der hat doch keine Ahnung ...«

»Genau«, stimmte Jochen zu, der sich bisher stumm an seiner Kaffeetasse festgehalten hatte. »Keine Ahnung, das ist das Stichwort. Ob er hinter den Weibern her ist, kann uns egal sein.«

Alle schauten ihn mitleidig an. Vetter hatte im letzten Jahr auf dem Betriebsfest etwas mit seiner Frau angefangen. Niemand wusste, ob er es je erfahren hatte.

»Er hat keine Ahnung!«, wiederholte er halsstarrig. Bremer kicherte anzüglich. Jochen sah ihn irritiert an, sprach aber weiter. »Dauernd schiebt er uns seinen Mist in die Schuhe! So was nennt man Mobbing, wisst ihr das? Vielleicht sollten wir das mal dem Personalrat erzählen!«

»Oder Walburga«, warf Arnold ein. »Damit sie mal mitkriegt, wer da dauernd auf ihrem Schoß sitzt!«

Was mit Manfred war, wollte niemand mehr wissen. Renate verließ mit zwei Kaffeebechern, einer für den Zimmergenossen, den Raum. Bevor der nächste Kunde kam, wollte sie dessen Akte lesen.

Bremer riss ihr die Tür auf. »Der kleine Koch hat ein Glück!«, stöhnte er.

***

Therese wanderte entlang der Bahnhofstraße zurück in die Stadt. Ihre Zufriedenheit hielt sich in Grenzen. So ein Mensch konnte einem den ganzen Tag verderben.

Nach dem überstandenen Eiskeller im vierten Stock der Arbeitsagentur war sie völlig durchfroren. Sie wickelte den Schal um den Kopf und ließ sich vom Westwind vorwärtstreiben. Wenigstens Rückenwind. Immer positiv denken, dachte sie ironisch.

Viel Grund dazu hatte sie nicht. Ihr eigener Kampf war überstanden – vorerst. Andere hatten ihn verloren, und eine sogar endgültig. Die Nachricht von Annettes Tod am Aschermittwoch hatte sie ziemlich mitgenommen. Der Unsympath eben hatte den Schock wieder voll aufgerührt.

Sie kannten sich aus alten Zeiten, und Therese hatte sich erst gefreut, als sie Annette im Arbeitslosenzentrum sah. Zusammen hatten sie im Internet nach Stellenangeboten geforscht. Doch die ehemalige Buchhändlerin hatte einen ziemlich verängstigten Eindruck gemacht.

Wenn sie mit solchen Typen zu tun hatte wie Vetter, in ihrer trostlosen Situation, war es kein Wunder, dass sie sich umgebracht hatte. Der Zettel war deutlich genug. Festgeklemmt zwischen Deckel und Tablettenröhrchen. *»Hartz IV«* hatte darauf gestanden. Nur das. Ihr Freund Lothar hatte es fotografiert.

Übermorgen war die Beerdigung, neun Uhr auf dem Ostfriedhof. Natürlich musste sie hin, trotz des schauerlichen katholischen Rituals und ebensolchen Wetters. Annette hatte Verwandte in Paderborn, auch ihre alte Mutter, die jetzt die Tochter unter die Erde bringen musste.

Der Selbstmord war durch alle Medien gegangen. Dafür hatte Lothar gesorgt mit seinen Verbindungen aus dem Verlag, wo er arbeitete. Nicht schön für die Familie!

Therese zog den Schal enger. Jetzt auch noch Schneetreiben. Besonders unangenehm auf dem zugigen Westerntor. Bis zur Westernstraße mit ihren schützenden Arkaden waren drei Ampeln zu überwinden. Natürlich alle rot.

Das Arbeitslosenzentrum, wo sie von ihrem Erfolg berichten wollte, war noch weit entfernt. Aber dort war es jetzt warm. Zu warm wahrscheinlich, und völlig verräuchert, sodass sie als Erstes immer die Fenster aufreißen musste. Genoss sie also den Weg durch die Stadt. Immerhin gab es in der Fußgängerzone frischere Luft als hier im Verkehrsgewühl.

Herrn Schneider vom Volksblatt brauchte sie nicht anzurufen. Der wusste schließlich von nichts.

***

»He, Herr Vetter«, rief es hinter ihm. »Ham Se ma ehm Zeit?«

Missmutig schaute Vetter über die Schulter hinweg den Flur entlang. Manieren hatten diese Arbeitslosen! Und ein Deutsch – damit kriegte der nie ‘ne Stelle …

Abrupt blieb er stehen. Der ihn da verfolgte, brauchte keinen Job. Und kein Geld vom Amt. Obwohl er auch das mitnahm. »Kleines Taschengeld für die Blagen«, so tönte er, wenn sie im Hinterstübchen ihrer Kneipe zusammensaßen.

Vetter hatte ihn schon erwartet, wie jeden Montag. Den Gang zum Klo verschob er auf später. Lottmann durfte er nicht warten lassen. Wenn er ging, unverrichteter Dinge, konnte Vetter tagelang hinter der Kohle herlaufen, und was sollte er dann den Kollegen sagen?

Ohnehin würde er in Erklärungsnöte kommen.

Ergeben wanderte er den langen Weg zurück. Was tat man nicht alles, damit es der lieben Familie gut ging!

»Ja, dann kommen Sie mal, Herr Lottmann!« Augenzwinkernd hielt er dem Kunden die Bürotür auf. »Wolln mal sehen, wer Ihnen diesmal alles abgesagt hat.«

Die Scharade galt den Kollegen. Für sie war es eine besondere Schikane, dass Lottmann wöchentlich seine Eigenbemühungen um eine Arbeitsstelle nachzuweisen hatte.

»Den krieg ich an die Arbeit! Und wenn er jede Klinke im Bezirk putzt!«, drohte er gern, wenn die Rede auf den häufigen Besucher kam.

»Na, wie geht's? Erfolgreiches Wochenende gehabt?« Nachdem Vetter sorgfältig die Tür geschlossen hatte, begrüßte er den alten Bekannten.

»Jau, muss ja woll, nä?«, antwortete Josef, von seinen Freunden Jüppi genannt. Sein künstliches Delbrücker Platt war kaum zu ertragen. »Is chelaufen, wie's sollte, nä! Hätts ma 'n bisschen mehr investiern solln, dann wär auch mehr bei rumgekommn.«

Lottmann konnte natürlich reden, wie er wollte. Auf gutes Deutsch kam es in seinem Metier nicht an. Er machte trotzdem seinen Schnitt. Und er – Vetter – profitierte nicht schlecht davon.

Der vorgebliche Kunde zog einen Packen Papiere aus seiner weichen schwarzledernen Aktenmappe. Alles vom Feinsten. Kein Arbeitsloser war so gut gekleidet wie er. Und die Gattin behängte er mit Schmuck, dass es nur eine Art hatte. Vetters eigene kriegte Stielaugen, wenn sie sich trafen.

Musste 'ne Menge Geld abwerfen, das Geschäft, dachte er wie so oft. Von dem er in den letzten Jahren einen guten Anteil abgekriegt hatte. Aber er hatte immer noch nicht herausbekommen, wie es lief. Wer steckte so tief im Fußballgeschäft, dass er solche Tipps geben konnte? Oder hatten Lottmanns »Kumpels«, über die er nie mehr verlauten ließ, als dass sie »Geldsäcke« seien, etwa eigene Schiedsrichter laufen?

Vetter wusste längst, wer diese Kumpels waren. Oft genug hatten sie – Lottmann im Hintergrund – zusammen in der Zeitung gestanden. Manchmal überlegte er sich, am ganz großen Rad zu drehen und dem Obermacker ein bisschen mehr Geld abzuluchsen, als bei den Wetten herumkam. Er könnte damit drohen, den Spielkreis an die große Glocke zu hängen. Käme nicht gut, wo der Verein jeden Tag mit dieser Wettaffäre durch die Medien ging …

Er verkniff sich das hämische Grinsen und blätterte den Aktenstoß durch. Jeden Montag legte Jüppi ihm die gleichen angeblichen Bewerbungen vor, die er, falls plötzlich ein Kollege den Raum betrat, eingehend zu prüfen vorgab. Schnell zog er den weißen Umschlag heraus, der zwischen den letzten Seiten lag, und ließ ihn in der Schublade verschwinden.

»Sind nur dreizehn Riesen, sach ich ja.« Lottmann tat bedauernd. »War nich mehr drin. Wer nich waacht, der nich chewinnt, weißte ja, nä!«

Vetter überspielte die Enttäuschung. »Reicht schon. Nächstes Mal ist es wieder mehr.«

»Wenn es so weit kommt!« Der andere dämpfte seine Erwartungen. »Es is nich mehr so einfach, nä? Die passn auf wie die Schießhunde!«

Vetter winkte ab. »Die Jungs haben das Simulieren so lange geübt, denen glaubt man jede Schwalbe! Nichts hat man gemerkt im letzten Spiel, war doch wunderbar, oder?«

»Aber lass die ma noch ‘n paar Schiris hopsnehmen, dann is ersma Sense.«

Jüppi gab wieder den Schwarzseher. Alle paar Wochen prophezeite er das Ende der Glückssträhne. Und dass er bald aussteigen werde. Aber das war alles gespielt, Vetter wusste es. Viel zu sehr genoss Lottmann seine Macht über den Wohlstand anderer. Liebte es, sie merken zu lassen, dass er als Einziger über die notwendigen Informationen verfügte. Und weigerte sich hartnäckig, seinen Tippgeber zu verraten.

Am besten auf das Spielchen eingehen, dachte Vetter. »Höchstens für ‘n paar Wochen, Josef! Keiner will auf das Geld verzichten, glaub mir das. Und du am allerwenigsten!«

Es wäre nicht gut, wenn Lottmann ernst machte. Vetter wusste, dass er seine Schäfchen längst im Trockenen hatte. Der konnte jederzeit aussteigen. Aber er war auf das zusätzliche Einkommen angewiesen, er selbst mit seiner kostspieligen Familie, der es auch zu verdanken war, wenn er gleich den beteiligten Kollegen gegenüber ins Stottern kommen würde.

Wieder kochte hilfloser Zorn in ihm hoch. Hätte er bloß ein neues Versteck gesucht! Er hätte sich denken können, dass Georg, sein missratener Sohn, längst herausbekommen hatte, wo das Geld lag.

Sein Gegenüber mimte Besorgnis. »Ich bin erledigt, wenn die Jungs nicht mehr mitspielen! Was meinst du, was ich für ein Risiko habe!«

Wenn Lottmann hochdeutsch sprach, log er.

Er verbreitete sich darüber, was alles passieren konnte. Vetter kam der Verdacht, dass er ausgebootet werden sollte. Klammheimlich und hinten herum. Das war typisch Jüppi. Viel Gerede und nie ein klares Wort.

War ihm wahrscheinlich zu viel Risiko für den geringen Einsatz. Dabei hatte Vetter alle Konten geplündert, war bis ans Limit gegangen. Vera hatte ihn angegiftet: Für den Rest des Monats musste sie nun bei Aldi einkaufen, von ihrem eigenen Geld!

Sie sollte sich nicht so anstellen mit ihrem Geld. Was tat er denn mit seinem?

Das Wochenende über war Funkstille gewesen. Betont sparsame Mahlzeiten, kein Nachtisch, kein Kuchen. Wie bei seinen Kunden. Fast hatten sie ihm leidgetan.

Von den paar Scheinen im Umschlag konnte er kaum welche für sich behalten. Die musste er an die Kollegen auszahlen, damit er an eine halbwegs glaubhafte Quote heranreichte. Bremer war schon beim letzten Mal misstrauisch geworden, als er behauptet hatte, zu viele Mitspieler hätten auf den krassen Außenseiter gesetzt.

Was sollte er diesmal sagen? Er habe die falschen Spiele ausgesucht? Lange glaubten sie ihm die Insidertipps nicht mehr, über die er angeblich verfügte.

Ohne Jüppi konnte er einpacken. Und der sprach nur über richtiges Geld, nicht über Peanuts, wie er Vetters Einsätze nannte.

Er hätte Georg längst vor die Tür setzen sollen. Veras Tränen ignorieren. Wenn er das nur könnte …

»Jetzt mal nicht den Teufel an die Wand!« Genervt unterbrach er Lottmanns Geschwätz. »Irgendwo läuft immer was, das sagst du doch dauernd. Hast du nun die Verbindungen oder hast du sie nicht? Gib mir 'n ordentlichen Tipp, dann treibe ich auch die entsprechenden Einsätze auf. Neues Spiel, neues Glück!«

»Is ja wahr, nä?« So richtig schlau wurde man aus Jüppi nicht. Er packte seine Unterlagen wieder ein und ging zur Tür.

»Bis Freitag bei Karlie«, nuschelte er zum Abschied.

»Ruf mich an, wenn du was hörst!«, rief Vetter ihm gedämpft nach, als er schon halb zur Tür hinaus war.

Irgendwie musste er zu Geld kommen. Vielleicht doch den Großkotz anrufen?

Wieder mal zu voll, der Becher. Angelika lernte es nicht. Wie sah das denn aus, wenn er über den Flur schlich, damit der Kaffee nicht überschwappte!

Im Gehen versuchte Vetter einen Schluck abzutrinken. Viel zu heiß war er auch.

Umständlich fingerte er das Schlüsselbund aus der Tasche des braunen Sakkos. Jetzt nicht noch plempern! Er schaffte es bis zum Schreibtisch. Beim Abstellen allerdings spritzte es doch. Auf die Infoblätter.

Die waren nun ein Fall für Ablage P. Egal. Sie hatten genug davon.

Zum Kaffee ein Zigarettchen, schwer verdient. Der kleine Rundgang hatte Nerven gekostet. Aber die Kollegen hatten die Show geglaubt. Sich sogar über den Geldsegen gefreut! Was er zum Anlass genommen hatte, bei den übrigen für sich selbst doch etwas abzuzweigen. Nur Bremer hatte den vollen Anteil bekommen. Der surfte ihm zu viel im Internet herum.

Die anderen ahnten nicht mal, was im Pott war! Und wie hoch ihr Anteil gewesen wäre, wenn er die eingesammelten zehn Riesen hätte setzen können. Die waren froh, wenn sie ihren Einsatz herausbekamen und noch ein paar Euro drauf. Sollten sie doch Lotto spielen!

Hoffentlich ließen sie wenigstens das Geld liegen für das nächste Mal. Lottmann rief bestimmt die Tage an.

Woher wollte er dann seinen Einsatz nehmen?

Er musste mit Vera reden. Für die Sparbücher brauchte er ihre Unterschrift. Aber erst mal für gut Wetter sorgen. Mit den Scheinchen in seiner Tasche sollte das wohl gelingen.

***

Ernst Bremer stand am Kopierer und lauerte auf Kollegen. »Na, zufrieden mit der Auszahlung?«

»Du etwa nicht?«, fragte Jochen zurück. »Zweihundert Euro sind doch ein gutes Zubrot.«

»Kommt drauf an, was man gesetzt hat …«

»Na, tausend, wie immer«, verriet Jochen, Konspiration im Blick. »Mehr kann ich nicht riskieren. Du weißt ja, meine Alte – bescheiden ist sie nicht, das kann ich dir sagen …«

Bremer ging nicht auf seine Klage ein und kopierte weiter. Frustriert drehte Jochen ab und betrat sein Büro.

Bremer sah seinen Verdacht bestätigt. Der Kollege hatte den anderen weniger ausgezahlt als ihm. Wie viel er wohl insgesamt unterschlagen hatte? Auch sein Anteil war zu gering. Es musste viel mehr im Pott sein. Seit dem großen Gewinn im letzten August, mit dem Vetter sie alle geködert hatte, waren nur kleine Summen herausgekommen. Jetzt wusste man auch, warum der Paderborner Verein – unvermutet und unverdient – gegen die Hamburger gewonnen hatte. Konnte man wohl nicht jede Woche machen …

Vetter sollte ihm bloß nicht noch mal mit Geld kommen, der Schleimscheißer.

***

Es klopfte. »Herr Vetter?«

Kollege Koch. Sah doch wohl, dass er beschäftigt war!

Umständlich speicherte er das Formular und wandte sich dem Eindringling zu.

»Was gibt's, Koch? Probleme?«

»Nein, nein. Alles in Ordnung!«

Das glaubte er doch selbst nicht.

»Wegen heute Morgen, Herr Vetter. Der Fall mit dem Steuerbescheid …«

Natürlich wusste er, wovon der Mitarbeiter sprach. Trotzdem schaute er fragend.

Koch wand sich. Bestimmt wollte er pampig werden wegen des Anpfiffs. Traute sich aber nicht. Hasenfuß. Warmduscher.

Endlich fasste er sich ein Herz und platzte heraus: »Was ich sagen wollte, Herr Vetter: So toll fand ich das nicht, vor der Kundin! Sie haben sich da im Ton vergriffen! Wenn ich einen Fehler gemacht habe, hätten Sie mir das auch später sagen können …«

Vetter unterbrach ihn mit einem tiefen Seufzer und verdrehte die Augen. Koch hatte nicht mal gemerkt, dass er den Fall gar nicht bearbeitet hatte. Er stand auf und ging auf den Kollegen zu, die ausgestreckte Hand haarscharf an dessen Arm vorbei.

»Aber Herr Koch! Das war doch nicht so gemeint! Nun sein Sie mal nicht empfindlich! Sollte ich denn vor der Kundin den Fall mit Ihnen diskutieren? Was hätte die denn wohl von uns gedacht!«

Um der Berührung zu entgehen, drehte Koch sich wie gewünscht zur Tür. Einfach weiterreden, dann war er ihn gleich los.

»Das müssen Sie verstehen, lieber Kollege! Da muss man doch die Autorität des Amts wahren, nicht wahr? Nehmen Sie's nicht persönlich, ich bitte Sie! Seinerzeit war das ganz richtig, was Sie gemacht haben. Aber eben nur seinerzeit …«

So. Die Tür war zu.

Heute schien sich alles gegen ihn verschworen zu haben. Vera mit ihrem Gejammer, und dann noch dieses Weichei! Von Walburga, Lottmann und ein paar nervtötenden Fällen ganz abgesehen.

Er schaute auf die Rolex. Geschenk von Vera, von seinem Geld. Zwölf Uhr. Ihm reichte es jetzt schon. Fing ja gut an, die Woche!

***

Punkt zwölf stand Therese vor dem Arbeitslosenzentrum. Wer im Ükern lebte, konnte die Zeit nicht verpassen. Alle Viertelstunde schlug im Turm hoch über dem alten Stadtviertel die Domuhr.

Nicht zu überhören. Wie die Glocken, die jetzt einsetzten. Glockengeläut und Regen, das war es, was nach Meinung vieler Auswärtiger die Stadt prägte. Manchmal hatten sie sogar recht.

Das Zentrum hatte seine Räume in einem der letzten Altbauten der Innenstadt, hinter einer Fassade aus dem späten neunzehnten Jahrhundert mit neobarocken Verzierungen. Prachtvoll. Genau der richtige Rahmen für Arbeitslose.

Vor dem Haus wuchs Gras. Und Löwenzahn. Therese freute sich über das unausrottbare Grün zwischen den eng gesetzten Pflastersteinen.

Offensichtlich war sie die Einzige. Aus dem Pulk Sparkassenangestellter, der gerade, als sie klingelte, die Hathumarstraße überquerte, fielen missbilligende Blicke erst auf den »Vorgarten«, dann auf sie. Alternative waren den fein gemachten Bänkern nicht geheuer. Stumm liefen sie vorbei. Irgendwann würde es auch ihre Arbeitsstellen treffen.

Thomas Dalhoff, ehrenamtlicher »Arbeitslosenchef«, wie ihn die Presse nannte, öffnete ihr die Tür, ohne seinen Vortrag zu unterbrechen. Seine sonore Stimme war rundum zu hören, und erschreckt drehten sich die Büromenschen um. Kein Wunder. »Wir sollten denen Feuer unterm Hintern machen!«, hatte er gerade verlangt und erzählte nun, wie er schon am frühen Morgen bei der Agentur mit einem Widerspruch abgeblitzt war.

Sie folgte ihm hinein. Im kleinen Café hatte Fritz die kurze Abwesenheit Dalhoffs genutzt, sein Lieblingsthema einzubringen. Fußball. Der Wettskandal war in aller Munde. Ein Spiel zwischen dem großen Hamburger Sportverein und der unbedeutenden Paderborner Union sollte vom Schiedsrichter beeinflusst worden sein. Paderborn hatte gesiegt, gegen alle Erwartungen. Nutznießer waren ein paar Zocker gewesen, die auf den krassen Außenseiter gesetzt hatten, war aus den Medien zu erfahren.

Manuel, ein junger Italiener, packte zusammen. Um viertel nach zwölf hatte er einen Termin in der Arbeitsagentur, beim gleichen Sachbearbeiter wie Therese. Thomas kannte Vetter ebenfalls und hatte angeboten, ihn zu begleiten.

Fritz machte den Abwasch. Er war ein perfekter Hausmann, was die Besucherinnen zum Schwärmen brachte. Einige hatten ihm schöne Augen gemacht, trotz seiner kompakten Figur und eines kleinen Alkoholproblems, aber er wehrte alle Annäherungsversuche ab.

Die Frauen waren unter sich. Aus dem Kinderwagen, der gerade noch kreischende Misstöne von sich gegeben hatte, drang, nachdem Andrea eine Nuckelflasche mit rosa gefärbtem Inhalt hineingereicht hatte, zufriedenes Glucksen.

Therese erzählte bei einem Kaffee, wie sie Vetter am Morgen »überzeugt« hatte und wie er anschließend seinen Kollegen zur Schnecke gemacht hatte.

»Der Mann lebt gefährlich«, kommentierte Karin ihren Bericht. »Hoffentlich packt Thomas den gleich nicht beim Kragen!«

***

Plopp.

Suchend sah Thomas sich um. Merkwürdiges Geräusch. Ein Unfall? Reifen hatten nicht gequietscht. Und Blech auf Blech war das nicht. Hörte sich an wie ein überfahrener Kartoffelsack, vielleicht sogar ein Mensch …

Manuel hatte es ebenfalls gehört, machte ein fragendes Gesicht, zuckte mit den Schultern. Der unentwegte Montagsdemonstrant schaute angestrengt zum Bahnhof hinüber. Hatte es dort gekracht?

Sie stiegen die paar Stufen zur Arbeitsagentur hinauf. Von hier aus hatten sie mehr Überblick. Aber nichts war zu sehen. Keine querstehenden Autos, kein Menschenauflauf.

Auf der Kunst-Keule vor der Fassade lag etwas Braunes. Ob ein Ast oder ein unförmiger Sack, war nicht zu erkennen. Sah aus, als ob es immer schon da gelegen hätte.

Kopfschüttelnd betraten sie das Amt. Vetter wartete auf sie. Besser, sie gaben ihm nicht gleich Grund, sich zu ärgern.

Der Sachbearbeiter war jedoch nicht da. Sein Zimmer war leer. Nebenan war er auch nicht. Ein Kollege erkannte Thomas – oft genug hatte er in der Zeitung gestanden – und suchte nun den ganzen Flur ab. Guckte sogar auf dem Klo nach: Vetter war nicht aufzutreiben.

Der hilfreiche Mitarbeiter ging noch einmal in dessen Zimmer und schaute auf den Terminkalender.

»Er hat Sie eingetragen!«, rief er triumphierend Manuel zu. »Zwölf Uhr fünfzehn. Dann wird er sicherlich gleich kommen.«

Durch das offene Fenster waren Sirenen zu hören. Anscheinend doch ein Unfall.

Thomas und Manuel setzten sich auf den Flur. Gingen noch einmal Manuels Widerspruch durch. Sprachen über dies und jenes.

Vetters Büro blieb verwaist.

Thomas regte sich auf. »Gleich halb eins! Was denkt der sich? Als ob wir nichts Besseres zu tun hätten, als uns hier den Hintern platt zu sitzen!«

Aufgebracht stürmte er noch einmal ins Nachbarzimmer. »Wenn Ihr Kollege nicht bald auftaucht«, dröhnte er, »dann will ich den Abteilungsleiter sprechen! Sie müssen sich nicht einbilden, dass wir uns alles gefallen lassen, nur weil wir arbeitslos sind!«

Manuel versuchte ihn zu beschwichtigen und zog ihn an der Jacke zurück. Thomas polterte ungerührt weiter. Der Sachbearbeiter stand auf und versuchte ihn hinauszudrängen. Seine Kollegin schaute verschreckt.

In dem Moment öffneten sich die Türen zu beiden Seiten des Flurs. Plötzlich war alles grün. Polizisten liefen auf die Tür zu, die Thomas gerade schimpfend zuknallte.

Einer zog die Pistole.

»Bleiben Sie stehen, Dalhoff!«, rief der Beamte mit überkippender Stimme. »Es hat keinen Zweck. Hier kommen Sie nicht mehr raus!«

Thomas war viel zu verdutzt, um an Flucht zu denken. Was sollte das? So ein Aufwand wegen dem bisschen Gemaule? Er war doch kaum laut geworden!

Schon hatte ihm der Beamte Handschellen angelegt. Ein anderer drehte dem sich wehrenden Manuel die Hände auf den Rücken.

Sprachlos schaute Thomas auf die Fesseln. Sollte das ein Witz sein? Schlüter kannte ihn doch! Im letzten Herbst hatten sie jeden

Montag zusammen auf der Straße gestanden, Thomas als Demoleitung, der Polizist als Vertreter der Ordnungsmacht. Es hatte nie Probleme gegeben.

Plötzlich zeigte Schlüter Härte. Übertriebene Härte. Das musste er sich nicht gefallen lassen.

»Sie haben kein Recht, mich zu verhaften!«, rief er protestierend. »Ich hätte doch keinem was getan. Sie kennen mich doch, Herr Schlüter! Als ob ich jemals gewalttätig geworden wäre …«

Der Beamte schnitt ihm das Wort ab. »Na, Herr Dalhoff, wenn das keine Gewalttat ist! Und auf frischer Tat ertappt, frischer geht's gar nicht. Fast vor der gleichen Tür!«

Er schaute auf das Türschild mit der Raumnummer 419.

»Gleich nebenan, Zimmer 420, sitzt Rolf Vetter, besser gesagt saß er. Ihr erstes Opfer! Wer sollte der Nächste sein?« Er las die Namen ab: »Der arme Herr Koch hier? Oder gar Frau Quickstern? Nur gut, dass wir rechtzeitig da waren, um Ihren Rachefeldzug zu stoppen!«

Die Grünen um ihn herum schlugen sich gegenseitig auf die Schultern und zogen ab bis auf vier. Die nahmen ihre Gefangenen in die Mitte und lotsten sie zum Aufzug.

Thomas schaute sich zu Schlüter um. »Sagten Sie Vetter? Was ist mit dem? Wir haben die ganze Zeit auf ihn gewartet. Klar war ich sauer auf den, und mit Recht, aber Opfer? Und Rachefeldzug? Wir haben ihn doch gar nicht gesehen!«

Schlüter wurde förmlich. »Herr Dalhoff, ich glaube, Sie verkennen die Situation! Das hier ist keine Montagsdemo, das ist Ernst. Sie und Ihr Komplize sind verhaftet, und zwar aufgrund des Verdachts des Mordes an Herrn Vetter. Alles, was Sie von jetzt an sagen, kann gegen Sie verwendet werden. Halten Sie also lieber den Mund. In der Riemekestraße können Sie Ihren Rechtsanwalt anrufen und sich mit ihm beraten.«

Auf dem Flur vor der Antragsannahme wurden die wartenden Arbeitslosen von Polizisten mit gezogener Pistole in Schach gehalten. Einige erkannten Thomas, und lautes Murren setzte ein.

»Dalhoff hat den Sesselfurzern mal wieder die Meinung gesagt!«, war zu hören. »Das darf man heutzutage nich mehr, dann kommen gleich die Bullen!«

»In Amerika buchten se dich schon ein, wenn de arbeitslos bist!«
»Hier doch auch! Siehste ja.«
Die Uniformierten fuchtelten nervös mit den Knarren herum. Das schüchterte auch die Witzbolde ein.
Wie immer kam der Aufzug erst nach einer Ewigkeit. Obwohl er nur für sechs Personen zugelassen war, drängte sich Schlüter mit hinein.
Manuel und Thomas standen sich gegenüber. Was machte der Italiener für Geräusche? Mit der Zunge in der Backe. Plopp. Und noch einmal. Thomas schaute ihn verständnislos an. Manuel wies mit dem Kopf in Richtung Ausgang. »Unten!«, formte er mit dem Mund.
Und wieder: Plopp.
Jetzt fiel der Groschen. Thomas nickte heftig mit dem Kopf. Sofort packten die Bewacher kräftiger zu.
»Sie müssen uns freilassen, Herr Schlüter!«, platzte er heraus. »Sofort! Wir können es gar nicht gewesen sein! Wir haben den Unfall nämlich gehört, unten vor dem Haus, als wir ankamen. Nichts gesehen, nur was gehört, und zwar weit weg von uns. Fragen wir den Demonstranten, der hat auch danach geguckt.«
Der Polizist antwortete nicht. Mit angespannter Miene bugsierte er seine Tatverdächtigen durch das grüne Spalier zum Ausgang. Vor der Treppe stand ein gepanzerter Einsatzwagen bereit. Von dem einsamen Montagsdemonstranten war weit und breit nichts zu sehen.

***

»In Paderborn ist ein Mitarbeiter der Agentur für Arbeit einem Mordanschlag zum Opfer gefallen«, hörte Therese die Tagesschausprecherin sagen. Hatte sie Paderborn gesagt? Schnell drehte sie das Wasser ab und lief händewedelnd ins Wohnzimmer, wo Michael bereits das Abendessen verdaute, während sie noch in der Küche zu tun hatte.
»Therese?«, rief er. »Komm schnell her. Hier ist was für dich!«
Hören konnte sie selbst. Sein Gequatsche kostete sie einen Satz der Meldung.

»… der dreiundvierzigjährige Rudolf Vetter wurde aus einem Fenster im vierten Stock der Arbeitsagentur gestoßen und war sofort tot. Zwei Verdächtige wurden gleich nach der Tat festgenommen.«

Sie kam gerade rechtzeitig für den Zoom auf das Kunstwerk zwischen den Büschen, auf dem das Mordopfer offensichtlich gelegen hatte. Therese hatte es schon immer als Totschläger bezeichnet.

»Es handelt sich bei den Tatverdächtigen um den Leiter des örtlichen Arbeitslosenzentrums, Thomas Dalhoff, und einen weiteren Arbeitslosen.«

Was war das? Sie hatte sich bestimmt verhört.

»Offensichtlich hat die Polizei durch ihr schnelles und beherztes Eingreifen Schlimmeres verhindert. Auf ihrem Amoklauf durch die Widerspruchsstelle der Agentur hatten die beiden Arbeitslosen bereits weitere Angestellte attackiert.«

Thomas? Amoklauf?

Der WDR hatte einen Übertragungswagen vor Ort, der aber außer dem Fundort in allen Perspektiven und einer aufgelösten Walburga Lauterbach davor nichts Dramatisches mehr zeigen konnte. Deshalb war man nach Berghusen hinausgefahren, wo Vetter mit Frau und Sohn gelebt hatte. In einem Siebziger-Jahre-Bungalow, wie sie massenhaft die Dörfer verschandelten. Großes Grundstück, ordentlicher Vorgarten, eine Korkenzieherhasel als Prunkstück. Zur Straße hin waren die Jalousien heruntergelassen.

Man hatte Bilder von Thomas einmontiert, die offensichtlich im letzten Herbst auf den Montagsdemos entstanden waren. Filmsequenzen, in denen er zum Widerstand gegen Hartz IV aufgerufen hatte. Zornig und mit erhobener Faust.

Aber Thomas brachte doch keinen um!

Dann kam die Polizei zu Wort. Schlüter gab sich befriedigt darüber, dass sie in Minutenschnelle am Tatort waren.

»Kunststück«, quatschte Michael dazwischen, »brauchten ja nur über den Hof zu laufen!« Therese hob die Hand.

»Die Tatverdächtigen ließen sich widerstandslos festnehmen«, fuhr der Einsatzleiter fast bedauernd fort.

Michael konnte den Mund nicht halten. »Eine Hatz über die Arbeitsamtsflure hätte ihm bestimmt gefallen!«

Sie schaute ihn finster an, er spielte den Erschrockenen. War aber ruhig.

Schlüter berichtete über den vermutlichen Hergang der Tat und die bisherigen Ermittlungsergebnisse der Polizei. Unter anderem war die Rede von Fingerabdrücken Dalhoffs an Vetters Fensterbrett, die man allerdings nicht gefunden habe. Genspuren würden noch ausgewertet. Aber angesichts des einwandfreien Motivs – Widerstand gegen die Hartz-Gesetze – und der Anwesenheit am Tatort habe trotz heftigen Leugnens der Verdächtigen der Richter die Untersuchungshaft angeordnet.

Das letzte Bild zeigte die Haftanstalt Brackwede, wohin Thomas und Manuel am frühen Abend »verbracht wurden«, wie Schlüter es ausdrückte.

Michael setzte an zu einem Referat über sein Lieblingsthema, die Unfähigkeit der Behörden.

Mit einem bösen »Halt den Mund!« kam sie ihm zuvor. »Das muss ich erst mal verdauen.«

Sie schaltete den Fernseher aus, seinen Protest ignorierend, und ließ sich in den Sessel fallen.

Aber an ein Gespräch war nicht zu denken. Nur zusammenhanglose Wortfetzen fielen ihr ein. »Das fass ich nicht … ausgerechnet Thomas … der doch nicht!« Michael hörte ausnahmsweise geduldig zu. »… aber diese Keule! Obwohl … Und wir haben heute Mittag noch gelacht bei der Vorstellung, Thomas könnte dem was tun!«

Michael verstand nichts. »Wenn du mit deinen Selbstgesprächen fertig bist, sei doch bitte so freundlich und erklär mir, was du mit deinen Andeutungen meinst. Kennst du den Toten?«

»Klar kenne ich den! Hab ich dir doch erzählt! Der Typ, bei dem ich heute Morgen war, das ist Vetter!« Vorwurfsvoll sah sie ihn an.

»Den Namen hast du nicht genannt. Und was hat Thomas mit ihm zu tun?«

Therese berichtete kurz von ihrem Besuch im Zentrum. »Seltsamer Zufall. Zur gleichen Zeit, als Karin davon sprach, dass er gefährlich lebt, ist er aus dem Fenster gefallen. Gibt's so was?«

»So groß ist der Zufall nicht, wenn man Zeit und Ort bedenkt«, stellte Michael richtig. »Natürlich wird unter Arbeitslosen eher von den Sachbearbeitern im Amt gesprochen als anderswo. Und wenn gleich zwei einen Termin bei ihm hatten, steigt die Wahrscheinlichkeit um … na, sagen wir mal …«

»Hör auf mit der Erbsenzählerei. Wer will das denn wissen!«

In ihrem Kopf wirbelten andere Zahlen durcheinander. Es hatte zwölf Uhr geschlagen, als sie im Zentrum ankam. Wie lange war Thomas noch geblieben? Konnte er überhaupt der Täter sein?

»Bei Thomas stimmen Zeit und Ort jedenfalls nicht!«, stellte sie fest. »Zwölf Uhr siebzehn ist Vetter gefunden worden, hat Schlüter gesagt. Ein paar Minuten muss er da schon gelegen haben, weil seine Kleidung oben nass war.«

Das hatte der Einsatzleiter ausführlich erklärt, um den Zeitpunkt einzugrenzen, für den Zeugen gesucht wurden.

»Um viertel nach zwölf hatte Manuel seinen Termin«, fuhr sie fort. »Losgefahren sind sie drei, vier Minuten nach zwölf. Dann waren sie frühestens zwölf, dreizehn nach auf dem Parkplatz. Schneller kommt auch Thomas nicht durch die Stadt. Eigentlich müsste es genau dann passiert sein. Kann sich nur um Sekunden handeln. Auf keinen Fall können sie es vor zwölf nach in den vierten Stock geschafft haben.« Sie schüttelte sich. »Ob sie nichts bemerkt haben? Vielleicht lag er auf dem Pömpel, und sie sind dran vorbeigefahren!«

Michael tat überrascht. »Du kannst ja doch rechnen!«

»Siebzehn weniger fünf geht grad noch. Und hast du gesehen: Ich brauchte nicht mal an den Fingern abzuzählen!«

Lachen befreit, stellte sie fest. Auch wenn es nur zu einem leicht hysterischen Kichern reichte.

Durfte man jetzt Witze machen?

Es hatte einen Toten gegeben. Auch wenn sie ihn nicht gemocht hatte – irgendwer, seine Familie, bestimmt seine Mutter, würde um ihn weinen. Und die beiden »Tatverdächtigen«, ihre Freunde, saßen in Brackwede ein, aufgrund eines völlig absurden Vorwurfs.

»Ich muss zur Polizei!«, fiel ihr endlich ein. »Sie müssen Thomas laufen lassen. Ich kann ihm ein Alibi geben! Er kann nie im Leben rechtzeitig bei Vetter gewesen sein, um ihn umzubringen, das müssen sie doch einsehen.«

Michael hielt sie zurück. »Da erreichst du heute sowieso nichts mehr. Die haben längst Feierabend. Dein Thomas wird die Nacht im Knast schon überleben, so schlimm ist das nicht. Im Gegenteil: Bei dem Tatverdacht ist er da der King. Das hätten die Knackis doch alle schon gern mal gemacht!«

Er verschwand in der Küche und setzte Wasser auf für den Abendtee. Sie hörte, dass er sogar das restliche Geschirr abspülte. Das kam nicht oft vor. Sie musste wohl einen recht niedergeschlagenen Eindruck machen.

Dauernd spukte Vetters junger Kollege in ihrem Kopf herum. Wie hatte er geguckt bei dem Anpfiff? Sie hatte sich kaum getraut, ihn anzusehen. War er wütend genug gewesen, um einen Mord zu begehen? In dem Moment bestimmt. Und wenn später noch etwas Ähnliches passiert war …

Die Frage war, ob sie der Polizei von dem Vorfall berichten sollte. Aber warum den jungen Mann reinreißen? Sie beschloss abzuwarten. Erst mal sehen, ob sie Thomas auch so laufen ließen.

Michael kam mit dem Tee und hatte sogar an Kandis und Sahne gedacht. Später bot er noch an, sie am nächsten Morgen zur Polizeistation in der Riemekestraße zu begleiten.

Therese verzichtete auf den fälligen Spruch zu seinem Pfadfinderethos – »Jeden Tag eine gute Tat!« – und nahm an.

***

Lottmann saß am Tisch und wartete. Halb zehn schon. Mit ihm warteten sechs feine Gedecke, die langsam Staub ansetzten. Achtzehn Kristallgläser, die unter den wabernden Essensdünsten aufgehört hatten zu funkeln. Achtundvierzig Stück Silberbesteck, die nicht mehr glänzten. Sechs halb heruntergebrannte Kerzen, sechs weiße Pfingstrosen mit hängenden Blütenblättern. Nur die kunstvoll gefalteten Servietten standen noch wie eine Eins.

»Woher krichste denn im Februar Pfingstrosen?«

Kasparek, der Küchenchef des feinsten Restaurants der Stadt, der sich schon zum dritten Mal erkundigen kam, wo die anderen blieben, lachte. »Großmarkt, du weißt schon. Alles nur Show. Aber erzähl das bloß nicht Ingolf! Für den lass ich die extra einfliegen, aus Brasilien.«

Pfingstrosen erinnerten Robrecht an den Garten seiner früh verstorbenen Mutter, Lottmann hatte es oft genug zu hören bekommen. Ohne Pfingstrosen schmeckte ihm das Essen nicht. Sonst war er nicht wählerisch. Auch heute würde er sich von Kasparek ein dickes Steak braten lassen – »Aber gut durch! Nicht noch muhend!« –, mit Salat – »Wegen der Figur, haha!« – und Strohkartoffeln, weil er sich in dem feinen Laden nicht traute, schlicht Pommes zu bestellen.

Bartels, Schraven und Reker würden sich ihm anschließen, wie bei allem, was Robrecht tat. Er selbst natürlich auch. Aber aus Überzeugung. Robrecht hatte nicht immer unrecht. Ein ordentliches Stück Fleisch mochte er viel lieber als den neudeutschen Kram, den Kasparek neuerdings gern kochte.

Nur Antek, Robrechts Haus- und Hofkünstler, der bei Tisch das Abenteuer liebte, würde sich wieder etwas aus der Karte aussuchen, dessen Namen er nicht verstand. Widerspruchslos aß der kleine Pole dann, was auf den Tisch kam, und machte auch vor westfälischen Widerlichkeiten wie Blutwurstsuppe und Pumpernickelsoufflé an Rote-Bete-Schaum nicht halt.

Um ihn herum räumten die Kellner die Tische ab. Für die Paderborner war die Abendessenszeit längst vorbei. Sie hatten ihm ihre Mahlzeiten vorgeführt, Bissen für Bissen, und ihn gefoltert mit ihren zufriedenen Mienen. Auch mit ihren Blicken. Jeder wusste, wer ihn hier warten ließ.

»Ingolf hängt bestimmt noch auf der Pressekonferenz fest«, sagte er zum dritten Mal zu Kasparek. »Weißte doch, wie die Bande ist. Finden kein Ende. Vielleicht haste ja Glück, und sie bringen noch ein paar Journalisten mit! Dann klingelt's in der Kasse, was?«

»Hat heute schon genug geklingelt«, maulte der Koch. Er wollte um elf die Küche sauber haben, damit noch was vom Abend übrig blieb. Schöner Wirt das!

Konnte er sich aber leisten. Auch, jeden Monat die Preise zu erhöhen. Seit er den neuen Laden an der Detmolder Straße hatte, zartrosa angemalt wie zu Fürstbischofs Zeiten, aß die gesamte Schickeria der Stadt hier. Und am liebsten, wenn Robrecht mit seinem Clan auftauchte, zu dem meist ein paar prominente Gesichter gehörten.

Heute waren Kaspareks Gäste um ihr Spektakel gekommen. Und Robrecht um sein Publikum.

Lottmann bestellte noch ein Bier. Schon das vierte – auf nüchternen Magen! Komisch, dass trotzdem seine Laune nicht besser wurde. Eine Ahnung von kommendem Ärger grummelte in seinem Bauch. Woher kam das bloß?

Kasparek brachte zwei Schnapsgläser und eine Flasche mit. »Komm, trinken wir einen Grappa! Dein langes Gesicht geht mir schon lange auf den Geist.«

Sie waren zusammen zur Schule gegangen, Wolfgang Kasparek, den nur Freunde »Wolfi« nennen durften, Ingolf Robrecht, der heute den Großkotz spielte, Matthias Reker, der ihm seine angeberischen Bauten hochzog, und er selbst, Josef Lottmann, den alle »Jüppi« nannten. Robrecht stellte ihn gern als »mein Maskottchen Lottchen« vor. »Pardon, Lottmann«, verbesserte er sich dann und barst vor Lachen, wenn die Leute dumm guckten.

In ihrer Jugend hatten sie zusammen viel Blödsinn angestellt. Ingolf war der Anführer. Immer hatte er gewusst, wo ein Geschäft zu machen war, und nicht alles war koscher gewesen. Doch erwischt worden waren sie nur einmal und auch nur drei von ihnen.

Der Grappa war gut. Vierundfünfzig Prozent und weich wie Honigmilch. Den teilte Wolfi nicht mit jedem!

»Was ist eigentlich mit euerm Trainer los? Dicke Luft?«

Der Wirt hatte also gemerkt, dass es in der Führungsriege des Vereins nicht stimmte.

»Wohl wieder lange Ohrn gemacht, hä?« Musste ja nicht sein, dass die Querelen im Verein durch die ganze Stadt gingen. Störte das Geschäft.

»Kannste mir ruhig erzählen! Von mir erfährt keiner was, weißte ja.«

Lottmann wiegelte ab. »Nur atmosphärische Störungen, sagt Ingolf. Er kricht das schon in den Griff. Schuld ist sowieso Schraven, der konnte noch nie mit Pit. Und jetzt meint er, er hat 'n Dummen gefunden, dem er den ganzen Ärger mit den Wetten anhängen kann.«

Ganz so einfach war es nicht, und er sah Kasparek an, dass der das auch wusste. Schließlich sammelte er auch von ihm jede Woche einen ordentlichen Batzen Geld ein und brachte ihm reichlich zurück. Wie einigen anderen, die heute Abend ebenfalls hier gesessen hatten, um sich auf der Toilette verstohlen ihren Anteil auszahlen zu lassen.

»Den lassen sie über die Klinge springen, wart's ab!«, prophezeite der Wirt.

»Das macht die Mannschaft nicht mit. Wenn Robrecht mit denen aufsteigen will, muss er Pit dabei lassen.«

»Seit wann hört Ingolf auf die Mannschaft? Sind doch alles nur Befehlsempfänger!«

»Mal sehn. Der neue Kapitän hat ein ganz schönes Mundwerk ...«

Kasparek fiel ihm ins Wort. »Das wird ihm Ingolf schon austreiben. Er ist der Verein!«

»An den Verein darfste gar nicht denken, der ist sowieso im Arsch. Steigt auf und ist im Arsch. Mach dein Geschäft, solange der Laden läuft, sagt Ingolf, und darauf gib mir jetzt noch 'n Grappa!«

Den er dann viel zu schnell herunterkippen musste. Schade drum.

Vor der Restauranttür war es laut geworden. Kasparek stand auf und hielt den Gästen die Tür auf. Über beide Backen strahlend drückte er Robrecht die Hand und ließ sich die Verärgerung nicht anmerken.

»Wolfi, mach uns was zu essen!«, tönte Robrecht. »Ich sach dir, das war 'ne Presseschlacht! Die wollten uns einmachen, die eingebildeten Hamburger! Aber denen haben wir's gegeben, was, Schorschi?«

»Schorschi« war Georg Schraven, Geschäftsführer des Vereins und Robrechts rechte Hand. Lottmann konnte sich lebhaft vorstellen, wie die beiden die Journalisten vollgesülzt hatten.

Jetzt war er dran.

»Und unser Lottchen sitzt hier alleine und lässt sich volllaufen! Biste schon lange da?« Robrecht feixte. Er wusste genau, dass er Lottmann versetzt hatte.

»Komm, Jüppi, nu sei nicht päpstlicher als der Papst. Jetzt gibt's ja Happahappa! Wir ham uns verquatscht mit denen, kann passieren.«

Was fast eine Entschuldigung war.

»Jetzt muss ich erst mal auf 'n Pott, das viele Bier wegbringen.« Lottmann stand auf und ging leicht schwankend nach hinten. An der Küchentür rief er Kasparek zu: »Für mich dasselbe!«

Als er zurückkam, hatten alle bestellt und tranken das erste Bier. Robrecht drehte sich schon die dritte Zigarette, wie die beiden Kippen im Aschenbecher bewiesen. Nebenbei wiederholte er jedes Wort, das er auf der Pressekonferenz von sich gegeben hatte, und als Lottmann neben ihm Platz genommen hatte, fing er noch einmal von vorn an.

»Keiner kann uns vorwerfen, dass wir geschoben hätten! Keiner! Jüppi, glaub mir das!« In den dackelbraunen Augen ein treuer Blick. »Wir haben nicht geschoben, das haben wir doch gar nicht nötig!, hab ich denen gesagt. Die solln lieber mal fragen, wieso die Hamburger Pfeifen so lasch gespielt haben. Wir hatten die bessere Mannschaft auf dem Platz, ganz eindeutig. Hat mich Geld genug gekostet. Was geht uns das an, wie der Schiri wettet, oder wie?«

Und so weiter und so fort. Nur Schorschi und Ferdi Bartels hörten ihm zu, was anderes konnten die sich auch gar nicht leisten.

Antek und Matthias unterhielten sich leise über das neue Stadion. Beide würden ihr Geschäft machen, dafür hatte Robrecht gesorgt. Großzügig war er, immerhin. »Wenn der Tisch voll ist, kriegt jeder was ab« war seine Devise. Er immer ein bisschen mehr, aber er war ja auch Ingolf.

Antek hatte sich wieder mal besonders chic gemacht. Trug man den Kragen jetzt so hoch am Hals? Er konnte kaum drüber gucken. War sowieso nicht der Größte. Aber ein großer Künstler, tönte Robrecht überall rum. Er hatte ihn bekannt gemacht. Jetzt war er dick im Geschäft und konnte sich die Aufträge aussuchen.

Auch am neuen Stadion würde er sich verewigen. Hoffentlich nicht so groß, dachte Lottmann, der Anteks bunte Bildchen für Knüddelkitsch hielt.

Robrecht war ebenfalls beim Stadionneubau angekommen. Er schwärmte von der digital gesteuerten Lichttechnik, die allesamt Ferdi Bartels liefern würde. Sein neuer Spezi, der natürlich nicht

Nein sagen konnte, als der Verein einen neuen Spieler brauchte und nicht genug Geld in der Kasse war.

»Das wird nicht nur Flutlicht, das wird ein Rausch!« Er übertrieb mal wieder.

»Kannste doch beim Fußball gar nich brauchen«, warf Lottmann ein.

»Wir verkaufen das Stadion auch an Musikveranstalter, die sind begeistert, wirste sehen!«

»Muss nur noch der Verein zustimmen.« Nanu, Schorschi traute sich, dem großen Sponsor zu widersprechen!

»Der wird schon. Wenn die Kohle stimmt ...«

»Sieh erst mal zu, dass du den Laden jetzt über die Runden bringst«, brummte Reker. »Von wegen Musick! Wenn ihr den Aufstieg nicht packt, kannste das Stadion vergessen. Und bei der Unruhe in der Mannschaft – kein Wunder, dass sie auf dem Platz Karten sammeln wie bekloppt!«

Robrecht fuhr auf. »Wir steigen auf, und das Ding wird gebaut, da steh ich für. Und die Mannschaft steht wie 'ne Eins hinter mir. Wenn Pit meint, er muss den Saubermann rauskehren, wird's ihm gehn wie Ringhoff. Der hat ganz schön blöd geguckt, als er plötzlich nicht mehr Kapitän war. Kann jedem so gehen, jedem.«

Er schaute angriffslustig in die Runde. Ein paar Grappa hatte er schon intus. Doch Matthias ließ sich nicht beeindrucken. »Mach hier bloß nicht den Dicken, Ingolf! Wir wissen alle, was läuft und wie schnell es gehen kann. Auch für dich übrigens!«

Der Angesprochene lachte nur und machte sich über sein Steak her, das Kaspareks Tochter inzwischen serviert hatte.

Maria verteilte die voll beladenen Teller, und der Chef persönlich trug liebevoll Anteks Bestellung auf. Während der verzückt das Sellerieschaumsüppchen mit Zitronenbaiser löffelte, blieb Kasparek neben ihm stehen und deckte dann eigenhändig die silberne Haube zum zweiten Gang ab.

»Kalbsnierchen mit Mandelsplittern und glasiertes Kalbsbries an Schokoladen-Ingwer-Sauce. Dazu eine getrüffelte Pastete aus pürierten Erbsen, Möhrchen und Kartoffeln, gebacken in Serranoschinken. Westfälisch mit Pep!«, pries der Wirt seine Kreation an.

Robrecht prustete los, und kleine Kartoffelstückchen flogen in die Pfingstrosen. »Na, dann mal guten Hunger, Antek! Schokoladensauce! Ich werd nicht mehr!«

Kasparek zog beleidigt ab. Jetzt schaute sogar Antek skeptisch auf seinen Teller. »Aber gute Farben«, sagte er dann. »Pastete grün, weiß, rot – das ist die französische Flagge, hm? Wolfi kocht international – das ist gut!« Geziert zerlegte er das Fleisch und kaute genüsslich. »Schmeckt gut! Wollt ihr probieren?«

Alle hatten ihm fasziniert zugesehen, wehrten aber entsetzt ab. »Bleib mir bloß vom Leibe mit deinen glasierten Innereien! Das ist was für Künstler, aber nicht für Proleten wie uns.«

Wo Robrecht recht hatte, hatte er recht.

Nach dem Essen gab's wieder Grappa, der diesmal deutlich im Hals kratzte. Kasparek hatte die Küche geschlossen und Maria das Feld überlassen. Jetzt kam Robrechts Stunde. Nach ein paar anzüglichen Bemerkungen in Marias Richtung drehte er sich wieder zum Tisch und begann zu schwadronieren.

Lottmann war viel zu beduselt, um sich zu Wort zu melden, obwohl es um ein Thema ging, zu dem auch er etwas hätte beitragen können. Robrecht hatte schon auf der Pressekonferenz vom Mord an dem Arbeitsamtsmitarbeiter gehört und verbreitete sich jetzt über die faulen Arbeitslosen, die auf Kosten des Steuerzahlers lebten – auf seine Kosten! – und dann, wenn sie nicht genug Kohle kriegten für ihr Lotterleben, die Staatsdiener um die Ecke brachten.

Lottmann, der sich an seinen morgendlichen Besuch in Vetters Büro erinnerte, konnte sich noch ganz andere Gründe für dessen Tod vorstellen.

Die Tischgenossen, ebenso beduselt wie er, nickten zu Robrechts Worten.

»Wenn ich schon die Gestalten sehe, die das Arbeitsamt in mein Personalbüro schickt!«, tönte er weiter. »Arbeiten wollen die alle nicht! Als Erstes erkundigen sie sich nach dem Betriebsrat und wie viel Weihnachtsgeld es gibt. Aber da sind sie bei mir richtig! Leistung zählt, das gilt nicht nur beim Sport, und wer bei mir faulenzen und schmarotzen will, der fliegt vom Platz, habt ihr ja gesehen.«

Lottmann nickte bedeutungsvoll. Gesehen hatten sie es. Aber ob wirklich Ringhoff der Schmarotzer war?

Maria brachte eine neue Lage Grappa, und Robrecht fühlte sich veranlasst, ein weiteres Beispiel seines berüchtigten Charmes zu liefern. »Man muss die Frauen nur richtig anpacken, dann wollen sie schon!«, war seine Philosophie. Er konnte froh sein, wenn er nie in die Verlegenheit kam, deren Wirkung unabhängig von seinem Geld erproben zu müssen.

Jetzt fragte er das Mädchen gespielt harmlos: »Na, Maria, machste's dir denn heute Abend auch noch selber?« Als sie rot anlief und ihn konsterniert ansah, fügte er ungerührt hinzu: »Auf dem Sofa bequem?« Und unter wieherndem Lachen: »Was dachtest du denn? Hast du etwa kleine schmutzige Phantasien?«

Maria floh hinter ihre Theke. Als Robrecht die betretenen Mienen am Tisch sah – Maria war ein nettes Mädchen, und Kasparek würde toben –, prustete er wieder los. »Ihr etwa auch? Schmutzige Phantasien? War doch nur ein Spaß, Maria!«, rief er über die Schulter hinweg zur Theke hinüber.

Vertraulich beugte er sich über den Tisch, und alle taten es ihm nach. »Aber auf Ideen könnte man schon kommen bei der Kleinen! Da hat der alte Wolfgang was Feines in die Welt gesetzt, und so langsam nimmt ja auch der Staatsanwalt den Daumen davon weg ...«

Matthias protestierte. »Lass bloß die Finger von dem Mädchen, sonst kriegst du's nicht nur mit Wolfgang zu tun!«

»Schon gut, schon gut!« Robrecht wiegelte ab. »War ja nur Spaß. Außerdem ist Fastenzeit, da muss man eben mal verzichten. Obwohl – Ostern muss man sowieso beichten ...«

Aufgekratzt rief er zu Maria hinüber: »Maria, beichtest du Ostern?«

Sie drehte ihm den Rücken zu. Er, affektiert: »Schade. Sie ist nicht in der Stimmung, ihre religiösen Gewohnheiten mit mir zu diskutieren. Vielleicht ein andermal. Dann erzähle ich euch eben von meinem neuesten Fischzug ...«

Auch die Story kannte Lottmann schon. Robrecht hatte endlich seinen größten Konkurrenten ausgestochen. »Er kann nicht mehr mithalten!«, tönte er jetzt. »Da hilft ihm die ganze feine Familie nichts, und die Medaillen von seinem Sohn kann er sich in die Haare schmieren.«

Das war Robrechts wahrer Beweggrund, dachte Lottmann. Zu einer Familie hatte er es nie gebracht, und fein war er schon gar nicht. Er hatte keine schöne Kindheit gehabt, was ihn nicht daran hinderte, seinen Säufervater zu kopieren. Man musste Mitleid haben, sagte Elisabeth, Lottmanns Frau. Nicht umsonst sammelte er mit seinem Geld die Fußballkumpels um sich.

War natürlich keine Familie. Lottmann wusste, was er seiner Frau zu verdanken hatte und dass er auf die Kinder stolz sein konnte. Noch. Vetters Sohn war auch mal klein und niedlich gewesen. Abergläubisch klopfte er auf die hölzerne Tischplatte.

Robrecht nahm das als Zustimmung und verkündete großspurig: »Selbstverständlich werde ich in die Bresche springen! Muss man ja, so einen alteingesessenen Laden kann man nicht einfach kaputtgehen lassen.«

Dabei stand er schon lange in den Startlöchern, den Konkurrenten zu übernehmen.

»Auch die Arbeiter können bleiben, alles qualifizierte Leute, hab ich schon testen lassen. Da hatte der alte Wöhrmann ein Händchen für. Die nehm ich alle und schmeiß dafür im Hauptgeschäft ein paar Faulenzer raus. Noch haben wir keinen Betriebsrat, noch bin ich Herr im Haus.«

»Und bestimmst die Preise, wissen wir ja. Aber meinst du denn, die arbeiten für deine Hungerlöhne?«

»Müssen sie wohl«, antwortete Robrecht spitz. »Sonst können sie zum Arbeitsamt gehen, wie du. Bezahlt wird für Leistung, weißt du ja.«

Lottmann ärgerte sich. Der sollte bloß die Klappe halten! »Dann dürftest du überhaupt nichts kriegen. Den ganzen Tag quatschen kann jeder.«

Matter Aufschlag. Schon schlug Robrecht zurück. »Dann tu's doch! Aber find erst mal einen, der dir so viel Kohle dafür gibt!«

Wieder hatte er recht. Robrecht bequatschte alle. Er würde auch Wöhrmanns Leute dazu bringen, zu seinen Bedingungen zu arbeiten, und am Ende würden sie es noch als Glück ansehen, bleiben zu dürfen.

Ein Kellerkind, das sich hochgequatscht hatte, dachte Lottmann. Heute gaben ihm sogar Minister die Hand.

Er wurde sentimental. Das machte der Schnaps. Robrecht war ein ausgefuchster Schweinehund, und er wollte nach Hause. Deshalb antwortete er nur: »Dann bezahl mal schön für uns alle, du Leistungsträger, und danke für die Einladung. War mir ein Vergnügen. Aber jetzt muss ich gehn, meine Frau wartet.«

Robrecht war baff. Das gab's selten. War wohl auch der Schnaps.

Jetzt schnell raus, und er hatte es hinter sich.

Dienstag, 15. Februar

Michael glaubte wohl, mit seinem Angebot, sie zur Polizei zu begleiten, genug guten Willen bewiesen zu haben, und überließ es am nächsten Morgen ihr, Frühstück zu machen. Unausgeschlafen – er hatte die halbe Nacht in ihrer Küche am Laptop verbracht statt in ihrem Bett – erschien er, als sie den Kaffee einschenkte und das Radio laut drehte. Ein schepperndes Hip-Hop-Lied, das sie gleich leiser stellte, nachdem es seinen Zweck erfüllt hatte.

Therese hatte ebenfalls schlecht geschlafen. Immer wieder war der unglückselige Pömpel durch ihre Träume gegeistert. Sie konnte kaum glauben, dass sie wenige Stunden vor dem Mord ahnungslos daran vorbeigehastet war.

»Hast du auch von der Keule geträumt?«, erkundigte sie sich bei ihrem Freund.

»Nein, aber davon, aus dem Fenster zu fallen. Kein schönes Gefühl, sage ich dir! Das hat bestimmt dieser Kameraschwenk die Arbeitsamtsfassade herunter ausgelöst. Immer wieder hab ich die Fensterreihen gesehen, drei hintereinander. Zum Glück bin ich jedes Mal aufgewacht, bevor ich unten ankam.«

»Ja, das haben sie bestimmt fünfmal gezeigt. Die machen sich gar nicht klar, was sie anrichten mit ihren Bildern!«

Es war halb acht, und Radio Hochstift brachte Nachrichten. Natürlich stand der Mord an Vetter an erster Stelle. Die Reporterin hatte Nachbarn interviewt, die sich mitleidsvoll über die Familie äußerten.

»Leicht hat er's ja nicht gehabt«, erzählte eine Frau. »Ich will nichts gesagt haben, aber fragen Sie mal andere, was das mit dem Sohn ist. Ich weiß da nix drüber. Er ist bloß nich da, nech?«

»Andere«, die sich äußern wollten, waren aber wohl nicht aufgetrieben worden.

Dann wurde berichtet, dass die Polizei nach dem Sohn suche, um ihm die traurige Nachricht vom Tod seines Vaters zu überbringen. Die Mutter wisse nicht, wo er sich aufhalte. Es handele sich um einen erwachsenen jungen Mann, der in Paderborn eine weiterführende Schule besuche. Wahrscheinlich befinde er sich auf einem spontanen Ausflug mit Freunden. Angesichts des Medienechos sei damit zu rechnen, dass er sich bald bei seiner Mutter melde.

Nein, ein Verdacht gegen den Sohn liege nicht vor, wurde Schlüter zitiert. Man habe die mutmaßlichen Täter dingfest gemacht, die in Brackwede einsäßen. Nun habe der Richter das Wort.

Dann wurde eine Aufstellung der politischen Aktivitäten des Verhafteten verlesen. Therese war überrascht, dass Thomas so früh angefangen hatte mit seinem Engagement.

»Da muss jemand über Nacht sämtliche Tageszeitungen der letzten zwanzig Jahre durchgeblättert haben.«

»Oder die Polizei hat eifrig gesammelt und die Liste veröffentlicht!«

»Glaubst du?«

»Warum nicht? Dein Thomas ist jetzt ein Schwerverbrecher, da kommt alles ans Tageslicht. Hoffentlich hat er nicht irgendwann silberne Löffel geklaut!«

Wieder kamen O-Töne von den Montagsdemos im letzten Herbst. Die hatte Radio Hochstift damals selbst eingeholt und durchaus zustimmend berichtet. Jetzt hatte man nur die heißen Stellen zusammengeschnitten, sodass sich Thomas anhörte wie ein angriffslustiger Revoluzzer, der die Arbeitslosen zum Umsturz aufwiegelte.

Aber war jemand von der Regierung umgebracht worden? Thomas hatte oft genug erklärt, dass nicht die Arbeitsamtsangestellten schuld an der Misere seien. Solche Aussagen wurden natürlich nicht gebracht.

»Lass uns gehen«, sagte sie, als die Nachrichten zu Ende waren. »Wird Zeit, dass Thomas da rauskommt.«

Die Hoffnung konnte sie begraben. Sie waren auf einen ungnädigen Schlüter gestoßen, der Thereses Berechnungen gar nicht hören wollte.

»Ehrenwert von Ihnen«, nuschelte er, »dass Sie Ihre Genossen raushauen wollen. Aber fest steht, dass sie zur fraglichen Zeit am Tatort waren, und über die Gründe brauchen wir uns wohl nicht zu streiten. Was Sie da vorbringen, sind doch Haarspaltereien. Wahrscheinlich lesen Sie zu viele Krimis. Wer soll es denn sonst gewesen sein? Das internationale Großkapital? Ich bitte Sie, einen kleinen Behördenangestellten! Oder etwa die arme Frau, die gerade ihren Ernährer verloren hat? Sie brauchen mir nichts zu erzählen, Frau Urban. Wir haben die Täter, und die Kiste ist zu.«

Schönes Bild. Therese schluckte. Hilfesuchend sah sie Michael an. Der zuckte mit den Schultern.

Sie versuchte es noch einmal. »Und was ist, wenn sie es nicht waren? Dann läuft der wahre Mörder frei herum. Kein angenehmer Gedanke!«

»Glauben Sie mir, die öffentliche Sicherheit ist wieder hergestellt. Sie brauchen keine Angst zu haben. Aber lesen Sie in der nächsten Zeit mal einen schönen Liebesroman, das beruhigt die Nerven, sagt meine Frau.«

»Sparen Sie sich die Anzüglichkeiten!« Jetzt fühlte Michael sich gefordert. »Was Frau Urban liest, hat mit ihrer Beobachtungsgabe nichts zu tun. Ich denke auch, man muss in mehrere Richtungen ermitteln. Wenn Sie jetzt nur auf Herrn Dalhoff setzen, bringen Sie sich um die Möglichkeit, den wahren Mörder zu finden. Haben Sie daran gedacht, dass laut Statistik die meisten Täter im privaten Umfeld zu finden sind? Ich kenne den Sohn nicht, aber vielleicht weist sein Verschwinden auf etwas hin, das Sie einmal genauer untersuchen sollten. Auch soll es schon Ehefrauen mit Liebhabern gegeben haben, besonders, wenn es sich um sogenannte grüne Witwen handelte, was Frau Vetter ja wohl war. Und was ist mit den lieben Kollegen? Waren die dem Verstorbenen alle grün?«

Wenn Michael in Fahrt kam, war er nicht zu stoppen. Schlüter hatte mehrfach versucht, ihn zu unterbrechen, war aber nicht zum Zug gekommen. Was nicht hieß, dass er seinen Ausführungen zustimmte.

»Sie brauchen mir nicht zu erzählen, wie ich meinen Job zu tun habe!«, stieß er wütend hervor, als Michael endlich Luft holen musste. »Ihnen ist ja wohl klar, dass Sie mit Ihren unhaltbaren Verdächtigungen die Polizeiarbeit behindern? Ich habe wahrlich anderes zu tun, als mit Ihnen herumzuspekulieren.« Er rollte zum Computertisch, griff nach der Maus und vertrieb mit heftigen Bewegungen den Bildschirmschoner in Form eines kreisenden Sheriffsterns.

War ja zu erwarten, dass er einschnappt, dachte Therese ärgerlich. Der übliche Hahnenkampf. Bei ihr hatte er noch den Väterlichen herausgekehrt, aber Michael bekam die kalte Dusche. Jetzt konnte sie es vergessen, von ihren Beobachtungen im Amt zu erzählen. Schlüter hatte seine Ohren auf Durchzug gestellt.

»Vielleicht finden Sie noch weitere Anhaltspunkte ...«

Schlüter drehte sich nicht um. »Verlassen Sie sich nicht drauf.«

Draußen nahm Michael sie in den Arm. »Nun heul nicht gleich! Es wird sich schon alles aufklären.«

»Ich heule gar nicht.« Sie zerdrückte den Kloß im Hals. Mehr als Hilflosigkeit trieb ihr der Zorn die Tränen in die Augen. Sollte sie Michael vorwerfen, dass sein Beistand wenig hilfreich war? Er konnte nichts dafür. Schließlich hatte sie ihn auffordernd angesehen. Er hatte den richtigen Zeitpunkt verpasst, okay, und war auch wenig diplomatisch vorgegangen. Aber er war ihr zur Seite gesprungen, ganz der strahlende Ritter auf dem weißen Pferd, den sich die Frauen wünschten.

Wer weiß, wann sie Schlüter jetzt wieder zu fassen bekam.

»Thomas war es jedenfalls nicht, da bin ich ganz sicher!«

Sie waren zum Marktkauf hinübergegangen und standen mit ihrem Milchkaffee an einem Fenstertisch. Der riesige Supermarkt hatte die früher so beschauliche Riemekestraße immens belebt. Die Bewohner des Viertels mit den niedrigsten Mietpreisen der Stadt schleppten große braune Tüten hinaus, und vom Parkdeck herab rollte ein Pkw nach dem anderen.

Auch um sie herum war es voll, und Therese senkte die Stimme. »Der wäre zu einem Mord gar nicht fähig! Schimpfen, ja, das kann er. Wenn er sauer ist, wird er manchmal ganz schön laut. Aber das ist doch nicht der ganze Thomas!«

»Dann wird er jetzt ganz schön in der JVA rumtoben«, mutmaßte Michael. »Die werden wenig Freude an ihm haben. Aber das heißt auch, dass er sich selbst wehren kann. Mach dir keine Sorgen.«

Therese nickte geistesabwesend. Ihr war noch etwas eingefallen. »Wir sollten vielleicht seinen Rechtsanwalt auftreiben! Der wird bestimmt hören wollen, was es für Entlastungsgründe gibt. Aber ich muss erst rauskriegen, wer das ist. Hoffentlich weiß das im Zentrum jemand.«

»Gute Idee, könnte von mir sein.«

Michael duckte sich unter ihrer Faust weg und räumte die Tassen zusammen. »Ich muss weg, mein Chef wartet.«

»Der kann froh sein, dass du ihm heute Nacht sein Programm repariert hast!«, widersprach Therese. »Warum hast du es ihm nicht per E-Mail geschickt und dazugeschrieben, dass du ausschlafen musst?«

»Hab ich ja. Aber übertreiben kann ich's auch nicht. Muss mich schließlich unabkömmlich machen, damit er nicht auf die Idee kommt, er könnte ohne mich.«

Therese hörte nicht hin. Sie überlegte fieberhaft, ob sie Thomas noch auf andere Art helfen konnte.

»Soll ich vielleicht auf dem Rückweg mal in der Arbeitsagentur vorbeigehen? Ist ja nicht weit von hier.«

»Und was willst du da? Tatortbesichtigung?«

»Quatsch. Nur mal sehn, ob ich den Sachbearbeiter auftreiben kann, den Vetter zusammengestaucht hat. Ich kann ja so tun, als ob ich noch 'ne Frage hätte. Hab ich sogar. Genau. Das frage ich jetzt diesen jungen Mann.«

»Und du meinst, dann verrät er dir ganz nebenbei, wie er es angestellt hat, seinen Kollegen aus dem Fenster zu werfen?«

»Natürlich nicht. Aber ich kann mir ein Bild von ihm machen, ein Gefühl kriegen, ob er dazu fähig wäre. Dann kann ich immer noch versuchen, Schlüter davon zu überzeugen, sich mit ihm zu beschäftigen. Oder den Rechtsanwalt. Meinst du nicht, dass das sinnvoll ist?«

»Kann sein.« Michael war schon mit dem Kopf im Büro. »Versuch dein Glück. In deinem Roman hast du es schließlich auch geschafft, den Fall ordentlich zu lösen. Aber dies ist die Wirklichkeit, hier kannst du dir nichts ausdenken! Schlüter denkt sowieso, du spinnst. Wenn der hört, dass du Romane schreibst, glaubt er dir kein Wort mehr.«

Romane! Einen einzigen hatte sie bisher zustande gebracht. Und ob er gelungen war, musste sich erst zeigen.

Michael hatte sich verabschiedet, und sie stieg nachdenklich die Passage zur Bahnhofstraße hinauf. In den Krimis lösten erfundene Schreiber, Kolleginnen und Kollegen der Autoren, häufig die Fälle. Konnte sie das auch? Wie würde sie vorgehen, wenn sie sich diesen Roman ausdenken müsste?

Jedenfalls wäre Thomas bei ihr nicht der Mörder. Der war im Umfeld des Opfers zu suchen, so war es in Krimis immer. Das musste sie also »erfinden«. Was nicht so einfach war, wie es sich anhörte. Zuerst war eine Materialsammlung anzulegen. So viele Informationen wie möglich zusammentragen. Recherchieren. Bloß wo? Wie sollte sie herausbekommen, wo sich Vetters Leben abgespielt hatte, wenn er nicht im Amt war?

Es gab ausgefeilte Methoden und Techniken, wie eine Biografie anzulegen war. Gebrauchsanweisungen auch fürs Schreiben. Sie hatte gelernt, mit so etwas umzugehen und Texte aller Art zu liefern. Bei dieser Aufgabe handelte es sich nur um die Vorarbeiten, aber vielleicht ergab sich daraus der Stoff für einen weiteren Roman.

Allerdings war da ein Unterschied zum Schreiben. Das fand zu Hause am PC statt, und andere Menschen störten nur. Hier hatte sie es mit wirklichen Personen zu tun. Ganz normalen Menschen, mit denen sie sonst kaum in Kontakt kam. Dorfbewohner, Behördenangestellte, womöglich Sportkollegen und Schützenbrüder – wollte sie die alle kennenlernen? Mit unangenehmen Zeitgenossen wollte sie nichts zu tun haben.

Andererseits konnte ihr der Kontakt mit lebendigen Menschen nur guttun; in den letzten Monaten hatte sie zu viele Tage und Nächte mit längst begrabenen verbracht.

Ist gar nicht gesagt, dass es viel zu erforschen gibt, versuchte sie sich zu motivieren. Vielleicht war Vetter ganz von allein aus dem Fenster gefallen. Ein Unfall. An einen Selbstmord konnte sie nicht glauben. Er war ein ganz anderer Typ als Annette, der biss sich durch. So lange, bis jemand zurückbiss.

***

Auf der vierten Etage der Arbeitsagentur herrschte Totenstille. Fast schon unheimlich, dachte Renate Quickstern, als sie zu Angelikas Zimmer hinüberging. War aber kein Wunder. Die Chefin hatte an allen Türen Plakate anbringen lassen, auf denen über den Unglücksfall informiert wurde. Die Kunden wurden gebeten, an einem anderen Tag wiederzukommen.

Die meisten Kollegen hatten Walburgas Angebot wahrgenommen, den Schock in Ruhe auszukurieren, und waren nicht zum Dienst erschienen. Renate hatte sich für den Notdienst gemeldet. Der Schreck, den ihr die Polizei eingejagt hatte, war schnell vorbei gewesen, und Trauer wollte sie nicht heucheln.

Auch Manfred war zu Hause geblieben. Sie hatte ihm den Schock angesehen und dazu geraten.

»Das hab ich doch nicht ernst gemeint, ihn umzubringen, das wollte ich doch nicht! Glaubst du mir das?« Er hatte sie fast angefleht.

Sie hatte ihn zu beruhigen versucht und gesagt, dass ihm das jeder glauben werde. Aber stimmte das auch? Seinen Auftritt mit Vetter hatte der ganze Flur mitbekommen.

Angelika telefonierte mit ihrem neuen Freund. Eifrig winkte sie Renate hinein und unterbrach das Geschäker. »Kundschaft«, flüsterte sie wichtigtuerisch und drückte nach ein paar verstohlenen Schmatzern das Gespräch weg.

Schmachtend sah sie die Kollegin an. »Er ist ja so süüüß, mein Volker! Bald kommt er vorbei, dann kannst du ihn kennenlernen.«

Renate nahm sich vor, Manfred nie mehr süß zu nennen, auch nicht in Gedanken.

»Da bin ich aber gespannt«, antwortete sie lustlos. Angelikas Männer trugen für ihren Geschmack immer ein Goldkettchen zu viel am Körper.

Gespielt mitleidig erkundigte sich die Kollegin jetzt nach Manfred. »Der Arme!«, nannte sie ihn. Sonst hieß er immer Milchbubi. »Wo er sich doch gerade erst mit dem armen Vetter gestritten hatte!«

Gestern war Vetter noch ein Ekel gewesen, heute ein bedauernswertes Opfer.

»Jetzt hat Manfred bestimmt Schuldgefühle!«, sülzte Angelika weiter. »Und Angst, dass die Polizei das erfährt, oder nicht?«

Sie zerfloss vor Anteilnahme. Dabei will sie nur ein paar saftige Zutaten für ihre Gerüchteküche, dachte Renate. Laut sagte sie: »Was gibt's da groß zu erfahren? Wegen so dummer Auseinandersetzungen bringt doch keiner einen um. Und Manfred schon gar nicht. Da lacht die Polizei nur drüber. Sie ist anscheinend auch ganz zufrieden mit den Verhafteten.«

»Ja, glaubst du denn, dass der Dalhoff es war? Bei mir war der immer so nett!«

»Das stimmt«, bestätigte Renate. »Bei uns eigentlich auch. Vielleicht ist Vetter ganz von allein aus dem Fenster gefallen. Du weißt doch, dass er heimlich rauchte, da kann er sich leicht zu weit rausgelehnt haben.«

»Psst! Über Tote soll man nichts Schlechtes reden!« Abergläubisch legte Angelika den Finger auf den Mund.

Renate lachte. »Das gilt nicht für Unglücksfälle, glaub ich. Schon gar nicht für Mord, wenn es denn einer war. Da kommt alles auf den Tisch, was die Beteiligten zu verbergen haben, heißt es in den Fernsehkrimis doch immer. Pass also auf deine Leichen im Keller auf, damit sie nicht plötzlich an die Oberfläche kommen!«

Entrüstet gab Angelika zurück: »Ich hab doch keine Leichen im Keller!«

»War nur Spaß. Bei unserem lieben Kollegen kann ich mir das aber gut vorstellen. Wenn die Polizei richtig graben würde, käme bestimmt manches Mordmotiv zum Vorschein. Manfred und ich haben einiges mitbekommen. Die Geschichte mit den Fußballwetten kennst du ja auch.«

Angelika nickte beklommen. »Stimmt. Das ist nicht astrein, so wie die immer flüstern. Aber das ist doch nur ein Spiel, deshalb wird man nicht gleich ermordet!«

»Von wegen Spiel! Da geht es um viel Geld, und bei Geld hört jede Freundschaft auf, sagt meine Oma.«

»Aber das würde bedeuten, dass hier auf unserem Flur ein Mörder herumläuft!« Die Kollegin war entsetzt. »Da ist es mir schon lieber, Vetter ist von allein aus dem Fenster gefallen. Bestimmt hast du recht. Warum sollte ihn jemand gestoßen haben? So schlimm war er auch wieder nicht, obwohl er ganz schön genervt hat.«

Angelika brach ihren Vorsatz, nicht schlecht über den Toten zu reden, und zählte genüsslich alle seine bösen Taten auf. »Ich hätte ihn oft selbst aus dem Fenster werfen können!«, bekannte sie.

Renate nickte mitfühlend. Das Gefühl kannten die meisten Frauen im Amt, und die »teure Gattin zu Hause«, wie Vetter sie genannt hatte, wahrscheinlich auch.

Wer immer ihn aus dem Fenster gestoßen hatte: Wenigstens blieb ihnen jetzt die schlüpfrige Anmache des Kollegen erspart.

Sie hatte kaum wieder an ihrem Schreibtisch Platz genommen, da klopfte es an der Tür. Wagte ein Kunde es tatsächlich, die amtlichen Plakate zu ignorieren!

Eine Kundin, um genau zu sein. Renate erkannte sie sofort, als sie den Kopf zur Tür hereinstreckte.

»Sie wollen zu Herrn Vetter? Das ist leider nicht möglich.«

»Ich weiß. Tut mir leid. Ich hab gar nicht daran gedacht, was das für die Kollegen bedeutet. Aber trotz der Plakate dachte ich, wenn Sie sowieso arbeiten, kann ich wenigstens nachfragen. Hätten Sie denn kurz Zeit, Frau Quickstern?«

Renate stutzte. Die war ja nett! Obwohl sie wild aussah mit ihren zerzausten roten Haaren, hennagefärbt offensichtlich, und der schwarzen Lederjacke. Freundliche Augen. Waren die etwa grün?

Sie hatte sich Therese Urban immer als arrogante Ziege vorgestellt. Germanistin! Die hält uns doch alle für dumme Staatsbüttel, hatte sie gedacht. Sie nickte freundlich und wies auf den Besucherstuhl.

»Eigentlich wollte ich zu Ihrem Kollegen, Herrn Koch«, sagte Frau Urban. »Der war gestern, als ich bei Herrn Vetter war, kurz mit im Zimmer und schien sich in meinem Fall auszukennen. Deshalb dachte ich, er würde ihn jetzt vielleicht übernehmen.«

»Das ist nicht gesagt.« Kurzerhand erklärte sich Renate für zuständig. Erst mal sehn, was sie wollte. »Der Kollege Koch ist heute zu Hause geblieben, wie die meisten hier auf dem Flur. Der Schock, wissen Sie? Wir haben nur einen Notdienst organisiert. Wenn jetzt ein Notfall kommt, muss ich Sie hinauswerfen, aber bis dahin habe ich Zeit.«

»Super. Ich hab nämlich gestern vergessen, mit Herrn Vetter was abzuklären. Vielleicht können Sie mir da helfen?«

Sie schilderte ihr Problem und die Vorgeschichte. Da hat sie Glück, dass sie es heute mit mir zu tun hat, dachte Renate. Mit Vetter hätte sie Schwierigkeiten bekommen.

»Wir sollen sparen, wo es nur geht«, hätte er argumentiert. »Wenn die Freiberufler schon mal hundert Euro verdienen, sollen die das für ihren Lebensunterhalt verbrauchen und nicht am Jahresende mit irgend 'ner unnützen Anschaffung verrechnen. Sparen! Das ist unser Auftrag. Dafür kriegen wir Punkte, nicht dafür, den Arbeitslosen ein feines Leben zu verschaffen.«

Renate dachte daran, wie viel eingespart werden könnte, wenn sie nicht jeden Monat alle Fälle neu berechnen müssten. Dabei war meist gar nichts abzuziehen, weil die Arbeitslosen natürlich wussten, wie viel sie verdienen durften, um nicht über den Anrechnungssatz zu kommen. Ihr war völlig klar, dass Vetters Vorgehen einen Anreiz zur Schwarzarbeit darstellte.

Sie wusste, dass Manfred der gleichen Meinung war. Deshalb machte es ihr keine Schwierigkeiten, den Antrag zu genehmigen.

»Selbstverständlich können Sie jährlich abrechnen, Frau Urban«, sagte sie, als die Kundin ihre Darstellung beendet hatte. »Das war bisher möglich und ist es auch weiterhin. Im Hartz-IV-Gesetz gibt es dazu keine neue Regelung, also gelten die alten Bedingungen. Legen Sie uns am Jahresanfang Ihre Steuerabrechnung vor, dann sind wir zufrieden. Sie müssen allerdings damit rechnen, dass wir überzahlte Beträge zurückfordern.«

Ihr Gegenüber nickte erleichtert.

Renate überlegte, wie sie unverfänglich auf die gestrige Szene in Vetters Zimmer zu sprechen kommen konnte, deren Zeugin die Urban geworden war. Es war die Gelegenheit, von jemand Unbeteiligtem zu hören, wie die Auseinandersetzung verlaufen war.

Doch die Kundin brachte ganz von allein die Rede darauf. »Wenn ich mal was sagen darf, Frau Quickstern – ist ja heute sozusagen inoffiziell?«

»Klar.«

»Sie glauben gar nicht, welche Erleichterung das bedeutet, hier im Amt jemanden zu treffen, mit dem man vernünftig reden kann. Ich will ja nichts Schlechtes über Ihren verstorbenen Kollegen sagen. Und ich hätte ihm auch nicht so etwas Schlimmes gewünscht. Aber mit dem war bestimmt nicht leicht auszukommen. Ich hab da gestern eine ganz hässliche Szene mitgekriegt! Und für uns Bittsteller ist es die Pest, mit so jemand zu tun zu haben.«

Renate fiel ein, dass Vetter seine Unzugänglichkeit als Taktik verkauft hatte, um die Statistik zu bereinigen. »Je ekelhafter ich zu den Kunden bin, umso eher bleiben sie weg«, hatte er gesagt.

»Ja, angenehm war er nicht«, stimmte sie zu. »Es gab oft Gespräche mit ihm, dass er sich ein bisschen mäßigen solle. Doch seine Ansichten deckten sich durchaus mit den Regierungsvorgaben. Zwar nicht mit der hergebrachten Arbeitsweise des Amts, aber deshalb hat man uns ja Leute wie Vetter vor die Nase gesetzt. Letztes Jahr war er noch ein kleiner Sachbearbeiter, wie wir. Das bleibt aber unter uns, Frau Urban!«, setzte sie dann erschrocken hinzu. Wie kam sie dazu, Amtsinterna auszuplaudern? »Alles inoffiziell, wie Sie schon sagten, in Ordnung?«

»Okay.« Frau Urban lachte verlegen. »Ich will auch offen zu Ihnen sein, Frau Quickstern. So ganz ohne Hintergedanken bin ich nämlich heute nicht hierhergekommen.«

Sie erzählte von ihrer Bekanntschaft mit dem Verhafteten und dass sie, um ihn zu entlasten, gern mit jemandem sprechen wollte, der das Opfer näher gekannt hatte. Auch über ihren Besuch bei der Polizei berichtete sie, und dass Schlüter nicht geneigt war, von seinem Verdächtigen abzulassen und anderweitige Spuren zu verfolgen.

»Glauben Sie, dass Thomas Dalhoff Herrn Vetter umgebracht hat?«, fragte sie.

Renate schüttelte den Kopf. »Kann ich mir eigentlich nicht vorstellen. Hab ich übrigens gleich gesagt, auch Herrn Schlüter. Wir haben nämlich ziemlich dünne Wände, und ich hab den Kollegen gehört. Die ganze Zeit. Ich hatte Kopfschmerzen und hab mich geärgert. Still geworden ist es erst, kurz bevor Herr Dalhoff nebenan klopfte und dann bei uns. Ich weiß noch, dass ich gedacht hab: Schade, keine zwei Minuten Ruhe hat man hier.«

»Zu dem Zeitpunkt muss Vetter schon ein paar Minuten unten gelegen haben. Das hat Schlüter selbst gesagt, gestern im Fernsehen. Herr Dalhoff ist viel zu spät aus dem Arbeitslosenzentrum losgefahren, um das getan haben zu können. Das kann ich bezeugen. Aber wie gesagt, er wollte es nicht hören.«

»Männer können stur sein, was?« Sie lachten verständnisinnig.

Komisch, dachte Renate, jetzt sitze ich hier mit dieser Kundin und hechele den Tod meines Kollegen durch. Aber das Kompliment von eben könnte ich zurückgeben: Auch mit ihr lässt es sich angenehm reden. Nicht so verschlagen und konkurrenzig wie die lieben Kolleginnen hier ...

Sie entschloss sich, ehrlich zu sein. Ihr Gegenüber würde Manfred nicht in die Pfanne hauen.

»Auch ich habe etwas aufzudecken, Frau Urban. Ganz uneigennützig bin ich nicht, wenn ich Ihrem Herrn Dalhoff ein Alibi gebe. Auch wenn's keiner hören will. Diese Zeitangaben entlasten genauso gut meinen Zimmerkollegen. Der wäre der Nächste, der verdächtigt würde, wenn man Dalhoff entlässt. Sie haben ja selbst sein Motiv mitbekommen, und die anderen Kollegen auch. Jeder weiß, dass so was nicht zum ersten Mal passiert ist und dass Manfred kochte vor Wut.«

»Kann ich mir ebenfalls nicht vorstellen, dass er es war. Dafür wirkte er viel zu freundlich.«

»Ja, nicht wahr?« Hatte sie das jetzt zu schnell gesagt?

»Ja, wirklich.« Die Urban ließ sich nichts anmerken. »Auch zu Vetter war er noch freundlich, obwohl das Verhältnis, wie Sie sagen, nicht allzu gut war.«

»Manfred wird nicht gewalttätig, das stimmt. Aber geredet hat er oft davon, wenn er sich geärgert hatte. Jedes Mal, wenn er von Vetter kam, wollte er ihn umbringen. Auch vor Kollegen. Und die werden sich daran erinnern, wenn ein neuer Verdächtiger gesucht wird. Sie sehen, wir haben durchaus einiges gemeinsam.«

»Ja. Wir wollen beide, dass jemand, den wir mögen, nicht für Vetters Tod verantwortlich gemacht wird. Am besten wäre ja, wenn es gar kein Mord war. Dann wären beide aus dem Schneider. Wie groß ist denn die Chance, dass Vetter von allein aus dem Fenster gefallen ist? Und könnten wir das beweisen? Warum geht die Polizei eigentlich von einem Mord aus?«

Fragen konnte sie stellen, das war schon mal gut, dachte Renate. Bloß war sie bei ihr an der falschen Adresse.

»Ich hab keine Ahnung. Vetter rauchte ja dauernd, trotz Verbot. Kann durchaus sein, dass er sich dabei zu weit rausgebeugt hat. Aber beweisen? Ich nehme an, die Polizei hat irgendwelche Kampfspuren gefunden. Mitbekommen hab ich nichts. Kein Poltern, kein Hilferuf. Kurz nach zwölf war noch mal ein Besucher da, ich hab die Tür und dann Gemurmel gehört. Es wurde auch mal lauter, aber das war bei Vetter normal. Dann hat die Tür wieder geklappt, und es war für ein paar Minuten ruhig. Hab ich ja erzählt.«

»Wenn es Mord war, dann muss das der Mörder gewesen sein.«

»Ziemlich scheußliche Vorstellung!«

»Ja.« Die Urban machte ein mitleidiges Gesicht. »Haben Sie denn gehört, in welche Richtung er weggegangen ist?«

»Nein. Das wundert mich jetzt auch. Auf dem Flur hört man sonst jeden Tritt. Manfred nennt ihn immer den Nachtigallenweg, das hat er aus einem japanischen Roman. Weil da die Fußbodenbretter singen wie die Nachtigall. Das lässt wohl auf ein schlechtes Gewissen schließen, oder?«

»Ich fürchte, einen Unfall können wir vergessen«, sagte die andere nachdenklich.

»Zu Schlüter zu gehen hat wohl keinen Zweck?«, fragte Renate kleinlaut.

»Ganz bestimmt«, gab die Urban zurück. »Ich hoffe auf Thomas' Rechtsanwalt. Wenn der ein bisschen helle ist, wird er jeden Zipfel aufgreifen, der irgendwie auf einen anderen Täter hinweist.«

»Dann sollten wir versuchen herauszubekommen, welche Zipfel da in Frage kommen.«

»Genau. Mir fällt auch schon ein, wo wir anfangen können. Die meiste Arbeit wird leider an Ihnen hängen bleiben. Jemand sollte nämlich einmal Vetters Kunden unter die Lupe nehmen. Vielleicht ist einer dabei, dem er besonders übel mitgespielt hat. Das ist Ihr Job. Wir vom Zentrum würden dann versuchen herauszubekommen, wo dieser Mensch sich gestern Mittag aufgehalten hat. Irgendeine Begründung, warum wir das wissen wollen, fällt uns schon ein.«

»Das ist eine gute Idee. Ich nehme mir gleich die Akten vor. Muss sowieso gemacht werden. Das werden aber nicht wenige sein!«

Abwinkend wechselte die Urban das Thema. »War Vetters letzter Besucher denn eine Frau oder ein Mann?«

»Ich hab hauptsächlich Vetter gehört«, sagte Renate bedauernd. Sie zögerte. Sollte sie Frau Urban von Vetters »geschäftlichen« Umtrieben erzählen?

Vielleicht sollte sie erst einmal selbst die Augen offen halten, bevor sie die Kollegen vor einer Fremden schlechtmachte. Klar – mit diesen Wetteinsätzen war etwas nicht in Ordnung, das hatte man schon an der Heimlichtuerei gemerkt. Hatte nichts genutzt – der ganze Flur tuschelte darüber. Aber wenn man tuschelte, steckte etwas Gefährliches dahinter. Konnte das zu Mord führen?

»Wissen Sie etwas über Fußballwetten? Ich meine nicht den Schiedsrichterskandal.« Jetzt hatte sie doch davon angefangen.

»Nein.« Frau Urban schien überrascht. »Wieso denn das? Hat Vetter etwa …?«

Renate nickte. »Irgendwas war da. Ich weiß allerdings nichts Genaues. Hab auch keine Ahnung, ob das illegal war. Ich werde mich aber umhören in den nächsten Tagen. Auf diesem Flur bleibt nichts geheim.«

»Seien Sie vorsichtig!«, warnte ihre neue Mitstreiterin. »In diesen Kreisen geht es bestimmt ruppig zu.«

»Erst mal erkundige ich mich bei den Kollegen, von denen tut mir keiner was. Einen Namen weiß ich schon, der kommt seit Jahren als Kunde ins Amt. Josef Lottmann. Fein gemacht und braun gebrannt. Kein typischer Arbeitsloser. Alle reden darüber, dass mit dem was nicht stimmt. Aber er war immer Vetters Spezialfall, an den durfte niemand anderes ran. Angeblich hat er ihn getriezt, doch sie verstanden sich bestens. Und irgendwann danach zahlte Vetter die Gewinne aus. Dann war so ein ganz bestimmtes Gewusel auf dem Flur und am Kopierer, irgendwie aufgeregt.«

»Na, das ist doch schon mal was. Wenn ich auch nicht weiß, was wir damit anfangen können. Bei so was kenne ich mich überhaupt nicht aus. Ach, da fällt mir noch ein dritter Zipfel ein. Was ist eigentlich mit dem Sohn? Heute Morgen im Radio hieß es, er sei verschwunden. Kennen Sie den?«

Natürlich kannte Renate Vetters Sohn Georg. »Er kam oft vorbei, ich glaube aber immer nur, um Geld zu holen. Da war irgendwas mit Drogen. Es hat fast jedes Mal Streit gegeben nebenan. Übrigens auch, wenn ihn seine Frau besuchen kam.«

Sie erzählte, was sie von Vetters Familienleben wusste. Es war nicht viel, aber bezeichnend. Der Mann konnte einem leidtun. Ein bisschen. Die Frau, Vera, versank bestimmt nicht in Trauer. Wahrscheinlich verbrachte sie nach wie vor den halben Tag mit Ayurveda, im Fitnessstudio und beim Squash.

»Stop«, sagte Frau Urban. »Das bringt mich auf eine Idee. Ich kenne jemand, der Squash spielt. Und es gibt nur eine Anlage hier, soweit ich weiß. Mal sehn, ob da was über Vera herauszubekommen ist.«

»Das ist doch schon eine ganze Menge, was wir da vorhaben.«

Ihre Besucherin lachte. »Dafür, dass wir uns eben erst kennengelernt haben, sind wir ein gutes Team, was?«

»Ja. Ich bin froh, dass Sie vorbeigekommen sind.«

Sie verabredeten, dass Frau Urban am Mittwoch hereinschauen sollte, um sich den Bescheid über die Vereinbarung und vielleicht ein paar Namen abzuholen. Freitagabend wollten sie sich treffen, um eventuelle Neuigkeiten auszutauschen.

Renate brachte die Kundin zur Tür und ließ sich erleichtert auf den Bürostuhl fallen. Ganz allein war sie nicht mehr mit ihrer Sorge um Manfred. Ob die Urban in diesen Thomas auch verliebt war?

***

Statt durchs Riemeke abzukürzen, nahm Therese wieder den langen Weg durch die Innenstadt. Sie wollte zum Marienplatz und sehen, ob sie ihre alte Freundin Elke auftreiben konnte. Wenn Vetters Sohn mit Drogen zu tun hatte, wusste die ehemals Abhängige vielleicht etwas über ihn, das ihnen weiterhalf.

Heute guckte wieder mal Klärchen um die Ecke, wie es in Paderborn hieß, wenn die Sonne schien. Klare, kalte Luft, in der man die Abgase noch deutlicher roch. Obwohl ab zehn Fahrverbot herrschte, verstopften Lieferwagen und Lkws die Haupteinkaufsstraße. Stinkende, rangierende Ungetüme, zwischen denen sich die Fußgänger hindurchquetschten.

Mit Erleichterung dachte Therese an den zurückliegenden Besuch auf dem Arbeitsamt. Die Quickstern war ihr auf Anhieb sympathisch gewesen. Sie gab sich ganz konventionell, mit Bluse und Rock, das Haar ordentlich aufgesteckt, dezent geschminkt, trug aber geradezu punkig zwei Ringe in nur einem Ohr. Wie sie wohl in ihrer Freizeit herumlief?

Ein ganz anderer Typ als dieser Vetter. Therese hatte erst nicht glauben wollen, dass es so etwas gab im Amt. Legte die Regeln tatsächlich zugunsten des Antragstellers aus. Kein Kampf, keine Tricks nötig. Sie hatte sich ernst genommen gefühlt, zum ersten Mal in all den Jahren. Und was das Wichtigste war: Sie hatte eine Mitstreiterin gefunden im Kampf um Thomas' Freiheit.

Wie ihr forscher Schritt wurde auch der kleine Höhenflug jäh gestoppt. Massiv gepanzert zuckelte ein Geldtransporter vor ihr her. Die durften natürlich! Geld hat Vorfahrt.

Sie überlegte, in Brockmeyers Buchladen nach Neuerscheinungen zu suchen, ließ es aber, als ihr einfiel, wie hoch ihr Konto schon überzogen war. Kein Geld für neue Bücher, das wurmte sie an der Arbeitslosigkeit am meisten. Sie waren im Budget nicht vorgesehen. Dennoch war sie öfter, als sie wollte, Brockmeyers Wühltischen erlegen. Er vor allem hatte davon profitiert, dass die frühere Arbeitslosenhilfe für etwas mehr als Brot und Käse gereicht hatte.

Möllers Plattenladen ein paar Türen weiter interessierte sie sowieso nicht. Die Plakate im Fenster zeigten André Rieu und den jungen James Last, in der Auslage lagen Franz Lehárs »Schönste Melodien« neben Liebesliedern von Peter Alexander und Stefan Raabs »Highlights«. Eine der Fastenzeit gemäß violett dekorierte Ecke, im Fenster ein Aufkleber »Aktuell«, bot geistliche Musik an. Nicht ihre Welt.

Möller war Stadtrat der Konservativen, ein »Schwarzer«, wie

es in ihren Kreisen hieß. Seit der Nachkriegszeit wurde die Stadt von einer CDU regiert, die als nördlichster Vorposten der bayerischen CSU galt. Angesichts des katholischen Umfelds könne man im gesamten Paderborner Land einen Besenstiel schwarz anstreichen und zur Wahl stellen, sagte man. Er werde jedenfalls gewählt.

Die christliche Einstellung hinderte Möller nicht, immer härtere Vertreibungsaktionen gegen die paar Drogenabhängigen in der Innenstadt zu fordern, während seine Fraktion die sozialen Hilfen immer mehr zurückfuhr. Möllers Frau sammelte derweil landauf, landab Spenden für Straßenkinder eines zurückgebliebenen Ostblocklands. Abwechselnd standen sie in der Zeitung mit ihren Anliegen.

Die beiden waren typisch für diese Stadt. Geschäfte gingen vor, bei den Christsozialen sowieso. Was störte, wurde vertrieben, ausgemerzt. Das Mitleid sparte man sich für Drittweltländer auf, Waisenkinder mit großen braunen Augen, Dankbarkeit im Blick. Junkies klauen, sind schmutzig und gucken nicht dankbar.

Was sollte sie von diesen Christen halten? Die vielen Kirchen der Stadt waren vor allem Fassade, gut zu vermarktende PR-Objekte. Meist blieben sie den Touristen überlassen. Ihre Mitbürger beichteten zu Ostern, gingen zur Christmette in den Dom und hatten ihren Auftritt beim Liborifest. Fotos in der Zeitung, Möllers immer mittendrin.

Am Franziskanerkloster blieb Therese stehen und musterte das Angebot des Gemüsestands. Viel zu teuer. Zwischen den wuchtigen Treppenaufgängen schob sich der Brunnen wie ein Mönchsbäuchlein in die Fußgängerströme hinein. Nur Touristen blieben stehen, verglichen die barocke Fassade mit dem Prospekt in ihrer Hand. Paderborner schauten nie. Die liefen in die Geschäfte oder einfach vorbei.

Wo war er? Richtig. Der Dom war von überall zu sehen. Ihm entging man nicht. Der Turm ragte über alle Dächer. Mit goldglänzendem Doppelkreuz: Hier sitzt der Erzbischof.

Kirchen waren steinerne Denkmale für die Herrschaft im Unbewussten, die Türme erhobene Zeigefinger. Sagte Michael, ihr schlauer Freund. Mochte ja sein.

Neben dem Multistore der Marienplatz, Thereses Lieblingsort

im stadtprägenden Durcheinander von Heilig-Weltlichem. Mitten im dicksten Trubel, zwischen Fußgängerströmen, Straßencafés und Linienbussen die hohe Säule mit der Muttergottes, schwarze Tauben auf Kopf und Schultern. Zu ihren Füßen die Drogenszene Paderborns. Versteckt hinter Büschen, meist ruhig und friedlich, aber den ordentlichen Mitbürgern ein Dorn im Auge. Jahrzehntelang hatte Marktkirchpfarrer Jürgens, der wusste, was seine Maria von ihm erwartete, die Hand über die Ausgestoßenen gehalten und sogar eigenhändig deren Dreck entsorgt. In kalten Nächten hatte er die Obdachlosen im Keller seiner Kirche untergebracht. Nach Jürgens' Pensionierung drohte die Vertreibung.

Ihre Freundin Elke brauchte sie nicht lange zu suchen. Sie thronte auf ihrer Bank, unter sich eine rosa Wolke. Um sie herum führten Alkis und Junkies das tägliche Trauerspiel vom endlosen Partyleben auf. Die Maria auf ihrem Podest verdrehte die Augen zum Himmel.

Therese kannte manche Platzbewohner aus früheren Schulklassen, Politgruppen, Kneipencliquen, sogar aus Uni-Seminaren, und war jedes Mal entsetzt, sie hier wiederzutreffen. Geschockt, wenn dann und wann die Todesanzeige folgte.

Es erschreckte sie aber auch, in jedem Frühjahr neue junge Leute auf dem Platz zu entdecken. Migrantenkinder, die keinen Platz in der Gesellschaft fanden, Mädchen vom Dorf, die das zweifelhafte Bett eines coolen Koksers dem letzten Schulbus vorzogen, dumme Jungs, die mit übermäßigem Drogenkonsum protzten.

Wer war schuld an ihrem Unglück? Dealer, Zuhälter? Auch die trieben sich hier herum. Mehr aber wohl die Sehnsucht nach einem »anderen« Leben, das sonst nirgends zu finden war.

Das traf bestimmt auf Elke zu, die trotz der Februarkälte auf einer Bank hinter dem Brunnen saß. Ganz allein, ein Buch in der Hand. Wie immer. Sie sonderte sich ab, wollte mit dem Drogenpack nichts zu tun haben, sagte sie. Dennoch suchte sie seine Nähe. Obwohl sie seit Jahren clean war, hielt sie sich an den vertrauten Orten auf. Ertrug den Suchtdruck, den der Konsum um sie herum erzeugte. Ertrug Regen, Schnee und Kälte. Saß da und las.

Eine Bank weiter umstand eine Gruppe junger Russlanddeutscher eine dreifache Palette Bierdosen, die sie auf der Sitzfläche abgestellt hatten. Sie lärmten und breiteten sich zu Elke hinüber aus, doch die störte sich nicht daran.

Als Therese zu ihr trat, schaute sie auf. »Guck mal«, sagte sie und drehte ihr Buch um. »Hab ich aus der Stadtbibliothek, nicht geklaut!«

Ein Indianerbuch. Elke saß an der Maria und las ein Buch über die Inkas und Azteken.

»Schön warm da«, gab Therese zurück. »Wie hältst du's hier nur aus?«

»Ich hab doch 'n neuen Parka, guck! Aus der Kleiderstube, mit richtigen Federn drin.«

Eifrig zog sie die rosa Wolke an sich hoch. Fast ein Schlafsack, für Elkes mageren Körper viel zu groß. Wasserdicht war er auch, hatte sogar eine Kapuze.

»Na ja, die Farbe ...«, setzte sie hinzu, Thereses Blick richtig deutend. Elke schaute an sich herab. »Ist doch egal.« Sie lachte. »Innen drin ist er super!«

Wieder freute sich Therese über Elkes geglückten Entzug. Heroin war ihr Gift gewesen, jahrelang, und wenn das nicht zu haben war, Pillen, »Benzos«, bis ihre Nieren versagten. In der Zeit hatte sie nie so offen gelacht. Früher einmal hatten sie zusammen im Frauenzentrum gearbeitet, gefeiert und die Welt verändert. Damals sah sie in ihrem langen schwarzen Ledermantel aus wie Uschi Obermeier zu ihren besten Zeiten. Ohne Schminke sogar, die war unter den Frauen verpönt. Und wie sie tanzen konnte! Über Stunden, und fast in Trance.

Auch Annette hatte gern getanzt. Jung und hoffnungsvoll waren sie damals ...

Therese setzte sich mit auf die Wolke, wo Elke ihr großzügig Platz gemacht hatte. Aber so friedlich, wie es von Weitem ausgesehen hatte, sah es in der Freundin nicht aus. Sie war beim Sozialamt gewesen, schon ganz früh, und hatte erfahren, dass ihre Mietzuzahlung gekürzt werden würde.

»Ich soll mir 'ne billigere Wohnung suchen, haben sie gesagt. Was soll ich denn jetzt bloß machen?«

Elke hatte bisher von Sozialhilfe gelebt, und die Stadt hatte ohne Murren die Miete für ihre paar Quadratmeter übernommen. Die Beamten kannten die Preise und wussten, dass kleine Wohnungen kaum zu haben waren. Und wenn, dann gingen sie an die zahlreichen Studenten, die Paderborns Hausbesitzern immer noch lieber waren als »Asoziale«.

Seit Hartz IV waren die Mietzuschüsse radikal gesenkt worden. Auch im Arbeitslosenzentrum ging die Angst um, die Wohnung zu verlieren. Zog man auf die Dörfer, wo die Mieten billiger waren, steckte man das ersparte Geld in teure Fahrtkosten.

Therese konnte ihr nicht helfen. »Hungern oder umziehen – das sind die einzigen Alternativen«, sagte sie cooler, als sie sich fühlte.

Elke nickte beklommen. »Da muss ich erst mal drüber schlafen.« Nach einer Pause fügte sie erbost hinzu: »Man sollte diese Beamten alle aus dem Fenster werfen! Wie den aus dem Arbeitsamt. Der vorhin saß ebenerdig, aber dran gedacht hab ich! Was meinst du, war es Thomas? Er ist hier der Held des Tages!«

Therese regte sich auf. »Das sind doch alles Dummköpfe! Und du auch! Die Beamten können nichts dafür, wehren muss man sich ganz woanders. Als ob damit was gewonnen wäre, wenn da einer fehlt. Aber Thomas, der fehlt jetzt, und wer weiß, wann sie ihn wieder rauslassen.«

»Du meinst also, er war es gar nicht?«

»Natürlich nicht! Dieser Vetter war ein so unangenehmer Mensch, dass er sicher viele Feinde hatte.« Sie erzählte von ihrem fruchtlosen Besuch bei Schlüter und vom erfolgreicheren in der Arbeitsagentur. »Wir müssen Thomas heraushauen, Elke. Du könntest mir dabei helfen.«

»Aber ich kannte den doch gar nicht!«

»Ihn nicht, aber vielleicht seinen Sohn. Du hast bestimmt im Radio gehört, dass er verschwunden ist. Er soll immer viel Zoff mit seinem Vater gehabt haben, weil er Drogen nimmt und dauernd Geld braucht. Kannst du dir vorstellen, wer das ist? Er heißt übrigens Georg, Georg Vetter.«

Elke schaute sich auf dem Platz um, schüttelte dann aber den Kopf. »Keine Ahnung. 'n Georg kenn ich nicht. Nachnamen sowieso nicht. Die haben alle ihre Spitznamen – weißt du den vielleicht?«

»Nein.« Therese war enttäuscht.

»Warte mal«, sagte Elke und rutschte von ihrer Wolke. Sie sprach mit einem älteren Reggaefreak, der mit ärmellosem T-Shirt in der kalten Februarsonne stand. Als sie zurückkam, strahlte sie.

»Fetti!«, verkündete sie stolz. »Natürlich! Dass ich auf den nicht gekommen bin! Der ist aus Berghusen, und dass er weg ist, stimmt auch. Ich dachte immer, der heißt so, weil er so dünn ist, deshalb hab ich nicht geschaltet. Fand ich immer witzig. So dünn und heißt Fetti. Das ist der Sohn!«

Therese strahlte zurück. »Super, Elke. Wusst ich doch, dass ich bei dir richtig bin. Kennst du den näher?«

»Nee. Der ist ja viel jünger als ich und 'ne ganz andere Szene. Die sind immer so finster drauf, da bleib ich lieber weg. Alle schwarz angezogen, mit Ketten und Piercings, total stachelig. Fetti auch. Schlucken und drücken, was sie kriegen können. Totale Crashkids. Wissen genau, was sie machen. Denen ist alles egal.«

»Glaubst du?«, fragte Therese entsetzt.

Elke nickte nur. Sie hatte selbst solche Phasen hinter sich.

»Aber aggressiv sind sie nicht«, fuhr sie fort. »Nur stachelig. Aggressiv sind die Alkis hier, die müssen sich dauernd kloppen. Wenn Fetti und die angepöbelt werden, gehn sie einfach weg. Machen nicht mit. Deshalb glaub ich auch nicht, dass der seinen Vater umgebracht hat. So ein Typ ist der nicht. Der Alte hat ihm doch immer Kohle gegeben, Fetti schwamm im Geld. Letzten Freitag hat er ordentlich eingekauft und Party gemacht. Pillen, Shit, Alk – die warn vielleicht breit!«

Georg war seit Freitag nicht zu Hause aufgetaucht, hatte die Reporterin heute Morgen gesagt.

»Weißt du auch, was er danach gemacht hat?«, erkundigte sich Therese.

»Nee. Als es anfing zu regnen, haben sie ein Taxi gerufen und sind weggefahren. Zu viert. Die andern haben sich verkrümelt. Seitdem hab ich Fetti nicht mehr gesehn. Gestern auch nicht. Keine Ahnung, wo die sind.«

»Wenn du ihn siehst oder noch was hörst, sag mir Bescheid, ja? Wir sehn uns morgen bei Annettes Beerdigung.«

»Ja, leider«, sagte Elke bedrückt. Sie sprachen noch ein Weilchen über den Selbstmord der Freundin, bis Therese vor der Kälte kapitulieren musste.

Elke in ihrem rosa Schlafsack würde auf dem Friedhof jedenfalls ein Lichtblick sein.

Als sie bergab Richtung Ükern lief, war Therese so rosarot nicht zumute. Georg ging ihr nicht aus dem Sinn. »Crashkids«, hatte Elke gesagt. Ihr ganzes Leben war ein einziger Suizidversuch, aber sie waren viel zu cool, um Hilfsangebote an sich heranzulassen.

Sie mochte nicht alle Schuld auf die Eltern schieben. Natürlich verhinderte auch die »Umwelt« mit Leistungsdruck, Perspektivlosigkeit und Langeweile, dass die Kinder leben wollten. Aber nach allem, was sie inzwischen über Georgs Erzeuger wusste, war sein Unglück durchaus als hausgemacht zu betrachten.

Vielleicht hatte er bei einem letzten Streit, nach Vorwürfen und Beleidigungen des Vaters, die Beherrschung verloren. Er mochte dünn sein, aber in dem Alter war man stark. Es widerstrebte ihr, ihn als Täter anzusehen, doch im Auge behalten musste man ihn schon. Wenn er überhaupt wieder auftauchte …

Immerhin suchte die Polizei nach ihm; das brauchte sie ihr nicht abzunehmen.

Wieder ärgerte sie sich über Schlüters Unzugänglichkeit. Und über Michaels Vorpreschen. Schlagkräftige Reden waren seine Stärke, das kannte sie von politischen Diskussionen. Er schwafelte nicht wie andere, sondern lieferte die Argumente zack, zack, und meist folgte am Schluss eine geschliffene Zusammenfassung, zu der ihn Schlüter diesmal nicht hatte kommen lassen.

Männer!, dachte sie. Kein Gespür für die Empfindlichkeiten ihres Gegenübers.

Um gerecht zu sein: Es gab auch Frauen, die ihre Mitmenschen wie Dampfwalzen überfuhren. Nicht zuletzt sie selbst. So überaus sensibel ging auch sie nicht immer mit anderen um. Es gab sogar Leute, die sie für ausgesprochen zickig hielten …

Aber jetzt war keine Zeit für die Nabelschau. Sie musste zum

Arbeitslosenzentrum und Freiwillige für die Recherchen suchen. Dann den Rechtsanwalt anrufen und einen Termin mit ihm ausmachen. Und sie durfte nicht vergessen, heute Abend mit Michael zu sprechen. Er musste sich im Squash-Club nach Vera erkundigen.

Die Arroganz dieses Polizeibüttels war zum Kotzen. Mit seinem Apparat hatte er viel bessere Möglichkeiten. Sie konnte sich jetzt die Hacken ablaufen, um ihm auf die Sprünge zu helfen.

Andererseits durfte sie nicht alles stehen und liegen lassen und rastlos rund um die Uhr recherchieren wie die Ermittler in den Romanen, die meist sogar Gesundheit und Leben riskierten. Trotz der Arbeitslosigkeit hatte sie ihre Aufgaben. Die nächste Arbeitslosenzeitung stand an, und es würde schwer genug sein, sie ohne Thomas herauszubringen.

In der JVA saßen die beiden warm und trocken, viel passieren konnte ihnen nicht. Sie würden tun, was sie konnten. Die Gefangenen mussten warten, bis sich alles aufklärte. Bestimmt hatte Thomas längst mit dem Rechtsanwalt eine Strategie festgelegt.

Wie es ihm wohl ging? Ob man ihn besuchen konnte?

Eine Reportage aus dem Gefängnis, ein Interview mit dem mordverdächtigen Aufwiegler – das wär doch was für ihre Zeitung! Das hätten sie exklusiv …

Das Arbeitslosenzentrum war so voll, wie sie es erwartet hatte. Die Nachricht von Thomas' Verhaftung hatte alle mobilisiert, denen er schon einmal geholfen hatte.

Ein paar Freunde aus allen möglichen politischen Ecken waren ebenfalls aufgetaucht, und jetzt wurden im Hof Transparente gemalt. *»Lasst Thomas frei!«*, las sie und: *»Hartz IV killt, Arbeitslose nicht!«*

»Wollt ihr damit etwa auf die Beerdigung?«, fragte sie erschrocken.

»Keine schlechte Idee«, rief einer. »Dann kommen wir wenigstens ins Fernsehn.«

Fritz beruhigte sie. »Wir halten 'ne Mahnwache, ab jetzt jeden Tag, vorm Rathaus. Und Samstag 'ne Demo. Man muss doch was tun …«

Ob das half? Aber Thomas würde sicher nicht erwarten, dass sie nach Brackwede zogen und ihn aus dem Knast holten.

Sie folgte Fritz in die Küche, wo er frischen Kaffee aufsetzte. Nebenbei berichtete er vom Besuch des Rechtsanwalts schon am frühen Morgen.

Therese war erleichtert. Den brauchte sie nicht mehr zu suchen.

Thomas hatte ihn gestern noch angerufen und hergeschickt, um Zeugen für den Zeitablauf zu finden. Mit ihr wollte er auch sprechen. Seine Karte hatte er da gelassen.

Außerdem wollte der Anwalt mit dem Montagsdemonstranten reden. Der sei auch ein wichtiger Zeuge und könnte Thomas vielleicht rausreißen.

Fritz sah sie zuversichtlich an. Ohne Thomas wirkte er immer ein bisschen hilflos, obwohl er ihn recht gut vertrat.

Therese nahm die Visitenkarte und stellte fest, dass sie den Namen kannte. Johannes Appelbaum. Sie hatte mit ihm das Abitur gemacht, am Westfalen-Kolleg. Jura hatte er also studiert.

Damals war er ein Freak. Hansi eben. Langhaarig, bärtig und verkifft. Aber von Anfang an mit dabei gewesen, in der glorreichen Zeit der Studentenbewegung, die sogar in ihrem Provinzstädtchen ein paar Wellen geschlagen hatte.

»Alter Adel verbindet«, kommentierte sie ihre Gedanken.

Fritz schaute verständnislos.

»Na, die beiden haben schon im Sandkasten Bomben zusammen gebastelt. Achtundsechziger, weißte!«

»Bist du doch auch!«

»Nee, für die bin ich nur Sponti. Damals war ich noch viel zu blöd für Politik.«

»Sind Frauen sowieso zu blöd für!« Fritz grinste sie frech an.

»Und für Fußball auch, ich weiß«, frozzelte sie zurück und ging mit ihrem Kaffee nach nebenan.

Zumindest schien Hansi ein eifriger Anwalt geworden zu sein, was seinerzeit nicht abzusehen war. Heute Abend würde sie ihn anrufen.

In dem kleinen Raum, den sie hochtrabend Café nannten, ging es schon längst nicht mehr um Thomas' und Manuels Probleme. Wie kann man jetzt an Fußball denken, fragte sie sich.

»Das kann ich mir vorstellen, wie Häuptling Schmalzlocke beim Schiri mit dem Geldkoffer vorbeigekommen ist«, stellte der sonst so wortkarge Matthias gerade unhaltbare Vermutungen auf. Bei Fußball konnten alle mitreden.

Der lange Udo nickte. »Der hat doch Geld wie Heu! Ihr müsst mal sehn, was der alles baut in der Stadt!« Als früherer Maurer hatte Udo einen Blick für Baustellen. »Und der Sieg kam gerade richtig. Keiner hat noch an den Aufstieg geglaubt nach der Pannenserie!«

»Da haben die dran gedreht, ganz klar!«, kam es vom Fenster, wo die Raucher ihre Ecke hatten.

»Und was ist mit dem Kapitän?«, wandte Karin ein, die recht intelligente Artikel für ihr Blättchen schrieb. »Der hat doch auch Geld gekriegt, zehntausend Euro, glaub ich, für die ganze Mannschaft. Die waren fürs Gewinnen, und das sollen sie doch! Warum ist er dann zurückgetreten? Er sah so gut aus ...«

Fritz war an der Tür stehen geblieben und schüttelte genervt den Kopf. Er war der Einzige im Raum, der sich auskannte. »Da verstehst du nichts von«, sagte er. Sie aufzuklären sparte er sich jedoch. Sein stereotypes »Frauen und Fußball!« verkniff er sich ebenfalls, schielte aber hoffnungsvoll zu Matthias hinüber. Der guckte jetzt in die Zeitung, weshalb Fritz begann, die Kaffeetassen zusammenzuschieben.

Von Fußballwetten hatte die Quickstern auch was gesagt. Waren die etwa alle geschoben?

Therese hatte keine Ahnung vom Sport. Aber sie fand, es wurde in den Berichten über die Wettaffäre, die in der Presse jetzt sogar den politischen Teil erobert hatten, auffällig wenig darüber gesprochen, wie es passieren konnte, dass der große HSV gegen den Provinzverein verloren hatte. Sie brachte genug Patriotismus auf, um sich zu ärgern, wenn jetzt ihrer Stadt der schwarze Peter zugespielt wurde. Der Schiri war doch nicht allein auf dem Feld!

So viel verstand sie davon: Das Verlieren hatte ein Verein in der Hand, aber Gewinnen war Glückssache, daran konnte man kaum drehen.

Jetzt darauf einzusteigen und zu erzählen, was sie zum Thema Wetten herausgefunden hatte, brachte nichts. Viel zu voll hier. Sie würde morgen auf dem Friedhof mit ein paar Leuten reden und sie für nachmittags einladen. Nach dem Besuch bei Renate Quickstern. Sowieso würde sie erst dann wissen, was zu tun war.

Im Café ging es inzwischen um die Beerdigung. Die Frauen überlegten, was sie anziehen sollten, und auch die Männer schauten nachdenklich drein. War ein Problem in Arbeitslosenkreisen; für neue Klamotten reichte das Geld nur selten.

Aber hingehen wollten alle. Jetzt spürte Therese doch Betroffenheit im Raum: Es hätte jeden von uns erwischen können.

Andrea erzählte von ihrem eigenen ALG-II-Antrag. Obwohl die junge Mutter in einer ähnlich »ungeklärten Beziehung« lebte wie Annette, war sie mit den beiden Kindern, dem Baby und einem von der Oma versorgten Sechsjährigen, als eigene »Bedarfsgemeinschaft« eingestuft worden. Sie hatte keinen Widerspruch einlegen müssen. Hatte jedoch monatelang schlaflose Nächte verbracht, aus Angst, mit den Sprösslingen dem neuen Lebenspartner zur Last fallen zu müssen.

Schlaflose Nächte hatten viele. Zu unsicher waren die Kriterien, nach denen im Amt geurteilt wurde, zu widersprüchlich die Bescheide. Ohnehin auch viel zu wenig Geld, das einem zugebilligt wurde. Unter den Erwerbslosen machte sich eine finstere, hilflose Wut breit, die sie normalerweise für sich behielten, um nicht als Opfer dazustehen. Hier ließen sie ihr freien Lauf.

»Neulich hab ich in der Zeitung die Schlagzeile gelesen: ALG II fürs Volk, für die Politiker fette Pensionen«, schimpfte Karin. »Die sollen bloß noch mal kommen und gewählt werden wollen!«

Sie hatte gerade den Traum von der eigenen Existenz zu Grabe getragen, den ihr Clement mit seiner »Ich-AG« vorgegaukelt hatte. Allzu gern war sie auf das Angebot ihres Sachbearbeiters eingegangen, ihr »Unternehmensprojekt« auf die Art zu fördern.

Dienstleistungen haben immer einen Markt, hatten die Politiker getönt. Sie war Gärtnerin, was lag also näher, als Privatleuten Unterstützung bei der Gartenpflege anzubieten?

Mit der Idee stand sie nicht allein, die Konkurrenz war groß. Und das im wahrsten Sinn des Wortes: Karin war eher zierlich, und schwere Arbeit, die sie durchaus gewohnt war, traute ihr niemand zu. Hätte das der Sachbearbeiter nicht voraussehen müssen?

Jetzt war Karin eine der eifrigsten Mitarbeiterinnen bei der Arbeitslosenzeitung. Therese hatte beobachtet, dass ihre bisher ziemlich klobigen Hände sich veränderten: Sie wirkten gepflegter und verloren die Kraft.

»Nicht nur die Politiker, auch die Manager – alle bedienen sie sich!«, steuerte Andrea bei. »Habt ihr gelesen, was die verdienen? Wenn ich das Geld hätte …«

Das war eins der Lieblingsthemen hier: sich auszumalen, was sie alles kaufen und unternehmen könnten, wenn mal genug Geld da wäre.

Fritz kam aus der Küche zurück und brach den Traum vom Reichtum rüde ab.

»Man kommt sich in diesem Land vor wie der letzte Dreck«, maulte er. »Für lau hier rumwühlen, das darf ich, aber mir 'ne Stelle besorgen, meinetwegen bei McDonald's, das schaffen sie nicht. Wie oft hab ich mich selbst überall beworben! – Ich tu's ja gern, hinter euch herputzen«, beschwichtigte er ihre betroffenen Mienen, setzte aber selbstbewusst hinzu: »Bevor alles versifft bei euch Weibern!«

Therese verabschiedete sich, und Fritz begleitete sie hinaus. Auf dem Flur hielt er sie fest und fragte, wie lange Thomas wohl wegbliebe.

»Ich will gern für ihn einspringen, aber die Beratung kann ich nicht machen.«

Das glaubte sie sofort, denn die hätte sie sich selbst nicht zugetraut. Thomas war der beste Berater im Zentrum, ehrenamtlich, wie alle; die Arbeitslosenberatung war der öffentlichen Hand nichts wert. Wenn sich jemand in der undurchsichtigen Hartz-Gesetzgebung auskannte, dann er. Auch Therese hatte ihm manchen Tipp zu verdanken. Aus eigener Betroffenheit hatte er sich hineingekniet, und eigentlich hätte ihm längst jemand Geld für seine Arbeit bezahlen sollen.

Stattdessen saß er im Knast.

Sie erzählte kurz von ihrem Besuch bei der Polizei und erfuhr, dass auch der Rechtsanwalt dort schon abgeblitzt war. Den Besuch in der Arbeitsagentur behielt sie erst mal für sich, das war alles noch nicht konkret genug. Nach der Verabredung, sich am Mittwoch zusammenzusetzen, fiel endlich die Tür hinter ihr zu.

Jetzt hatte sie Hunger, war müde und sehnte sich nach einem Mittagsschläfchen. Zu vieles schwirrte in ihrem Kopf herum, das sich am besten im Schlaf sortierte. Und nach der Post musste sie gucken. Sie war sicherlich schon da. Therese beschleunigte ihre Schritte. Nie war der Weg zum Briefkasten spannender gewesen als jetzt …

Zum Glück war es nicht weit bis zu ihrer Wohnung, die ebenfalls im Ükern lag. In einem fast so schön verzierten, wenn auch kleinerem Haus als das des Arbeitslosenzentrums. Ein paar Altbauten immerhin hatten die Erneuerungswut nach dem Krieg überlebt; wenn nicht die ursprünglichen Familien selbst darin lebten, wurden sie preiswert an Leute vermietet, die das besondere Flair zu schätzen wussten und dafür gern durchs Treppenhaus zum Badezimmer liefen.

Man wohnte hier gut, war schnell auf dem Berg mit seinen Geschäften und dem bisschen »Kultur«, zum Glück aber genauso schnell im Grünen entlang der Pader oder in den Wäldern zu den Fischteichen hin. Zwei Sträßchen weiter lag die »Schwimmoper«, eine kahle Halle, deren Name ebenso bombastisch war wie das »Café« des Arbeitslosenzentrums. Therese ging gern zum Frühschwimmen und in die Sauna, was sie sich aber, je länger die Arbeitslosigkeit dauerte, immer seltener leisten konnte. Das galt auch für die vielen Kneipen ringsum und vor allem die Restaurants aller Nationalitäten, die ihr das Wasser im Mund zusammenlaufen ließen und deren Angebot sie manchmal, so gut es ging, zu Hause nachkochte.

Immerhin musste sie jetzt nicht hungern. Für ihren Lieblingsbäcker an der Ecke war genug Geld da, Vetter sei Dank. Als Einzige weit und breit hatte sie keinen Grund, ihn aus dem Fenster zu werfen. Wenn die Polizei jemals auf die Idee kam, seine Akten durchzuforsten, würde man sie wohl nicht verdächtigen.

Das war es wert, mit einem Stück Mohnkuchen gefeiert zu werden.

Am Nachmittag musste sie noch mal in die Stadt, um ein paar Werbeanzeigen hereinzuholen, die Thomas angeleiert hatte. Außerdem wollte sie für ihre Zeitung die Mahnwache fotografieren. Wir müssen einen großen Bericht über die Sache machen, überlegte sie. Alle Indizien für Thomas' Unschuld offenlegen.

Oder war das ungeschickt? Behinderte es vielleicht ihre »Ermittlungen«? Bei der Polizei gab es bestimmt eine Theorie darüber. Die gaben ihre Informationen nur selten preis, wie im Roman so in der Wirklichkeit.

Andererseits konnte ein genauer Bericht Zeugen auf den Plan rufen, die Thomas gesehen hatten, als er die Behörde betrat. Bekannt genug war er, sodass ihn die meisten Arbeitslosen erkannt hätten. Vielleicht glaubten sie jetzt alle Schlüters Märchen und applaudierten heimlich zu Thomas' angeblicher Tat. Denen musste man zeigen, dass da nichts dran war, und sie mobilisieren, sich für Thomas einzusetzen.

Das sah er selbst vermutlich genauso.

Nach kurzer Zeit war Therese, so unruhig wie zuvor, von stetigem Handwerkerklopfen aufgewacht und konnte sich wenig über den Beweis der wieder boomenden Wirtschaft freuen. Natürlich gönnte sie dem Nachbarn das neue Dach auf dem Haus, aber musste er es ausgerechnet mittags aufsetzen, wenn sie schlafen wollte?

Ihr Spiegelbild schaute sie grimmig an, die Augen verquollen, die Haare kaum zu bändigen. Schlechte Voraussetzungen für geschäftliche Verhandlungen.

Das Klopfen verfolgte sie auf ihrem Weg in die Stadt, verstärkte sich noch, als der Verkehrslärm hinzukam. Die gesamte Innenstadt war verkehrsberuhigt, zum größten Teil sogar Fußgängerzone – was machten die vielen Autos hier?

Sie selbst hatte den fahrbaren Untersatz abgeschafft, als ihr die Spritpreise zu hoch wurden und sie keine Lust mehr hatte, dauernd nach einem Parkplatz zu suchen. Mit dem Fahrrad war es ihr zu gefährlich in der Stadt, wo sich kein Autofahrer an die Regeln hielt. Da war es schon angenehmer, mit dem »Padersprinter« zu fahren, hoch über den Köpfen der Passanten, die hastig zur Seite sprangen, wenn sich die Busse röhrend durch die Menge zwängten.

Aber meist ging sie zu Fuß, das hielt gesund. Vor allem bergauf, wie jetzt wieder. Der Dom stand schon deutlich erhöht, und nach Süden hin stieg das Gelände weiter. Jeden Tag auf den Berg, hieß ihr Fitnessprogramm, aber zweimal täglich fand sie übertrieben.

Es gab allerdings immer etwas zu sehen. Gern folgte sie dem bewundernden Blick der Touristen auf die Sehenswürdigkeiten ihrer Stadt, sah sie mit deren Augen und liebte sie wieder. Wie die Figur ganz oben rechts am Adam-und-Eva-Haus, die alle zum Lachen brachte. Respektlos streckte sie der Obrigkeit den nackten Hintern entgegen, was zur Bauzeit des Hauses während der Reformation einige Brisanz gehabt hatte.

Dann stellte sie sich vor, wer früher hinter den realistischen Schnitzereien gelebt hatte – eine Klerikergeliebte war darunter gewesen –, und wie damals das Leben auf dem Ükern, traditionell ein Widerstandsnest, abgelaufen war.

Jetzt hatte sie keine Zeit für solche Träumereien. Thomas saß im Knast, und sie musste sehen, wie sie ihn herausbekam. Von den Werbeanzeigen ganz zu schweigen.

Sie kletterte die Stufen zum Dom hoch und nahm wie immer die Abkürzung quer durch die heiligen Hallen. Der Domorganist übte seine Fugen, und der hohe Raum war erfüllt von der Musik.

Pompöse Bauwerke für ihre Feste hatten sich die Katholen geschaffen, das musste der Neid ihnen lassen. Glockengeläut, Orgelgebraus, Weihräucherei – so ließ es sich feiern. Wenn sie dagegen an die finstren Hallen dachte, in denen sie früher getanzt hatten!

»Disco im Dom« hieß der Traum aller Altlinken in der Stadt, und beinahe hatten sie es geschafft damals, als zur Gorlebenzeit der Dom für Tage besetzt worden war …

Trotz ihrer Eile setzte sich Therese ganz hinten auf eine Bank und ließ die Orgel durch ihr Gehirn brausen. Das Klopfen verschwand. Hörte sich nicht gerade christlich an, was der da spielte. Das Stück kam ihr bekannt vor, doch vermisste sie die Trompete, die der Organist durch hohe Orgeltöne ersetzte. Sie entspannte sich und genoss das Gratiskonzert.

Wie immer schaute sie fassungslos um sich. Goldene Pracht, wohin der Blick fiel. Der Gegensatz war überwältigend. Draußen mächtige, aber schlichte Mauern, romanisch im Westen, gotisch im Osten, die nahezu gesprengt wurden vom barocken Glanz in ihrem Inneren. Nach dem Barock war die Zeit stehen geblieben. Konserviert und vergoldet, heilig eben.

Aber nicht alles im Dom war fromm. Sie hatte in den ehrwürdigen Mauern allerlei Profanes entdeckt, das sie Besuchern gern vorführte. Alle wollten das Drei-Hasen-Fenster sehen. Es gab das heidnische Fruchtbarkeitssymbol auch andernorts; als Wahrzeichen der katholischen Stadt jedoch gewann es an Pikanterie. Die gottgeweihten Räume bargen aber noch mehr unchristliche Sinnbilder, steinerne Zeugen gottlosen Aberglaubens, auch ketzerische Andenken der Handwerker – alle mit eigener Geschichte, von jedem Stadtführer anders erzählt.

Für sie waren die alten Steine voller Leben. Bürgerhäuser aus früherer Zeit waren nur wenige erhalten, dafür einige mittelalterliche Kreuzgänge, hohe Klostermauern und prunkvolle Kirchen. Alles Zeitzeugen mit den Erlebnissen der Vorfahren in den Mauern, so wie sie das eigene Leben in den Knochen spürte. Und sie waren großzügig: erzählten ihre Geschichten auch dem, der mit dem Kult drumherum nichts zu tun haben wollte.

Es war allerdings nicht immer angenehm, als Heidin in einer Bischofsstadt unterwegs zu sein …

Der Unglaube hatte sie früh erfasst und hatte seine guten Seiten. Vielleicht wusste und konnte sie nicht so viel wie andere, vor allem wusste sie nicht, wie man es einsetzte, um Geld zu verdienen, aber sie war gewohnt zu hinterfragen, was ihren Kopf beeinflussen wollte. Sie glaubte nicht alles, was ihr jemand mit einem schwarzen Rock vorsetzte, und hatte schon in jungen Jahren die christlichen »Wahrheiten« als unbewiesen abgelehnt. Ihre »Gottlosigkeit« hatte viele vor den Kopf gestoßen, was sie manchmal bedauerlich fand.

Jetzt sollte sie wieder glauben, und zwar der Obrigkeit in Schlüters Gestalt, dass der Fall gelöst und die richtigen Schuldigen gefasst seien. Glauben, wie es ihr alle vormachten. Beweise gab es nicht.

Selbst die sonst so kritische »rote« Tageszeitung, die sie noch schnell durchgeblättert hatte, ging von Thomas' Schuld aus. Der Lokalredakteur hatte sogar lang und breit darüber schwadroniert, was alles passieren könne, wenn man sich allzu sehr in eine – wenn auch gute – Sache hineinsteigere. Dabei hatte er Thomas im Lauf der Jahre oft genug interviewt und jedes Mal seinen Appell gedruckt, den Frust nicht an den Behördenangestellten auszulassen, sondern zusammen gegen die Ungerechtigkeiten zu demonstrieren.

Auch in ihrer eigenen Zeitung hatten sie das oft geschrieben, schon um dem ewigen Vorwurf der Aufwiegelei zu begegnen. Und wenn Thomas revolutionäre Leitartikel geschrieben hatte, so waren das doch bloß Papierbomben gewesen, hilflose Aufrufe, der abgehobenen Regierung die geballte Macht des Volkes entgegenzusetzen. Daran glaubte sogar Thomas noch.

Wie konnte sie ihm jetzt helfen?

Wusste sie schon etwas über das Mordopfer, das sie weiterbrachte? Was in seinem Umfeld konnte so eskalieren, dass die böse Tat unumgänglich wurde?

Die Fußballwetten fielen ihr wieder ein. Wenn Vetter sie so geheim hielt, waren sie bestimmt illegal. Sie hatte keine Ahnung, wie so was lief, aber darüber konnte Fritz sie vielleicht aufklären.

Und wenn der Vater illegale Wetten abschloss, war es kein Wunder, wenn der Sohn ebenfalls krumme Touren machte. Vielleicht sogar Mord, wenn er bedröhnt genug war. Bestimmt fand er die Heuchelei seines Vaters zum Kotzen.

Georgs Geld stammte natürlich vom Vater. Kaum vorstellbar, dass Vetter es ihm freiwillig gegeben hatte.

Was, wenn der Sohn es geklaut hatte und es dem Vater dann fehlte, um die Mitspieler auszuzahlen? Denn viel konnte nach Fettis Fete am Freitag nicht übrig geblieben sein. War der Sohn nach dem Wochenende im Amt aufgetaucht? Bestimmt hatte es dann Streit gegeben, und wie immer stand das Fenster offen …

Aber dazu brauchte es schon viel Geld, das Vetter hätte unterschlagen können. Sie musste Fritz fragen, wie hoch die Gewinnquoten in diesem Geschäft waren.

Und dieser Lottmann? War er nur der Geldbote, oder steckte er mit drin? Wer waren seine Hintermänner? Vielleicht hatte Vetter einen höheren Anteil haben wollen und jemanden erpresst?

Zu blöd, dass sie nicht mehr über die Schiebereien im Fußball wusste. Sie sollte gründlicher die Zeitung lesen und die Sportseiten nicht immer nur überblättern.

Die Orgel brauste immer noch, und offensichtlich beflügelte die Musik ihre Gedanken. Das waren doch alles ziemlich realistische Möglichkeiten, jedenfalls wahrscheinlicher als Schlüters Verdacht.

Von wem war das Stück bloß? Albinoni? Auch von Musik hatte sie keine Ahnung. Wenn sie es herausbekam, konnte sie sich vielleicht mal die CD ausleihen.

Noch etwas anderes hakte in ihrem Kopf. Sie bekam es nicht zu fassen. Irgendetwas hatte die Quickstern erzählt, was ihr dann entfallen war. Einen deutlichen Hinweis auf den Täter hatte sie gesehen, aber der Gedanke war gleich von etwas anderem verdrängt worden. Was war es nur? Es wollte nicht wieder auftauchen.

Erneut wandte sie sich Vetter zu. Was war eigentlich mit der Frau? Die Ehe war nicht in Ordnung. Sie hatte längst eigene Tauben auf dem Dach, hatte Frau Quickstern erzählt. Dass der Mann das ganze Geld verwettete, konnte ihr nicht gepasst haben. Squash und Ayurveda waren teuer. Vielleicht hatte sie sogar einen Liebhaber, der ihr die schmutzige Arbeit abgenommen hatte. Auch den Sohn hätte sie leicht aufhetzen können.

Aber hätte sie nicht zu Hause viel bessere Möglichkeiten gehabt, sich des Gatten zu entledigen? Beispielsweise mit einer regelmäßigen Portion Rattengift im Essen, wie es auf den Dörfern früher gang und gäbe war? Das hätte kaum Aufsehen erregt, so kreislaufgeschädigt wie der Mann aussah.

Fragte sich bloß, wie sie in Berghusen etwas über die Familie herausfinden sollte. Sie kannte dort niemanden. Einfach die Nachbarn ausquetschen? Die Dörfler waren verschlossen. Therese hatte einen Teil ihrer Kindheit im Nachbarort verbracht und wusste, dass sie nur mit ihresgleichen tratschten, dafür umso ausgiebiger und boshafter.

Da fiel ihr ein, wen sie fragen konnte. Tante Hedwig. Ein Anruf war sowieso fällig. Sie würde ihr wieder ungefragt alles über die früheren Nachbarn erzählen, was sie nicht wissen wollte. Aber für Berghusen war sie nützlich. Aus der Caritaskonferenz kannte sie fast alle Frauen der umliegenden Dörfer und besuchte regelmäßig deren Kaffeekränzchen. Ein Anruf von Tante Hedwig, und Therese standen die Türen offen. Wer weiß, was sich daraus ergab.

Als die Musik aufhörte, stand sie zufrieden auf. Die kleine Pause hatte ihren Unglauben untermauert: Schlüter hatte jedenfalls nicht recht. Sie mussten weitersuchen. Noch war alles offen. Mit jeder Frage trieb sie ein Brecheisen in Schlüters vermeintlich fest verschlossene Kiste.

Mit einiger Zuversicht und einem Lächeln im Gesicht hatte sie Thomas' Liste möglicher Werbekunden in Angriff genommen. Doch das Lächeln verging ihr bald. Schon in den ersten Geschäften war sie wieder über Glaubensfragen gestolpert. Niemand nahm ihr ab, dass Thomas unschuldig war und das Zentrum nicht von mordlüsternen Revoluzzern regiert wurde. Es hatte in der Zeitung gestanden, und man glaubte es. Therese sah dahinter eine willkommene Ausrede, die versprochene Werbeanzeige doch nicht herausrücken zu müssen.

Nach drei vergeblichen Versuchen gab sie auf. So einen Frust holte sie sich nicht ehrenamtlich. Da war Thomas härter im Nehmen, der mit Engelsgeduld auch die widerstrebendsten Geschäftsleute überredet hatte.

Sie ging zum Rathaus, gespannt auf die Mahnwache. Überrascht von der Menschenmenge holte sie den Fotoapparat heraus, bevor sich alles wieder verlief. Erst nach ein paar schnellen Klicks mit der Digitalen, die ihr Michael zu Weihnachten geschenkt hatte, drängte sie sich selbst zwischen die Demonstranten, schüttelte hier eine Hand, überlebte anderswo eine allzu herzliche Umarmung. Fast kam sie sich wie eine Hinterbliebene vor, nur dass Thomas nicht im Grab lag.

Viele seiner Weggefährten, aber auch zahlreiche Politiker der alternativen Szene standen um die Transparente herum, und Therese nutzte die Gelegenheit, sie um Sponsorengelder für die Arbeitslosenzeitung anzugraben. Was ein Leichtes war angesichts der unbezahlbaren Verdienste des Vertreters der Hartz-IV-gebeutelten Arbeitslosen und der tiefen Betroffenheit aller Anwesenden über die ungerechtfertigten Vorwürfe gegen einen aufrechten Gegner des Kapitals, der gerade ein Redner der MLPD Ausdruck gab.

Sofort griff ein anderer zum Mikro und verwahrte sich dagegen, dass eine Partei sich auf Kosten des armen Verhafteten profiliere. Das übliche Hickhack unter den linken Gliederungen ihrer Stadt, die sich gegenseitig nicht das Schwarze unter dem Fingernagel gönnten und schon gar nicht den Raum vor dem Rathaus, auf dem eigentlich alle Meinungen Platz haben sollten. Nur nicht die der Rechten, da war Therese ebenfalls völlig kompromisslos.

Nach links hatte sie ein weites Herz, legte sich nicht fest, hoffte immer noch, dass sich die zerstrittenen Gruppierungen endlich mal zu »geballtem Volkszorn« disziplinieren würden. Glaubte aber längst nicht mehr daran. Es war wohl zu schwer, die ideologischen Konkurrenzen aufzugeben und sich nicht immer als was Besseres zu fühlen.

Jetzt redete Drewermann. Wo kam der plötzlich her? Sonst musste man ihn wochenlang beknien, bevor er irgendwo sprach.

Therese mochte den bekannten Paderborner Ketzer nicht besonders. Seine Märchenmasche ging ihr auf die Nerven. Diesmal waren es Hänsel und Gretel, die er heranzog, um dem Publikum die Welt zu erklären. Die armen arbeitslosen Eltern und das böse Kapital …

Seine pointierte Gesellschaftskritik allerdings, meist aus dem Stegreif, beeindruckte sie immer wieder. Aber dass dieser aufgeklärte Mann weiterhin an einen Gott glaubte, ihm in seinem durchaus realistischen Gedankengebäude einen maßgeblichen Platz zuwies, machte ihn für sie unglaubwürdig. Und dann strampelte er auch noch danach, dieser völlig maroden katholischen Kirche angehören zu dürfen!

»Na, ärgerste dich wieder über den Wanderprediger?«

Michael stand plötzlich hinter ihr und drehte sie zu sich um. Gern folgte sie seinen Armen und kuschelte sich an ihn.

So hatten sie sich kennengelernt. Verliebt hatten sie sich auf der Straße. Sie hatte sich gewundert, dass ihr der große Michael mit den braunen Locken vorher nie aufgefallen war, obwohl sie sich ständig in den gleichen Kreisen bewegt hatten. Er sah aus wie ein schöner Grieche, wenn da nicht die gemütliche Knubbelnase gewesen wäre.

Damals war die Fremdenfeindlichkeit explodiert, Flüchtlingsheime brannten, und sie hatten mit vielen anderen dagegen protestiert. Einen ganzen langen Winter hindurch, das Wetter schlecht wie heute, standen sie hinter Infoständen und klebten rund um die Stadt Plakate. Sie hatten zusammenkriechen müssen, um sich aufzuwärmen, erst in Cafés und Restaurants, dann bei ihr zu Hause.

»Lass uns bei Klingenthals 'ne Suppe essen«, schlug sie vor.

Sie brauchte dringend etwas Warmes, und Drewermann ertrug sie nicht länger. Ohnehin hielt sie nicht mehr viel davon, wegen irgendetwas in der Kälte herumzustehen. Zu oft hatte sie sich Eisfüße geholt, und genutzt hatte es nie was.

Michael kam mit, obwohl er etwas gegen die biedere Küche des großen Kaufhauses hatte. Aber dort gab es Hühnersuppe, die zu ihrem Bedauern von den meisten Speisekarten verschwunden war. Sogar deutsche Restaurants hatten eher Zwiebel- oder Käsesuppe im Angebot als Thereses Lebenselixier.

»Eine ordentliche Hühnersuppe vertreibt die bösen Geister«, zitierte sie wie immer ihre Oma. Die hatte alle Kinderkrankheiten mit Hühnersuppe kuriert.

»Wundert mich, dass du nicht alle schwarzen Paderborner darin ertränken willst!« Unterstellte der Freund ihr Mordgelüste?

»Schade um die schöne Suppe«, gab sie feixend zurück. »Die können in die Pader gehen, wenn es so weit ist.«

»Und Drewermann macht Weihwasser daraus, dann kommen sie alle in den Himmel.«

»Weihwasser ist es sowieso, kommt doch direkt unterm Dom raus!«

»Aber schon seit heidnischer Zeit, das bringt sie stracks in die Hölle. Ist dir doch sowieso lieber.«

»Bei Drewermann auch wahrscheinlicher. Was meinste, was der Bischof sagt, wenn der an die Quellen geht!«

Sie mussten beide lachen über ihren kleinen Schlagabtausch. Dumme Sprüche, aber entspannend. Mit Michael an der Seite ließ sich die Stadt ertragen.

Abends lag sie dann wieder allein in ihrem Bett. Die äußere Ruhe tat ihr gut, aber in ihrem Kopf sah es ganz anders aus. Sie griff zu ihrem Buch, legte es aber gleich wieder weg, weil sie sich nicht konzentrieren konnte.

Besser war es, die Gedanken laufen zu lassen, dann schlief sie irgendwann ein.

Sie war todmüde, und das hatte sie Michael auch gesagt, als er gefragt hatte, ob er nach dem Squash vorbeikommen solle. War er pikiert gewesen? Eins der Kinder war krank, und er sollte sich sowieso mehr kümmern, dachte sie mitleidslos.

Ihr fiel Andrea ein, die mit ihrem Nachwuchs von einem »Verlobten« zum anderen zog. Michaels Kinder hatten es besser. Vater, Mutter, großes Haus …

Aber machte sie sich da nicht was vor? Den Vater beanspruchte *sie* die meiste Zeit. Umso besser, wenn er heute Nacht zu Hause schlief.

Beim Essen hatte sie erzählt, was sie von Renate Quickstern erfahren hatte. Als sie die Fußballwetten erwähnte, horchte er auf. Im Unterschied zu ihr hatte Michael die Sportseiten nämlich gelesen.

»Weißt du nicht, wie das läuft?«, fragte er verblüfft. Frauen konnten so dumm sein!

Er plusterte sich auf. »Das heißt zum Beispiel Schwalbe, wenn sich ein Spieler einfach fallen lässt, als ob ihn vom anderen Verein einer getreten hätte.« Er schaute wichtig. »Wenn der Schiri mitspielt, bekommt der die rote Karte und muss vom Platz. Meist der beste Spieler, und nach ein paar solcher Mätzchen verliert der Verein. Unser Ringhoff, den sie jetzt geschasst haben, konnte das perfekt, seine Schwalben sind geradezu legendär. Gut möglich, dass der da mitgemischt hat. Ist sowieso ein beliebter Nebenerwerb für ausgemusterte Bundesligaspieler. Sogar in den Regionalklassen soll noch jede Menge Geld drin sein.«

»Fällt das denn nicht auf?«, fragte Therese, jetzt doch fasziniert. »Die machen Fernsehaufzeichnungen, das muss man doch sehen!«

»Wer sieht schon, wer welches Bein wo zuerst hatte. Das geht viel zu schnell«, sagte er belehrend. Als ob sie noch nie Fußball geguckt hätte!

»Und wenn der Schiedsrichter dauernd das Abseits übersieht oder unberechtigte Elfmeter gibt wie damals für Paderborn, passiert ihm ebenfalls nichts«, fuhr Michael mit bedeutungsvollem

Blick fort. »Auf dem Platz gilt seine Entscheidung, da können die Spieler maulen, wie sie wollen.«

Eins verstand sie noch nicht. Woher kam das ganze Geld? Wer bezahlte denn dafür, dass sein Verein gewann?

Michael wusste auch das. »Das sammeln sie vorher ein, in den kleinen Wettkreisen auf dem platten Land, Euro für Euro. Da kommt 'ne ganze Menge zusammen, glaub mir das. Sind natürlich auch größere Einsätze dabei, gibt ja auch reiche Fans. Ist übrigens bestens geeignet zur Geldwäsche. Die Kohle wird bei verschiedenen Wettanbietern gesetzt, Oddset und so weiter, und nach den Spielen wird das verteilt. Aber vorher nehmen sich die Großkotze ihren Anteil, natürlich, und bezahlen die Schiedsrichter und die Spieler.«

Therese ging ein Licht auf. »Und wer auf den Außenseiter gesetzt hatte, der dann unvermutet gewonnen hat, kassiert ebenfalls.«

»Aber die vorher auf den sicheren Gewinner gewettet haben, sind sauer, denn die verlieren ihr Geld«, dozierte Michael weiter. »So was kann man nicht zu oft machen, sonst gibt's Ärger. Deshalb sind solche Wettkreise immer großräumig angelegt, erfassen viele Spiele und Vereine, damit die Quote stimmt. Das ist fast 'ne Mafia, die untereinander abspricht, wer gewinnen darf und wer nicht. Und das im deutschen Fußball, das muss man sich mal vorstellen!«

Ihr Freund war richtig entsetzt. Deshalb also war er in den letzten Wochen nicht auf dem Fußballplatz gewesen.

»Meinst du denn, das ist beim Squash anders?« Eine kleine Spitze brauchte er für die Wichtigtuerei.

Wie erwartet fuhr er auf. »Aber ganz anders, das glaubste doch wohl! Schon deshalb, weil da viel weniger Geld im Spiel ist. Kaum Fans, die was setzen würden. Da kannste eher zu den Baskets gehen, das ist 'ne ganz andere Liga.«

Und sie hatten die schöneren Männer, wusste sie von den Zeitungsfotos, die sie immerhin wahrnahm. Aber das behielt sie lieber für sich.

Sie trug ihm noch auf, sich im Squash-Club nach Vetters Frau zu erkundigen, deren Name ihm erst mal nichts sagte. Dann hatten sie sich für den folgenden Abend verabredet.

»Aber ich koche nichts!«, hatte sie protestiert, weil sie gar nicht erst anfangen wollte, die Hausfrau zu spielen. Großzügig lud er sie zum Essen ein, bezahlte auch ihre Hühnersuppe. Leisten konnte er sich das, als hoch spezialisierter und gesuchter Programmierer. Aber dem Arbeitsamt sollte sie lieber nichts davon verraten, sonst wurde ihr das glatt als Nebeneinkommen angerechnet.

Zu Hause hatte sie noch lange mit Hansi Appelbaum telefoniert, auch mit Tante Hedwig, und war bald ins Bett gegangen. Diese Gespräche zogen ihr ebenfalls durch den Kopf. Doch als sie sich mit Tante Hedwig über die Tudorfer Wege laufen sah, hoffte sie, dass sie eingeschlafen war und träumte.

Mittwoch, 16. Februar

»Der Herr hat's gegeben, der Herr hat's genommen. Gelobet sei der Herr.«

Der Pfarrer wedelte mit dem Weihwasserstab, die Messdiener mit den Räucherfässchen. Die Trauergemeinde sang mit zittrigen Stimmchen ein frommes Lied. Annette war eingesegnet, ihr Sarg verschwand im Grab.

Freiwillig hätte sie nie einen katholischen Ritus über sich ergehen lassen, doch etwas anderes kam in ihrer Familie nicht in Frage. Sie hatte sich nicht wehren können.

Der Morgen war kalt und nieselig, wie sich das für Beerdigungstage gehörte. Viele Leute waren gekommen, die jetzt von den Kamerateams belästigt wurden. Annettes Mutter war im katholischen Frauenverein, der ihr zuliebe fast vollständig erschienen war. Fast alle Nachbarn aus dem Südviertel, wo die Familie schon seit Jahrzehnten lebte, die Vereinskollegen des Vaters, und der Gesangsverein der Kirchengemeinde hatte in der Kapelle gesungen. Annette hätte die wenigsten gekannt.

Therese ebenfalls nicht, wenn nicht Lothar, der Freund der Verstorbenen, sie aufgeklärt hätte. Zum Glück würden Selbstmörder, hatte er grinsend hinzugefügt, heute nicht mehr außerhalb der Friedhofsmauern begraben. Der Pfarrer habe weitherzig gelächelt, als Annettes Mutter ihm und sich wortreich zu erklären versuchte, dass die Tochter schon lange psychisch krank gewesen sei und der frühe Tod deshalb von niemandem verschuldet sein könne.

Das kleine Grüppchen aus dem Arbeitslosenzentrum hatte sich abseits der Menge gehalten, aber bedrückt einer nach dem anderen die mitgebrachten Blümchen und die obligatorische Handvoll Erde ins Grab geworfen. Elkes quietschfarbener Parka war von den umstehenden Trauergästen gebührend beachtet worden. Als sie nach der Beerdigung ratlos herumstanden, war Lothar nach einigem Getuschel mit der Familie gekommen, um sie zum Trauerfrühstück im Westfalenhof einzuladen.

»Ihr habt der armen Annette doch immer geholfen, wenn sie sich nicht gegen das Amt durchsetzen konnte!« Er zerdrückte ein Tränchen.

Mit der wandelnden Wolke neben sich folgte Therese den wenigen Leuten, die kein Auto vor dem Friedhof stehen hatten, und ging in Richtung des Doms.

Therese war froh, dass Elke schweigsam neben ihr herlief. Die Freundin hatte auf dem Friedhof hemmungslos geheult, wohl auch um ihr eigenes verpfuschtes Leben, und sie selbst hatte die Tränen ebenfalls nicht zurückhalten können.

Doch mehr als mit ihrer Trauer hatte sie während der endlosen Beerdigungszeremonie mit ihrem Zorn gekämpft. So weit hätte es nicht kommen dürfen. Die Politiker, allen voran ihre früheren roten und grünen Freunde, machten die Gesetze, aber was sie im Einzelfall anrichteten, nahmen sie nicht zur Kenntnis. Insofern war es gut, dass die Medien so viel Wirbel um Annettes Selbstmord machten, obwohl die Reporter, die versucht hatten, auch sie zu interviewen, ganz schön nervten.

Im Zentrum hatten sie für einen Kranz gesammelt. Und sich betreten angeschaut, weil sie sonst nichts für Annette tun konnten. Hätten sie ihr helfen können?

Sie hatten getan, was möglich war. Die Beratungsgruppe hatte mit ihr zusammen den Widerspruch formuliert. Thomas hatte sogar Tipps von auswärtigen Beratungsstellen eingeholt. Eigentlich war die Gesetzeslage eindeutig, und Annette hätte als Untermieterin ihres Freundes mit eigenem Haushalt durchgehen müssen. Sie bewohnte ein separates Zimmer mit Kochgelegenheit und Kühlschrank, die Kosten wurden geteilt, sie hatte ein eigenes Konto – alles Kriterien, die auch im neuen Gesetz standen.

Aber nachdem ihr herausgerutscht war, dass es sich bei dem Mitbewohner um ihren Freund handelte, war sofort unterstellt worden, dass der sie im Notfall unterstütze. Also war der Notfall geschaffen worden.

Annette war nicht die Einzige. Therese mit ihrer eigenen Wohnung war wohl außer Gefahr, und mit wem sie das Bett teilte, zählte nicht. Aber sie kannte mehrere Frauen in »wilder Ehe«, wie das in der Bischofsstadt hieß, die um ihre Stütze kämpften. Und nicht nur hier.

Grenzte es nicht an Prostitution, wenn sich alle jetzt von ihren Partnern aushalten lassen mussten? Nicht mal krankenversichert war man, wenn das Amt nicht zahlte. Auch das sollte der Freund übernehmen. So dicke hatte es keiner.

Am Gierstor – wieder eine rote Ampel – schaute sie zurück auf ihre alte Schule, den roten Backsteinbau des Pelizaeus-Gymnasiums, das sie nur bis zur zehnten Klasse hatte besuchen dürfen. Trotzdem geisterten die verwinkelten Flure und Treppenhäuser durch ihre Träume, beliebig erweitert durch andere Großhauswelten von der Uni bis zum Frankfurter Flughafen, durch deren endlose Gänge sie stundenlang panisch irrte.

Bestimmt hatten die Träume etwas mit ihrem Leben zu tun. Auch der »politische Kampf« war aussichtslos, alle Wege führten ins Nichts. Immer waren die Profitinteressen stärker, bahnten sich ihre Wege selbst und versperrten sie für soziale Anliegen. Und die Betroffenen ließen sich widerspruchslos an den Rand drängen und sogar darüber hinaus.

Auch dieses Desaster war absehbar gewesen. Die Regeln der Schröder'schen Agenda 2010 waren seit Langem bekannt. Jetzt jammerten alle. Wo waren sie im letzten Herbst, als Protest angesagt gewesen war?

Es machte sie immer noch wütend, wie unwidersprochen die brutalen Reformen der rot-grünen Regierung geblieben waren. Mit ihrer Agenda 2010 hatten Schröder und Konsorten den Arbeitslosen eine endlose Fastenzeit verordnet, die sie weitgehend unwidersprochen hinnahmen. Aber auch das war vorauszusehen und von den Politikern einkalkuliert worden. Wer nicht wählen ging, ging auch nicht auf die Straße, begab sich aller Rechte, wollte es nicht anders.

Im letzten Herbst hatte das Arbeitslosenzentrum die hiesigen »Montagsdemos« organisiert, anfangs hoffnungsvoll und ermutigt durch hohe Teilnehmerzahlen anderer Städte. Doch nur eine Handvoll Arbeitsloser war gekommen. Trotzdem hatten sie viele Wochen lang mit ihren Transparenten vor der Franziskanerkirche gestanden. Erst bei schönstem Sonnenschein, immerhin. Sogar ein paar Beschäftigte, meist Gewerkschafter, hatten sich solidarisiert, darunter ihr Freund Michael. Zum einen, weil es sich so gehörte in ihren Kreisen, zum anderen, weil die neue Gesetzgebung »dem Kapital« neue Druckmittel gegenüber »der Arbeiterschaft« in die Hand gab, wie es im Flugblatt hieß.

Ob Michael für sie aufkommen würde, wenn sie ihre Stütze verlor?

Als das Wetter zu schlecht wurde, immerhin erst im November, hatten sie aufgehört zu demonstrieren. Viele waren da schon weggeblieben, entmutigt, gedemütigt von der Ignoranz der Politiker und der Gnadenlosigkeit der Reform. Da hatte Michael sie warmgehalten ...

Das könnte sie jetzt wieder brauchen, dachte sie sehnsüchtig. Oder wenigstens eine grüne Ampel, damit sie den erinnerungsbeladenen Platz hinter sich lassen konnte, bevor sie sich als Teenie mit toupierten Haaren und Petticoat darüber laufen sah.

Vor dem Westfalenhof stand ein Pulk Kameraleute und filmte alle, die verfroren vom Friedhof kamen. Was wollten sie nur mit solchen Bildern?

Hinein durften die Reporter nicht. Lothar stand mit einer Nonne an der Tür und sortierte die Ankommenden. Obwohl die Schwester in ihrem adretten blau-weißen Habit missbilligend auf Elkes Aufzug – der rosa Steppstoff wies deutliche Gebrauchsspuren auf – und Thereses abgewetzte Lederjacke starrte, winkte er sie lässig durch.

Im Trauerraum ging es schon hoch her. Alle unterhielten sich lauthals wie auf dem Schützenfest, die ersten Biere standen auf dem Tisch, Tabletts mit Schnäpsen wurden herumgereicht. Am Fenstertisch Annettes Familie, alle in Schwarz, ihre Schwestern und Brüder in angeregten Gesprächen. Wahrscheinlich traf man sich ja sonst nie.

Der Vater steinernen Gesichts mittendrin, die Mutter schaute bedrückt unter sich, niemand wandte sich ihr zu.

Therese suchte nach ihren Freunden vom Arbeitslosenzentrum, die einen Tisch am Rand erobert hatten. Bis hierher waren die

Schnapstabletts offensichtlich noch nicht gekommen. Dafür gab es Kaffee, eine Wohltat nach der Kälte, die üblichen Schnittchen mit Käse und Wurst und Berge von »Platenkuchen«, lecker wie in ihrer Kindheit, mit dick Streuseln oder in Butter geschmolzenem Zucker darauf. Die Arbeitslosen griffen herzhaft zu; das hatte man sich mit dem Ausharren auf dem zugigen Friedhof schließlich verdient.

Irritiert nahm Therese wahr, wie von den anderen Tischen argwöhnische Blicke jeder Kaffeekanne und jedem beladenen Teller folgten, die in ihre Richtung getragen wurden. Und wie überrascht die Trauergäste taten, wenn auch vor ihren Nasen die Teller ausgetauscht wurden, bevor das letzte Brötchen gegessen war! Dabei wusste doch jeder, dass es dem Personal egal war, wer die Teller leerte; Hauptsache, sie taten es möglichst rasch und sorgten für hohen Umsatz. Denn auf den waren auch die mildtätigen Nonnen angewiesen, die in der altehrwürdigen Stiftung das teuerste Altenheim der Stadt und eine florierende Gastronomie betrieben.

Unbeirrt von der missgünstigen Gafferei griff Therese noch einmal zu und ließ sich die Kaffeetasse voll schenken. Sie fühlte sich als Annettes Gast, und die war immer großzügig gewesen. Sie hätte sie viel öfter besuchen sollen, und nicht nur deshalb.

Am Tisch ging es schon die ganze Zeit um Vetter, fiel ihr jetzt auf. Sie hatte nur mit halbem Ohr hingehört. Einige hatten mit ihm zu tun gehabt und erzählten von ihren Fällen. Seit er Chef der Widerspruchsstelle geworden war, hatten sie alle Einwände vergessen können.

Die meisten waren schadenfroh. »Ausgleichende Gerechtigkeit«, hatte Matthias kauend genuschelt und noch ein Brötchen genommen.

»Zu dem seiner Beerdigung geh ich jedenfalls nicht«, tönte Udo durch den Raum, der wer weiß woher schon ein Bier ergattert hatte. Jetzt nahmen alle Trauergäste das Glas ins Visier.

Provokativ schnappte sich Lothar, der gerade hereingekommen war und alles beobachtet hatte, ein Tablett mit Bier und Schnaps vom Anrichtetisch und trug es quer durch den Raum zu den Arbeitslosen. Er konnte ja doch ganz nett sein, dachte Therese. Als er mit dem Tablett bei ihr ankam, war es zum Glück leer. Er bot an, noch etwas zu holen, aber sie lehnte ab, was er als Aufforderung nahm, sich zu ihr zu setzen.

Auch das wurde aufmerksam verfolgt.

»Die sind sauer, weil ich die Medien informiert hab«, erzählte Lothar unaufgefordert. »Besonders, als sie rausgekriegt haben, dass ich für Fotos und Story einiges Geld eingestrichen hab. Aber so ist das nun mal, Geschäft ist Geschäft.«

Sofort war er Therese wieder unsympathisch.

Er leckte mit breiter Zunge den Bierschaum von der Oberlippe. Mit Kaffee und Schnittchen hatte er sich gar nicht erst aufgehalten.

»Das ging doch grad um Vetter, das mit der Beerdigung, wo ihr nicht hinwollt«, erkundigte er sich.

»Mmhm«, machte Therese nur.

Er beugte sich verschwörerisch über den Tisch, damit alle ihn hörten. »Wisst ihr, dass Annette auch bei dem war?« Das wussten natürlich alle.

»Nur gut, dass sie schon Verdächtige haben, sonst kommt die Polizei noch auf die Idee, ich hätte den Mann aus dem Fenster geworfen!« Noch so ein Wichtigtuer, dachte Therese.

»Das kann dir immer noch passieren, denn Thomas war es nicht«, warf sie trocken ein.

»Natürlich nicht«, beteuerte er sofort. »Weiß ich doch. Die Bullen sind sowieso zu blöd, den Richtigen zu erwischen. Aber ich hätte es durchaus tun können, so einen Hass hatte ich auf den.«

Bestimmt aus Angst um sein Geld. Annette hatte erzählt, dass er ziemlich geizig war. Hier merkte man nichts davon. Großspurig winkte er die Bedienung heran und bestellte noch eine Lage. Wahrscheinlich bezahlten die trauernden Eltern.

Tiefsinnig schaute er in sein leeres Glas. »Jetzt wollen sie sich einreden, Annette wär krank gewesen. Aber schuld war das Amt, keine Frage.«

Als die Bedienung an den Tisch kam, nahm er sich gleich zwei Schnäpse vom Tablett und stellte Therese einen dritten hin, trotz ihrer Abwehr.

»Ich wollte ja nur, dass sie sich mehr durchsetzt«, behauptete er. »Immer war sie so zaghaft, hat nie was gefordert. Einmal sollte sie sich für sich selbst einsetzen. Für andere hat sie alles Mögliche bewegt, nur für sich selbst konnte sie das nicht.«

Er schaute auffordernd in die Runde, doch niemand antwortete ihm. Sofort konterte er den unausgesprochenen Vorwurf. »Ja, wir haben oft gestritten ums Geld. Das hat sie bestimmt erzählt. Aber ich wäre natürlich bereit gewesen, sie zu unterstützen, keine Frage. Und ihre Familie ebenfalls, sie hätte nur mal was sagen müssen. Aber das hat sie sich nicht getraut. Genau wie bei diesem Vetter. Sie war einfach zu feige, ihre Rechte durchzusetzen.« Wieder ein Krokodilstränchen. Dann hob er angriffslustig den Kopf. »Wenn ich das gewesen wäre, dem hätt ich's gegeben! Die müssen nicht meinen, sie können mit den Arbeitslosen machen, was sie wollen!«

Jetzt nickten wieder alle, und auch Lothar entspannte sich. Trank sein Bier, und wieder fuhr die Zunge über den Schnurrbart.

Therese dachte daran, dass Annette den Typen geliebt hatte. Warum bloß? Diesem Großmaul hätte sie es viel eher zeigen müssen. Aber nicht so, wie sie es dann getan hatte. Darin hatte Lothar jedenfalls recht: Sie war viel zu zaghaft gewesen.

Lothar spielte jetzt den Alleinunterhalter. »Aber nun mal was Lustiges«, sagte er, »man kann ja nicht immer nur trauern. Habt ihr heute Morgen in der Zeitung das mit dem Reibkäsedealer gelesen?«

Therese hatte auch kurz über die Meldung gelacht, aber jetzt fehlte ihr die Lust, darauf einzusteigen.

Nur Elke fühlte sich angesprochen. »Wieso Dealer? Von Reibkäse wird man nicht süchtig!«

Das war Lothars Stichwort. »Anscheinend doch.« Verschwörerisch beugte er sich zu Elke hinüber. »Die westfälische Sucht nach Reibkäse, weißt du? Scharf, trocken und kümmelig, das törnt bestens. Und weil er so stinkt, muss man ihn ganz heimlich konsumieren.«

Er zwinkerte der verdutzten Elke zu, nahm noch einen Schluck Bier – diesmal musste der Schaum auf der Oberlippe bleiben – und erzählte großspurig weiter: »Jedenfalls hat da ein Käserei-Manager zweihundertfünfzig Tonnen Reibkäse geklaut, zweihundertfünfzig Tonnen, das stell man sich mal vor! Das sind Millionen dieser kleinen Stinker! Was will der damit? Die muss man erst mal unter die Leute bringen! Wahrscheinlich steht er jetzt vor den Schulen und dealt ...«

Lothar brach in lautes Lachen aus, und die ganze Runde stimmte ein. Wieder böse Blicke von den Nachbartischen.

Dass Annette auf so einen Blender hereingefallen war! Und jetzt konnte er schon wieder Witze reißen. Aber nicht schlecht erzählt, dachte Therese. Das hatte er bestimmt den ganzen Morgen geübt.

Ihr Michael war genauso ein Spaßmacher. Was würde sie an ihm entdecken, wenn sie ihn nicht mehr liebte? Auch wegen des Geldes sollte sie nicht ungerecht sein. Würde sie selbst ihre sauer verdienten Penunzen mit jemand anderem teilen? Da musste die Liebe groß sein ...

Trotzdem – diesen Lothar ertrug sie nicht mehr. Mit einer gemurmelten Erklärung, noch etwas besprechen zu müssen, setzte sie sich ans andere Ende des Tisches, wo sich die »Redaktion« ihres Blättchens versammelt hatte.

Gleich nahm Fritz sie in Beschlag. »Findste nich«, flüsterte er in ihr Ohr, »dass der da« – verstohlene Kopfbewegung zu Lothar – »einen guten Grund hatte, Vetter umzubringen?«

»Bestimmt«, flüsterte sie zurück. »Wir müssen nur noch rauskriegen, wie er es gemacht hat.«

Fritz nickte ernsthaft und schaute Lothar inquisitorisch an. Offensichtlich konnte er ihn auch nicht leiden.

Die anderen machten fragende Gesichter. »Erzähl ich heute Nachmittag«, kündigte Fritz an. Er hatte schon allen Bescheid gesagt, die Therese dabeihaben wollte. »Halb fünf im Zentrum. Wolln doch mal sehn, ob wir nicht eher als die Bullen rauskriegen, wer diesen Vetter wirklich umgebracht hat!« Wieder ein scharfer Blick zum anderen Tischende.

Auch der liebe Fritz gehörte zu den Leichtgläubigen. Therese grinste in sich hinein, stand auf und klopfte auf den Tisch, um gleich darauf zu gehen. Solche Angeber wie Lothar zogen doch den Schwanz ein, wenn es ernst wurde.

Oder saß sie wieder einem Vorurteil auf?

***

Jochen Rensing ärgerte sich. Blatt um Blatt schob er durch den Kopierer, es nahm kein Ende. Dauernd wurden die Hartz-Gesetze überarbeitet, jeden Tag gab es neue Verfahrensanweisungen, wer sollte da noch durchblicken?

»Guck dir das an!« Er hielt Ernst Bremer auf, der auf dem Weg vom Klo den Flur entlangkam. »Seit zehn Minuten steh ich jetzt hier und kopiere den Blödsinn. Wer soll das denn alles lesen?«

»Warum kopierste das denn?«, fragte der Kollege erstaunt.

»Für zu Hause natürlich«, gab er aufgebracht zurück. »Hier kommt man ja zu nichts. Alle Viertelstunde schickt Angelika einem neue Kunden, das ist doch 'ne Zumutung!«

»Angelika kann nichts dafür.«

Er nimmt sie in Schutz, dachte Jochen. Hatten die vielleicht was laufen? Laut sagte er: »Weiß ich doch. Die neuen Vorgaben hat sie auch nicht gemacht.«

»Eben«, gab Bremer patzig zurück.

Er schaute eine Weile zu, wie Jochen den Kopierer mit einer Seite nach der anderen fütterte.

»Willste das wirklich alles lesen?«, fragte er plötzlich.

»Ja, was denn sonst?« Jochen war erstaunt. Wie sollte man denn ohne die Infos die Fälle bearbeiten?

»Ich lese die schon lange nicht mehr«, prahlte sein Flurnachbar.

»Wieso – du liest die nicht mehr? Was machste denn dann mit neuen Anträgen?«

»Bearbeiten natürlich, und nach den neuesten Regeln.«

Jochen hörte auf zu kopieren. »Und wie machste das?«

»Tja«, machte Bremer und sah sein Gegenüber skeptisch an. Warum ließ er denn nicht die Katze aus dem Sack?

Doch Ernst zögerte weiter. »Weiß ja nicht, ob dich das was angeht. Wenn du das Walburga erzählst, kriege ich den größten Ärger.«

»Würd ich nie«, beteuerte Jochen. »Du kennst mich doch. Nun sag schon!«

»Also, erst mal lege ich das ganze Papier in die Ecke, schön weit weg, damit es nicht stört.«

Bremer machte es spannend.

»Und dann gehe ich ins Internet und rufe die Tacheles-Seite auf. Kennst du die?«

Jochen schüttelte den Kopf.

»Die ist von so 'nem Arbeitslosenverband in Wuppertal, die machen das als Hilfestellung für unsere Kunden«, erklärte Bremer.

»Und da stehen unsere Regeln?«

Ernst nickte. »Ganz aktuell und so knapp wie möglich zusammengefasst. Für Dumme eben.« Er kam Jochens Protest zuvor. »Aber sie sind zuverlässig. Den Tipp hab ich von unserem verblichenen Kollegen, der hat das gecheckt. Dann kriegt man auch gleich mit, wie die Leute dagegen vorgehen wollen, und kann vorbeugen, hat er damals gesagt. Ist sehr praktisch im Umgang mit den Kunden.«

Jochen schaltete den Kopierer ab.

»Ist sowieso alles Quatsch, was wir neuerdings durchsetzen müssen«, nörgelte er, als sie zusammen über den Flur gingen.

»Genau«, stimmte Bremer zu. »Ich hab jede Menge Widersprüche auf dem Tisch. Die Leute haben ja recht, wenn sie sich aufregen.«

»Die Kohle stimmt auch nicht«, klagte Jochen. »Die sparen, wo sie können. Von wegen Gehaltserhöhung! Und jetzt fehlt auch noch unser kleiner Zuverdienst. Manchmal weiß ich nicht, wie ich über die Runden kommen soll. Meine Alte ...«

Bremer zog ihn in sein Büro. »Da lass uns mal drüber reden«, sagte er konspirativ.

Was, über seine Eheprobleme? Jochen war überrascht. Bis jetzt hatte Ernst ihn immer abgewimmelt, wenn er davon anfing.

Bremer schloss die Tür und wies Jochen den Besucherstuhl an.

»Das mit dem Geld ist wirklich ein Problem.« Er nickte mit ernster Miene.

Jochen nickte auch. Wollte Ernst ihn anpumpen?

Bremer räusperte sich. »Rolf ist ja nun tot«, sagte er. »Irgendwer sei seiner Seele gnädig. Aber wir stehen jetzt da. Ohne Rolf kein Geld. Da muss man sich doch Gedanken machen, oder nicht?«

Jochen verstand immer noch nichts.

»Ich hab also nachgedacht«, erklärte der Kollege. »Wozu brauchen wir Rolf?, hab ich mich gefragt. Was der konnte, können wir auch. Warum sammeln wir nicht selbst das Geld ein und setzen es? Kann doch weiterlaufen wie gehabt, kein Problem.«

»Du vergisst, dass Vetter immer seine Tipps hatte«, gab Jochen zu bedenken.

Bremer grinste ihn an. »Klar, und ich weiß auch, von wem.«

Das wusste jeder. »Lottmann?«, fragte er.

»Genau. Und die Telefonnummer haben wir im Computer. Ich rufe an, und du sammelst das Geld ein.«

Das war es also, was Bremer wollte. Das Risiko sollte er tragen. Aber warum nicht?, fragte sich Jochen. So gefährlich konnte es nicht sein. Und vielleicht ließ sich ja hier und da was abzweigen?

»Na gut.« Erst mal nicht so viel Interesse zeigen. »Wir können es ja mal versuchen.«

»Aber wir sollten den Kreis vergrößern«, schlug Bremer vor. »Je höher der Einsatz, desto mehr kommt dabei rum, weißt du ja. Du kannst es doch mit dem kleinen Koch gut, frag den mal. Als Junggeselle hat der massig Geld und kann bestimmt noch was brauchen, bei der Karre, die er fährt.«

»Und wenn er die Quickstern anbaggert, muss er erst mal was reinstecken, bevor er was reinsteckt.« Jochen kicherte albern. »Das weiß ich noch von meiner Alten, ganz schon teuer am Anfang. Und das ändert sich nicht, musste nicht meinen ...«

Bremer schaute zum Fenster. Interessierte ihn wohl nicht. Na gut, ging er eben.

»Dann ruf den mal an«, sagte er in der Tür. »Ich geh rüber und gucke, ob Manfred da ist.«

***

»Jetzt guck dir bloß an, was das für Flaschen sind«, schimpfte Lottmann.

Der kleine Mann neben ihm nickte. »Der Schwung ist raus«, stimmte er seufzend zu.

Vor ihnen auf dem Platz, »Trainingsacker« nannte ihn Robrecht, absolvierten die hoch bezahlten Spieler der Union lustlos ihre Übungen. Wenn Pit sie anspielte, schossen sie zurück, um ihm einen Gefallen zu tun, aber sobald er wegschaute, lief das Training auf Sparflamme.

Robrecht stapfte in seinen kalbsledernen Stiefelchen durch den Dreck, nahm mal diesen, mal jenen Spieler in den Arm. Der Trainer, der ihm den Verein so gut wie in die zweite Liga geführt hatte, war Luft für ihn.

»Dabei war er mal ganz dicke mit Pit!« Lottmann wies mit dem Kopf auf den Präsidenten, der gerade bei Darius abgeblitzt war. »Dauernd Arm in Arm in der Zeitung, die beiden.«

»Aber findste, dass Pit dabei glücklich aussah?«, fragte ihn sein Nachbar am Spielfeldrand.

»Nee«, gab er trocken zurück. »Wie auch, so wie ihn Ingolf immer zerquetscht hat.«

»Würd mich nicht wundern, wenn die den Aufstieg vermasseln.« Nickend kam der Kleine auf die Spieler zurück, die jetzt hinter Robrecht her im Kreis liefen. Machten Faxen, wenn er sie nicht im Blick hatte. »Ingolf zuliebe schießen die kein Tor, das kannste mir glauben.«

»Du musst es ja wissen«, gab Lottmann zurück.

»Weiß ich. Bin nah genug dran. Sie haben alle mitgekriegt, wie der Alte Pit mitspielt. Das kann er nicht machen. Nur noch Unruhe in der Mannschaft. Der Kapitän weg, dieser blöde Verdacht von wegen Schiebung, dann noch 'n Trainerwechsel – die sind doch völlig durcheinander.«

Was wollte der Kleine eigentlich von ihm?

Es war sonnenklar, dass die Mannschaft dauernd verlor, um Robrecht eins auszuwischen. Alle Freundschaftsspiele und auch die Quali für den DFB-Pokal hatten sie versiebt. Er kannte den Grund. Der Kapitän, den sie grad rausgeschmissen hatten, war beliebt gewesen, eine »Leitfigur«, stand in der Zeitung, und jeder ahnte, dass er mit den Schiebungen nichts zu tun hatte. Das wusste Lottmann ebenfalls. Ringhoff hatte tatsächlich an die Prämie eines ungenannten Fans geglaubt.

Sie brauchten eben ein Bauernopfer. Sogar das hatte die Zeitung gewusst. Nicht das letzte, sagte man. Wahrscheinlich klebte ihm der Blödmann deshalb auf der Pelle.

»Guck dir Darius an, wie der da wieder rumkaspert!« Lottmann tat ärgerlich. »Hätte allen Grund, was an seiner Form zu tun, der alte Knacker.«

Doch der andere war von seinem Thema nicht abzubringen. »Der Alte soll ruhig alle kaltstellen, die mit den Jungs auf gutem Fuß stehen«, nölte er. »Wird schon sehn, was er davon hat.«

Lottmann versuchte ihn abzulenken. »Was muss er auch rausposaunen, dass er die zweite Liga im Auge hat. Wenn sie es nicht packen, ist er am Arsch.«

»Wenn sie's ihm schon so übel nehmen, dass er Pit ausbooten will ...«

Lottmann fiel ihm ins Wort. »Guck, Ingolf hat es satt. Pustet wie verrückt von den paar Runden. Wie sagt er: Wer einen weiten Weg vor sich hat, der rennt nicht. Muss wahrscheinlich noch weit laufen heute.«

Rechts von ihm keine Regung, nur ein starrer Blick aufs Feld. »Der hat nicht mehr weit zu laufen, wenn ich mit ihm fertig bin«, drohte sein Nebenmann finster und drehte ab Richtung Tor. Hatte es wohl aufgegeben, ihm sein Problem mit den Großmuftis unter die Nase zu reiben.

Nachdenklich schaute er dem Kleinen hinterher. Sein letzter Satz hatte nach Ärger geklungen. Der Scheißkerl hatte sogar vergessen, nach seinem Wettgewinn zu fragen.

***

Renate stand am Fenster und schaute in die Tiefe. Wie hatte es Vetter nur geschafft, genau auf dem Monsterzahn zu landen? Das Kunstwerk stand zwar genau vor seinem Fenster, aber doch relativ weit vom Haus entfernt. Er musste mit einigem Schwung hinausgeflogen sein. Also war der Täter ziemlich stark oder ziemlich wütend gewesen.

Stolz auf ihre selbstständige Folgerung schloss sie das Fenster und schaute auf die Uhr. Wo blieb die Urban bloß? Schon fast drei. So lange konnte doch die Beerdigung nicht dauern.

Die Tür ging auf. Die Urban hätte geklopft. Ein Kollege, Jochen, um genau zu sein. Er steckte den Kopf herein und fragte nach Manfred.

Sie erklärte, dass Koch wegen seiner Kopfschmerzen nach Hause gegangen war. Jochen kam rein und schloss die Tür.

»Macht nichts, dann frage ich ihn eben morgen«, sagte er und setzte sich auf Manfreds Platz. Mit den Worten »Gut, dass heute kein Publikumsverkehr ist« eröffnete er ein längeres Gespräch unter Kollegen, wozu sie weder Lust noch Zeit hatte.

Sie wandte sich ihrem Bildschirm zu, aber Jochen blieb.

»Machst du das auch so, mit der Tacheles-Seite?«, fragte er.

»Keine Ahnung, was du meinst«, grummelte sie.

Er wiederholte, was er eben von Bremer erfahren hatte. Typisch, dachte Renate, über die viele Arbeit schimpfen, aber sich's leicht machen, wo es nur geht.

»Schade, ich dachte, du könntest mir zeigen, wie ich da drauf komme«, beendete er den Bericht.

Hatte er noch nie was von Suchmaschinen gehört?

Jetzt versuchte er es mit Tratsch. »Hast du Angelika gesehen?«

Sie schüttelte teilnahmslos den Kopf.

»Ganz verweinte Augen hat sie.« Lockend schaute er sie an. »Muss wohl heute Mittag Knatsch mit ihrem Liebsten gegeben haben.«

Renate sah erstaunt auf, sagte aber nichts. Gestern hatte sich das noch ganz anders angehört. Am besten ging sie der Sekretärin den restlichen Tag aus dem Weg, sonst heulte sie sich noch bei ihr aus.

Für Jochen war Angelikas Liebesleid der Einstieg in die Klage über sein eigenes. Seine Alte wolle immer mehr Geld von ihm, nie käme sie aus mit dem, was er ihr gebe. Bei dem groben Wort für seine Frau schaute sie ihn böse an, aber das störte ihn nicht. Lang und breit berichtete er über ihre Auftritte.

Warum kam die Urban nicht? Sie hatte die Papiere längst parat liegen.

»Sie ist total egoistisch, Renate, kannst du dir das vorstellen? Bei einer Frau? Aber das kannst du bestimmt nicht, du wärst nie so.«

Wollte er sie anbaggern?

Aber Jochen war immer noch bei seiner Frau. Natürlich wusste er, dass sie was mit Vetter hatte, erzählte er. Es sei aber schnell vorbei gewesen. Seine Frau sei ein paar Tage mit langem Gesicht herumgelaufen. »Sandra war für Vetter nicht die Einzige, Renate, glaub es mir. Da könnten die anderen Kollegen auch ein Lied von singen. Ich will ja keine Namen nennen, aber da gibt's noch so einige.«

Das war interessant. Ob es hier weitere Mordmotive gab? Darüber musste sie mit der Urban reden. Wenn er nicht konkret werden wollte – auch gut. Sie konnte ihn ein anderes Mal ausquetschen. Jetzt wollte sie ihn erst mal loswerden.

Am besten Arbeit vorschützen, dachte sie. »Ich hab gleich 'ne Kundin und muss den Bescheid fertig machen«, sagte sie entschuldigend. »Tut mir leid, aber wir können ja morgen noch mal ...«

Jochen erhob sich endlich, verständnisvoll nickend. »Ja, ja, der Stress ...«, seufzte er.

An der Tür drehte er sich um. »Aber danke, dass ich mich mal bei dir ausquatschen konnte, Renate. Du kannst so gut zuhören! Und das mit Vetter nimmt einen auch ganz schön mit ...«

Davon hatte er kein Wort gesagt.

Kaum hatte er die Tür hinter sich zugezogen, klopfte es. Diesmal war es Frau Urban, die den Kopf hineinsteckte. »Darf ich reinkommen?«, fragte sie.

Renate nickte erfreut. »Ich hab schon auf Sie gewartet. Der Kollege wollte und wollte nicht gehen. Die glauben immer, jede Frau muss sich für ihren Seelenschmerz interessieren.«

»Der Typ an der Tür?«, erkundigte sich die Besucherin. »Sah nicht schlecht aus.«

Renate lachte. »Jochen ist ein ganz Lieber, eigentlich. Hat aber immer was zu klagen. Seine Frau nervt ihn, die scheint dauernd Geld zu brauchen. Deshalb macht er wohl bei den Wetten mit, aber davon sagt er nichts. Er hat übrigens erzählt, dass Vetter mit mehreren Kollegenfrauen was hatte, was mir neu war. Mit seiner auch, aber das wusste ich schon. Ist doch interessant, oder?«

»Verdächtige über Verdächtige«, stöhnte Frau Urban.

»Viel Feind, viel Ehr«, gab Renate zurück. »Ich glaube nicht, dass wir schon alle kennen.«

Nachdem sie interessiert dem Bericht über Georgs Eskapaden

gelauscht hatte, holte sie die Liste mit Vetters Kunden aus der Schublade und auch den versprochenen Bescheid, den Frau Urban sofort einsteckte.

»Die Namen darf ich Ihnen nicht geben, Datenschutz, wissen Sie ja«, erklärte Renate augenzwinkernd. Sie berichtete, dass sie sich ein paar Fälle angeschaut hatte, besonders die, wo es um größere Summen ging oder die Bezüge ganz gestrichen worden waren. Wenn es viel einzusparen und damit Punkte gab, war der Kollege besonders motiviert gewesen. Bei kleineren Summen hatte er schon mal ein Auge zugedrückt.

Sie zeigte auf die Namen, die sie mit Kreuzen versehen hatte, und Frau Urban schrieb sie schnell ab.

»Ein Fall ist mir besonders aufgefallen«, erzählte Renate nebenbei. »Den kennen Sie bestimmt auch, stand in der Zeitung. Annette Puls, sie soll sich wegen Hartz IV umgebracht haben ...«

Frau Urban schaute auf. »Annette? Auf deren Beerdigung war ich heute Morgen!«

Renate war nicht überrascht. Natürlich hatten sie sich gekannt, dass sie daran nicht gedacht hatte. Sie hatten doch beide mit Büchern zu tun!

»Das tut mir leid«, sagte sie. »Vetter war echt gemein zu ihr, aber wir haben das nicht früh genug gemerkt. Manchmal ließ sich ja noch was machen ... Nach der Aktenlage hätte sie das Geld ganz klar kriegen müssen.«

Frau Urban schüttelte traurig den Kopf. »Arme Annette«, sagte sie. »Ohne dieses Arschloch könnte sie noch leben.«

Renate zuckte bei dem Schimpfwort nicht einmal zusammen. Sie hatte ja recht. Aber für eine Germanistin pflegte sie eine ziemlich deutliche Sprache.

»Dann kennen Sie bestimmt den Lebensgefährten von Frau Puls«, erkundigte sie sich. Als Frau Urban nickte, fuhr sie fort: »Und glauben Sie nicht, dass er auch ein gutes Motiv hatte, sich an Vetter zu vergreifen? Schließlich hatte er seine Frau auf dem Gewissen.«

»Das glaube ich nicht.« Frau Urban verzog verächtlich den Mund. »Der hat eher noch mitgeholfen, so wie ich ihn einschätze.«

Sie erzählte von der Beerdigung und dem Auftritt dieses Lothar Knaup, dessen Namen Renate schon auf der Mietbescheinigung gelesen hatte. Hörte sich nicht so an, als ob er groß um die Freundin trauerte. Aber das konnte gespielt sein, um den Verdacht von sich abzulenken. Die Urban konnte ihn nicht leiden, das war deutlich zu merken.

Renate überlegte, dem Kommissar einen Tipp zu geben. Brauchte sie der Urban nicht zu erzählen. Aber vielleicht kam er von allein drauf. Heute Morgen war die Anweisung gekommen, der Polizei die Akten aller Kunden herauszugeben, mit denen Vetter zu tun hatte. Sie hatte gerade noch ihre eigene Durchsicht abschließen können.

Jetzt erzählte sie Frau Urban davon, während die weiter die angekreuzten Namen abschrieb.

»Offensichtlich ermitteln sie doch weiter«, schloss Renate.

»Warum wohl?«, fragte Frau Urban abwesend. »Schlüter war so sicher, dass es nichts mehr zu tun gab.«

»Wahrscheinlich 'ne Anweisung von oben«, vermutete Renate, die sich in den Ämtern auskannte. »Er war ganz schön muffelig am Telefon, das war nicht sein Ding.«

Die Urban lachte mit. Sie war wohl erleichtert, weil ihr Thomas Hoffnung schöpfen konnte. Aber was bedeutete das für Manfred? Wenn ermittelt wurde, dann auch unter den Kollegen des Mordopfers. Und die waren boshaft genug, ihn anzuschwärzen. Ob ihre Aussage dann ausreichte, ihn zu entlasten? Wenn Schlüter sie vernahm, bestimmt nicht. Der hatte sie schon am Montag nicht ernst genommen. Und was er sagen würde, wenn sie von Vetters Bettgeschichten anfing, konnte sie sich lebhaft vorstellen.

»Sie machen sich Sorgen, weil dann vielleicht auch gegen Ihren Kollegen ermittelt wird?«, sprach Frau Urban sie auf ihr bedrücktes Gesicht an. Konnte sie Gedanken lesen?

»Na ja, wenn man Schlüter kennt ...«, antwortete Renate.

»Bis die mit den Arbeitslosenakten durch sind, haben wir den Mörder bestimmt schon.« Frau Urban lachte.

Wieder freute sich Renate, sie kennengelernt zu haben. Allerdings störte sie das steife Sie zwischen ihnen gewaltig. Zu gern hätte sie Therese und du zu ihr gesagt. Durfte sie als Jüngere damit anfangen? Aber so konventionell war die Urban sicher nicht.

»Wir könnten uns eigentlich duzen«, schlug sie zögernd vor.

»Ja klar«, stimmte die andere zu. »Ich wusste nur nicht, ob das bei einer Amtsperson in Ordnung geht.«

Meinte sie das ernst? Ihrem Gesicht nach ja. Renate war überrascht, dass die tolle Germanistin, Autorin sogar laut Datenblatt, so was wie Respekt für sie aufbrachte. Auch wenn sie nur so getan hatte, war das nett von ihr.

»Schön«, sagte Renate und überspielte die kleine Rührung. »Macht übrigens Spaß, mit dir zusammenzuarbeiten.«

»Na, dann mal los.« Therese freute sich offensichtlich ebenfalls. Sie berichtete, dass sich die Arbeitslosen gleich treffen wollten, um das weitere Vorgehen zu besprechen. Wenn sich jeder einen der Namen auf ihrem Zettel vornahm, müssten sie bald wissen, ob jemand darunter war, der für die Tat in Frage kam.

Plötzlich besorgt, unterbrach Renate sie. »Aber lass bitte meinen Namen aus dem Spiel! Wenn rauskommt, dass ich euch Vetters Kunden verraten hab, krieg ich Ärger.«

Therese stimmte zu und fuhr fort: »Jedenfalls ist es gut, dass sich Schlüter die Arbeit mit den Akten macht. Wenn wir nicht alle zu fassen kriegen, ist das nicht so schlimm. Sowieso glaube ich eher nicht, dass es einer der Kunden war. Die Arbeitslosen sind viel zu eingeschüchtert, die wehren sich nicht.«

»Wenn einer seine Frau verliert?«, wandte Renate ein.

»Kann sein.« Therese zuckte mit den Schultern. »Aber wie gesagt ...«

***

Wie am Tag zuvor blieb Therese vor dem ehernen Backenzahn stehen, Vetters letztem Widersacher. Erneut fragte sie sich, wie er genau darauf hatte landen können. Drumherum war Platz genug, und vielleicht hätte das Gestrüpp seinen Fall abgefedert.

»Da war Gottes Hand im Spiel«, hätte ihre Mutter gesagt, mit unheilschwangerem Blick. Oder wohl eher vom Teufel gesprochen, weil Vetter zu Lebzeiten für sie gewiss ein honoriger Mann war. Immerhin Beamter und nicht so ein Computerfreak wie ihr Michael, und der ging bestimmt auch nicht fremd, hätte sie behauptet, um ihr mal wieder einen Fehltritt unter die Nase zu reiben.

Therese war traurig gewesen, als ihre Mutter starb, aber solche Szenen vermisste sie nicht.

Gegenüber der Christophorus-Apotheke bog sie ab ins Riemekeviertel. In den engen Straßen drängelte sich der erste Feierabendverkehr, dazwischen einige Radfahrer, deren Mut sie bewunderte. Alle mit Helm, wozu sie keine Lust hatte. Konnten die Autofahrer nicht weniger aggressiv fahren?

Mit Renate hatte sie sich für Freitagabend in Silos Kebabladen am Heierstor verabredet. Bis dahin wollte die neue Freundin versuchen herauszubekommen, wo die Kollegen zum Todeszeitpunkt Vetters ihre Zeit verbracht hatten, und möglichst auch, wer noch alles an dem Wettkreis beteiligt war. Angelika wisse das bestimmt, hatte sie gesagt. Sie bekomme im Geschäftszimmer des Flurs alles mit.

Therese kannte die grell geschminkte Angestellte von früheren Besuchen. Sie war ihr vor allem aufgefallen, weil sie viel Zeit vertrödelte, um ihren zu knappen Rock glatt zu streichen, und nicht damit vorankam, ihren Fall im PC aufzurufen, um ihr den richtigen Sachbearbeiter zuzuweisen.

Aber nach Tratsch sah sie aus. Ihre Tür stand immer offen, mit freiem Blick auf den Flur. Das kannte Therese aus ihrer eigenen Vergangenheit: Sekretariate waren das Zentrum der Klatschbörse, und das blonde Dummchen trug bestimmt alles weiter, was es erfuhr. Renate ließ sich für ihre Neugier hoffentlich einen Vorwand einfallen. Beschränkt war sie nicht.

Nach Abschluss des »dienstlichen« Teils ihres Treffens hatten sie über Bücher gesprochen, erst über Thereses paar Schriften, nach denen sich Renate erkundigte. Sie las ebenfalls gern und viel. Im Urlaub wagte sie sich an »große Sachen«, wie sie sagte, und Therese wunderte sich, wie belesen sie war. Uwe Johnson immerhin, nicht gerade einfach zu konsumieren, war derzeit ihr Lieblingsautor, und seine »Gesine« mochte sie besonders. Sogar von deren geistiger Unabhängigkeit hatte sie gesprochen, und Therese hatte sich vorgenommen, nie wieder ungeprüft auf unstudierte Leute herabzusehen.

Aber der jungen Beamtin hatte sie gleich angemerkt, dass sie gescheit war.

Wenn sie arbeitete, las Renate lieber Krimis, wie sie selbst. Auch hier hatte sich Gesprächsstoff ergeben, der seine Zeit gebraucht hatte. Trotzdem machte Therese den kleinen Umweg durch den Riemekepark, um wenigstens bis zur Neuhäuser Straße Ruhe vor den stinkenden Fahrzeugen zu haben. Dann konnte sie an der Pader entlang zum Maspernplatz gehen und hatte gleich eine kleine Erholungspause.

Klärchen im Westen hatte sich des finsteren Tags erbarmt und schaute schräg übers Gebüsch. Doch kam vom Tümpel, den der Riemekebach speiste, kein glitzernder Gruß zurück, da seine Oberfläche dick mit Unrat bedeckt war.

Therese wandte den Blick mit Grausen – wieder ein Ausdruck ihrer Mutter, die gern mit rudimentären Kenntnissen der Klassiker geglänzt hatte. Gelesen hatte sie aber vorwiegend Romane, historische Wälzer, dick und saftig, und sie – erfolglos – vor Therese versteckt, damit die nicht auf dumme Ideen kam.

Renate war also auch eine Leseratte. Unvermutete Gemeinsamkeiten bis hin zur spannenden Bettlektüre. Kein Wunder, dass sie jetzt begeistert bei der Aufklärung ihres Kriminalfalls mitmachte.

Allerdings bevorzugte Renate aktuelle Stoffe, während Therese lieber historische Mordfälle aufklärte. Fremde Welten faszinierten sie. Früher waren die gesellschaftlichen Verhältnisse nicht besser als heute, aber sie waren weit weg und drückten sie nicht.

Aus guten Romanen gab es immer etwas zu lernen, das hatte sie im Studium bestätigt bekommen. Anders als die damalige Wissenschaft und viele Kommilitonen hatte sie mehr nach der Realität hinter der literarischen Verarbeitung geforscht als nach dem Zustandekommen des Wortgeklingels durch den Gebrauch oder das Vermeiden von Adjektiven beispielsweise und viele oder wenige Kommata. Romane transportierten tägliches Leben, Einstellungen und Überlegungen der Beteiligten; im Idealfall spendierte der Autor seinem hungrigen Leser einen Ausflug in eine ihm unbekannte Welt.

Allerdings legte Therese Wert darauf, dass ihr die Sätze nicht allzu künstlich durchs Gehirn klingelten. Banale Inhalte brauchten keine großen Worte, was auch für Lyrik galt, die ihr noch nie gefallen hatte. Mit Ausnahmen: Ewig gültige Verse großer Dichter, die sie in ihren Büchern angestrichen hatte, aber nie in den Mund zu nehmen wagte …

Schon von Weitem hörte sie das Rauschen des Autoverkehrs auf der Neuhäuser Straße, die stadtauswärts zur Autobahn nach Bielefeld führte. Die prachtvollen Bürgerhäuser der Gründerzeit waren nur vereinzelt durch Tankstellen und Geschäfte ersetzt worden, und Therese fragte sich, wie die Bewohner den täglichen Lärm ertrugen.

An der Ampel überquerte sie die Straße und lief den Fürstenweg entlang auf die Pader zu. In früheren Jahrhunderten war hier die Kutsche des Fürstbischofs – sechsspännig vermutlich – geradewegs zum gut befestigten Neuhäuser Schloss gefahren, wo der Fürst vor den aufmüpfigen Bürgern der Stadt sicher war. Auch hier schöne alte Bauten mit schnörkelig umgitterten, jetzt im Februar trostlosen Vorgärten.

Rechts das neue Seniorenheim des Johannesstifts, in dessen oberen, noch von der Sonne beschienenen Fenstern zwei alte Damen auf ihren Sofakissen lagen und ohne miteinander zu reden auf die Straße starrten. Ist bestimmt laut da oben, dachte Therese.

Sie tauchte in den kleinen Park entlang der Pader ein, dessen kahle Bäume immer noch ein Dach über ihrem Kopf bildeten. Das Gespräch mit Renate kam ihr in den Sinn. Vom Nachtigallenweg hatten sie gesprochen, der in Japan unliebsamen Besuchern, aber auch heimlichen Ermittlern das Leben schwer gemacht hatte. Anders als Therese hatte Renate das Buch nicht gelesen; das Japan des siebzehnten Jahrhunderts war ihr zu fern.

Das sah Therese anders. In ihren Kriminalfällen um den Ermittler Sano Ichiro hatte Laura Joh Rowland die herrlich fremde Samuraiwelt mit den Auseinandersetzungen und Gewalttaten der Oberkaste, dem heimlichen Einfluss der Kurtisanen, aber auch der hoch entwickelten Kultur der Intellektuellen gut recherchiert und spannend dargestellt. Darauf kam es Therese an. Der Nachtigallenweg stand für einen Aspekt des Samuraidaseins: das lebensnotwendige Misstrauen selbst Haushaltsangehörigen gegenüber, die sich nicht ungehört nähern durften …

Plötzlich fiel es ihr wieder ein: der Nachtigallenweg! Er war es gewesen, der den Gedanken ausgelöst hatte, den sie jetzt nicht mehr zu fassen bekam. Mit dem Buch konnte die flüchtige Idee aber nichts zu tun haben. Sanos Fall war ganz anders. Im Roman hatten die singenden Fußböden vor heimlichen Angreifern gewarnt, aber der Flur in der Arbeitsagentur hatte nicht gesungen, das war das Problem.

Sie mussten nach anderen Anhaltspunkten suchen. Wer hatte sich nach Vetters Tod heimlich davongeschlichen? Das war die Hauptfrage und ließ viele Möglichkeiten offen.

In ihrem eigenen Roman war die Rätselei einfach gewesen, da hatte sie die Auflösung gekannt. Den Plot, wie die Literaturwissenschaftler sagen, hatte die Stadtgeschichte vorgegeben, sie hatte ihn nur ausfabuliert. Jetzt aus der unbekannten Wirklichkeit um den Verstorbenen herum ihre Fragen abzuleiten war kniffliger, als sie gedacht hatte.

Ihren Krimi hatte sie vor allem deshalb geschrieben, weil es immer schwieriger geworden war, die Bücher zu finden, die sie wirklich lesen wollte. Aus der aufkommenden Langeweile hatte sie einen Ausweg gefunden, der ihr nachhaltiger die Zeit vertrieb und sie tiefer in ferne Welten führte als alle Literatur, und so hatte sie das Buch geschrieben, nach dem sie immer gesucht hatte: den historischen Kriminalroman aus ihrer Heimatstadt, der die bewegteste Zeit ihrer Geschichte aufs Korn nahm. Die eilig stadtauswärts fließende Pader neben ihr spielte darin eine Rolle, das Rathaus mit seinen geheimnisvollen Kellergewölben, die Kirchen und Klöster, die in der Stadt das Regiment hatten. Und die damaligen Paderborner natürlich, vom Bischof bis zum Pferdeknecht, vom Advokaten bis zur Bademutter, von den bigotten Stadtbewohnern bis zu den Jesuiten. Ob sie ihre Eigenarten getroffen hatte?

»Die Logik stimmt!« Michael, der Anspruchsvolle, hatte sie ermutigt. Ihre Freunde zeigten sich begeistert. Waren sie kritisch genug?

Es hatte ihr viel Spaß gemacht, den Fall zu konstruieren und sauber aufzulösen. Auch sich die Figuren auszudenken und ihnen ein Leben überzustülpen. Sie genoss die schadlose Macht, die mit dem Erfinden verbunden war. Wie sie eine Person ins Leben stellte, so war sie, stand sie da, konnte aber niemandem etwas Böses tun. Fühlte nichts von dem Leid, das sie zu erdulden hatte, allerdings auch kein Glück. Sie konnte die Leute so schlecht, so gut oder so schön machen wie sie wollte, konnte ihnen Stärken andichten, die sie selbst gern gehabt hätte, Abenteuer erfinden, die ihr und eventuellen Lesern das Leben spannend machten.

Doch welche Hybris hatte sie geritten, ihr Werk in die Welt zu schicken? Sie hatte keinen »großen Namen«, der Aufmerksamkeit erweckte. In der Arbeitsagentur wurde sie vermutlich in der Kategorie erfolglose Autoren geführt, obwohl sie einiges veröffentlicht hatte. Bisher hatte sie vor allem für Stadtzeitungen geschrieben, alternative Blätter, die kein Honorar zahlten.

Ihr Buch mochte gut genug sein für Paderborn, doch anderswo wurde es sicher nur belächelt.

Was passierte jetzt mit ihrem Manuskript? Wurde es gerade von einem Lektor beiseitegepackt? Lag es im großen Stapel ungelesener Manuskripte ganz unten? Fand ein Praktikant den Schauplatz nicht aufregend genug? Oder war ihr Versuch gleich im Papierkorb gelandet?

Auch heute Mittag war der Briefkasten leer gewesen.

Sie seufzte vernehmlich, und die Radfahrerin, die sie gerade überholt hatte, schaute sich teilnahmsvoll um. Therese lächelte freundlich, und sie strampelte beruhigt weiter.

In dem »Roman«, den sie jetzt »in Arbeit« hatte, waren keine historischen Fakten auszuwerten, den speiste das Hier und Jetzt. Der Hintergrund der Handlung war das Umfeld des Opfers, Arbeitsplatz, Freizeitbeschäftigungen, häusliche Situation und so weiter. Davor agierten die Beteiligten, denen der Autor auf den Pelz rücken musste. Das Thema des Romans waren die Charaktere der Mitwirkenden, die unterschiedlichen Temperamente und Ansprüche, die seelischen und finanziellen Abhängigkeiten, die Freund- und Feindschaften.

Danach musste sie suchen – die desolaten Verbindungen, die zum Mord geführt hatten. Und das war der Lernstoff, den sie ihren fiktiven Lesern bieten konnte: Wie es so weit kommen konnte und vielleicht auch, wie zu vermeiden gewesen wäre, dass es so weit gekommen war.

Fing sie also bei den Kollegen Vetters an. Für den Mord kamen theoretisch mehrere in Frage, angefangen bei diesem Jochen mit seinem Frauenproblem. Renate hatte ihn als egoistisch beschrieben, wenn auch als ganz Sanften. Konnte man ihn deshalb ausschließen? Den Fehltritt seiner Frau hatte er bestimmt nicht so leicht weggesteckt. Von weiteren gehörnten Ehemännern hatte Renate gesprochen – vielleicht hatten die sich zusammengetan? Therese lachte leise über den absurden Einfall.

Neben Vetters Umgang mit den Kollegen und vor allem deren Frauen schmorten weitere Konfliktfelder, eins so explosiv wie das andere. Da war zum einen seine Erbarmungslosigkeit Kunden gegenüber, die vielleicht jemand Tatkräftigeren getroffen hatte als Lothar. Und vor allem die Fußballwetten, die ohnehin von krimineller Energie getragen waren, nach allem, was sie inzwischen darüber wusste. Über die Familie des Toten würde sie von Michael und morgen in Berghusen hoffentlich mehr erfahren, aber sie konnte sich schon jetzt den ein oder anderen Schwelbrand vorstellen.

Es war zu unterscheiden, was Haupt- und was Nebenhandlung war. Vor dem Ende des Romans verriet der Autor das in der Regel nicht.

Nachdem Therese die riesige Parkfläche des Maspernplatzes hinter sich gebracht hatte, stieg sie wieder einmal die paar Stufen zum Arbeitslosenzentrum hinauf. Sie drückte auf den Klingelknopf und vertrieb sich die Wartezeit damit, die kunstvollen Schnitzereien der alten Tür zu bewundern, die der Vermieter zu ihrer Freude knallrot gestrichen hatte.

Karin machte ihr auf, aber außer ihr war bisher nur Fritz da, der in der Küche mit seinem Handy hantierte. Während sie ein paar Artikel durchgingen, die Karin für die nächste Ausgabe der Arbeitslosenzeitung verfasst hatte, bekam sie mit halbem Ohr mit, dass er einige der Zentrumsbesucher anrief, um sie an den Spieleabend am Donnerstag zu erinnern.

Nach und nach trafen der stille, aber einsatzfreudige Matthias, der eher vorlaute Karl-Heinz, von allen Kalla genannt, und schließlich auch Udo ein, der sich trotz seiner Länge auf eins der niedrigen Sofas setzte, wo seine spitzen Knie weit über den Tisch ragten. Andrea hatte wie immer den Kinderwagen dabei, den sie vorsichtig, damit der Inhalt nicht aufwachte, durch die engen Altbautüren bugsierte. Als alleinerziehende Frau, dachte Therese, konnte sie sich bestimmt leicht mit ihren Schicksalsgenossinnen anfreunden, von denen mindestens zwei auf ihrer Liste standen.

Solange Fritz telefonierte, ging es erst mal – was auch sonst – um Fußball. Anscheinend sollte der Paderborner Top-Verein am Sonntag spielen, nach einer Pause zum ersten Mal, und die Jungs diskutierten die Form der Spieler beider Vereine. Dann kamen sie auf den Schiedsrichter zu sprechen und spekulierten, ob er wohl für oder gegen den Gegner aus Wuppertal pfeifen würde.

Im letzten Kicker hatten Zahlen gestanden, die jetzt durch den Raum flogen. Ausnahmsweise hörte Therese genau zu, obwohl sie wie die anderen Frauen nicht viel beizutragen hatte. Sie kannte zwar Geschlechtsgenossinnen, die sich Fußballspiele anschauten, aber ihre Welt war das nicht. Auf dem Platz und unter den Fans ging es ihr viel zu rüpelig zu, und das hysterische Geschrei der TV-Kommentatoren ertrug sie schon gar nicht.

»Dieser Jugoslawe hat bei dem Spiel gegen die Hamburger fast siebenhunderttausend Euro eingestrichen, und davon hat der Schiri nur fünfundzwanzigtausend abgekriegt«, krähte Kalla, der als Einziger den Kicker gelesen hatte.

»Die zehntausend für Ringhoff musste abziehn«, warf Matthias trocken ein.

Udo verkleinerte den Betrag weiter. »Wahrscheinlich muss der sich den Rest mit seinen Kumpels teilen, so viel bleibt da nicht.«

Beleidigt gab Kalla zurück: »Wenn da jeden Spieltag so viel rumkommt, reicht das schon.«

Andrea tauchte aus dem Kinderwagen auf, wo sie den Schnuller an die richtige Stelle gesteckt hatte. »Möchte nicht wissen, wer hier in Paderborn alles abgesahnt hat.« Das war eine der wichtigsten Fragen, die von den Männern jedoch übergangen wurde.

»Kohle fließt reichlich im Fußballgeschäft«, verteidigte der Experte seine eindrucksvolle Zahl. »Das sieht man an den zwei Mille, die der Hamburger SV als Entschädigung für das manipulierte Spiel gekriegt hat.«

»Und wer bezahlt das?«, fragte Karin naiv und bekam sogar eine Antwort.

»Erst mal der DFB«, wusste Kalla ebenfalls aus dem Kicker. »Aber der wird es sich wohl von den Zockern und Schiris zurückholen.«

»Die können jetzt ruhig die Regeln verschärfen«, kam es von Udo aus der Sofaecke. »Auch wenn sie den Spielern, den Schiris und allen Funktionären das Wetten verbieten – dafür gibt's Strohmänner, das müssen die gar nicht selber machen.«

Alle nickten. Die Welt war schlecht und würde es bleiben.

Jedenfalls redete im Moment die ganze Republik über ihre Stadt, dachte Therese egoistisch. Der peinliche Wettskandal konnte das Interesse an ihrem Roman deutlich fördern. Nur nicht in Hamburg. Dort war man bestimmt nicht gut auf die Paderborner zu sprechen.

Jetzt warteten alle auf Fritz, der immer noch telefonierte. »Lottmann kommt auch«, sagte er gerade zu seinem Gesprächspartner, der wohl noch überzeugt werden musste.

Was war das? Therese fuhr auf. Er hatte klar und deutlich »Lottmann« gesagt. Diesen Namen hätte sie hier nicht erwartet. Was hatte Fritz mit Vetters Spezi zu tun? Und was für Spiele spielten die in diesen Räumen?

Während sie Fritz beobachtete, der mit dem Handy am Ohr am Fenster stand, leise auf jemand einredete und dabei in den finsteren Innenhof starrte, fiel ihr ein, dass es immer schon etwas rätselhaft mit seinem Geld zugegangen war. Das hätte ihnen viel eher auffallen müssen. Er klagte nie darüber, dass er pleite sei, wie alle anderen fast täglich. Andererseits lieh er sich hin und wieder Geld zusammen, so viel wie möglich, für ein »Geschäft«, wie er sagte. Hatte nie Probleme, es zurückzugeben. Er ging regelmäßig ins Fitnessstudio, das auch nicht gerade billig war. Steckte sich gerade wieder eine Zigarette an und nicht einmal eine von Aldi, während alle anderen drehten oder das Rauchen aufgegeben hatten. Seine Jeans allerdings war so verwaschen wie ihre, so viel warf das Geschäft wohl nicht ab. Konnte aber auch gewollt sein. Designerklamotten erkannte sie sowieso nie.

Ärgerlich, dass Thomas nicht da war. Jetzt musste *sie* sich das gute Fritzchen zur Brust nehmen. Aber erst morgen, nahm sie sich vor. Heute war es sowieso spät genug, und sie wollte Michael nicht allzu lange warten lassen.

Jetzt drehte Fritz sich um, steckte sein Handy weg und kam zu ihnen hinüber. »Entschuldigung«, sagte er. »War wichtig.«

Jedenfalls würde sie die Sache mit den Fußballwetten noch für sich behalten, entschied Therese. Nicht die Pferde scheu machen. Erst mal sehen, wie tief Fritz mit im Sumpf steckte.

Schon fast fünf. Aber die Trödelei war im Arbeitslosenzentrum üblich. Alle hatten viel Zeit.

Als Fritz Platz genommen hatte – Kaffee hatte er noch holen müssen, und sogar Kekse stellte er auf den Tisch –, schauten alle erwartungsvoll auf Therese. Sie hatte längst ihre Liste vor sich liegen mit den Namen, die sie bei Renate abgeschrieben hatte. Die Sachbearbeiterin hatte ihr noch etwas über die Personen erzählt, soweit sie in den Akten greifbar wurden. Das stand als ziemlich unleserliche Notizen irgendwo auf dem Blatt, mit Pfeilen den jeweiligen Namen zugeordnet.

»Darf ich jetzt?«, fragte sie schnippisch. »Na gut. Erst mal muss ich ankündigen, dass gleich noch Thomas' Rechtsanwalt vorbeikommt, Hansi Appelbaum, ein alter Freund von ihm. Ich hab gestern noch mit ihm telefoniert und ihn eingeladen. Interessiert ihn auch, was wir herausfinden.«

»Wenn wir was herausfinden«, warf Karin skeptisch ein.

»Keine Sorge«, tat Fritz großspurig. »Ich hab schon einen Verdacht, und damit geh ich zur Polizei, die werden das diesem Lothar schon nachweisen.«

Hatte er vergessen, dass sowohl Therese als auch Hansi da schon abgeblitzt waren?

»Wart's ab«, beschied sie ihn knapp. »Verdächtige haben wir genug, das werdet ihr gleich sehen. Einen guten Grund hatten viele …«

Jetzt fiel ihr Andrea ins Wort. »Das glaub ich, so ein Ekel, wie der war …«

»Genau«, bestätigte Therese und verbarg ihre Ungeduld. Sie zeigte auf die Liste und erzählte von der Mitarbeiterin der Arbeitsagentur, die ihr die Namen gegeben hatte, obwohl sie damit gegen die Datenschutzbestimmungen verstieß. Die Runde schaute skeptisch.

»Meinst du, die hilft uns wirklich?«, fragte Kalla für alle.

»Hinterher war sie's noch selbst«, wandte Udo ein. »So 'ne Büroschnepfe …«

»Blödsinn«, fuhr ihn Therese an. »Ich hab sie kennengelernt, und wenn sie eine Büroschnepfe wäre, hätt ich das gemerkt.«

Die ständigen Unterbrechungen gingen ihr auf den Geist. Schon seit einer ganzen Weile knurrte ihr Magen vernehmlich. Seit dem Beerdigungsfrühstück hatte er außer Wasser und Kaffee nichts mehr bekommen.

Genervt fuhr sie fort: »Lasst uns weitermachen. Ich hab hier neun Namen auf der Liste, und wir sind sieben. Die müssen wir unter uns aufteilen. Aber ich erzähl erst mal, was ich über die weiß, dann kann sich jeder die raussuchen, die zu ihm passen.«

Als alle ergeben nickten, las sie vor, was auf ihrem verwuselten Zettel stand. Sie konnte nur hoffen, dass sie nichts durcheinandergebracht hatte. Aber bis jetzt hatten solche Materialsammlungen, ein Abbild der verworrenen Denkprozesse vor dem Ergebnis, immer funktioniert. Es dauerte halt, bis alles zusammenpasste.

Andrea übernahm wie erwartet die zwei alleinerziehenden Mütter. Auf dem Spielplatz ließen sich auch im Februar Gespräche anknüpfen, für die meisten Frauen eine willkommene Abwechslung. Eine andere Familie lebte in der Gartenstadt, ein Fall für Karin. Sie wollte so tun, als ob sie von Haus zu Haus ginge und ihre Dienste in der Gartenpflege anböte. Irgendwie würde sie mit den Leuten ins Gespräch kommen. Sie übernahm eine weitere Familie in der Hoffnung, dass die wegen der vielen Kinder ebenfalls einen Garten hatte.

Die Männer übernahmen die Männer. Sie wollten ihnen abends in die Kneipe folgen oder auf den Fußballplatz und dann möglichst unverfänglich ein Gespräch anfangen. Auf Vetter zu kommen war dort ein Leichtes, und bestimmt würde jeder gern zum Besten geben, was er zum Zeitpunkt seines Todes gemacht hatte, wenn sie damit anfingen. Das Detektivspiel machte offensichtlich allen Spaß.

Fritz behielt sich Lothar vor, »obwohl das doch sonnenklar

ist«. Deshalb übernahm er noch einen weiteren Namen, sodass Therese wenigstens von diesen Recherchen verschont blieb.

»Ihr habt doch gesehen, dass er schon am Morgen säuft!« Fritz beharrte auf seiner Theorie. »Da wird man leicht aggressiv, weiß man ja.« Einhelliges Nicken. Fritz fühlte sich bestätigt und spekulierte weiter: »Der hat sich Mut angetrunken, um Vetter zusammenzuscheißen, nachdem Annette tot war. Wahrscheinlich, weil er ein schlechtes Gewissen hatte und jetzt 'n Sündenbock suchte. Dann ist der ihm dumm gekommen und hopp …«

Therese wunderte sich nicht über seine psychologischen Kenntnisse – so was stand sogar in der BILD –, glaubte aber trotzdem nicht an seine Theorie. Lothar war viel zu feige, so ein Risiko ging der nicht ein. Trotzdem bot sie an, über ihre neue Agenturbekanntschaft im Geschäftszimmer nachfragen zu lassen, ob Lothar auf dem Flur gesehen worden war. Ein Foto von ihm wollte sie am Samstag bei der Demo machen und es Renate mitgeben.

Dann kam Hansi. Fritz öffnete ihm die Tür, und er stellte sich im Hereinkommen vor. Therese hätte ihn sonst nicht erkannt. Überrascht starrte sie ihn an. Schnieke, war ihr erster Eindruck. Den früheren Hansi hatte sie sich kaum in einer Rechtsanwaltskanzlei vorstellen können.

Er hingegen erkannte sie sofort, nickte ihr zu, nahm Platz und gern noch einen Kaffee, griff auch bei den Keksen zu. »Komme grad von Düsseldorf, Kundschaft«, mümmelte er. »So 'n Großkotz von Seifenfabrikant, der seine Miterben ausbooten will.«

So kannte sie Hansi schon eher. Korrekte Sprache war seine Sache nicht, das hatten auch die Lehrer am Kolleg gemerkt, wenn seine Aufsätze von Slangausdrücken und Paderbornismen wimmelten. Ein großes rotes »A!« nach dem anderen, obwohl am Inhalt nichts auszusetzen war. Bestimmt hatte er eine Sekretärin, die seinen Stil glatt bügelte.

Bevor er mit seinem Bericht begann, wechselte er umständlich den Platz, suchte sich einen Stuhl, weil er im Sofa fast versunken war. Auch so kannte sie ihn. Bevor er in Gang kam, brauchte er Vorbereitungen, bis er sicher war, dass alle ihn ansahen. Gute Taktik, dachte Therese. Aber wenn er diesen Flohzirkus unter Kontrolle behalten wollte, musste er oft umziehen.

Doch jetzt warteten alle aufmerksam auf seine Darlegungen.

»Der alte Thomas sitzt also im Knast«, fing er endlich an zu reden. »Um das gleich vorauszuschicken: So schnell kommt er da nicht raus. Keine Hoffnung. Das hat dieser beknackte Untersuchungsrichter gleich klargemacht. Ich bitte Sie, Herr Appelbaum, hat er gesagt. Bei der Vorgeschichte Ihres Klienten!« Hansi schüttelte sich bei der Erinnerung an das Gespräch. Der Richter habe von Thomas' »aufgestautem Hass« gesprochen, den er angeblich nicht mehr kontrollieren konnte. Er mochte ja edelste Motive haben, die man im Übrigen auch den RAF-Leuten nicht absprechen könne, habe er gefaselt.

»Aber Mord zur Verfolgung politischer Ziele ist in unserem Rechtssystem nicht vorgesehen, Herr Appelbaum, das sollten Sie eigentlich wissen!«

Dieser Mensch habe ihn indigniert über die Brille hinweg angesehen und vorwurfsvoll gefragt, wie er angesichts dessen und vor allem der erdrückenden Beweislage – »praktisch auf frischer Tat ertappt!« – auf Freilassung seines Mandanten drängen könne.

Therese kannte das alles schon vom Telefon. Während sie mit halbem Ohr zuhörte, nahm sie Hansi genauer in den Blick. Glatt rasiert, das fiel am meisten auf. Das kantige Kinn und den niedlichen Knutschmund – früher wahrscheinlich der Grund für den Bart – hatte sie noch nie gesehen. Die Augen kamen ihr bekannt vor, blau trotz seiner dunklen Haare und so lebendig wie damals. Ein neckisches Zöpfchen im Nacken, schwarze Schlabberhose, ein edles schwarzes, sogar gebügeltes T-Shirt, aber wenigstens kein Hemd mit Schlips unter dem lockeren dunkelgrauen Jackett.

Verstohlen wagte sie einen Blick unter den Tisch. Tatsächlich. Seine Schuhe glänzten wie frisch gewienert. »Geputzte Schuhe haben nur Polizeispitzel«, hatte er früher immer gesagt.

Und noch am Abend roch Hansi gut, was Therese von sich nicht behaupten konnte. Das brachten nur teure Düfte zuwege, die einem hier eher selten um die Nase wehten.

»Aber Thomas nimmt das ganz locker.« Er erzählte von seinem Besuch in Brackwede. Ihr beeindrucktes Schnuppern hatte er zum Glück nicht wahrgenommen. »Er richtet sich auf längeres Bleiben ein, ist schließlich nicht so schlimm wie der Knast in Spanien, wo wir damals zusammen gebrummt haben. Ich sach euch, das warn Zustände! Dass uns die Ratten nicht angenagt haben war alles ...«

Therese musste über die alte Geschichte lachen. Während der gemeinsamen Schulzeit war ihr nicht zu entgehen gewesen. Aber sie hatte nicht gewusst, dass Thomas der Kumpel war, der den beiden mit seinem Fahrtenmesser, das von der spanischen Polizei als Waffe deklariert worden war, den Gefängnisaufenthalt eingebrockt hatte. Thomas war nicht so 'n Typ, der dauernd mit vergangenen Großtaten prahlte.

Bevor er die jugendlichen Abenteuer der beiden »Gammler«, wie damals anständige Leute die umherziehenden Hippies titulierten, ausbreiten konnte, fiel Therese ihm ins Wort. »Und wie kommt er mit den anderen Insassen zurecht?«, erkundigte sie sich. »Man hört so viel von Drangsalierungen ...«

»Kein Problem.« Hansi kehrte bereitwillig zum Thema zurück. Er wollte sicher auch Feierabend haben. »Die waren durch die Bank arbeitslos, vorher, und werden es auch sein, wenn sie entlassen werden. Alle mit Hass auf die Behörden, und ein Mörder wird unter den Knackis sowieso am meisten respektiert. Thomas steht in der Rangskala ganz oben, und wegen seines Alters tun ihm auch die jungen Russen nichts, die es da haufenweise gibt.«

So etwas Ähnliches hatte auch Michael gesagt.

Hansi erzählte noch, dass Thomas sich schon wieder »ein paar Fälle an Land gezogen« hätte, juristische Probleme seiner Zellengenossen, die er ihm, Hansi, habe andrehen wollen. Aber er habe abgewinkt. Zeitmangel. Seine Kanzlei lief gut, und er war schon froh, dass er Thomas dazwischenschieben konnte. »Aber für einen alten Freund ...« Theatralisch seufzte er. »Da muss man die zahlenden Kunden eben ein bisschen warten lassen.«

»Und was ist mit Manuel?« Andrea hatte gefragt, aber auch Therese war mit schlechtem Gewissen eingefallen, dass sie sein Schicksal ganz vernachlässigt hatten.

»Manuel sitzt in einer anderen Abteilung«, berichtete Hansi. »Jugendrecht. Seine Familie hat ihm einen Anwalt besorgt, das hat Thomas auch angeleiert. Aber wenn wir *ihn* rauskriegen, dann auch den andern. Manuel wird sowieso nur Beihilfe vorgeworfen. Dummerweise ist er nicht kooperativ und verrät nicht, wie Thomas es gemacht hat.« Er lachte schallend. »Sonst wäre er vielleicht schon draußen.«

»Kann man Thomas wenigstens besuchen?«, fragte Karin zaghaft.

»Kann man nicht«, gab Hansi zurück. »Kontaktsperre wegen Verdunkelungsgefahr. Ist in Untersuchungshaft so. Ihr könntet ja ein Alibi oder so was mit ihm absprechen.«

»Aber wir wollten ein Interview mit ihm machen«, wandte Therese ein. »Für unsere Zeitung. Die können doch Thomas nicht einfach wegsperren und den Schlüssel wegwerfen!«

»Er kann natürlich schreiben«, sagte der Rechtsanwalt beruhigend. »Geht allerdings durch die Zensur. Aber seine Meinung darf er sagen und verbreiten. Ich bringe dir gern seine Antworten mit, unzensiert, wenn du mir die Fragen aufschreibst. Kannst sie per E-Mail schicken, Karte habt ihr.«

Dann fiel ihm noch ein Auftrag ein, den Thomas ihm für seine Freunde mitgegeben hatte.

»Das hab ich gestern am Telefon vergessen.« Er wandte sich an Therese. »Dieser Montagsdemonstrant vor dem Arbeitsamt. Thomas erzählte, er hätte sich weggedreht, als er mit seinem Kumpel ankam.«

Therese wusste auch warum. Thomas hatte ihn oft genug – allerdings nur mit Worten – angegriffen, wenn er mit seinem wirren Transparent auf den Arbeitslosendemos auftauchte.

Hansi fuhr fort: »Aber er muss gesehen oder wenigstens gehört haben, wie Vetter auf diesem Monstrum aufklatschte. Thomas hat es auch gehört. Plopp hätte es gemacht, sonst nichts. Er hat in die Richtung geschaut, aber in dem Bündel auf dem Ding keinen Menschen erkannt.«

Therese schauderte es. Manuel und Thomas hatten gehört, wie Vetter gestorben war. Musste aber schnell gegangen sein. Plopp. Die kürzeste Mordszene aller Zeiten.

»Ob er noch mal hochgehüpft ist?« Kalla versuchte herauszupressen, was die Szene an Horror hergab.

»Ksch«, machte Andrea empört. »Wir sind noch nicht fertig!« Aus dem Kinderwagen drang schon seit einer Weile quietschendes Genörgel, das die junge Mutter zunehmend genervt mit dem Schnuller zu beruhigen suchte.

Vom Untersuchungsrichter hatte Hansi erfahren, dass der Montagsdemonstrant anders als Thomas dem Geräusch nachgegangen sei und die Leiche gefunden habe. Er habe sofort per Handy die Polizei verständigt und gleich dazu gesagt, dass er Dalhoff habe ins Amt gehen sehen.

»Der will sich nur rächen, weil wir ihn alleine da stehen gelassen haben«, rief Fritz aus der Küche, wo er neuen Kaffee aufsetzte.

»Kann sein«, gab Hansi zurück. »Das Problem ist, dass wir ihn nicht fragen können. Am Handy hatte er seine Nummer unterdrückt, sodass die Polizei sie nicht speichern konnte. Einen Namen hat er nicht genannt, nur schnell sein Sprüchlein runtergehaspelt. Und als sie dem V.i.S.d.P.-Vermerk auf seinen Flugblättern nachgehen wollten, die sie noch aus dem Papierkorb fischen konnten, merkten sie, dass die Adresse nicht stimmt. Fingiert. Ihr hättet mal sehn sollen, wie sich der Richter aufgeregt hat! ›Da steht dieser Mensch monatelang vor einer deutschen Behörde, und niemand hat seine Personalien notiert‹, hat er geschimpft. Der wünscht sich wahrscheinlich auch den totalitären Staat.«

Die anderen hatten nicht verstanden, was Hansi meinte, weshalb Fritz lieber auf das Naheliegende zurückkam. »Nicht schlimm«, sagte er. »Der steht Montag wieder da, dann knöpf ich mir den vor.«

»Ich komme mit«, rief Kalla, und die beiden anderen Männer schlossen sich ebenfalls begeistert dem Vorhaben an. Wenn das bloß keine Keilerei gab!

Als Therese ausgehungert und außer Atem beim Griechen ankam, trank Michael schon sein erstes Bier. »Wo bleibst du nur?« Er tat böse. »Kannst doch einen schwer arbeitenden Mann nicht so lange auf sein Essen warten lassen.«

»Noch so 'n Angeber«, gab sie ungerührt zurück. »Du hast bestimmt heute Mittag im Computermuseum gespeist.«

»Und Kuchen gab's auch.« Michael nickte freudestrahlend.

»Bei mir auch.« Therese gab es seufzend zu. »Aber das ist schon lange her, und er ist mir auch ziemlich quer heruntergerutscht.«

Sie erzählte von der Beerdigung und dem anschließenden »Fellversaufen«, als der Kellner an ihren Tisch kam, um ihre Bestellung aufzunehmen. Auf eine Vorspeise – normalerweise teilten sie sich ein Zaziki – verzichteten beide. Michael wollte im Büro keine dummen Sprüche über Knoblauchdüfte hören, und Therese hatte Angst, morgen in Berghusen Tante Hedwigs Freundin zu verschrecken.

Im Vertrauen auf ihren großen Appetit bestellte Therese die Filetpfanne mit Zitronensauce – Michael bezahlte schließlich –, dazu Bauernsalat und Pommes, die es nur hier mit dem leckeren Käsenetz darüber gab. Michael nahm einen Spieß und nicht wie sonst den großen Grillteller. So schlimm konnte der Hunger nicht sein. Aber mit den üppigen Beilagen, und das als zweite warme Mahlzeit, würde er ebenfalls zu kämpfen haben.

Therese beneidete ihn insgeheim. Nie sah man dem langen Schlacks an, dass er so viel aß. Im Gegensatz zu ihr, die nur an einem Stück Kuchen vorbeigehen musste, um es auf den Hüften zu haben. Noch passten ihr die alten Jeans, aber wenn sie nicht mehr schwimmen ging …

Wie immer schob sie die Skrupel beiseite und freute sich auf ihr Essen. Der Wein wurde sofort serviert, und auch der obligatorische eisgekühlte Ouzo vom Haus, den man sofort herunterkippen musste. Sie fragte sich, wie die paar Kekse in ihrem Magen damit fertig wurden.

Während des Essens, auf das sie nicht lange warten mussten, erzählte Michael von seinem Tag in der Computerfirma. Therese genoss es, ihre Probleme beiseiteschieben zu können, und aß in Ruhe und mit Genuss. War schließlich der beste Grieche in der Stadt, auch der teuerste.

In Michaels Büro hatte es einiges zu lachen gegeben über einen Kollegen, den alle für dumm erklärt hatten. Lang und breit führte er aus, was er alles nicht verstanden hatte – für Therese ebenfalls böhmische Dörfer – und wie sie ihn damit aufgezogen hatten.

»Ihr mobbt den!« Sie entsetzte sich mit vollem Mund.

»Stimmt«, sagte Michael, der überzeugte und engagierte Gewerkschaftler, grienend. »Aber er ist auch zu blöd.«

»Barbaren!« Therese schüttelte den Kopf. »Wie in der Steinzeit.«

»Hast du nicht sonst immer Hühnerhof gesagt?«, erkundigte sich der Barbar.

»Der ist für Frauen«, korrigierte sie, ohne sich für den Sexismus zu schämen. »Für euch Hähnchen passt das nicht.«

»Frauen haben Zickenstreit, das ist ein ganz anderer Stall«, konterte er.

Sie verkniff sich gerade noch, ihren Hühnerhof zu verteidigen, um ihre Geschlechtsgenossinnen nicht allzu schlecht machen zu müssen. Konnten sie bei all der Berieselung aus Fernsehen und Frauenzeitschriften was dafür, dass sie beschränkt blieben? Sie hatte in ihrer dummen Jugend selbst eifrig Brigitte gelesen und ihr jedes Wort geglaubt.

»Keine frauenfeindlichen Sprüche!«, schalt sie, um sich aus der Affäre zu ziehen. »Gleich fängst du noch an, Blondinenwitze zu erzählen.«

»Jau«, stimmte er begeistert zu, ihr Paderbörnsch parodierend. »Kennst du den? Kommt 'ne Blondine zum Arzt ...«

Sie fuhr ihm über den Mund. »Nerv nicht!«

»Wollte dich nur 'n bisschen ärgern.«

»Ach so.« Sie tat beruhigt. »Dann ist's ja gut.«

Der Kellner kam mit dem zweiten Demestica und nahm die sauber geleerten Teller mit. Dann brachte er noch zwei Ouzo vorbei, wieder aufs Haus, wohl als Tribut an ihren guten Appetit. Gefragt wurde man nicht. Der junge Grieche blieb sogar stehen, bis sie den Schnaps gekippt hatten, und räumte zufrieden die Gläser ab.

Gesättigt und zufrieden, auch leicht beduselt, war Therese jetzt bereit, neue Enthüllungen über Vetters Tod entgegenzunehmen. Sie fragte Michael nach dem gestrigen Abend, sagte aber gleich: »Warte noch. Erst muss ich dir was von Fritz erzählen.«

Zu ihrem Bericht über die arbeitslosen Zocker nickte Michael bedeutungsvoll. »Wenn so 'n Ring erst mal läuft, zieht der weite Kreise.«

Weil sie schon dabei war, schob sie noch nach, was sie mit Renate und den Zentrumsmitarbeitern besprochen hatte, und auch, dass Hansi aufgetaucht war – Michael kannte ihn und wusste sogar von seiner wundersamen Verwandlung – und welche Nachrichten er über Thomas mitgebracht hatte.

Ihr Freund hörte ausnahmsweise geduldig zu. Ihn machte der Schnaps müde, das wusste Therese, aber sie wurde davon redselig. Trotzdem war er jetzt an der Reihe.

»Nun erzähl schon, was war gestern?« Sie tat, als ob sie die ganze Zeit ungeduldig auf seinen Beitrag gewartet hätte.

»Ach, bist du schon fertig?« Er spielte den Überraschten.

Sie wusste, was jetzt kam: Er würde sie auf die Folter spannen.

»Bitte nicht«, flehte sie. »Mach es kurz, ich bin hundemüde.«

»Bin ich auch«, maulte er. »Sag bloß, ich soll heute wieder zu Hause schlafen.«

Therese sah ihn streng an. »Kümmer dich um deine Blagen, die brauchen ihren Vater.«

»Die haben gestern längst geschlafen, als ich kam«, sagte er abwehrend, »und heute Morgen waren sie schon in der Schule. Zu Hause schert sich kein Mensch um mich.«

»Armes Kerlchen! Morgen bedaure ich dich wieder. Aber heute lass mir meine Ruhe. Gestern konnte ich nicht schlafen, und heute Morgen so früh raus ...«

Michael gab sich zufrieden, aber eine kleine Spitze musste er noch loswerden. »Wie sagst du immer so schön: 'n ollen Gaul kann man nicht treiben.«

Sie stoppte ihre Faust kurz vor seinem knubbligen Gesichtserker. »Und was war nun gestern? Lass dir nicht jedes Wort aus der Nase ziehen!«

Michael lachte. »Ach, deshalb wolltest du da dran? Ich hatte es ganz anders aufgefasst.«

Sie zeigte ihm den Stinkefinger, was ihn weniger beeindruckte als die Gäste am Nachbartisch. Aber er begann endlich zu erzählen. Beim Squash gestern Abend – besser gesagt, beim anschließenden Bierchen – wieder ein böser Blick von Therese – hatte er herausgefunden, dass er Vetters Frau längst kannte. Allerdings hieß sie im Club nicht Vera, sondern Veruschka. So hatte sie sich bei allen vorgestellt.

»Und so sieht sie aus«, kommentierte er. »Ein ganz schöner Feger, blond und aufgedonnert«. Erschrocken hielt er sich den Finger auf den Mund. »Ach so, bei Blondinen bist du ja empfindlich.«

Therese reagierte nicht, und er fuhr fort: »Eine von denen, die in voller Kriegsbemalung spielen, anschließend in die Sauna gehen und danach genauso aussehen wie vor dem Spiel, kein Härchen verrutscht, keine Farbe verlaufen.«

Michael war ordentlich beeindruckt. Wenn Therese Make-up auftrug, überstand das nicht einen Tanz. Aber sie kannte solche Frauen. Die gab es auch in ihrer Sauna. Ihr war es ein Rätsel, wie das funktionierte.

»Sie soll einen Freund im Verein haben«, berichtete er weiter. »Gestern waren beide nicht da, und mein Kumpel konnte ihn mir nicht zeigen. Ich werd sie aber im Auge behalten, obwohl sie mich nicht die Bohne interessiert.«

»Das will ich hoffen!« Therese machte ihm die Freude, sich eifersüchtig zu zeigen. »Geschähe dir allerdings recht, so 'n blondes Gift an den Hacken ...«

Jetzt kam seine Faust, aber ganz zärtlich. Sie hielt sie fest, kuschelte ihre Nase in seine Hand und auch das halbe Gesicht. »Mit meinem Make-up wär's das jetzt gewesen«, sagte sie grinsend und gab ihm die Hand zurück. »Bezahl mal, ich muss ins Bett.«

Obwohl sie nicht gelogen hatte, als sie Michael ihrer Müdigkeit wegen nach Hause geschickt hatte, konnte Therese wieder nicht schlafen. Um sich abzulenken, hatte sie noch einmal den Computer angestellt und ihre E-Mails abgerufen. Außer Spam nichts drin. Gelangweilt klickte sie die Seite der Paderborner Union an und ließ sich die Fotogalerie zeigen. Auf fast jedem Bild der feiste Robrecht, mal den, mal jenen Spieler im Arm, oft auch den Trainer. Das konnte sie jetzt nicht brauchen; wenn der durch ihre Träume geisterte, wollte sie gar nicht erst einschlafen.

Lustlos und wenig inspiriert nahm sie sich ihre Beiträge für das Arbeitslosenblatt vor. Als sie merkte, dass ihr nichts einfiel, fuhr sie den PC herunter und ging zu Bett. Doch wie gestern ratterte es in ihrem Kopf. So viele Termine, Menschen, Gespräche war sie nicht gewohnt. Es wollte alles erst verarbeitet, sortiert, in die richtigen Schubladen gepackt werden, bevor es sie in Ruhe ließ.

Die Woche war fast um. Morgen wollte sie nach Berghusen; wer weiß, wie lange das dauerte. Dann die Mahnwache, an der sie endlich teilnehmen sollte, Samstag die Demo, für die noch ein

Flugblatt zu basteln war – ihr Job für Freitag –, das Gespräch mit Fritz, das sie gar nicht führen wollte ... Wann sollte sie bloß ihre Artikel schreiben? Blieb nur das Wochenende.

Auch wenn sie ihren »Job« freiwillig machte – Termin war Termin, und schon wegen der regelmäßigen Werbekunden musste die Zeitung erscheinen.

Doch zusammen mit der zu schweren Mahlzeit grummelte der vertrackte Fall in ihrem Bauch herum. Weit waren sie heute nicht gekommen. So wichtig ihr der Abschied von Annette gewesen war – die Beerdigung und vor allem das unsägliche Frühstück hatten viel Zeit gekostet. Wenn auch – wenigstens sah Fritz das so – ein neuer Verdächtiger aufgetaucht war. Lothar im Knast zu sehen war ihr immer noch lieber als Thomas, aber wenn er es nicht war, dann jemand anderes, und sie hatte keinen Schimmer, wer das sein konnte.

Renates Liste mit Vetters Kunden kam ihr in den Sinn. Ob ein vielversprechender Kandidat darunter war? Sie hatte leise Zweifel, ob sie mit dem chaotischen Haufen um sie herum etwas herausbekommen würde. Auch Renate und sie waren Dilettanten; jeder Kriminalist würde über sie lachen. Alles, was sie über die Detektivarbeit wussten, hatten sie aus Romanen und Fernsehfilmen; war zu hoffen, dass sie einigermaßen korrekt die Realität abbildeten und nicht irgendwelche Hirngespinste.

Und wie viel Zeit sie brauchten! Sie hatten sich erst für Montagabend wieder verabredet, damit alle das Wochenende nutzen konnten. Ein richtiger Ermittler, Sano Ichiro beispielsweise, der nichts anderes zu tun hatte, als Fälle aufzuklären, hätte sich jetzt auf sein Pferd gesetzt und einen Verdächtigen nach dem anderen aufgesucht. Amüsiert stellte sie sich vor, wie sie in lederner Rüstung und voluminösen Pluderhosen nach Berghusen ritt und sich mit dem Samurai-Langschwert Respekt verschaffte, sodass ihr jeder schlotternd Rede und Antwort stand.

Veruschka. Ihretwegen fuhr sie nach Berghusen. Vetters Frau, blond und aufgetakelt, was sie ebenso abstieß wie Michael. Ein Freund war ein weiterer Grund, den ungeliebten Gatten zu beseitigen. Oder hatte ihr Schatz sie von dem Ekel befreien wollen? Das war bestimmt so 'n Zuhältertyp mit blonden Locken und

Muskel-T-Shirt sogar im Winter, mit Gold am Hals wie Angelikas Bewunderer.

Sie war gespannt, was Tante Hedwigs Freundin über Vera zu erzählen hatte. So wie sie aussah, fiel sie im Dorf bestimmt auf.

Zum Glück hatten Fritz und die anderen den Montagsdemonstranten übernommen. Auch hier wieder leise Zweifel: Würde das gut gehen? Aber sie selbst hätte sich bestimmt nicht mit dem Typen anlegen wollen. Schon die Springerstiefel und der Militärparka machten ihr Angst, und in sein dumm brutales Gesicht unter dem akkuraten Kurzhaarschnitt wollte sie keinen weiteren Blick werfen. Zum Glück gab es Männer ...

Aber wie sollten sie bloß etwas über diesen Lottmann herausbekommen? Er wurde ihr immer unheimlicher. Nie hätte sie vermutet, dass ein Behördenmitarbeiter mit Fußballwetten, gar illegalen, zu tun hätte, und bei Arbeitslosen schon gar nicht. Worin hatte dieser Mann noch alles die Finger?

Sie versuchte, an etwas Angenehmeres zu denken – grüne Wiesen waren ihr Patentrezept, aber ohne Schäfchen –, doch ihr Magen ließ sie nicht in Ruhe. Warum hatte sie auch alles aufessen müssen! Zu viel Kaffee hatte sie ebenfalls getrunken, tagsüber, und dann der Schnaps – kein Wunder, dass sie nicht einschlief.

Jetzt fielen ihr all ihre Sünden ein, dachte Therese belustigt. War doch was dran am Abendgebet? Bestimmt hätte ihre Oma gesagt, dass es die Dämonen verjagt. Aber zu wem hätte sie beten sollen? Da legte sie lieber Carlos Santana auf, der vertrieb die Gespenster viel besser.

Aber dazu war's zu spät, jetzt musste es ohne gehen. Sie war müde genug. In ein paar Tagen würden sie mehr wissen, und dann klärte sich alles. So war das in den Krimis immer ...

Donnerstag, 17. Februar

Am Morgen war Therese weniger zuversichtlich als am Abend vorher. In vielen Krimis ließ die Auflösung auf sich warten, fiel ihr beim Zähneputzen ein. Manchmal sogar Jahre. Sollten Thomas und Manuel so lange schmoren? Bei Schlüters Unzugänglichkeit konnten sie Beweise ranschleppen noch und noch, er würde sowieso nichts glauben. Genauso wenig der Untersuchungsrichter, von dem Hansi erzählt hatte. So blöd wie die zwei waren die Aufklärungsbehörden in den Romanen selten.

Nach ausführlicher Lektüre beider Paderborner Tageszeitungen, dazu ihrem Magen zuliebe ein karges Frühstück mit Pfefferminztee, lief sie zum Heierstor, wo die Zwei nach Berghusen hielt. Wie immer hatte sie erst draußen gemerkt, dass es Bindfäden regnete. Viel zu spät, um zurückzulaufen und den Schirm zu holen. Wozu auch; die Haltestelle war fast um die Ecke, und der Bus war geheizt.

Sie bezahlte beim Fahrer ihren – teuren – Obolus und suchte sich einen Platz am Fenster. Ungeduldig ließ sie die hässlichen Ladenfassaden der Innenstadt an sich vorbeiziehen. Freies Land wollte sie sehen, endlich mal wieder, obwohl grüne Wiesen jetzt im Februar wohl nicht zu erwarten waren.

Am Frankfurter Weg, wo ein Einrichtungshaus – auf Riesenplakaten war es zu lesen – einen Ausverkauf veranstaltete, stiegen die letzten Fahrgäste aus. Ganz allein mit dem Fahrer schaukelte Therese in dem riesigen Bus ihrem Ziel entgegen. Niemand außer ihr wollte nach Berghusen. Sie kam sich vor, als führe sie ans Ende der Welt, dabei war es nur der Nachbarort.

Mitten im Dorf sollte der Bauernhof stehen, zu dem Tante Hedwig sie geschickt hatte, »chleich anne Kiache«. Sie war zu Thereses Erleichterung kurz angebunden gewesen bei ihrem zweiten Anruf am Donnerstag, weshalb Therese vermutete, dass sie ihren Mittagsschlaf gestört hatte. »Einer der letzten Höfe im Dorf, die noch

Tiere haben. Wirste leicht finden«, hatte sie genuschelt und ihr einen schönen Gruß an Frau Volmari aufgetragen.

Kaum hatten sie die Bebauung hinter sich gelassen, hörte es auf zu regnen. Als ob jemand einen Topf nur über der Stadt ausgegossen hätte. Geschah ihr recht, dachte sie boshaft.

Sie schaute aus dem Fenster, aber dort war alles grau. Von den ausgedehnten Feldern und Wiesen entlang der Berghusener Straße, ohnehin von der Eisenbahnlinie durchschnitten, war nicht viel übrig geblieben. Ringsum erhoben sich graue Wälle, in denen sie auf den zweiten Blick Straßenbauwerke und Brücken erkannte. In ihrer Erinnerung war die Landschaft idyllischer gewesen, und vor allem lag sie im Sonnenschein.

Fröstelnd zog sie die Lederjacke um sich. Viel half es nicht, weil die Jeans vom Regen durchweicht waren. »Mach dir halt warme Gedanken«, sagte sie sich, ebenfalls ein Spruch aus der Kindheit.

Gleich fiel ihr der gestrige Abend mit Michael ein. Schön war er gewesen. Die kleinen Kabbeleien störten nicht. Noch jetzt musste sie lachen beim Gedanken an seine Frechheiten. Nie hätte sie so einen Langweiler haben wollen wie Lothar, der panische Angst hatte, sein cooles Image zu verlieren. Michael nahm sich nicht so ernst; sie hatte es oft genug erprobt.

Doch obwohl sie ihn gern um sich hatte, lebte sie lieber allein. Keine »Bedarfsgemeinschaft«, wie es im Amtsdeutsch neuerdings hieß. Schon das Wort hätte ihr den Spaß daran verdorben.

Ihr Bedarf an Gemeinschaft war nicht so hoch, dass sie die Ungestörtheit ihrer Wohnung aufgegeben hätte. Heute nicht mehr. Sex und Schlafen solle man trennen, hatte sie gelesen und fand es richtig. Sie brauchte die Nächte für sich und ihre Arbeit, und die Tage ebenfalls.

Nach einer missglückten Ehe in einem früheren Leben bevorzugte sie Liebhaber. Schon des Wortsinns wegen. Leider war der Ausdruck nicht so reputierlich. Wer sagte schon beim Bäcker: »Nein, kein Mohn, den mag mein Liebhaber nicht!«

In Paderborn war es besser, verheiratet zu sein. In einer ordentlichen Ehe zu leben, wo die Frau die Kinder versorgte und der Mann das Geld verdiente. Der sagte dann: »Meine Frau verdient ein bisschen was dazu«, aber nie, dass er die Wohnung putzt.

So einen hatte sie. Ihr Liebhaber. Sie war seine Geliebte, auch ein schönes Wort. Schon seit vielen Jahren. Und sie war keineswegs unglücklich dabei. Eine Beziehungskiste, wie es treffend, aber nicht schön hieß. Keine Bedarfsgemeinschaft.

Und nicht nur sie war zufrieden. Michaels Frau war glücklich als Hausfrau und Mutter – Therese hatte sie kennengelernt – und mit dem freien Zugriff auf sein Konto. Sie liebte es, abends ungestört mit der schnurrenden Katze auf dem Schoß »Big Brother« zu gucken, und war froh, wenn Michael ging. Wohin, fragte sie nie. Die Ehe dümpelte vor sich hin, bestand hauptsächlich der Kinder wegen.

Politisch korrekt war ihr Verhältnis nicht. Michael war eindeutig ein Chauvi. Beutete seine Frau aus, die ihm nach wie vor die Wäsche wusch. Und sie, Therese, profitierte davon. Wie konnte sie nur?

Aber so sehr sie auch forschte, ein schlechtes Gewissen kam nicht auf. Sie nahm niemandem etwas weg. Er sorgte für die Familie und war oft genug mit den Kindern zusammen.

Als Lebens- und Liebesgefährte war Michael zu Hause nicht mehr gefragt, also kam er zu ihr. Frisch geduscht und ausgeruht. Sie verbrachten schöne Stunden miteinander, unternahmen viel, und wenn sie streitlustig wurde oder zu tun hatte, ließ er sie allein.

Der Busfahrer hielt in Graffeln und ließ eine Frau mit einer großen Einkaufstasche einsteigen, aus der handliches Gartengerät ragte. Bestimmt wollte sie zum Friedhof; auch Thereses Mutter hatte bei jedem Wetter etwas an Vaters Grab zu fummeln gehabt.

Vor ihr zog sich die A33 in einem monströsen Bogen über die Alme, die in ihrem Schatten unbeirrt weiterfloss. Am Ufer tatsächlich noch ein kleines Idyll. Kahle Büsche und hohe Bäume spiegelten sich im Wasser. Ob sie überhaupt noch grün wurden unter der Brücke?

Ihr Liebesarrangement jedenfalls grünte, und es schien Michael ebenfalls zu passen. Die Nölerei gestern war zärtliches Theater. Sie wusste, dass er die Kinder nicht beunruhigen wollte und deshalb gern einige Nächte der Woche zu Hause schlief. Auch der Sonntag war ihnen vorbehalten, was Therese nicht störte. Sie verbrachte freie Tage am liebsten mit einem Buch im Bett oder in der

Sonne, wenn sie denn mal schien. Michael tobte sich derweil mit den Kindern aus und kam abends zu ihr, um sich zu erholen.

Jetzt kam links das Schloss der Freiherrn von Graffeln, der verwilderte Park umgeben von einem dichten Bretterzaun. Angestrengt starrte sie durch die Bäume, nahm aber nur einen schwarzgrauen Schatten dahinter wahr. Bei besserem Wetter würde sie Michael hierherlocken, nahm sie sich vor. Von Abbildungen wusste sie, dass es wie ein verwunschenes Dornröschenschloss aussah.

Therese stieg an der kleinen romanischen Kirche aus und sah sich um. Wo war hier ein Bauernhof? Läden, Kneipen, eine Pizzeria, die Apotheke, darüber Wohnungen und Büros – wie bei ihr zu Hause. Neubauten ohne Gesicht. Hier und da ein Wohnhaus, repräsentativ verklinkerte Klötze meist, die älteren mit Eternitplatten verkleidet. Eine stillgelegte Tankstelle, gegenüber zog sich der Friedhof einen Abhang hinauf. Weit und breit keine Scheune, keine Tiere, kein Misthaufen.

Das sollte ein Dorf sein? Seit die Berghusener organisatorisch zu Paderborn gehörten, wollten sie wohl unbedingt Städter sein.

Sie fragte einen älteren Herrn, der hinter ihr den Busfahrplan studierte, nach der Familie Volmari. »Da rauf.« Sie scheelen Blicks musternd, wies er mit dem Finger zum Friedhof. Wahrscheinlich würde er, sobald sie sich umdrehte, zum Handy greifen und die Volmaris vor ihr warnen.

Der kleine Weg neben der Begräbnisstätte führte als Erstes zu einer Kinderboutique. Dahinter ein backsteinernes Wohnhaus und mehrere Betonhallen mit Wellblechdach. Auf dem Hof machte ein Mann in grünem Drill mit einem Ackergerät herum, das Therese nicht kannte. Als sie näher kam, verschwand er hinter einer großen Schiebetür, aus der es deutlich nach Mist roch. Hier war sie richtig, dachte sie.

An der Tür des Wohnhauses verkündete ein aus Brotteig selbst gebasteltes Schild, dass hier die Volmaris lebten. Therese betätigte die Klingel. »Wir kaufen nichts«, sagte die korpulente ältere Frau in verwaschener Kittelschürze – offenbar die Wochentagsversion – sofort, als sie ihr öffnete.

Therese stellte sich als Nichte von Tante Hedwig vor, woraufhin die Frau wenigstens nicht gleich die Tür zuschlug.

»Sie kommen von den Arbeitslosen?«, fragte sie misstrauisch, und Therese sah ihr zu, wie sie im Geist ihr Portemonnaie fest verschloss. Sie dachte wohl an die Hamsterer früherer Zeiten, die angeblich scharenweise die Dörfer ausgeplündert hatten. Allerdings zierten seitdem manch glitzerndes Schmuckstück die Bäuerinnen und zahlreiche andere Wertgegenstände ihren Haushalt, und ihren Bankkonten hatte die schlechte Zeit nur Gutes gebracht.

Sie lächelte die widerstrebende Frau an und erklärte ihr Anliegen. Tante Hedwig hatte ihrer Caritas-Freundin offenbar nicht allzu viel von ihren Sorgen erzählt. Als Frau Volmari hörte, dass es um den Mord an ihrem Dorfnachbarn ging, schaute sie zwar interessiert, ließ sie aber immer noch nicht ins Haus.

»Und der Verhaftete ist Ihr Freund?«, fragte sie zweifelnd. »Auch ein Arbeitsloser?«

Therese erzählte vom Zentrum und dessen Beratungsarbeit, die Thomas leitete. »Ein Ganztagsjob«, erklärte sie, »ehrenamtlich. Und dann machen wir noch die Zeitung.«

Sie hatte eine Ausgabe mitgebracht und gab sie jetzt der Bäuerin. Frau Volmari hielt die Haustür mit dem Ellenbogen fest und blätterte durch die Seiten, hier und da bei einer Überschrift oder einem Bild verweilend.

»So viel Arbeit machen Sie sich«, sagte sie, jetzt doch ein wenig beeindruckt. Aber überzeugt war sie noch nicht. »Und wer liest das alles?«, fragte sie skeptisch.

»Viele Arbeitslose natürlich«, gab Therese trotz des kalten Winds bereitwillig Auskunft. Die Frau wollte sehen, mit wem sie es zu tun hatte, das war verständlich. »Die sind dankbar für die Tipps und kommen in Scharen mit ihren Problemen zu uns. Aber auch andere, die an sozialen Themen und Kommunalpolitik interessiert sind. Und vor allem die Sachbearbeiter im Arbeitsamt, bei denen haben wir einige Sympathisanten.«

Aus Frau Volmaris bedächtigem Kopfnicken schloss Therese, dass ihre Achtung stieg. Und wirklich: Die Bauersfrau drehte sich um, drückte die Tür weiter auf und bat den Besuch herein. »Na, dann komm Se ma«, sagte sie über die Schulter. »Am besten inne Küche, hab noch zu tun.«

Nachdem Therese am großen Küchentisch mit einer Tasse Kaffee versorgt war, konnte sie eine ganz andere Frau Volmari kennenlernen. So wortkarg sie vor der Tür gewesen war, so redselig wurde sie hier. Sie erzählte lang und breit von ihrem Sohn, dem Hoferben, der mittags zum Essen kam, und wie schwer er arbeiten müsse in seinem Betrieb.

»Und nebenbei macht er noch in der Landwirtschaft mit, mein Mann kann ja auch nicht mehr so viel, nech.«

Nach einer ausführlichen Klage über dessen Krankheiten und dem Bericht über ihre eigene neue Hüfte kam sie auf den »Strukturwandel« auf dem Land zu sprechen – das Wort konnte sie kaum aussprechen –, der für sie vor allem darin zum Ausdruck kam, dass früher alles besser war. Sie kramte alte Ausgaben eines bäuerlichen Wochenblatts heraus und zeigte Therese die Seiten mit Berichten über die Landwirtschaft vergangener Zeiten.

»Da könn Se ma reingucken, währnd ich ehm das Fleisch aufsetze«, sagte sie. »Für Zeitungen interessiern Se sich ja.«

Sie machte sich am Herd zu schaffen, während Therese ein paar der historischen Darstellungen überflog und sich die Abbildungen anschaute. Alles sehr romantisch. Wenn Frau Volmari den alten Zeiten nachtrauerte, warum hatte sie dann zugelassen, dass ihr Hof so verschandelt wurde?

Ihre Gastgeberin kam mit einem Teller selbstgebackenem Apfelkuchen zurück und einem Kaffee für sich selbst. »Das kann jetz ersma kochen«, sagte sie zufrieden und ließ sich am Tisch nieder. »Greifen Se zu«, forderte sie Therese auf, was diese sich nicht zweimal sagen ließ. Schon wieder so leckerer Kuchen, und das in der Fastenzeit. Die Dörfler waren auch nicht mehr das, was sie mal waren.

Zufrieden sah ihr Frau Volmari zu, wie sie kaute und übertrieben verzückt die Augen verdrehte.

»Der is chutt«, stellte die Bäckerin überzeugt fest. »Das Rezept ist von meiner Mutter.«

Endlich hatte sie Vertrauen zu der Fremden gefasst, wozu Thereses Begeisterung für ihren Apfelkuchen gewaltig beigetragen hatte. »Sie könn ja chleich mit uns essen«, lud sie sogar – fast freundlich und nur ein klein wenig gönnerhaft – ein.

Therese wehrte artig ab. »So lange will ich Sie gar nicht belästigen, Frau Volmari.« Doch die Linsensuppe mit eingelegten Backpflaumen, von der die Hausfrau jetzt schwärmte, lockte sie schon. Die Brühe aus Fleisch und Knochen von den eigenen Schweinen, und die Linsen hatte sie gestern Abend schon gewässert. Ganz was anderes als aus der Dose, wusste Therese aus ihrer Mutters Küche. Sie selbst machte sich nie so viel Arbeit mit dem Essen.

Aber so lange würde das Gespräch hoffentlich nicht mehr dauern. Der Tag war ohnehin halb vorbei, wenn sie in die Stadt zurückkam.

Frau Volmari breitete das Bäumchenblatt vom Vortag als Unterlage aus und holte Kartoffeln, Sellerie und Möhren an den Tisch, um sie zu schälen und kleinzuschnippeln. Endlich fiel ihr wieder ein, warum Therese ihr wartend gegenüber saß.

»So, um Vetters cheht das also?«, fragte sie und schüttelte den Kopf mit der braungefärbten Dauerwelle darauf. »Schlimme Sache. Das arme Vroni hat aber auch 'n Pech!«

Vroni? Jetzt hatte Therese schon den dritten Namen für Vetters Frau gehört. Von Veronika, klar, wie Vera auch.

Schonlaus Vroni, erzählte jetzt Frau Volmari ebenso lang und breit wie ihre eigenen Familiengeschichten, kam von einem Bauernhof im Dorf, einem der größten, der viel Land für Straßenbau abgegeben hatte. »Von denen muss keiner mehr arbeiten!«, sagte sie beeindruckt. Für ihre eigenen Äcker hatte niemand so viel Geld geboten.

»Aber sie war auch ein Biest!« Freimütig kam sie auf Vera zurück und erzählte, dass sie als Kind oft bei ihnen auf dem Hof gespielt hatte. »Hier trafen sich ja immer alle.« Sie begann von der Jugend ihres Goldjungen zu schwärmen. Die Rede war von der Schaukel im Hof, dem Heuboden, wo die Dorfkinder herumgetobt hatten, und Bergen von Peckeleckbroten – »also Rübenkraut«, glaubte sie erklären zu müssen –, die sie damals geschmiert hatte.

Als sie dann dem Sohn in der Scheune den Partyraum eingerichtet hatten, hatte sie gehofft, dass er und Vroni sich anfreunden würden. Aber die hatte mit allen »gefliertet« und sich schließlich diesen Vetter aus der Stadt geangelt.

Oho, dachte Therese. Weitere Mordmotive?

Zur Hochzeit hatten Vronis Eltern ihnen den Bungalow auf einen familieneigenen Bauplatz nahe dem Schloss gestellt, sogar mit Schwimmbad, das sie im letzten Jahr mit einer geheizten Halle überdacht hatten. Man erzählte sich Wunderdinge von Vronis »Schlösschen«: geheizte Fußböden, Luxusbadezimmer mit Whirlpool (»Wierlpohl«, sagte sie) und ein riesiges Atelier im Dachgeschoss, »nach hinten raus nur Chlass«.

Früher habe Vroni nämlich gemalt, erzählte Frau Volmari. Ihr Sohn hatte von einer Ausstellung im Bürgerhaus eins der Bilder mitgebracht, und die stolze Mutter führte Therese auf den Flur, um es ihr zu zeigen. Eine gefällige Dorfansicht mit Schloss und Kirche, die man in der Realität nie so nah zusammen sah. Aber technisch nicht schlecht, soweit sie das beurteilen konnte. Hatte was.

Nach der Heirat habe Vroni nichts mehr ausgestellt, bedauerte die verhinderte Künstlerinnenschwiegermutter. Dann sei die Staffelei verschwunden, und jetzt standen Fitnessgeräte im Raum, wo sie und ihr Mann jeden Tag strampelten, was die Nachbarn genauso aufmerksam im Blick hatten wie ihre frühere Malerei.

Natürlich stand auch Vetters Sohn unter Beobachtung. »'n chammligen Bönsel«, nannte ihn die Bäuerin, ein Tunichtgut also, übersetzte Therese für sich.

»Den hat das Vroni völlig verzogen, ihr Einzigster, nech. Seit er groß ist und so schrecklich aussieht, lässt er sich im Dorf kaum noch sehen, Chott sei Dank«, sagte sie seufzend. »Früher hat er Blödsinn chenug angestellt mit Spenners Jungs. Aber die studieren längst was Orntliches, und er hängt immer noch an Mutters Schürzenzipfel.«

Dass ihr eigener Sohn das ebenfalls tat, hatte sie wohl vergessen.

»So ein niedliches Kind war sie, und immer mit Schleifen in den Zöpfen«, fasste Frau Volmari ihren Bericht über Vroni zusammen, als sie wieder am Herd stand, um das Fleisch aus der Suppe zu nehmen und das zerkleinerte Gemüse sowie die in einem extra Topf köchelnden Linsen hineinzugeben. »Heute isse chanz schön überkandidelt.«

Wohl aus Langeweile, denn nötig habe sie es nicht, arbeite sie an zwei Tagen der Woche im Kleiderladen des Orts, tratschte die

Bauersfrau genüsslich, und man habe gemunkelt, dass sie mit dem Besitzer, ebenfalls nicht von hier, was hätte. Aber das müsse wohl vorbei sein, denn neulich habe sie von der Nachbarin erfahren, dass Vroni einen Neuen hätte.

»Er wohnt chaa nicht weit wech von ihr, in diesem Apartmenthaus von ihrer Familie. Wohnen meist Nixdorfleute drin, die können sich die Mieten leisten.«

Nixdorf gab es schon lange nicht mehr. Den Namen von Vronis Neuem wusste sie nicht. Es war immer noch kein Klingelschild an der Tür, hatte die Nachbarin erzählt. Sieh an, dachte Therese, so was wird hier genau verfolgt. Ihre Informantin wollte sich aber erkundigen, wenn sie die Frau am Sonntag in der Kirche traf.

»Obwohl ich nich chlaube, dass unser Vroni was damit zu tun hat.« Sie glaubte wohl, ihr Dorf verteidigen zu müssen. »So schlimm isse auch wieder nich. Eher dieser Freund. Wer weiß, was das wieder für einen ist. Ein Händchen für Männer hatte sie ja nie.«

Offensichtlich bedauerte sie immer noch, dass aus ihrem Sohn und der reichen Bauerntochter nichts geworden war.

Bis der nächste Bus fuhr, hatte Therese noch Zeit und ging zurück ins Dorf auf die Läden zu. Das Modegeschäft hatte sie bald gefunden, »Boutique« stand über der Tür. Die Schaufensterpuppen trugen durchweg Synthetik am Leib, und in Größen, wie sie hier wohl selten verkauft wurden. Im offenen Verkaufsraum wuselte ein Herr mittleren Alters, wahrscheinlich der Chef, um die einzige Kundin herum. Die junge Witwe würde so bald nach dem Tod des Gatten wohl nicht arbeiten.

Mit Frau Volmari hatte sie vereinbart, dass Therese sie am Sonntagnachmittag anrufen sollte. Vielleicht wusste sie dann schon mehr über Veras Freund. Ihrer Linsensuppe war Therese knapp entgangen. Mit dem Kuchen, von dem sie zwei dicke Stücke vertilgt hatte, würde ihr Magen ohnehin lange zu tun haben. Und sie hatte vollends den Appetit verloren, als sie zusah, wie die Köchin das fette Suppenfleisch zerschnitt und zurück in den Topf gab.

Der Bus kam, und Therese fuhr den gleichen Weg zurück in die

Stadt. Weil es hier wieder regnete, stieg sie am Bahnhof um in die Fünf und fuhr zum Maspernplatz. Von da waren es nur ein paar Schritte bis zum Arbeitslosenzentrum.

Fritz las den Kicker. Außer ihm war niemand da. Therese seufzte in sich hinein. Das war wohl der richtige Zeitpunkt für ihre Aussprache, auch wenn ihr jede Lust dazu fehlte.

Sie holte sich ein Mineralwasser und setzte sich zu ihm. Wie sollte sie bloß anfangen?

Ihr sonst so eifriger Mitarbeiter hielt immer noch den runden Kopf mit den dunkelblonden Stoppeln über die Zeitung gebeugt und verglich seelenruhig Tabellen. Wollte er nicht mit ihr reden? Wahrscheinlich störte sie seine Mittagspause, denn neben ihm stand ein Teller mit Brötchenkrümeln und Apfelresten.

Straßenköterblond, fiel ihr ein, so hätten sie früher seine Haarfarbe genannt. Aber ordentlich geschnitten, auch im Nacken. Wieder überraschte sie, wie adrett er aussah, ganz anders als andere Besucher. Zwar hatten der verwaschene blau gestreifte Pulli und die blauen Jeans ihre besten Tage hinter sich, aber der karierte Hemdkragen im V-Ausschnitt war akkurat gebügelt und die abgelatschten braunen Schuhe blank geputzt. Anders als ihre, die deutliche Spuren des Ausflugs ins Nachbardorf aufwiesen.

Nach diesen tiefschürfenden Betrachtungen beschloss sie, dass Fritzens Mittagspause jetzt vorbei war. »Wie läuft denn der Spieleabend so?«, erkundigte sie sich harmlos.

»Och, gut«, machte Fritz, kaum von seiner Zeitung aufschauend.

»Sind viele Leute da?«, fragte Therese.

»Ziemlich«, brummte er. Doch als er merkte, dass sie unterhalten werden wollte, legte er das Fußballblättchen zur Seite. »Ist immer voll donnerstags, musst auch mal kommen!«

»Kann sein, dass ich das mal tue.« Therese hasste Gesellschaftsspiele. »Du hast da gestern am Telefon einen Namen genannt, Lottmann, den würd ich gern mal kennenlernen.«

Fritz horchte verblüfft auf. »Wieso das denn? Der ist doch verheiratet!«

Therese verzog das Gesicht. »Deshalb doch nicht, du Blödmann. Bin ich mannstoll?«

»Kann man nie wissen!« Fritz grinste zurück. »Und warum sonst?«

»Nur so«, sagte sie ausweichend. »Was spielt ihr denn so an diesen Abenden?«

»Och, alles mögliche.« Anstandslos ging er auf ihre Frage ein. »Dame, Mensch ärgere Dich nicht, Monopoly, manche sogar Schach. Und die Skatrunde, die bleibt immer am längsten.«

»Und Wettspiele?«, fragte Therese, während sie beiläufig im Kicker blätterte.

»Was meinste damit?«

»Hier, Fußballwetten zum Beispiel.« Sie wies auf das Blatt, in dem wieder ein großer Bericht über den Schiedsrichterskandal zu lesen war.

Er warf sich in die Brust. »Damit hab ich nichts zu tun.«

»Echt nicht?«, sagte Therese zweifelnd. »Dieser Lottmann hat jedenfalls was damit zu tun, und ich glaub nicht, dass der mit euch Mensch ärgere Dich nicht spielt.«

»Wer erzählt denn so 'n Scheiß?«

»Geht dich nichts an. Sag mir erst, was dieser Kerl hier will.«

»Wieso Kerl?« Fritz wehrte sich immer noch. »Der ist ganz in Ordnung.«

Sie schaute skeptisch.

Schließlich lenkte er ein. »Na gut ... Manchmal setzen wir auf irgend 'nen Verein, und Lottmann holt die Kohle ab.«

»Wie könnt ihr euch auf so was einlassen?«, fragte Therese entsetzt. »Grad jetzt, wo das dauernd in der Zeitung steht! Das ist doch bestimmt illegal, was der da macht.«

Aber Fritz stand zu seinem Kumpel. »Lottmann kennt viele von den alten Spielern, daher hat er die Tipps. Bei den Wetten kommt immer was rum. Kann man bei andern Systemen nicht sagen. Ich kann's mir doch nicht leisten, auf Risiko zu wetten!«

Therese schüttelte den Kopf. »Und wie kommen die an die Tipps? Das weiß sogar ich dumme Kuh, dass da geschoben wird. Steht dauernd in der Zeitung!«

Sein Gesicht wurde nachdenklich. Gespielt?

»Ich hab schon manchmal gedacht, dass da was faul sein könnte ...«, sagte er lahm.

Therese wusste, dass er Schiedsrichter gewesen war, bei kleinen Spielen auf den Dörfern, bis ihn seine Alkoholprobleme vom Platz stellten. Dafür war er ganz schön naiv. Oder tat er nur so?

»Aber so lange der Rubel rollt ...«, fügte er hinzu. »Und irgendwann kommt vielleicht der richtige Tipp mit dem ganz großen Gewinn.«

»Das glaub man nicht.« Gnadenlos nahm ihm Therese den Wind aus den Segeln. »Eure Gewinne halten die Hintermänner klein, damit sie selbst mehr einstreichen können.« Nach dem, was sie bisher über das Geschäft wusste, konnte sie das ruhigen Gewissens behaupten.

»Was verstehst du denn davon?«, gab er gereizt zurück. Aber sie sah ihm an, dass er betroffen war. Offensichtlich hatte er Lottmann vertraut und nicht daran gedacht, dass er nicht allein arbeiten würde.

»Weißt du, dass er Vetter ebenfalls abgeschöpft hat?«, fragte sie.

»Nee. Echt? Woher haste das denn?«

»Von dieser Sachbearbeiterin in der Agentur. Da ist Lottmann auch bekannt.«

»Klar, ist ja arbeitslos«, entgegnete Fritz. »Und Vetter kennt der aus Karlies Kneipe, da hab ich ihn auch öfter gesehen. Sind immer viele Fußballfans da.«

»Und dieser Lottmann ist dein Freund?«, erkundigte sie sich vorsichtig.

»Freund nich grad«, antwortete Fritz. »'n Fußballkumpel eben. Warn mal im gleichen Fanclub, aber das ist lange her.«

»Und was weißt du sonst über den?«

»Hm«, machte Fritz. »Was weiß ich ... jedenfalls dass er verheiratet ist und zwei Kinder hat. Die Fotos zeigt er immer ganz stolz rum. Und dass er Kohle hat wie Heu. Vom Arbeitsamt hat er das bestimmt nich. Der fährt 'n Schlitten, sag ich dir! Und macht in der Spielpause immer dicke Urlaubsreisen, Malediven und so. Hab mich schon gefragt, ob er das nur mit Wetten verdient.«

»Also hast du ihm auch nicht getraut«, fasste Therese nickend zusammen.

»Nee, das nun nich.« Widerstrebend gab er ihr recht. »Aber bis jetzt hat die Kohle immer gestimmt ...«

»Kannst du dir vorstellen, dass er was mit Vetters Tod zu tun hat?«, fragte sie vorsichtig.

»Wie kommste denn da drauf?«, rief er empört. »Bloß weil er ihn kannte? Der bringt doch nicht seine Kunden um!«

»Und wenn Vetter ihn erpresst haben sollte? Vielleicht wusste er über die Hintergründe mehr als du.«

Fritz überlegte, man konnte es sehen. »Kann schon sein«, sagte er missmutig. »Lange fackeln tut der nich, das weiß ich.«

Therese war erleichtert. Wenigstens zeigte er Einsicht. Aber war er auch bereit, seinen Sportkameraden zu verpetzen, wenn sich herausstellte, dass der zu solchen Mitteln griff?

Versuchsweise schlug sie vor: »Wenn ihr euch sowieso gleich seht, dann versuch doch mal herauszufinden, wo Lottmann Montagmittag war.«

Anstandslos willigte ihr Mitarbeiter ein. »Die reden bestimmt über Vetter heute Abend, da kann ich ja mal horchen, was er um die Zeit gemacht hat.«

War ihm Thomas doch wichtiger als der zwielichtige Lottmann.

Das war typisch für die Arbeitslosen, dachte Therese, als sie zufrieden mit dem Gespräch ihrem Zuhause zustrebte. Alle hatten sie ihre kleinen Fluchten, ihre Auswege aus der Armut. Ein krummes Geschäft, ein bisschen Schwarzarbeit oder, wenn das nicht möglich war, wenigstens die Träume: der vom Riesengewinn im Lotto, gern auch von der Selbstständigkeit – Unternehmer mit großem Wagen natürlich –, von illusorischen Umschulungen auf Traumberufe oder gar vom Romaneschreiben wie sie selbst. Vom attraktiven Jobangebot wagte niemand mehr zu träumen.

Zum Schluss hatte sie Fritz noch ins Gewissen geredet, dass er Lottmann und seine Wetten wenigstens aus dem Zentrum heraushalten sollte.

»Was du mit deinem Geld machst, muss mir egal sein«, hatte sie gesagt, »obwohl ich es nicht richtig finde. Auch dein Risiko trägst du selbst. Aber stell dir vor, das fliegt auf, wie stehen wir dann da!«

Sie hatte auf den Kicker geklopft. »Du siehst ja, wie schnell das kommen kann! Und grad jetzt, wo unser angeblicher Chef wegen angeblichen Mordes im Knast sitzt und in der Stadt sowieso keiner ein Stück Brot von uns nimmt.«

Thomas wäre mit ihr zufrieden gewesen.

Beknackte Metapher, dachte sie jetzt. Als ob sie was zu verschenken hätten!

Fritz hatte beklommen genickt. Ob er sich dran halten würde? Hoffentlich war Thomas bald wieder da, um ihm auf die Finger zu sehen.

Therese wickelte sich den Schal um den Kopf. Der eisige Nordwind trieb sie und den Regen Richtung Dom, der erhobenen Kreuzes über der Stadt thronte. Er verschwand nur bei lichtem Morgennebel, wusste sie. Die Leerstelle am Himmel hatte sie mehrfach fotografiert.

Zum Glück konnte sie hier abbiegen. Gleich war sie zu Hause. Vielleicht ein warmes Bad? Jedenfalls musste sie noch an den Computer. Das Flugblatt ausformulieren und gestalten, dessen Inhalt sie kurz mit Fritz besprochen hatte. Fotos von Thomas dazu suchen und für die Zeitung am besten gleich mit. Wenn sie das heute schaffte und Fritz es morgen kopierte, wie er versprochen hatte, gewann sie den ganzen Freitag für die Arbeit an ihren Artikeln und konnte bald mit dem Layout anfangen. Ende nächster Woche war Drucktermin, das musste sie schaffen.

Die Recherchen konnte sie erst mal beiseiteschieben, dachte sie erleichtert; was hätte sie derzeit auch tun können? Das Gespräch mit Renate war abzuwarten und auch das, was ihre Mitstreiter herausfanden. Dann konnte man darangehen, alles abzugleichen und nach Zusammenhängen und Widersprüchen zu suchen.

Vor dem Wochenende bekamen sie Thomas sowieso nicht heraus; die Hoffnung hatte sie spätestens nach Hansis Bericht aufgegeben. Musste er halt schmoren. Er würde von ihr erwarten, dass sie einen Teil seiner Aufgaben wahrnahm und sich jetzt auf die Zeitung konzentrierte.

Und für ihr eigenes Leben musste auch Raum bleiben. Ob wohl was im Postkasten war?

Freitag, 18. Februar

Ein Kopf wie ein Rathaus, dachte Therese, als sie am Freitagabend ihre Wohnung verließ. Heilloses Chaos und dumpfes Dröhnen. Zum Glück war es früh genug, um vor dem Essen mit Renate in der frischen Luft einen kleinen Umweg zu machen. Vor lauter Grübelei hatte sie nicht einmal den Wetterumschwung wahrgenommen. Nach der windig regnerischen Woche blies ein lindes Frühlingslüftchen, das sie automatisch nach dem blauen Band suchen ließ. Keins da.

Dafür wehte ihr vor der Jugendherberge in der Heiersburg eindeutig Marihuanaduft entgegen. Halbwüchsige in viel zu großen Klamotten saßen auf dem Mäuerchen, einige punkig mit bunten Haaren, zerfetzten Karojeans mit schaukelnden Ketten darüber, Piercings und Piratentüchern. Eine Schulklasse aus dem Ruhrgebiet, das hörte sie im Vorbeigehen am Slang.

Sie umrundete die alte, früher als Zwinger bekannte Burg, in deren unterirdischen Gewölben die Gefangenen des Bischofs geschmachtet hatten. Heute traf man hier Jugendliche von überall her, die wohl glaubten, der verweihräucherten Stadt ihre eigene Duftnote hinzufügen zu müssen.

Die Promenade außerhalb der früheren Stadtmauern war längst durch den städtischen Innenring ersetzt worden, auf dem der Verkehr vierspurig von Ampel zu Ampel trödelte. Das Röhren der anfahrenden Fahrzeuge so gut wie möglich ignorierend, wanderte Therese auf dem erhöhten Wall bis hinauf zum Kasseler Tor. Dort bog sie ab und nahm zurück die kleinen Gassen innerhalb der mittelalterlichen Mauer, wo ihr malträtierter Kopf endlich Ruhe fand.

Natürlich hatte der Fall sie nicht losgelassen während der Arbeit an der Zeitung, die ihr deshalb schlecht von der Hand gegangen war. Es war zwar interessant, was sie bei ihrem Informationsgespräch mit dem Mitarbeiter der Agentur erfahren hatte, und sie wollte ihre neuen Kenntnisse über Weiterbildungsmaßnahmen, die Verwendung der Mittel und die schwierigen Voraussetzungen, sie zu erlangen, gern an die Leserinnen und Leser weitergeben. Aber so recht konzentrieren konnte sie sich nicht darauf. So heiß war das Thema nun wieder nicht.

Nachdem sie sich mehrfach dabei ertappt hatte, wie sie, statt über ihren chaotischen Notizen zu brüten, ihre Verdächtigen im Kopf herumschob, hatte sie aufgegeben. So nebenbei ging das nicht mit der Verbrechensaufklärung, das musste man systematischer machen. Also hatte sie ihre literarischen Vorbilder imitiert und sich für jeden Beteiligten einen Zettel gemacht mit allem, was sie bisher wusste, darüber hinaus mit vielen Fragezeichen, und sie an den Kleiderschrank geklebt. Da stand sie dann die meiste Zeit, sortierte die Zettel hin und her und machte sich fruchtlose Gedanken.

Auch am Abend zuvor, als Michael nach dem Kinder-zu-Bett-bring-Ritual bei ihr aufgetaucht war, hatte Vetters Tod ihre Gespräche bestimmt. Sie hatte ihm alles erzählt, was sie inzwischen erfahren hatte, aber eine Lösung hatte er nicht parat. Sonderlich engagiert hatte er nicht nachgedacht, worüber sie ein Weilchen mit ihm herumzanken musste. Bis sie endlich vom Sofa in ihr Bett übergewechselt waren, wo sie trotz der Februarkälte eine warme Nacht hatten, war dieselbe halb vorbei gewesen.

Erst beim Frühstück war ihr eingefallen, Michael von den lang erwarteten Umschlägen zu erzählen, die sie gestern aus dem Briefkasten gefischt und nach dem Öffnen ratlos beiseitegelegt hatte. Gleich zwei Verlage hatten ihr Manuskript zurückgesandt. Mit nichtssagenden, fast übereinstimmenden Worten: passte nicht ins Verlagsprogramm.

»Die haben da gar nicht reingeguckt«, vermutete er. »Das ist ihre Standardabsage. Was meinst du, wie viele Romane die jeden Tag auf den Tisch kriegen – und was für welche, da vergeht denen doch die Lust, jeden einzelnen zu lesen.«

Er wollte sie trösten. Nett von ihm. Aber sie hatte gehofft, dass jeder Lektor auf den ersten Blick sah, welch brisanten Stoff er da vor sich liegen hatte …

Beide Verlage saßen übrigens nicht in Hamburg, das war ihr

erst aufgefallen, als Michael schon weg war. Ihre Theorie stimmte offensichtlich nicht: Auch in München und Berlin hatte Paderborn keinen Stellenwert.

Durchs Fenster des türkischen Bistros konnte sie sehen, dass Renate auf sie wartete. Gerade erst schlug die Domuhr sechs, zu spät war sie also nicht. Sie trat an ihren Tisch und war baff vor Erstaunen. So sah doch keine Staatsbeamtin aus! Therese hatte sich schon gedacht, dass in der Agentur nicht die wahre Renate herumlief, aber dieser Unterschied war krass. Faltenrock und hochgeschlossene Bluse hatten im Büro ihre knackige Figur versteckt, die jetzt in Jeans und engem blau-schwarz geringeltem Hemd zur Geltung kam. Im spitzen Ausschnitt eine Kette aus schwarzer Lava, halb versteckt von lockigem braunen, aus dem strengen Knoten befreiten Haar.

Jetzt erst fiel Therese auf, dass die Sachbearbeiterin viel jünger war als sie alte Schachtel. Könnte fast ihre Tochter sein. In der Agentur wirkte sie vernünftig und tüchtig und zwanzig Jahre älter. Jetzt saß sie einer jungen Frau gegenüber, die in jede Disco gepasst hätte.

Nach der herzlichen Begrüßung erzählte Renate, dass sie am späteren Abend noch mit Manfred Koch verabredet sei, der im Pflaumenbaum um die Ecke auf sie warten wolle. Nachdem er die Woche über in rührseliger Stimmung gewesen sei, habe er sie gefragt, ob sie sich abends treffen und in Ruhe über alles reden könnten. Deshalb also hatte sie sich schick gemacht.

Therese verkniff sich die indiskrete Frage nach Renates weiteren Plänen für die Nacht und kam gleich auf den Grund ihres Treffens zu sprechen. Allzu gespannt war sie auf Renates Bericht, und ihre eigenen Entdeckungen wollte sie auch loswerden. Nachdem sie ihr Essen bestellt hatten – Therese das gegrillte Gemüse mit türkischem Reis, Salat und Zaziki, Renate einen großen Bauernsalat – und der für einen Imbissbetrieb erstaunlich gute Wein serviert worden war, mit dem sie erst feierlich, dann kichernd auf ihre Zusammenarbeit angestoßen hatten, begann Renate zu erzählen, was sie über die Kollegen herausgefunden hatte.

»Mit Angelika ist es wirklich ein Kreuz«, sagte sie mit einem

Seufzen, »bis die einem sagt, was man hören will! Erst und zwischendurch serviert sie ihr gesamtes Liebesleben, als ob das jemanden interessiert. So viel Kaffee wie in den letzten Tagen hab ich noch nie getrunken! Hat mich gewundert, dass sie nichts gemerkt hat.«

Selbst nahm sich die Berichterstatterin ebenfalls viel Zeit, dachte Therese ungeduldig, ließ sich aber nichts anmerken, weil sie der neuen Freundin nicht gleich ihre eigene Schwachstelle vor Augen führen wollte.

Renate trank noch einen Schluck Wein und zog ein ordentlich beschriebenes Blatt aus ihrer Gesäßtasche. Auch sie verschmähte Handtaschen, nahm Therese befriedigt zur Kenntnis.

»Hier hab ich mal zusammengeschrieben, was sie über die Alibis der Kollegen zur Tatzeit wusste.« Sie lachte über ihre eigenen Worte. »Ich rede schon wie die Kriminaler im Fernsehen, was? Aber das weiß ich aus dem Amt. Wenn alle, statt lange rumzuschwafeln, gleich die richtigen Begriffe verwendeten, ginge alles viel schneller.«

Therese schaute sie interessiert an. Renate machte sich Gedanken über die Sprache! Selten bei Beamten, die meist alle Zeit der Welt hatten. Jetzt am Feierabend schien sie aber zu streiken und schweifte ab.

Endlich schaute sie auf den vollen Zettel, den Therese ihr am liebsten entrissen hätte. Doch Renate kam immer noch nicht zum Inhalt. Das Essen wurde serviert, dem sie sich ein paar Minuten schweigend widmeten. Dann aber nahm Renate, die es mit dem kalten Salat nicht so eilig hatte, ihren Bericht wieder auf. »Übrigens hab ich die meisten Leute noch selbst angesprochen«, schickte sie voraus.

Das war richtig, dachte Therese kauend. Quellen mussten angegeben werden.

»Hab mich fürsorglich erkundigt, als sie nach und nach wieder da waren, wie sie denn Vetters Todesstunde erlebt hätten. Sie waren ausnahmslos sehr betroffen und haben mir haarklein anvertraut, was sie gemacht, gedacht und gefühlt haben. Und genau da ist er aus dem Fenster gefallen!, hab ich mindestens dreimal gehört.«

Sie grinsten übereinstimmend und prosteten sich zu.

»Also Jochen.« Renate zeigte auf ihre Notizen. »Jochen Rensing. Fangen wir mit dem mal an, obwohl ich nicht glaube, dass er der Täter ist. Jedenfalls hat er wohl ein Alibi. Angelika erzählte, dass er sich um kurz vor zwölf einen Kaffee geholt hat, weil er um zwölf ein Gespräch mit einem Antragsteller hatte. Das hat er mir auch gesagt. Den Kunden hatte Angelika zwar nicht im Computer, aber es kommt schon mal vor, dass die Leute ihre Termine direkt machen.«

»Hat man ihn vielleicht mal mit Vetters Frau gesehen?«, erkundigte sich Therese.

»Nein, nie«, gab Renate zurück. »Die aufgetakelte Ziege würde auch gar nicht zu ihm passen. Dann schon eher Kollege Bremer, der steht auf solche Weiber. Macht auch Angelika immer an, aber sie will nichts von ihm. Die mag braun gebrannte Baywatch-Typen, die allerdings immer älter werden.«

Wieder beiderseitiges Schmunzeln. »Zu Jochen sag ich gleich noch was«, fuhr Renate fort. »Bleiben wir bei Ernst. Er war kurz vor Jochen bei Angelika und hat sich für den Nachmittag abgemeldet, weil er mit der Tochter zum Arzt musste und vorher zu Hause essen wollte. Das kann natürlich eine Ausrede sein. Und er hätte einen genauso guten Grund wie Jochen: Auch Bremers Frau ist auf dem Schwimmerball Vetters Verführungskünsten erlegen.«

»Der hat es anscheinend darauf angelegt, die Kollegen zu ärgern.«

Renate nickte. Das habe ihr Angelika unter dem Siegel der Verschwiegenheit anvertraut, erzählte sie weiter. Bremer hatte sie um Rat gefragt – »Ausgerechnet Angelika! Wahrscheinlich hat er sich ja ausgeheult.« –, sie aber gebeten, nichts weiterzuerzählen, weil er nicht ähnlich wie der arme Jochen zum Gespött der Kollegen werden wolle. Diesmal hatte sie sich anscheinend daran gehalten, bis auf den einen Ausrutscher Renate gegenüber.

»Welche Leichen Arnold Meurich im Keller hat, weiß ich nicht. Seine Frau ist wohl zu alt für Vetter, aber bei den Wetten macht er mit, wie auch Ernst Bremer und Jochen Rensing. Dazu komm ich noch, da gibt's ebenfalls Neuigkeiten. Arnold hat also friedlich an seinem Schreibtisch gesessen und sein Butterbrot verspeist. Als die Polizisten seine Tür aufgerissen hätten, sei er noch am Kauen gewesen. Das hat Angelika bestätigt. Sie kam grad von der Sekretärin der Chefin, wo sie eine Statistik abgeliefert haben will.«

»Und was hältst du von diesem Meurich?«

»Och, eigentlich ist er in Ordnung«, erwiderte Renate. »Gehässige Bemerkungen machen sie alle, und Vetter kriegte immer sein Teil ab, wenn er nicht zuhörte. Wenn er dabei war, taten sie freundlich. Arnold hat sogar am lautesten gelacht, wenn Vetter ihn Mäuserich nannte. Aber er ist lang genug, konnte gut auf den kleinen Dicken runtersehen und mitlachen.«

Alarmiert warf Therese ein: »Und ihn leicht aus dem Fenster werfen!«

Renate stoppte ihre Euphorie. »Das auch, aber die Figur dazu hätten die anderen Männer ebenfalls. Sogar Angelika: Seit sie Bodybuilding macht, ist sie ziemlich stark. Vetters eigene Frau, Vera, ist auch nicht klein und recht sportlich. Vom Sohn ganz zu schweigen, der überragt alle. Von der Körpergröße allein können wir also nicht ausgehen.«

Renate hatte recht. So konnten sie die Verdächtigen nicht reduzieren.

»Sind das alle Kollegen?«

»Eigentlich ja.« Renate zögerte. »Jedenfalls alle, die in dieser Woche im Büro waren. Ein weiterer, Reinhold Westphal, ist im Skiurlaub. Er hatte zwar auch sein Päckchen zu tragen mit Vetter, aber ich glaube kaum, dass er ausgerechnet an dem Tag aus den Dolomiten zurückgekommen ist, um sich zu rächen. Ist auch einer von den Sanften, wehrt sich nur ganz höflich.«

»Was hat Vetter dem denn getan?«, erkundigte sich Therese neugierig.

»Reinhold ist schwul, und seit Vetter das wusste, nannte er ihn Reinholde. Das hat ihn zur Weißglut gebracht, war auch nicht alles, Spitzen und miese Bemerkungen noch und noch. Aber Reinhold ist gleich am Aschermittwoch losgefahren, mit seinem Freund. Müssen sich wohl vom Karneval erholen.«

»Na, dann schließen wir den mal aus«, entschied Therese. »Aber die anderen sind nicht aus dem Schneider, nach allem, was du erfahren hast. Die wirst du weiter im Auge behalten müssen …«

Renate lachte. »Die werden sich wundern, wie freundlich und verständnisvoll ich ihnen in den nächsten Tagen zuhören werde! Kennen sie von mir kaum. Wahrscheinlich nehmen sie an, ich hätte einen Schock von Vetters Tod und wäre deshalb mitteilsam. Dass sie es sind, die dauernd reden, und ich immer nur nicke, damit sie's weiter tun, merken sie gar nicht.«

Therese stimmte zu. »Gespräche mit Männern können langweilig sein!«

»Mit Frauen genauso!« Renate protestierte augenzwinkernd. »Unsere Chefin ist ähnlich, und Angelika eifert ihr nach. Lassen einen nicht zu Wort kommen.«

»Gibt's auch.« Therese nickte. Gespielt ernsthaft fügte sie hinzu: »Aber bei Frauen hat das einen Grund, problematische Biografie oder so. Männer sind von Natur aus blöd.«

»Genau«, stimmte Renate lachend zu. »Wolln wir mal nicht frauenfeindlich sein, nä!«

Therese kam auf ihr Thema zurück. »Was gab's denn über diesen Jochen?«

»Ach ja, der Wettkreis.« Renate konzentrierte sich. »Darüber hab ich einiges erfahren, obwohl ich immer noch kein genaues Bild hab. Dieser Lottmann bleibt mir schleierhaft. Aus der Datei war nicht viel herauszuholen, sieht alles ganz ordentlich aus. Hat bei Vetter regelmäßig Aktivbewerbungen vorgelegt, jedes Mal mit Protokoll. Der hat den Fall ja nie abgegeben, obwohl er eigentlich nichts mehr damit zu tun hatte.«

Therese fiel ihr ins Wort. »Zu Lottmann hab ich auch was. Ebenfalls zu Vetters Frau, das darf ich nicht vergessen zu erzählen. Aber mach du erst mal. Laufen die Wetten denn weiter? Jetzt wo Vetter nicht mehr dabei ist?«

»Anscheinend.« Renate machte ein bedrücktes Gesicht. »Dieser Wettkreis geht offensichtlich über alle Flure, das wusste Angelika von den anderen Geschäftszimmerdamen. Die machen immer ihre Kaffeestündchen, und alle haben dieses typische Hin und Her auf dem Flur beobachtet und das Getuschel am Kopierer. Immer wenn Vetter seine Besuche gemacht hatte. Den ein oder anderen

Namen hat sie genannt, haben mir aber nicht viel gesagt. Angelika verfolgt die Theorie – obwohl sie lieber an Dalhoffs Schuld glauben will –, dass, wenn der es nicht war, es etwas mit diesen Wetten zu tun hat. Deshalb will sie sich noch mal genauer erkundigen.«

»Gut, das können wir abwarten.« Therese wurde es langsam zu viel. »Meinetwegen brauchen keine weiteren Verdächtigen aufzutauchen.« Dennoch erkundigte sie sich widerwillig: »Und was macht nun dein Jochen dabei?«

»Ja, das wollte ich berichten. Er hat meinen Zimmerkollegen gefragt, ob er sich an den Wetten beteiligen will. Und Manfred überlegt sich das tatsächlich ernsthaft! Er hat mich zwar um Rat gefragt, und ich hab ihn natürlich gewarnt. Aber so eine gute Gelegenheit kriegt er nie wieder, hat er gesagt. Er muss noch den Kredit vom Auto abstottern, dann die teuren Reisen ... Und wenn Rensing dabei ist und das Geld verwaltet, muss man doch Vertrauen haben, meint er. Bei Bremer würde er wohl nicht mitmachen.«

»Sie machen also tatsächlich weiter!« Therese staunte.

»Ja«, seufzte Renate. »Und ziehen Manfred mit rein. Aber ich glaube nicht, dass Jochen der Mittelpunkt ist. Bremer steht bestimmt im Hintergrund und benutzt ihn als Laufburschen. Den größten Gewinn wird Ernst einstecken, da fällt ihm schon was ein. Jochen braucht zwar Geld, weil ihn seine Frau so triezt, aber sich durchzusetzen – dazu fehlt ihm der Mumm.«

»Wie das jetzt wohl läuft?«, überlegte Therese laut. »Nach meiner Theorie brauchen sie Lottmann dazu, der war offensichtlich Vetters Kontakt zur Fußballszene. Ist der noch mal aufgetaucht?«

Renate verneinte. Die Fälle waren noch nicht neu aufgeteilt worden, sodass ein neuer Sachbearbeiter, der ihn hätte einladen können, noch nicht feststand.

Jetzt wollte Renate endlich wissen, was Therese herausgefunden hatte. Sie ließ die Freundin nicht lange zappeln und erzählte, wie sie im Zentrum zufällig mitbekommen hatte, dass Lottmann auch hier mitmischte, und was Fritz über ihn wusste.

»Jetzt haben wir jemanden, der Lottmann auf die Pelle rücken kann«, teilte sie Renate erfreut mit. Fritz war heute Morgen, als sie ihm das Flugblatt zum Kopieren gebracht hatte, dem Dunkelmann gegenüber deutlich skeptischer gewesen als am Donnerstagnachmittag. Er hatte wohl genauer hingesehen, nachdem ihm Therese den Kopf gewaschen hatte.

»Eigentlich ist er ein ziemlich schmieriger Typ«, hatte er gesagt. »Der reißt einen bestimmt rein, wenn er auffliegt.«

»Sag ich doch«, hatte Therese bestätigt.

Wie erwartet war – neben den üblichen Fußballthemen – Vetters Tod das Thema des Abends gewesen. Lottmann habe ganz freiwillig und ziemlich großspurig erzählt, dass er kurz vorher noch bei dem Mordopfer gewesen sei. »Sozusagen auf der Schwelle seines Todes!«, hatte er getönt, vom alten Fußballkumpel geschwärmt und fast unter Tränen bedauert, nicht länger geblieben zu sein. Dann habe er noch von »diesem Dalhoff« gesülzt, der es bestimmt nicht gewesen sei, und dass er den alten Freund, wenn doch, vor der bösen Tat hätte bewahren können, wenn er nicht so früh das Büro verlassen hätte. Die zwiespältige Haltung zu Fritzens Idol hatte der besonders übelgenommen.

Obwohl Renate den Verdacht sympathisch fand, war Therese nicht überzeugt. Auch die dreinamige Gattin war eine dubiose Figur. Sie mussten herausfinden, wer unter ihren Bekannten in Berghusen lebte und Squash spielte. Vielleicht einer der gedemütigten Kollegen ihres Mannes; wäre eine gute Gelegenheit für eine kleine boshafte Rache gewesen.

Sie ließ Renate an ihren Gedanken teilhaben und gab wieder, was Michael von Veruschka erzählt und was sie in Berghusen über Vroni erfahren hatte. Beide hatten viel Spaß bei Thereses Bericht über die skurrile Bäuerin, aber anschließend sahen sie sich wieder ratlos an.

»Viel weiter bringt uns das nicht«, resümierte Renate. »Bevor wir nicht mehr über diesen Freund wissen … Von unserem Flur spielt soweit ich weiß niemand Squash, und auch dass jemand in Berghusen wohnt, müsste neu sein. Bremer lebt schon seit Jahren im Südviertel, paar Straßen vom Haus meiner Eltern entfernt, Jochens Haus steht in Dahl, und Meurichs wohnen in Schlangen, was will der in Berghusen?«

»Wenn sich einer frisch von seiner Frau getrennt hat und umgezogen ist, weißt du das vielleicht nicht«, wandte Therese ein.

»Möglich ist es«, sagte Renate nachdenklich. »Jochens Ehe steht auf der Kippe, er jammert dauernd über die Streitereien mit seiner Frau. Aber er würde den Sohn nie verlassen, meine ich, er spielt doch immer Fußball mit ihm. Und wenn er sich 'ne Neue sucht, dann bestimmt keine Veruschka.«

»Es gibt noch mehr Kollegen, die mit Vetter zu tun hatten.« Therese beharrte auf ihrer Theorie. »Du musst jetzt rauskriegen, wer von denen – egal ob wegen der Wetten oder weil er ihre Frauen angemacht hat – Zorn auf Vetter hatte, außerdem Squash spielt und in Veras Nachbarschaft lebt. Die Anschriften habt ihr doch bestimmt im Computer.«

»Das schon. Aber wegen der andern Sachen muss ich wieder Angelika ausquetschen und die ihre Kolleginnen auf den andern Fluren. Das kann dauern. Sie wird auch nicht ohne Weiteres bereit dazu sein, weil sie mit Vetters Frau mal ziemlich dicke war. Hat sich wohl bei ihr ausgeheult früher, als Vetter noch Kollege und kein Abteilungsleiter war. Seitdem hab ich sie nicht mehr gesehen; ich hab mir gedacht, als Frau vom Chef wird sie sich mit uns Kroppzeug nicht mehr abgeben wollen.«

»Du wirst deine Kollegin schon überzeugen.« Therese sprach ihr Mut zu. »Sie hat doch schon gut mitgespielt, da wird sie bestimmt einsehen, dass man in mehrere Richtungen ermitteln muss. Guckt doch bestimmt auch Krimis.«

»Nur Vorabendserien«, sagte Renate seufzend. »Beim Kochen und Bügeln. Abends geht sie aus oder zieht sich eine Fernsehshow nach der anderen rein.«

Therese kannte das aus dem Zentrum. »Kein Wunder, dass die Leute dumm bleiben«, bestätigte sie. Dass Fernsehen kaum geeignet war, Bildung zu vermitteln, war in jedem Sonntagsblatt zu lesen. Viel zu schnell liefen die Bilder vorbei, bunt und vordergründig; auf Zusammenhänge zu achten war gar nicht möglich.

»Jedenfalls hab ich wieder Futter für mein Gehirn am Kleiderschrank.« Lachend berichtete Therese von der Zettelsammlung, die sie gleich mit den neuen Informationen vervollständigen wollte.

»Wenn du Lust hast, kannst du sie Montagabend besichtigen.« Gern lud sie die Freundin ein, die schon ein paar Mal auf die Uhr geschaut hatte und offensichtlich Sehnsucht nach ihrem Manfred hatte. »Dann gibt's vielleicht auch Neuigkeiten über Vetters Kunden. Obwohl ich ja fürchte, dass meine Helferlein gar nicht erst losziehen und Recherchen anstellen. Meist muss man sie an die Hand nehmen, sonst passiert nicht viel.«

Schäm dich, Therese!, schalt sie sich auf dem Heimweg. So ein überheblicher Spruch! Konnte gut sein, dass die Arbeitslosen sie am Montag eines Besseren belehrten.

***

Erleichtert schlug er sein Wasser ab, pinkelte geradezu übermütig Kringel in den Schnee. Kurz bedauerte er, sein Kunstwerk nicht bewundern zu können. Viel zu dunkel, um gelbe Spuren vom hellen Untergrund zu unterscheiden. Auch das reglose Bündel neben ihm war kaum zu erkennen, lag im dunklen Matsch, die perfekte Tarnung.

Am Bus wartete Schraven auf ihn. »Nun mach schon«, brüllte er über den Parkplatz. »Meinste, wir wolln hier ewig stehen!«

Er beeilte sich und bestieg den Bus, aus dem ihm schon wieder die üblichen Gesänge entgegenschallten. Sie waren mit dem Fanclub des Vereins nach Hamburg gefahren, um im Millerntor-Stadion ein Spiel des FC St. Pauli gegen den 1. FC Köln zu verfolgen. Die beiden Vereine sollten demnächst gegen Paderborn spielen, und sie hatten mit eigenen Augen die Form der Gegner prüfen wollen.

Das Ergebnis: Die Kölner waren Flaschen. Nachdem schon vor der Pause die beiden Siegtore gefallen waren, hatten sie es die ganze zweite Halbzeit über nicht geschafft aufzuholen. St. Pauli dagegen war ernst zu nehmen; mit denen würde die Mannschaft, zum Teil ebenfalls im Bus, ihre liebe Last haben.

»Kloppe für die Fischköppe« und »Paderborn geh nach vorn« grölte es durch die Reihen. Die Kölner waren schon abgehakt. Nach dem Spiel war der ganze Haufen noch über die Reeperbahn gezogen und hatte den Sieg im Voraus gefeiert. Auf der A7 hatte sie dann der Schnee überrascht, der den Parkplatz kurz vor Hannover, wo sie eine Pinkelpause eingelegt hatten, mit einer rutschigen Decke überzogen hatte. Hoffentlich war der Spuk bis Paderborn vorbei.

Er räkelte sich im Sitz zurecht und schloss die Augen. Auftrag erfüllt. Niemandem war aufgefallen, dass neben ihm der Platz am Fenster frei geblieben war. Mit ein wenig Glück würden die Mitfahrer den Kleinen auch beim Ausstieg nicht vermissen. Wurde leicht übersehen, ja, ja. Jetzt wollte er ins Bett wie die andren auch und nicht auf dem verschneiten Parkplatz nach jemandem suchen, dem ohnehin nicht mehr zu helfen war.

Früh genug, wenn der morgen gefunden wurde. Dann war er weit weg, zu Hause und aus der Schusslinie.

Samstag, 19. Februar

Am Freitagabend hatte Therese in ihrer Wohnung Michael vorgefunden, der sich eingeschlichen hatte, um ungestört ein Fußballspiel seines Lieblingsvereins verfolgen zu können. »Jaaa, gewonnen!«, rief er gerade, als sie hereinkam. Zum Glück war das Spiel vorbei, der FC St. Pauli hatte mit zwei zu null die arroganten Kölner besiegt, und Michaels Laune war blendend. Sie hatten es sich vor einem Film auf Arte gemütlich gemacht, und auch Therese hatte ihren Kopf abgeschaltet.

Nach dem ausgiebigen Samstagsfrühstück war er nach Hause gefahren, um mit Frau und Kindern den Wocheneinkauf im Supermarkt zu erledigen. Therese wollte die Zeitung lesen, dann zum Markt und zur Demo, um ein paar Fotos zu schießen. Sie hoffte, Elke am Marienplatz zu treffen, um zu hören, ob Vetters Sohn wieder aufgetaucht war. Doch dann hatte sie sich in ihren bezettelten Kleiderschrank vertieft, Renates Neuigkeiten eingearbeitet und nachgedacht. Erst als sie wieder nicht weiterkam, machte sie sich auf den Weg.

Eine blasse Sonne schien, die sich trotz der späten Stunde kaum über den Dom traute. Auf den Treppen der Nordseite drängelten sich Touristengruppen, deren Führer um die Wette schnatterten. Kinder warfen Münzen in die mächtigen Brunnenlöcher und machten erwartungsvolle Gesichter dazu. Therese hatte oft beobachtet, wie einheimische Kinder das Geld geschickt wieder herausangelten.

An der Kaiserpfalz war ein Tourist mit kleinem Rucksack und leichter Wolfskin-Bekleidung ausgeschert und suchte das Klo. Sie zeigte ihm das vollautomatische, selbstreinigende Edelstahlgehäuse, das man pietätlos in die historische Bruchsteinmauer gesetzt hatte.

Die alte Bedürfnisanstalt am Kleinen Domplatz hatte traditionell den Homosexuellen der Stadt als Klappe gedient, erinnerte sie sich, über Jahrzehnte, bis die kirchliche Bauverwaltung endlich Ordnung geschaffen hatte. Hierher, unter Beobachtung sämtlicher Touristen und Kirchgänger, traute sich kein Schwuler mehr. Allerdings hatte Therese seitdem rund um das Maspernplatz-Klo wartende Herren stehen sehen, auch drogenabhängige Jungs, die Geld zählend aus der Männerkabine kamen.

Auf dem Markt kaufte sie Äpfel und Eier, in der Hoffnung, dass sie den weiteren Gang durch das samstägliche Gedränge überstehen würden. Die Demonstranten, vorweg ein großes Transparent »Lasst Thomas frei!«, waren nach ihrem Zug durch die Stadt wieder am Rathaus angelangt, wo jetzt die Abschlusskundgebung lief. Wieder Reden und Betroffenheitskundgebungen. Therese machte ihre Fotos, fing auch Lothar ein, dessen Bild sie an Renate mailen wollte, und wanderte weiter zum Marienplatz.

Vor dem Rathaus würde sie nicht fehlen. Die gesamte linke Szene war aufmarschiert wie sonst nur, wenn es »gegen Rechts« ging. Die Wimmelbilder der anwesenden Massen, die sie geschossen hatte, wollte sie Thomas am großen Bildschirm im Zentrum vorführen. Die Auflösung war hoch genug, sodass man jedes Gesicht würde erkennen können.

Elke saß in ihrer alten braunen Lederjacke an der Maria und las ihr Indianerbuch. Die schweinchenrosa Wolke prangte zwei Bänke weiter an einer älteren Alkoholikerin und belebte deren grau aufgedunsene Gesichtszüge unter den strohig blondierten Haaren.

Als Therese danach fragte, rechtfertigte sich die frühere Besitzerin sofort. »Corinna passt der Mantel viel besser! Die Farbe war ich sowieso leid, und sie hat mir zehn Euro dafür gegeben.«

»Corinna kriegt den Mantel kaum zu über ihrem Bauch, und ich muss mich jetzt auf die kalte Bank setzen«, sagte Therese maulig. Sie hatte der Gedanke beruhigt, dass Elke endlich einmal warm eingepackt war.

»Stell dich nicht an«, gab Elke ungerührt zurück. »Ich mach das jeden Tag. Setz dich, dann hab ich auch Neuigkeiten.«

»Sach bloß!«, machte Therese. »Dabei wollt ich nur gucken, wie's der rosa Wolke geht!«

Die Freundin schüttelte den Kopf. »Weggeflogen«, sagte sie patzig, fügte aber entschuldigend hinzu: »Ich brauchte Tabak.«

Verstohlen wies sie mit dem Kopf auf eine schwarz gekleidete Gruppe junger Männer, auch zwei oder drei Mädchen dazwischen, die sich um die Treppe zum Plus-Markt drängten. Das Haar bei allen schwarz gefärbt, bei einigen lila oder grüne Strähnen darin.

»Fetti ist wieder da«, bedeutete sie Therese. »Der Lange in der Mitte, mit dem spitzen Ding in der Nase.«

Therese nahm unauffällig die Kamera in die Hand, stellte den Zoom ein und schoss vom Bauch weg ein paar Fotos von der Gruppe. Man konnte nie wissen, wozu es gut war.

Vetters Sohn stand unbeteiligt inmitten seiner Freunde und schaute in ihre Richtung. Hatte er gesehen, dass sie ihn fotografiert hatte? Eine Reaktion zeigte er nicht. Sein dunkler Blick ging durch sie hindurch in ferne blaue Welten.

»Die warten auf Stoff«, erklärte Elke trocken. »Seit Donnerstag sind sie wieder da, und die Fete geht weiter. Fetti hat immer noch Kohle satt, ist dauernd hinter den Dealern her. Wenn das Geschäft klar gegangen ist, hauen sie ab und knallen sich irgendwo zu, bis nichts mehr reingeht.«

Therese konnte sich kaum vorstellen, dass Fetti im Drogendauerstress Zeit und Energie übrig hatte, seinen Vater im Büro aufzusuchen, sich mit ihm herumzustreiten und sogar tätlich zu werden. Andererseits – wenn sie das Geld am Wochenende verbraten hatten und Nachschub brauchten, wenn der Turkey ihnen die Knochen zerriss und kein Stoff in Sicht war, konnten Abhängige durchaus zu verzweifelten Mitteln greifen.

»Ich glaub's ja nicht, dass es Fetti war.« Elke konnte offenbar Gedanken lesen. »Die warn in Berlin oder sonst wo. Keiner hat sie hier gesehn.«

»Das muss nichts heißen«, widersprach Therese. »Eine kleine Stippvisite an der Bahnhofstraße, vielleicht auf der Durchreise zur nächsten Party – davon hättet ihr hier gar nichts mitgekriegt.«

Zaghaft erkundigte sich die Freundin: »Gibt's denn sonst keinen, der es getan haben kann? Ich meine, außer Thomas und Fetti?« Offensichtlich wollte sie den Täter nicht so gern in ihren Kreisen sehen.

»Doch, jede Menge.« Therese klärte sie über ihre zermürbenden Recherchen auf.

Als sie fertig war, bot Elke ihre Mitarbeit an. »Sag Bescheid, wenn ich was tun kann!«

Therese schlug ihr vor, Fetti im Auge zu behalten. »Ausschließen können wir ihn nicht, auch wenn du meinst, er war's nicht. Da gibt's noch zu viel Rätselhaftes in der Familie. Ruf an, wenn du etwas beobachtest, was dir merkwürdig vorkommt, oder komm vorbei, dann kriegst du auch gleich 'n Tee zum Aufwärmen.«

»Mach ich.« Elke strahlte sie an. Kommen würde sie nicht, das wusste Therese von vielen früheren Einladungen. Elke hielt Hof an der Maria; jeder konnte sie dort besuchen und mit ihr frieren. Anderen ihre Anwesenheit aufzudrängen lag ihr nicht.

Zurück in ihrer Wohnung nahm sich Therese die Tageszeitungen vor, die am Wochenende doppelt so dick waren. Doch als sie die Werbebeilagen weggeworfen hatte, blieb kaum aktueller Lesestoff übrig. Sie blätterte durch den Lokalteil – seit Tagen nichts über den Mord an Vetter –, fing wieder auf der ersten Seite an, überflog die politischen Schlagzeilen – ebenfalls nichts Neues unter der Sonne – und blieb an einer kleinen Notiz auf der Rückseite hängen.

Erst wollte sie es nicht glauben. Wenn das stimmte, war Annettes Tod noch tragischer. Sie hätte nur ein paar Tage zu warten brauchen, dann hätte selbst Vetter anders entscheiden müssen.

Hier stand es schwarz auf weiß: Nach einer Entscheidung des Bundessozialgerichts war die Anrechnung des Einkommens unverheirateter Partner auf das ALG II grundgesetzwidrig. Durfte nicht sein. Annettes Stütze hätte gezahlt werden müssen, unabhängig davon, wie viel Lothar verdiente. Bestimmt hatte Vetter gewusst, dass die Verhandlung anstand, und ihren Fall schnell noch durchgezogen.

Bizarr war allerdings die Begründung des hohen Gerichts: Weil die Anrechnung in homosexuellen Partnerschaften nicht möglich sei, müsse auch für andere der Gleichheitsgrundsatz gelten. Das war sicher das erste Mal in der Geschichte der Republik, dass die Schwulen die Richtschnur vorgaben.

Für Annette war es zu spät, dachte Therese bedrückt. Aber alle anderen Frauen in ungeklärten Beziehungen konnten aufatmen. Es gab noch Gerechtigkeit in diesem Land!

Als Michael nachmittags kam, um sie wie verabredet zum Spaziergang abzuholen, war es schnell vorbei mit dem Patriotismus. »Wart's mal ab«, sagte er trocken. »Die drehn jetzt daran, auch den Schwulen das Partnereinkommen anzurechnen, dann ist der Gleichheitsgrundsatz wieder hergestellt.«

Missmutig trottete sie neben dem Freund her. Klärchen spiegelte sich glitzernd in der Pader, sie wanderten auf ihrem Lieblingsweg stadtauswärts, aber gute Laune wollte sich nicht einstellen. Dies war nicht ihr Land, nicht ihr Staat, der seine Bürger dermaßen ungerecht behandelte. Und Leute wie Vetter machten es nur schlimmer, statt den Betroffenen zu helfen, sich mit den rigorosen Regeln zu arrangieren. Schon wegen Annette hatte sie eine solche Wut auf den Mann, dass sie es Thomas sogar nachgesehen hätte, wenn er derjenige gewesen wäre, der ihn aus dem Fenster befördert hatte.

Das war die letzte böse Tat dieses Amtsbüttels, schimpfte Therese in sich hinein. Mit seinem wahrscheinlich selbst verschuldeten Tod riss er unschuldige Leute hinein, machte sie zu Tätern und Verdächtigen und stahl ihr zudem Zeit und Seelenruhe. Thomas zuliebe mussten sie weitermachen mit der Aufklärung des Verbrechens, aber eigentlich war es ihr ziemlich egal, wer das Ekel umgebracht hatte. Insgeheim hatte der Täter ihren Beifall – einer weniger von den Staatsknechten, den Mitläufern …

Aber was half das, rief sie sich selbst zur Ordnung. Schuld waren nicht die Ausführenden, sondern die, deren Regeln sie umzusetzen hatten. Obwohl Rot-Grün regierte, zogen andere die Fäden. Die Gütersloher Bertelsmann-Stiftung fiel ihr ein, die als Krake im Hintergrund die deutsche Politik steuerte. Auf deren Mist war die Agenda 2010 gewachsen, ausschließlich bestimmt von Interessen der Wirtschaft, des Kapitals, der Arbeitgeber, und ihre früheren politischen Freunde zogen sie kritiklos durch.

Michael ahnte wohl, was in ihr vorging, und ließ sie in Ruhe. Darüber zu reden brachte nichts, das wusste er aus Erfahrung. In solcher Stimmung war sie streitlustig, deshalb trug sie ihren Frust lieber mit sich selbst aus. Dass Michael ihre Meinung teilte, war schon ein Trost.

Erst kurz vor dem Padersee löste sich die Spannung. Anfangs

aggressiv, dann mit Spaß und mehr Erfolg ließ sie flache Steinchen über die Wasserfläche hüpfen und freute sich, als Michaels erste Versuche ebenfalls fehlschlugen. Schadenfreude ist doch die reinste Freude, dachte sie boshaft und drängelte sich im Weitergehen unter seinen Arm.

»Na, biste wieder da?«, fragte er und drückte sie an sich. Er hat gut reden, dachte sie aufmüpfig. Er glaubte an die Macht der Gewerkschaften, die wenigstens für die Beschäftigten das Schlimmste verhinderten. Woran sollte *sie* glauben? Dass die marginalisierten Unterschichten eines Tages revoltierten? Ihre Unterdrücker hinwegfegten und ihr Schicksal selbst in die Hand nahmen? Da waren BILD und RTL vor, die jeden eigenständigen Gedanken im Keim erstickten.

Schluss mit dem Weltschmerz, verordnete sie sich selbst. Was Michael denn am Abend vorhabe, erkundigte sie sich, um ein Gespräch anzufangen. Es stellte sich heraus, dass er seinen Chef und ein paar Kollegen mit ihren Frauen zum Abendessen eingeladen hatte, um ein Projekt zu feiern, das er betreut hatte, und dass seine Frau jetzt in der Küche stand, um das Festmahl vorzubereiten.

»Du Chauvi«, schimpfte sie. »Und da hilfst du ihr nicht?«

»Was soll ich ihr helfen? Du weißt doch, dass ich in der Küche nicht zu gebrauchen bin.«

»Du könntest ihr wenigstens die Kinder vom Hals halten!«

»Die haben mir heute Morgen schon gereicht.« Entrüstet protestierte er. »Verzogene Blagen, was sie sehn, wolln sie haben. Und Lisa ist genauso. Trau mich kaum, auf mein Konto zu gucken nach diesem Ausflug.«

»Sei froh, dass du mich hast!« Grinsend zog sie ihn auf. »Sonst müsstest du womöglich noch einer Geliebten teuren Schmuck kaufen!«

»Muss ich sowieso«, maulte er. »Hast du nicht bald Geburtstag? Zur Null hinter der beeindruckend hohen Zahl, die ich jetzt nicht nennen werde« – immerhin kannte er ihre Empfindlichkeiten – »ist ein Brillantcollier angemessen, oder?«

»Bloß nicht!« Lachend wehrte Therese ab. »Das verlier ich doch nur. Schenk mir lieber 'n eigenen Verlag, der endlich mein Buch rausbringt.«

»Gebongt.« Ihr Liebster machte ihr die Freude. »Kommt nächste Woche mit UPS.«

Einträchtig umrundeten sie den See und strebten wieder dem Domturm zu, während rechter Hand Klärchen für ein spektakuläres Abendrot übte.

Ganz von selbst kam Michael auf ihre Recherchen zu sprechen, die Therese eigentlich beiseiteschieben wollte, obwohl sie nach wie vor in ihrem Hinterkopf rumorten.

»Hast du Elke getroffen?«, erkundigte er sich.

Dankbar stieg Therese auf seine Frage ein und erzählte ihm von Vetters Sohn und welchen Eindruck er auf sie gemacht hatte.

»Glaubst du denn, dass er es war?«, forschte Michael anschließend.

Gute Frage, dachte Therese. »Wenn er die Gelegenheit hatte, vielleicht«, antwortete sie. »Drogenabhängige flippen schon mal aus, da kann so was passieren. Die coole Pose ist sowieso aufgesetzt, das sieht man an seinem verkniffenen Gesicht. Er gefällt mir nicht, das stimmt, auch wenn er nichts dafür kann, dass er so verkorkst ist.«

»Er ist erwachsen«, wandte Michael ein. »Er hat sein Leben selbst in der Hand. Es gibt Therapien ...«

»Noch ist er auf dem Protesttrip, da lässt er sich auf nichts ein«, erklärte Therese, die sich mehr Einfühlungsvermögen zutraute. Hatten Männer so was überhaupt? »Und daran ist seine Umwelt schuld, die Eltern besonders, die haben ihn dazu provoziert.«

Mit dem Schlagwort »Küchenpsychologie« tat ihr Freund ihre Überlegungen ab. »Er ist alt genug, um einzusehen, dass das nichts bringt und er sich anders damit auseinandersetzen muss.«

Therese, quarrig: »Dann sach ihm das mal.« Michael schwieg beleidigt.

»Ist doch egal.« Sie lenkte ein und steckte ihre Hand in seine Tasche, um sie an seiner zu wärmen. »Für mich konzentriert sich sowieso alles auf Vetters Frau. Ich hab so ein Gefühl, dass sie etwas mit dem Tod des geliebten Gatten zu tun hat. Wenn es Georg war, hat sie ihn aufgestachelt. Und das kann genauso für ihren Freund gelten. Wir müssen unbedingt herausfinden, wer das ist.«

Michael unterbrach ihren Monolog und bot an: »Mittwoch geh

ich wieder zum Squash, dann kann ich nach den beiden Ausschau halten.«

»Kannst du nicht ein Foto machen?«, schlug Therese vor.

»Wie soll das denn gehen? Soll ich mir ein Loch in die Sporthose machen und heimlich dadurch knipsen?«

»Kannst du doch ganz offen machen, Erinnerungsfotos, gibt's oft.«

»Mal sehn«, versprach er. »Wenn sich die Gelegenheit ergibt ...«

»Es ist doch zu ärgerlich.« Therese schüttelte den Kopf. »Dieser Schlüter könnte jetzt einfach ins Clubbüro gehen und sich die Mitgliederliste holen. Wenn du danach fragst, werden sie dir was von Datenschutz erzählen. Oder meinst du, dass du heimlich da dran kommst?«

Michael schaute sie groß an. »Das schmink dir ab«, sagte er aufbegehrend. »Was sollen meine Kinder denken, wenn ihr Vater als Einbrecher verhaftet wird?«

Sie nahm den Vorschlag zurück. »War nur 'ne Idee. Aber vielleicht erfährst du den Namen irgendwie anders. Frag einfach mal rum, das ist doch nicht schwer. Renate macht das schon ziemlich perfekt, das wirst du auch lernen können.«

»Tratschen können Frauen besser«, unterstand er sich zu sagen. War halt doch ein Chauvi.

Unbeeindruckt setzte sie ihre Überlegungen fort. »Diese Veruschka ist der Schlüssel zu allem, das sagt mir mein allwissender Bauch. Wer schon so heißt! Sie ist genau der Typ frustrierte Ehefrau, unterdrückt und missachtet. Wer weiß, wie es zugegangen ist, dass sie die Malerei aufgegeben hat. Wahrscheinlich hat sie dem lieben Gatten aus dieser Zeit ordentlich was nachzutragen. Und dann die weiteren Streitereien mit dem Ekel, bestimmt hat er auch ihren Goldjungen drangsaliert ...«

»Und schon bringt sie ihn um«, spottete ihr Freund. »Hast du mal von dieser zugegeben völlig neuen Möglichkeit gehört, zum Rechtsanwalt zu gehen und die Scheidung zu beantragen? Zumal sie nicht mit leeren Händen dagestanden hätte.«

»Mach dich nicht lustig«, fuhr sie ihn an. »Du wirst sonst erleben, wie das ist, wenn der Hass stärker wird als alle rationale Überlegung!«

Er stellte sich mit schlackernden Armen vor ihr auf. »Schmeiß mich in die Pader!«, rief er lockend, auf eine kleine Rangelei aus.

Sie gab die Erwachsene. »Spiel mit deinen Kindern. Du hast es hier mit einer ernsthaft reflektierenden älteren Dame zu tun.«

»Der vor lauter Denken die Haare zu Berge stehen!«

Das war der Wind, aber das wusste er selbst. »Kann dir nicht passieren, du denkst ja nicht.«

Er packte sie gespielt brutal und versuchte sie Richtung Pader zu drängen. Vor der Brücke stieg ein älteres Pärchen vom Fahrrad und sah zu ihnen hinüber. Therese gab die simulierte Gegenwehr auf und schmiegte sich an ihren Freund. Die beiden radelten kopfschüttelnd weiter.

»Jedenfalls werde ich nächste Woche noch mal nach Berghusen fahren und mir Veruschka von Nahem ansehen. Vielleicht bekomme ich auch diesen ominösen Freund zu Gesicht und kann selbst ein Foto machen.«

»Damit hast du ihn noch nicht überführt.« Michael hob warnend die Hand. »Hast du dir schon mal Gedanken gemacht, wie du das anstellen willst?«

»Keine Ahnung. Wird sich vielleicht ergeben …«

Michael schaute bedenklich. »Das kann ins Auge gehen, das weißt du hoffentlich. Ihr habt es immerhin mit einem Mörder zu tun. Das ist kein Fernsehkrimi! Wagt euch bloß nicht zu weit vor …«

Er war wirklich besorgt, und sie versprach ihm alles, was er wollte.

Aber jetzt zählte, was *sie* wollte, und das war nach Hause und vor ihren Kleiderschrank, um alle Notizen zum wiederholten Mal auf Vetters Frau hin zu sortieren. Am Abend, wenn Michael samt Gattin um seinen Chef herumscharwenzelte, würde sie den Münster-Krimi im Zweiten gucken und früh zu Bett gehen, um sich morgen der Arbeit an der Zeitung widmen zu können.

Veruschka konnte, bis sie mehr von sich preisgab, als neue Mitte ihrer Zettelsammlung vor sich hin schmoren.

Montag, 21. Februar

Am Montag war alles ganz anders. Wieder stand Therese vor dem Kleiderschrank und gruppierte ihre Notizen um. Eine weitere Gewalttat hatte Vera aus dem Mittelpunkt vertrieben. Aber so viel plausibler erschien ihr die neue Zusammenstellung nicht. Die Zweifel wollten nicht verschwinden.

Den ganzen Sonntag hatte sich Therese am PC vergraben und war mit ihrer Zeitung gut vorangekommen. Radio hatte sie nicht gehört. Abends hatte sie mit Michael den obligatorischen Tatort angesehen, dann hatte sie weitergearbeitet, während er sich Sabine Christiansen reinzog. Als er sie endlich vom flimmernden Bildschirm erlöste, war sie zum Schlafen viel zu aufgedreht, mit dem Ergebnis, dass beide am Montagmorgen mit verquollenen Augen in die wieder graue Welt sahen.

Beim Frühstück hatten sie Radio Hochstift gehört und waren bei den Lokalnachrichten gleichzeitig hochgefahren. »In Bezug auf den Überfall auf den Mannschaftsbetreuer der Paderborner Union, den dieser leider nicht überlebt hat, gibt es neue Entwicklungen«, kündigte die Moderatorin an.

»Psst«, machte Therese unnötigerweise. Erst kam der Nachrichtenüberblick, dann der übliche Jingle und – endlich – der ersehnte Beitrag.

Professionell betroffen eine andere weibliche Stimme: »Wie wir bereits gestern berichtet haben, wurde am Samstagvormittag die Leiche des Mannschaftsbetreuers der Union auf einem Autobahnparkplatz an der A7 gefunden. Der frühe Tod des bei Spielern und Fans beliebten Coachs hat eine nicht natürliche Ursache. Seitdem hat die Polizei fieberhaft recherchiert. Schon am Sonntagabend hatte sie einen Verhafteten aufzuweisen. Liborius Schlüter, Leiter der Paderborner Kriminalpolizei, sitzt bei uns im Studio und ist bereit, Fragen zum schnellen Fahndungserfolg zu beantworten. Herr Schlüter, wie kam es zu der Verhaftung?«

Therese sah beinahe vor sich, wie der Beamte, von den überschwänglichen Worten der Ansagerin gebauchpinselt, sich zum Mikro reckte. »Die Verhaftung ist das Ergebnis der effektiven und reibungslosen Zusammenarbeit aller beteiligten Behörden«, schwafelte er.

»Was denn sonst!« Michael konnte seine schlauen Kommentare wieder nicht für sich behalten.

»Nach intensiven Recherchen« – das war schon gesagt worden –, »die letztendlich auf die richtige Spur führten« – welche?, schrie es in Thereses Innerem –, »hat der Richter am Sonntag den Haftbeschluss ausgestellt. Der Zugriff erfolgte noch am Abend.«

Den Namen des Verhafteten hatte er nicht genannt.

Jetzt war wieder die Moderatorin an der Reihe. »Nach unseren eigenen Recherchen …«

Michael: »Haben sie wahrscheinlich von der Pressestelle …«

»Psst!«

»… wurde der Verdächtige, ein arbeitsloser Fan des Paderborner Vereins, unter Beteiligung eines Sondereinsatzkommandos während des Tatort-Krimis der ARD verhaftet. Er leistete keine Gegenwehr, beteuerte jedoch, mit dem Überfall nichts zu tun zu haben. Herr Schlüter, sind Sie sicher, den richtigen Täter verhaftet zu haben?«

Schlüter im Brustton tiefster Überzeugung, den sie von Thomas' Verhaftung her kannte: »Aber ja! Selbstverständlich! Und der Richter war ebenfalls sicher. Alle Beweise sprechen gegen den Einsitzenden. Es gibt Zeugenaussagen und vermutlich auch ein Motiv. Doch das wird alles die Gerichtsverhandlung klären …« Seine Stimme wurde ausgeblendet, wieder ein Jingle, der nächste Beitrag handelte von einem Dorfjubiläum. Therese schaltete ab.

Vermutlich ein Motiv. Was hieß das denn? Hatten sie ordentlich recherchiert oder nicht?

»Ich hab so 'ne Ahnung, wer der Verhaftete sein könnte«, sagte sie zu Michael.

»Du meinst deinen Lottmann?«

»Wer sonst? Ein Fußballfan – das sind alle, okay. Aber Lottmann ist arbeitslos. Glaubst du denn, dass es in unsrer kleinen Stadt gleich zwei Morde gibt, die nicht zusammenhängen?«

Michael war wie immer skeptisch. »Und du glaubst, weil ihr Lottmann verdächtigt – unter anderen wohlgemerkt –, hat er auch gleich diesen Mord begangen? Da kommen doch wohl mehr in Frage!«

»Aber der Wettkreis reicht bestimmt bis in den Verein hinein. Lottmann kennt viele ältere Spieler, hat Fritz gesagt. So illegale Hobbys können leicht zu Gewalt führen. Weiß man ja.«

»Gestern warst du noch überzeugt, dass Vera die Spinne im Netz ist«, wandte Michael ein.

»Ja, aber da wusste ich noch nichts von dem neuen Mord. Der wirft ein ganz neues Licht auf die Zusammenhänge.«

»Du hast nur keine Lust, hinter Veruschka herzuspionieren!« Bezichtigte ihr Freund sie der Faulheit? Ganz unrecht hatte er nicht – eine gewisse Erleichterung hatte Therese beim Gedanken an Lottmann als Täter verspürt. Für einen Moment hatte sie den Fall aufgeklärt gesehen.

Sie holte die Zeitungen aus dem Briefkasten, doch viel mehr brachten sie nicht. »Mord in Fußballkreisen« titelte die eine, »Gewaltsamer Tod an der A7« die andere. Nichts von der Verhaftung. Ein Foto des leitenden Ermittlungsbeamten – Schlüter mit steinerner Miene –, das Haus des Mordopfers wieder mit heruntergelassenen Läden. Das Bäumchenblatt, mit seinem Ohr am Volk wie immer besser informiert, wusste immerhin, dass der Mord im Rahmen einer Fahrt des Fanclubs nach Hamburg passiert war.

»Ausgerechnet mein Verein!« Michael verdrehte die Augen.

»Die haben den Mörder nicht zu seiner Tat inspiriert«, sagte sie tröstend.

»Nein«, bestätigte er. »Aber immer, wenn ich da raufgefahren bin, hab ich genau an dem Rastplatz 'n Kaffee getrunken. Da kann ich doch jetzt nie wieder hin!«

Therese schmunzelte. Sie kannte ihr Sensibelchen. Spätestens bei der nächsten Fußballfahrt mit seinen Kumpels würde der gruselige Zwischenstopp nur noch ein weiterer Kick sein.

Schon hatte er sich vom Schock erholt und zeigte grinsend auf Schlüters Konterfei in der Zeitung. »Liborius!«, gluckste er. »Gibt's den Namen wirklich?«

»Was glaubst du denn?« Therese gab sich empört. »Kennst du nicht unsern Stadtheiligen?«

»Aber so heißt doch kein Mensch!«

»Jetzt kennste einen«, sagte Therese lachend. »Obwohl mir Schlüter nicht gerade ein typischer Vertreter scheint.«

Als Michael zur Arbeit gefahren war, hatte sie sich wieder an ihre Arbeit gesetzt. Sie hatte mit dem Layout der zweiunddreißig Seiten angefangen, obwohl immer noch nicht alle Artikel vorlagen. Vor allem fehlte ihr ein Titelbild. Was sollte sie bloß nehmen? Die Keule vor der Arbeitsagentur zu fotografieren, am besten überschrieben mit blutrot tropfenden Buchstaben: »Das Mordwerkzeug«, fand sie geschmacklos. Auch ein Foto von Thomas ging nicht. Sowieso mochte er keinen Personenkult, und angesichts des schrecklichen Verdachts war es ungeschickt, sein Gesicht noch bekannter zu machen, als es schon war.

Mit wenig Interesse war sie die Fotosammlungen durchgegangen, die sie im Lauf der Recherchen zu den einzelnen Artikeln angelegt oder von den Mitschreibern geliefert bekommen hatte. Zwei, drei Fotos schienen ihr geeignet, nach entsprechender Bearbeitung die farbige erste Seite zu zieren.

Doch statt sich ans Werk zu machen – jetzt war noch Zeit für Beratungen über Entwürfe –, hatte sie sich ertappt, wie sie wieder vor den Türen ihres Kleiderschranks stand und auf das Muster starrte, das ihr am Samstag so plausibel erschienen war. Wieder ratterte in ihrem Kopf alles durcheinander. Hatte sie Vera, der bedauernswerten Gattin, Unrecht getan? Sie mochte ein Biest sein, aber zur Mörderin machte sie das nicht. Nicht unbedingt.

Dieser zwielichtige Lottmann erschien ihr jetzt viel wahrscheinlicher. »Lange fackeln tut der nicht«, hatte Fritz gesagt. Wenn er es war, der diesen Mannschaftsbetreuer auf dem Gewissen hatte, lag es nahe, ihm auch den Mord an Vetter zuzuschreiben.

Versuchsweise hatte sie ihr Zettelgehirn wieder umgebaut. Lottmann in die Mitte, drum herum die Fakten. Alles passte. Die Zeit: Er war am Montag in der Agentur. Wie lange, wusste man nur aus seinen Angaben. Konnte gelogen sein. Die Gelegenheit: Das Fenster in Vetters Zimmer stand wahrscheinlich wie immer offen – was natürlich für jeden Mörder galt. Das Motiv: Bestimmt hatte Vetter einen höheren Anteil am Wettgewinn haben wollen und gedroht, andernfalls sein Insiderwissen zu Geld zu machen. Erpressung. Kam ebenfalls vor in illegalen Kreisen.

Noch wusste sie nicht, ob es überhaupt Lottmann war, den Schlüter verhaftet hatte. Wenn nicht, musste es ein von ihm beauftragter Killer sein, der beide Morde verübt hatte. Auch nicht unwahrscheinlich. Aber für sie wohl nicht zu beweisen.

Ob sich Schlüter von der Verbindung zwischen den Fällen überzeugen ließe? Bisher war keine Rede davon gewesen, weder in der Zeitung noch im Radio. Wenn Lottmann in beiden Fällen der Täter war, musste die Polizei Thomas und Manuel freilassen.

Andererseits war da immer noch der Nachtigallenweg, dessen Rätsel sie nach wie vor nicht gelöst hatte. Wieder bekam sie die Gedankenverbindung nicht zu greifen, die ihr blitzartig einen wichtigen Sachverhalt vor Augen geführt hatte. In der Agentur war es gewesen, irgendetwas im Zusammenhang mit Renate Quicksterns Bericht über Vetters Todesstunde. Vielleicht sollte sie doch davon ausgehen, dass dort die Lösung des Falls lag.

Jedenfalls konnte es so nicht weitergehen. Sie hüpfte von einem Verdächtigen zum anderen. Ohnehin alles nur Spekulationen. Hirngespinste, würde Schlüter sagen. Sie brauchten Beweise, so oder so. Nur die würden den unerbittlichen Hüter der Gerechtigkeit zur Einsicht bringen.

Frustriert kehrte sie zu ihren Fotos zurück und probierte aus, welche Bildausschnitte jeweils am wirkungsvollsten waren. Sie druckte ihre Vorschläge aus, um sie nachmittags mit ins Zentrum zu nehmen. Anschließend formulierte sie einen Vorspann zum Interview mit Thomas, das Hansi Appelbaum ihr für den Abend versprochen hatte. Beim Schreiben fiel ihr ein, dass bis zur Drucklegung des Hefts noch allerhand passieren konnte. Und hoffentlich auch passieren würde. Bis dahin konnte Thomas längst aus dem Gefängnis entlassen sein. Doch dann würde es ihr eine Freude sein, den Beitrag umzuschreiben, notfalls in letzter Minute.

»Paderborn hat gewonnen, weißte schon?«, tönte es ihr zur Begrüßung entgegen. Das Zentrumscafé war gut besetzt, aber Fritz sah sie nicht.

»Therese musste auch erzählen, was«, korrigierte Matthias bedächtig.

»Jau«, rief Kalla dazwischen. »Die meint sonst, den ersten Platz in der Rangliste der Städte, die demnächst zugeschissen werden.«

Nicht unwitzig, dachte Therese. Aber eine Wortwahl! Die hatte er den früheren Kunden seiner pleite gegangenen Steuerberatung hoffentlich nicht zugemutet, sonst wäre er schon viel länger arbeitslos.

Gouvernantös, wie Michael die Pose nannte, sah sie den Sprecher über die Brille hinweg an. »Dass es bei euch nur um Fußball gehen kann, war mir sowieso klar.« Obwohl sie noch nie verstanden hatte, was Männer dazu brachte, ihresgleichen beim albernen Spiel um den Ball anzufeuern, den Gegner niederzumachen und Tore zu zählen. Sollten selbst spielen, dann hatten sie was davon.

»Eins zu null!«, rief Udo, das Knochengestell, aus seiner Sofaecke. »Den blöden Wuppdichs ham wa's gegeben, die warn so klein mit Hut!« Kaum zwei Millimeter passten zwischen Daumen und Zeigefinger, die er in den Raum reckte.

Dem weiteren Gespräch, das die Männer wieder unter sich führten, konnte sie entnehmen, dass die Paderborner erneut ziemlich lustlos gespielt hatten. Mit den schwachen Wuppertalern hatten sie nicht viel Mühe gehabt, und Guido Spork hatte sich mit seinem Pflichttor bis zur zweiundsechzigsten Minute Zeit gelassen. Drei gelbe Karten hatte die Mannschaft eingesammelt. »Verdient«, kommentierte Udo.

»Die machen den Aufstieg und dann gar nichts mehr«, orakelte Kalla. Alle außer Therese nickten mit wissenden Mienen.

Dann kam die Runde auf den Tod des Mannschaftsbetreuers zu sprechen – wohl zweitrangig nach dem Fußballglück –, was Therese wieder aufhorchen ließ. Niemand im Raum schien jedoch mehr zu wissen, als stündlich im Radio zu hören war.

Wo war Fritz? Wenn einer besser informiert war, dann er. Sie erkundigte sich bei Karin und erfuhr, dass er unterwegs war, um Kuchen zu holen. Die Beratungsgruppe hatte bis eben getagt, und ein erleichterter Ratsuchender hatte zu diesem Zweck einen Zehner auf den Tisch gelegt.

»Hoffentlich bringt er Frankfurter Kranz mit«, schwärmte Andrea, heute ohne Kind.

Der realistische Matthias enttäuschte ihre Hoffnung. »Für zehn Euro krichste nich Torte für alle, da sind höchstens Hefeteilchen drin.«

Fritz kam mit zwei großen Tüten im Arm zurück. »Glück gehabt«, sagte er. »Bei Röhren war 'ne Beerdigung, die hatten jede Menge übrig gelassen. Ham se mir umsonst gegeben.«

Nicht schon wieder Streuselkuchen, dachte Therese mit Schaudern. Doch Fritz schüttelte Schnecken, Apfeltaschen und Mohnstriezel aus dem Füllhorn.

»So 'n Luxus auf 'ner Beerdigung!«, staunte Karin. »Was haben die denn wohl statt Schnittchen gegessen?«

»Pizza!«, schrie Udo, der sich keine andere Alternative zum herkömmlichen Butterbrot vorstellen konnte. Beim Gedanken an Lachs- und Roastbeef-Kanapees lief Therese das Wasser im Mund zusammen, aber die waren auch auf dem Grund der Tüten nicht zu entdecken.

Als der Kuchenberg weitgehend reduziert war, leerte sich der Raum. Sie waren unter sich. Sieben arbeitslose Hobbydetektive, die sich anmaßten, der Polizei ins Handwerk zu pfuschen. Hatten sie überhaupt eine Chance?

»Ja, dann fangen wir mal an. Es gibt jede Menge Neues«, kündigte Fritz gewichtig an. »Wenn's so weitergeht, haben wir Thomas bald raus.« Er zumindest fühlte sich wie Kojak; Lutscher und Glatze konnten noch werden.

»Von dem kleinen Trappatoni habt ihr ja gehört?«, schickte er voraus. Therese wusste nicht, wen er meinte.

»Der Mannschaftsbetreuer, weißte doch!« Er unterstellte ihr Kenntnisse, die sie nie haben wollte.

»Und wieso Trappatoni?« Sie blieb verständnislos. Alle verdrehten die Augen, sogar die Frauen. Wahrscheinlich hatten sie den ganzen Tag über den Mann geredet.

»Is 'n Italiener«, klärte Matthias sie auf. »Sein Spitzname.«

Udo schüttelte den Kopf. »Steht dauernd in der Zeitung! Liest du die denn nicht?«

»Im Sportteil«, gab sie zurück. »Da bin ich doch zu dumm zu.«

»Der durfte zum Schluss nur noch die dreckigen Klamotten von den Spielern waschen!«, wusste sogar Karin. »Hat mir richtig leidgetan …«

Kalla riss das Wort an sich. »Jau! Trappatoni hamse degradiert, und prompt wird er umgebracht.«

Therese fragte sich, was das eine mit dem anderen zu tun haben sollte. Eher hätte der Italiener Grund zur Rache gehabt. Wenn er allerdings in Lottmanns Wettkreis mit drinsteckte – aber von diesem Verdacht wussten die anderen nichts –, konnte sich die Gelegenheit dazu leicht ergeben haben. Noch eine fehlgeschlagene Erpressung?

Fritz hatte zunehmend ungeduldig ihr Geplänkel verfolgt. Endlich platzte die Sensation aus ihm heraus: »Und ich weiß auch, wen se eingebuchtet haben!«

Thereses Hoffnung hatte nicht getrogen. Der ehemalige Schiedsrichter galt trotz des unrühmlichen Karriereendes als unbestrittene Kapazität in Fußballfragen. Sie war gespannt, ob er ihre Ahnung bestätigen würde.

»Ich hatte gleich so 'n Gefühl.« Er machte es spannend. »Als gestern Abend im Radio das mit der Verhaftung kam. Darum bin ich noch mal zu Karlie gegangen, und da war es schon rum. Die Nachbarn ham natürlich gequatscht.«

»Wen meinst du denn?« Therese drängelte.

»Hab ich das nicht gesagt?« Der Kojak für Arme wunderte sich. »Lottmann natürlich. Den ham se geschnappt. Sitzt jetzt in Brackwede, gleiche Abteilung wie Thomas. Aber den müssen se jetzt ja rauslassen.« Er freute sich wie ein Schneekönig. Vielleicht ein wenig zu früh, dachte Therese skeptisch.

In allen Einzelheiten berichtete Fritz aus zweiter oder dritter Hand, wie das SEK Lottmanns Haus gestürmt hatte. Die anderen hörten verständnislos zu. Dabei habe der Jüppi ganz friedlich vor dem Fernseher gesessen mit seiner Frau, das hätte man durchs Wohnzimmerfenster sehen können, wenn man gewollt hätte. Er habe nie die Rollläden heruntergelassen, auch nicht im Schlafzimmer, gab Fritz genüsslich den Kneipentratsch wieder.

»Was für 'n Lottmann?«, fragte Andrea naiv, als er endlich Luft holte. »Muss man den kennen?«

»Ach ja, das könnt ihr noch gar nicht wissen.« Fritz ließ seinen Informationsvorsprung heraushängen. »Das haben Therese und ich letzte Woche rausgefunden.«

Sieh an, dachte Therese. So war das?

Fritz führte aus, dass er Lottmann schon lange vom Fußball her kenne, dass er arbeitslos sei und er ihn deshalb zum Spielekreis eingeladen habe, was aber nichts damit zu tun habe. Von den Wetten sagte er nichts. Wichtig sei, dass der Verhaftete auch Vetter gekannt habe und am Tag seines Todes bei ihm in der Agentur war. Das hatte Fritz in der Tat selbst herausgefunden. Wortreich illustrierte er, wie die beiden in Streit geraten waren – bei Vetter der Normalzustand – und wie Lottmann, der auch kein Kind von Traurigkeit sei, ihn durchs offene Fenster gestoßen habe.

»Und plopp!«, machte Kalla mit der Vorliebe fürs Makabre.

Vom Wettkreis, an dem sowohl Lottmann als auch Vetter und Fritz selbst beteiligt waren, war immer noch nicht die Rede gewesen. Sollte sie davon anfangen? Vielleicht war es besser, den Mitarbeiter nicht in ein schlechtes Licht zu stellen. Sowieso würden die Wetten jetzt, wo Lottmann einsaß, wohl aufhören. Ob sie wirklich illegal waren, wussten sie ohnehin nicht. Da grenzte es an üble Nachrede, wenn sie Derartiges über die Beteiligten erzählte.

»Dann brauchen wir also gar nicht weiterzumachen?«, fragte Karin enttäuscht. Ihr hatte das Detektivspielen offenbar gefallen.

»Ach was. Das mit Lottmann ist doch nur 'ne Hypothese«, gab Therese beruhigend zur Antwort. »Völlig unbewiesen. Und ich wüsste auch nicht, wie wir das herausfinden sollten.«

»Ich geh morgen zu Schlüter«, verkündete Fritz mit stolz geschwellter Brust, »und erklär ihm das. Wer einmal mordet, tut das auch ein zweites Mal, werde ich ihm sagen. Das weiß man doch! Die Beweise kann er dann selbst suchen.«

Fritzens Glaube an die Staatsmacht war ungebrochen. Aber sie selbst hatte ebenfalls daran gedacht, den Beamten auf die Verbindung hinzuweisen. Vielleicht sollte sie Fritz begleiten. Schlüter allerdings würden sie von dem Wettkreis erzählen müssen, um ihre Theorie zu untermauern. Unwahrscheinlich, dass er ihnen ein Wort glaubte.

»Ich komme mit«, sagte sie ergeben. Vielleicht hatten sie zu zweit eher eine Chance.

Fritz freute sich offensichtlich über den Vertrauensbeweis. So war es auch gemeint, dachte Therese. Enttäusch mich nicht, Bürschchen! Wehe, du wettest jetzt in eigener Regie!

Das Bürschchen ergriff wieder das Wort und erkundigte sich gönnerhaft: »Und was habt ihr rausgefunden? Ihr habt ja gehört, was Therese gesagt hat. Es geht weiter, auch wenn ich nicht meine, dass wir da noch viel Arbeit reinstecken solln.«

So ging das nicht! Therese blitzte ihn böse an. Er konnte doch ihren verunsicherten Mitstreitern nicht völlig den Wind aus den Segeln nehmen.

»Ein bisschen mehr Unvoreingenommenheit bitte!«, sagte sie fordernd. »Solange nichts bewiesen ist, gilt immer noch: Jeder ist verdächtig, der mit Vetter zu tun hatte. Und bei jedem kann sich herausstellen, dass er unschuldig war, deshalb sei vorsichtig mit dem, was du sagst.«

Jetzt war es an Fritz, ergeben zu nicken. Nach Thomas war sie die Zweite, auf die er hörte, das wusste sie. Gemeinsam hatten sie ihn nach und nach vom Alkohol entwöhnt, soziale Kontrolle nannte man das, und er hatte die zeitweise Spitzelei nicht übelgenommen. Er trank abends sein Bier, war aber lange nicht morgens mit einer Fahne aufgetaucht.

Sie wandte sich an die drei Männer in der Raucherecke, um sie ins Gespräch zurückzuholen. »Was war denn heute Mittag vorm Arbeitsamt? Fangt doch damit mal an. Dieser Montagsdemonstrant ist ein wichtiger Entlastungszeuge für Thomas!«

»Ach der …«, gab Udo gelangweilt zurück. Wo war der Elan vom Donnerstag geblieben? »Der war nich da«, sagte er knapp.

Therese war verblüfft. »Kann doch nicht sein. Der steht da jeden Montag!«

»Keiner hat ihn heute gesehn.« Kalla schüttelte den Kopf. »Den ganzen Tag nicht. Hat sich verpisst, der Blödmann. Wir haben extra im Kabäuschen unten nachgefragt.« Er meinte die Rezeption der Arbeitsagentur. Von dort hatte man einen guten Blick auf den Bürgersteig, wo sich der einsame Mahner immer aufgebaut hatte.

Wie sollten sie jetzt an den Mann herankommen?, überlegte sie enttäuscht. Insgeheim hatte sie gehofft, dass die vier ihn zum Reden gebracht hätten. Auf sie hatte er den Eindruck gemacht, dass er vor solcher Übermacht eingeknickt wäre – das Recht des Stärkeren erkannte so einer auch an, wenn er das Opfer war.

Dann fiel ihr ein, dass Hansi, der Rechtsanwalt, ihn als Zeugen vorladen lassen konnte, wenn er das nicht schon längst getan hatte. Sie musste heute Abend mit ihm darüber sprechen; vielleicht war das eine Möglichkeit, die Polizei dazu zu bringen, nach ihm zu suchen.

»Und wie ist es euch ergangen?«, wandte sie sich schlechten Gewissens den beiden Frauen zu, die bisher nichts hatten beitragen dürfen. Aber diesmal hatten sich die Themen, nicht die Männer vorgedrängt. Schuldbewusst gestand sich Therese ein, dass sie den arbeitslosen Verdächtigen nicht die höchste Priorität zuwies. Unvoreingenommen war sie damit ebenfalls nicht. Ihre Lieblingstäter, zwischen denen sie sich nicht entscheiden konnte, waren unzweifelhaft der undurchsichtige Lottmann und die verruchte Vera mit ihrem Anhang.

Die Berichte ihrer Co-Ermittler bestätigten ihre Überlegungen. Niemand hielt einen oder eine der Arbeitslosen für schuldig. Was auch sonst. Bei allen Fällen, von denen sie berichteten, kam spontan Sympathie für die Gebeutelten auf. Vetter hatte jeden Widerspruch abgelehnt, so begründet er auch sein mochte, was einige ganz schön in Bedrängnis gebracht hatte.

»Von wegen Gartenarbeit!«, erzählte Karin von ihrem Versuch, einer der von ihr übernommenen Familien ihre Dienste anzubieten. »Der Garten war längst futsch. Aber die haben mich sofort reingelassen, war gar kein Problem. Die waren so nett, ich durfte sogar mit Kaffee trinken. Nur weil sie mir keine Arbeit anbieten konnten. Die hatten ein richtig schlechtes Gewissen.«

Es habe sich um eine Familie mit drei halbwüchsigen Kindern gehandelt, die das selbst gebaute Häuschen verkauft hatte und am nächsten Ersten ausziehen musste. Der Vater hatte seinen Job verloren, und als er ALG II beantragen musste, war das Vermögen zu groß. Widerspruch zwecklos. Ohnehin hätte er von dem bisschen Geld die Hypotheken nicht bedienen können. Das Haus ging an die Bank, und die Familie hatte sich eine Vier-Zimmer-Wohnung mit Nordbalkon gesucht.

Wenn das kein Grund war, sich an Vetter zu rächen!, dachte Therese.

Aber finstere Geschichten hatten alle zu erzählen. Karins zweite Familie lebte mit ihren zwei kleinen Kindern zwar in der Gartenstadt in einem der gepflegten Backsteinhäuser, allerdings im Obergeschoss, wo es im Sommer glühend heiß wurde, und ohne Garten natürlich. Und auch diese Wohnung sollten sie verlieren, weil das Amt die zu hohe Miete nicht übernehmen wollte. Sie hätten die sechzig Euro nicht mal von den eigenen Bezügen nehmen dürfen. Das sei für ihren Lebensunterhalt gedacht, habe Vetter argumentiert; wenn sie das Geld für eine Luxuswohnung verbrauchten, sei das »unwirtschaftliches Verhalten« und hätte eine Zahlung in Lebensmittelgutscheinen zur Folge.

Das gleiche Problem hatte ein alleinerziehender Vater, den Matthias übernommen hatte. Der habe sich darüber geärgert, wegen sogar nur sechs Euro zu viel Miete den sechzehnjährigen Sohn aus dem vertrauten sozialen Umfeld reißen zu müssen. Ihm hatte die Agentur inzwischen erlaubt, den Fehlbetrag selbst zu übernehmen. Zu Lebzeiten Vetters hatte er das allerdings noch nicht gewusst.

In einem weiteren Fall hatte der Sachbearbeiter den dringend notwendigen Mehrbedarf für ein krankes Kind nicht anerkannt, jemand anderen gezwungen, sein geliebtes Auto zu verkaufen, hatte sporadische Nebeneinkünfte jeden Monat in voller Höhe abgezogen – wie bei mir, dachte Therese, wohl der übliche Trick – und bei dem einzigen genehmigten Widerspruch abgelehnt, die fällige Nachzahlung über drei Monatseinkommen zu leisten. Die Familie habe die einkommenslose Zeit schließlich überlebt, habe er argumentiert. Jetzt saß sie auf ihren Schulden.

Natürlich konzentrierten sich auf Vetters Schreibtisch die problematischen Fälle mit viel Konfliktpotenzial, überlegte Therese. War schließlich Leiter der Widerspruchsstelle. Jedenfalls war es leichtfertig gewesen, die Position mit jemandem wie ihm zu besetzen. Dass er Aggressionen hervorrief, musste der Amtsleitung bekannt sein. Auch, dass unter den Erwerbslosen eine explosive

Stimmung herrschte. Viele Agenturen setzten inzwischen Schwarze Sheriffs ein, um ihr Personal zu schützen.

Andererseits hatte sie noch nie an die Gefährlichkeit der Antragsteller geglaubt, schon gar nicht, wenn sie so pauschal behauptet wurde. Mochte sein, dass der ein oder andere ausflippte und grob wurde, wenn er glaubte, sich anders nicht verständlich machen zu können. Doch ihre Hilflosigkeit konnte man ihnen nicht vorwerfen; von weiteren Eskalationen hatte sie bisher nichts gehört.

Auch unter ihren neun Verdächtigen schien kein Kandidat zu sein, der seine Aggressionen nicht kontrollieren konnte. Alles nette Leute.

Sowieso hatte ausnahmslos jeder ein Alibi. Der Trick, selbst damit anzufangen, womit man zum Todeszeitpunkt Vetters beschäftigt war, hatte funktioniert. Jeder hatte bereitwillig überlegt, was er in diesen Minuten gemacht und wo er sie verlebt hatte. Der Mörder allerdings würde sich so nicht verraten; der hatte sich längst eine glaubhafte Geschichte zurechtgelegt.

Ein Gutes hatten die Recherchen gebracht. Über das Wochenende waren mehrere neue Freundschaften entstanden, die hoffentlich Bestand hatten. Nicht nur wegen der weiteren Ermittlungen, die Therese selbst nicht allzu ernst nahm. Ein Hauptverdächtiger, den sie hätten besonders im Auge behalten müssen, kristallisierte sich nicht heraus. Immerhin konnten die entstandenen Beziehungen helfen, mehr herauszufinden, beispielsweise darüber, ob eins der Alibis möglicherweise getürkt war.

Sie instruierte ihre Mitarbeiter dahingehend und bat sie, sich vorsichtig bei eventuellen Zeugen nach der Richtigkeit der Angaben zu erkundigen. Alle nickten wichtig außer Fritz. Der hatte seinen Täter schon gefasst.

»Was ist eigentlich mit Lothar?« Sie wandte sich ihm zu. »Du hast doch gesagt, das wär sonnenklar mit dem. War er an dem Tag in der Agentur?«

»Keine Ahnung«, muffelte er. Offensichtlich hatte er seinen ersten Verdächtigen ganz vergessen. Er habe ihn am Samstag auf der Demo getroffen, erzählte er pomadig. Bei ihm allerdings hatte der Trick nicht gewirkt. Eine ganze Weile sei er auf dem Thema herumgeritten, doch Lothar habe mit keiner Silbe verraten, wo er den Montagmittag verbracht hatte.

»Wahrscheinlich war er ja arbeiten. Können wir leicht nachprüfen, wenn wir wollen«, verkündete er großspurig. »Aber das muss wohl nicht mehr sein, oder?«

Fritz war der Einzige, der ihr Vorurteil über die fehlende Einsatzfreude der Arbeitslosen bestätigt hatte, fiel ihr auf dem Heimweg ein. Alle anderen hatten ihre Hausaufgaben gemacht.

***

Therese Urban war nicht da. Frierend stand Renate Quickstern im kalten Nordwind und sah die Straße entlang. Sie hatte schon mehrmals geklingelt. Niemand hatte aufgemacht.

Nach Feierabend, hatte sie gesagt. Wusste Therese nicht, wann das Amt schloss? Vielleicht war sie so eine, die Leute versetzte, ohne abzusagen.

Doch eigentlich konnte Renate sich das nicht vorstellen. Die Urban machte zwar einen recht flippigen Eindruck, und Renates Vater, hundert Prozent korrekter Justizbeamter, hätte ihr vermutlich nicht die Hand gegeben. Jeden Morgen schaute er wohlgefällig an der Kostümierung der Tochter herab und freute sich, dass sie bereitwillig in seine Fußstapfen trat. Anders als ihr Bruder Robert, der Musikstudent. Der hatte die gleiche unordentliche Frisur, allerdings nicht hennagefärbt, und trug meist Schwarz, wie Therese.

Die bisher allerdings zuverlässiger gewirkt hatte als Renates verwöhntes Brüderlein.

Gerade als sie gehen wollte, bog Therese mit flatterndem Schal um die Ecke. »Tut mir leid«, rief sie von Weitem. Außer Atem erklärte sie, dass es im Zentrum länger gedauert hatte. »Aber dafür gibt's auch sensationelle Neuigkeiten!« Sie strahlte.

Renate schluckte den kleinen Ärger hinunter und folgte ihr ins Haus. Stolz führte Therese ihr bescheidenes Reich vor. Das Bad im Treppenhaus, hinter der Wohnungstür ein winziger Flur und eine ebensolche Küche, daneben ein lang gestreckter Schlauch, der durch Regale in Wohn-, Schlaf- und Arbeitsbereich geteilt wurde.

Erstaunlich aufgeräumt, was sie nicht erwartet hatte. Bei ihr selbst sähe es wahrscheinlich anders aus, wenn ihre ordentliche Mutter mal nicht mehr hinter ihr herräumte.

Therese stellte Teewasser auf und ging voraus. »Komm, ich zeig dir meinen Kleiderschrank!«

Wie früher, schmunzelte Renate. Mit ihren Freundinnen hatte sie immer Klamotten getauscht.

Doch jetzt blieben die Schranktüren zu. Mit den Worten »Hier hängt mein Gehirn« wies Therese auf die bunt beklebte Fläche. Die winzigen Kritzeleien auf den kreuz und quer beschriebenen Zetteln waren kaum zu entziffern.

»Jetzt hast du ja doch Lottmann in der Mitte«, stellte Renate überrascht fest. »Dachtest du nicht, Vera ...«

»Genau, Lottmann!« Begeistert fiel ihr Therese ins Wort. »Weißt du, dass er im Gefängnis sitzt?«

»Das ging aber schnell!« Renate staunte. »Wie hast du das denn geschafft?«

»Ich doch nicht!« Therese lachte über das Missverständnis. »Schlüter hat ihn eingesperrt. Hast du nichts von dem Mord an diesem Mannschaftsbetreuer gehört? Im Zentrum nannten sie ihn Trappatoni.«

»Doch, sicher«, gab Renate zu. »Aber von Lottmann war keine Rede.«

»Das hab ich von Fritz, der weiß so was immer. Er will unbedingt morgen zu Schlüter, um ihm klarzumachen, dass er Thomas freilassen muss. Ich hab gesagt, ich gehe mit, aber viel Hoffnung hab ich nicht.«

Deshalb hatte sie den Luxusarbeitslosen heute nicht auf dem Flur gesehen! Sonst war er immer montags gekommen, und Renate hatte extra die Tür offen gelassen, um ihn nicht zu verpassen. Auch die Kollegen waren in ihren Büros geblieben, kein Gewusel am Kopierer. Aber das brauchte sie Therese nicht zu erzählen, das war ohnehin klar. Wenn er am Sonntag verhaftet worden war, wie im Radio gemeldet wurde, konnte er nicht montags im Amt Wettgewinne auszahlen.

»Und was hat Lottmann mit Thomas zu tun?«, fragte sie verständnislos.

»Ist doch klar«, belehrte sie Therese. »Einmal Mörder, immer Mörder. Denkt jedenfalls Fritz. Wenn er diesen Italiener umgebracht hat, dann auch Vetter. Aus dem gleichen Grund: der Wettkreis. Ich hab so meine Zweifel, obwohl ich heute Morgen noch dachte, unser Fall wär gelöst.«

Wofür hab ich dann den ganzen Tag den Kollegen auf dem Schoß gesessen?, dachte Renate pikiert. Sie hatte ebenfalls Neuigkeiten, die sie loswerden wollte, aber in das neue Muster am Schrank passten sie nicht hinein.

Therese sah sie unsicher von der Seite an. Wahrscheinlich hatte sie gemerkt, dass sie missmutig auf die Zettel starrte. »Komm, wir sortiern das wieder um«, schlug sie vor. »War sowieso nur 'n Versuch.« Flink tauschte sie Lottmann gegen Vera aus und gruppierte die übrigen Beteiligten entsprechend. Schien Übung darin zu haben.

Der Kessel pfiff, und Therese verschwand, um den Tee aufzugießen.

Das neue Bild am Schrank ähnelte ihrem Kopfinhalt schon eher, stellte Renate zufrieden fest. So fand sie auch die Stellen, an die ihre Informationen gehörten. Sie rückte Bremer, Meurich und Rensing näher zum Mittelpunkt.

»Veruschka.« Sie zeigte auf deren Zettel, als Therese mit dem Tablett zurückkam. Es gab sogar Kekse, stellte ihr leerer Magen erfreut fest. »Sie setzt anscheinend Maßstäbe. Seit ein paar Wochen spielen die drei hier nämlich Squash, zusammen mit anderen Kollegen.«

»Wollen sie sich um die trauernde Witwe kümmern?«, fragte Therese erstaunt.

»So lange ist sie das ja noch nicht«, erwiderte Renate. »Nein, sie spielen Freitagnachmittag, wohl ein Anfängerkurs.«

»Und Vera spielt mittwochs bei den Großen.« Therese nickte wissend. »Wo sie auch mal hin wollen und bestimmt schon mal schnuppern dürfen. So schließt sich der Kreis.«

Renate war nicht überzeugt. »Die Frage ist, ob sie das ihretwegen machen«, wandte sie ein. »Um sie kennenzulernen, haben sie das nicht nötig. Sie könnten sie einfach kollegial anrufen, sich erkundigen, wie es ihr geht und ob sie was tun können und so fort.«

»Kann höchstens sein, dass einer von denen Veras unbekannter Freund ist und Squash lernt, um ihr das Wasser reichen zu können«, überlegte Therese laut.

Das hatte Renate auch schon vermutet. »Aber den kennen wir noch nicht, oder?«

Therese schaute sie fragend an, doch dann fiel der Groschen. »Frau Volmari, genau!«

Sie klopfte an ihren Kopf, der allerdings auch nicht mehr liefern konnte, als ihre Informantin herausgefunden hatte.

»Die Frau, die sie fragen wollte, sei nicht in der Messe gewesen, hat sie erzählt. Wahrscheinlich hat sie's ja vergessen. Sowieso hatte sie schon wieder eine andere Meinung über den neuen Dorfbewohner. Er sähe so nett aus, meinte sie gestern am Telefon, und gehe sogar sonntags in die Kirche. Der war's bestimmt nicht, sagt sie.«

Enttäuscht schüttelte Renate den Kopf. Sie hatte den Tag über in ihrer Datenbank die Anschriften der Kollegen gecheckt, doch in Berghusen wohnten nur welche, die sie als langjährige Familienväter mit Wohnbesitz vor Ort kannte.

Sie erzählte Therese davon und fügte hinzu: »Aber wenn einer gerade erst umgezogen ist, hat er die Adresse vielleicht noch nicht ändern lassen. Mir fällt allerdings kein Mitarbeiter ein, bei dem das der Fall sein könnte.«

»Muss ja nicht unbedingt einer deiner Kollegen sein«, wandte Therese ein. »Sie kann ihn auch beim Squash oder sonst wo aufgegabelt haben.«

»Kann sein«, sagte Renate seufzend. »Aber wie sollen wir ihm dann auf die Spur kommen?«

»Ich will sowieso noch mal nach Berghusen«, kündigte Therese an, um sie zu ermuntern. »Dann treibe ich mich so lange da rum, bis ich die beiden zu Gesicht bekomme. Bestimmt schaffe ich es, ihn zu fotografieren, dann erkennst du ihn vielleicht.«

»Ich leihe dir mein Auto«, schlug Renate erleichtert vor. »Steht sowieso die meiste Zeit in der Garage. Du wirst es brauchen, Vera fährt bestimmt nicht mit dem Bus zum Shoppen.«

»Observieren, meinst du?« Therese schaute sie groß an. »Das kann ich nicht. Schon gar nicht mit dem Auto. Ich dachte eher daran, vor den Häusern rumzulaufen …«

»Nimm's trotzdem mit, dann bist du beweglich«, überredete sie die Freundin. Erst jetzt fielen Renate die Münsteraner Wilsberg-Krimis im Zweiten ein, wo ihr »Kollege« Manni mit solchen Angeboten nicht gut gefahren war. Ein bisschen ähnelte Therese sogar dem chaotischen Antiquar, der nebenbei Detektiv spielte. Wenn sie ihr das Auto nicht heil zurückbrachte, bekam sie Ärger mit ihrem Vater.

Therese hatte ihr die plötzlichen Zweifel wohl angesehen, denn sie beteuerte: »Ich fahr dir keine Beulen rein, keine Angst. Hab lange genug alle möglichen Autos gefahren. Kann natürlich viel passieren auf der Verbrecherjagd, denk an Manni«, setzte sie grinsend hinzu. Also hatte Therese die gleiche Assoziation gehabt.

»Aber so blöd wie der bin ich nicht!«, sagte Renate protestierend.

»Und ich bin kein lebensmüder Bücherwurm«, stimmte Therese zu. »So riskant wie Wilsberg rase ich bestimmt keinem Verbrecher hinterher.«

Wieder ernsthaft fasste Therese die Informationen zusammen, die ihre Kollegen aus dem Arbeitslosenzentrum zusammengetragen hatten. So, wie die Freundin sie referierte, waren die Fälle haarsträubend. Im Büro hätte sich Renate auf die Gesetzeslage zurückgezogen, doch jetzt wünschte sie, Widersprüchen häufiger nachgegeben zu haben. Viel zu selten hob sie die Nase aus den Akten und Vorschriften; auf die Menschen zu sehen bekam man im Amt abgewöhnt.

Bei einem Problem immerhin konnte sie Hilfe anbieten. Den ewigen Montagsdemonstranten kannte sie, und zwar als Kunden unter seinem richtigen Namen. Daran hatte Therese offensichtlich nicht gedacht. War doch klar, dass er arbeitslos war, wenn er gegen Hartz IV demonstrierte! Sie versprach, gleich morgen früh in der Datenbank nach der Anschrift zu schauen und sie Therese zu mailen.

»Apropos Mail – ich hab dir das Foto von diesem Lothar Knaup geschickt. Hast du das mal deiner Kollegin im Geschäftszimmer gezeigt?«

Renate nickte. »Negativ«, musste sie zugeben. »Angelika hat ihn noch nie gesehen. Aber wenn er das hintere Treppenhaus genommen hat, muss er nicht an ihrer Tür vorbeigekommen sein. Vetters Tür hat sie nur von einer Ecke ihres Büros aus im Blick, das hab ich ausprobiert. Meist sitzt sie aber am Schreibtisch oder kocht Kaffee, beides auf der anderen Seite.«

Ihre Worte hatten offensichtlich in Therese etwas ausgelöst. Sie wedelte mit der Hand. »Stopp«, rief sie. »Treppenhaus! Das war es!« Aufgeregt fragte sie: »Erinnerst du dich an den Nachtigallenweg?«

Renate nickte überrascht. Was hatte der damit zu tun?

»Du hast damals erzählt, dass du keine Tritte auf dem Flurboden gehört hast«, klärte Therese sie auf. »Obwohl man sie hätte hören müssen. Seitdem schwirrt mir etwas im Kopf herum, das ich nicht zu fassen kriege. Etwas Wichtiges, aber es kommt nicht wieder hoch.«

Renate rief sich ihr damaliges Gespräch ins Gedächtnis. »Das war dieser japanische Krimi, hilft dir das weiter?«

»Ich weiß. Um den Roman geht es aber nicht. Nein, eben, als du Treppenhaus sagtest, war das wie ein plötzliches Licht, das auf euren düsteren Flur fiel. Genau wie damals. Aber was hat es beleuchtet?«

Ratlose Blicke beiderseits.

»Jedenfalls sagt es uns, dass es etwas mit dem Amt zu tun hat«, schlussfolgerte Therese. »Aber das ist sowieso klar, weil der Mord hier passiert ist.«

Therese nahm einen Schluck Tee und schaute nachdenklich in ihre Tasse. »Ich versuche, mich gedanklich auf deinen Flur zu versetzen«, murmelte sie. »Rote Backsteinwände, dunkelbraune Türen. Alle geschlossen. Auf dem Fußboden der abgelatschte Kunststoffbelag. Der Mörder schleicht nach der Tat die Wand entlang ...«

Sie hob den Kopf. Offensichtlich ein Geistesblitz, las Renate in ihrem plötzlich erhellten Gesicht. Buchstäblich war ihr ein Licht aufgegangen.

Selbst verblüfft sah Therese sie an. »Ich hab's!«, sagte sie triumphierend. »Nicht jeder hatte einen Grund, heimlich über den Flur zu schleichen!«

Renate war enttäuscht. So spektakulär war die Erkenntnis nicht. »Jeder nicht, nur der Mörder!«, wandte sie ein.

»Nur dann, wenn es einer deiner Kollegen war«, klärte Therese sie auf. »Das spukte mir die ganze Zeit durchs Gehirn. Ganz einfach. Ein Besucher konnte ruhig verraten, in welche Richtung er ging. Sobald er das Treppenhaus erreicht hatte, war er außer Gefahr. Aber wenn es ein Kollege war, hätten seine Schritte einen deutlichen Hinweis auf die Lage seines Büros gegeben. Außerdem kennt nur ein Dauerflurbewohner den Fußboden und weiß, wie man den Nachtigallengesang vermeiden kann.«

Doch Renate blieb skeptisch. »Kann sein«, meinte sie. »Aber wenn ich grad jemanden umgebracht hätte, würde ich auch schleichen, egal wo ich bin!«

»Nicht, wenn du es eilig hast!«, entgegnete Therese dickköpfig. »Ein Außenstehender hätte sich so bald wie möglich entfernt. Nur wenn einen die Schritte verraten können, macht man sich die Mühe, sie zu verbergen. Anders kann es nicht sein.«

Renate schaute weiterhin ungläubig.

»Ich weiß schon«, fuhr Therese fort, »du glaubst lieber an Veras unbekannten Freund, den sie losgeschickt hat, ihren Gatten aus dem Fenster zu werfen. Dabei ist es gar nicht unwahrscheinlich, dass sie sich einem Kollegen des Verblichenen an die Brust geworfen hat. Aber egal, wer es war ...« – warnend schaute die Freundin sie an –, »... es kann sein, dass der Täter noch auf deinem Flur herumläuft. Das kann für dich riskant werden, wenn du ihm zu sehr auf die Pelle rückst. Sei bloß vorsichtig bei deiner Herumfragerei! Du weißt ja, dass unser Mann oder meinetwegen auch Frau skrupellos genug ist ...«

Renate erschrak, wischte den Gedanken jedoch beiseite. »Wer kommt schon darauf, dass ich dumme Gans einen ernsthaften Grund für die Tratscherei hab! Jeder ist dankbar für ein Gesprächsthema, weil man sich dann nicht immer das Gleiche erzählen muss. Vor allem ist es nämlich langweilig auf unsern Fluren, und einigen scheint die Abwechslung durch Vetters schauerlichen Tod ganz recht zu kommen. Du brauchst also keine Angst zu haben, mir passiert schon nichts.«

Aber gerührt war sie doch, weil sich Therese Sorgen um sie machte. Die schüttelte weiterhin bedenklich den Kopf. »Trotzdem. Wäre schön, wenn Lottmann es gewesen wäre, dann wär alles vorbei. Aber das bezweifelst du selbst. Das heißt, wir gehen davon aus, es gibt diesen Mörder noch irgendwo. Dann müssen wir auch konsequent sein und uns entsprechend verhalten.«

Renate nickte ergeben. Therese hatte ja recht. Es war kein Kinderspiel, was sie hier trieben, kein Puzzle wie das am Kleiderschrank vor ihr. Hinter den Zetteln standen reale Personen, und eine davon war gefährlich.

Dienstag, 22. Februar

Schlüter hob kaum die Nase vom Aktenstück darunter, als sie eintraten. Wies unfreundlich auf die Besucherstühle vor seinem Schreibtisch und versenkte sich wieder in die Papiere.

»Muss das erst fertig machen«, grummelte er.

Neben dem umfangreichen Ordner lag halb in Alufolie versteckt eine angebissene Klappstulle. Paderborner Brot mit Leberwurst. Beiläufig knüllte er das Silberpapier darum und packte das Päckchen in die Schublade.

Fritz hob zwei Finger zum Mund, als hätte er eine Zigarette darin, und schaute sie fragend an. Therese antwortete, indem sie den Zeigefinger an ihre Schläfe führte. Fritz hob die Schultern und drehte den Kopf zur Wand. Verstohlen zeigte er mit dem Daumen auf das uralte Fahndungsplakat der RAF, das Therese bei ihrem ersten Besuch gar nicht wahrgenommen hatte. Einige Köpfe mit dicken schwarzen Kreuzen markiert. Auch Schlüter war also ein eifriger Terroristenjäger gewesen.

Weitere Plakate warnten vor Handtaschendieben und jugendlichem Alkoholmissbrauch oder gaben Sicherheitstipps für das Schlösschen zu Hause. Die Wand mit den Urlaubskarten der Kollegen des nach wie vor unermüdlich blätternden Beamten hatte sie damals schon studiert.

Der Papierwust vor Schlüter erinnerte an die Dokumentensammlungen, die sie manchmal im Archiv vorgelegt bekam. Uralt und zerfleddert. Konnte sich kaum um einen aktuellen Fall handeln.

Doch trotz ihres Ärgers über die Scharade des in Arbeit erstickenden Staatsdieners war sie für die Bedenkzeit dankbar. Sie hatte keine Ahnung, was sie Schlüter sagen sollte. Gestern noch war sie überzeugt gewesen, dass der Grund für Vetters Tod im Amt zu suchen war. Heute kam ihr die Idee mit dem Nachtigallenweg nicht mehr so bestechend vor. Vielleicht hatte Renate doch recht gehabt mit ihrer Skepsis.

Mit Hansi Appelbaum, der ihr abends noch das Interview mit Thomas vorbeigebracht hatte, gab es ebenfalls Streit um das Thema. »Absurd!«, hatte er gesagt, als sie einen Zusammenhang zwischen den beiden Mordfällen angedeutet hatte. Das hatte sie dazu gebracht, ihre Theorie vehement zu verteidigen, obwohl sie selbst nur halb daran glaubte.

Nach wie vor war sie völlig unschlüssig, wem von ihren Verdächtigen sie den Vorzug geben sollte. Wie sollte sie angesichts der nagenden Zweifel den argwöhnischen Polizisten bekehren? Fritz dagegen glaubte an ihre Mission. Wenn er sie hier mit so flapsigen Worten wie gestern im Zentrum an den Mann bringen wollte, sah Therese schwarz.

Geduldig sah sie dem Gesetzeshüter bei der wichtigen Arbeit zu, die sein Gehirn sichtlich zum Kochen brachte. Er blätterte hin und zurück, las mal hier, mal da, schüttelte den Kopf, sah gedankenvoll zum Fenster, vergrub den Blick wieder in längeren Schriftstücken. Ihm gegenüber zwei Unsichtbare.

Therese verbot sich, auf den Tisch zu klopfen und fordernd »Kundschaft!« zu rufen. Eine Unterhaltung mit Fritz war wohl auch nicht angebracht. Abwarten, nichts anderes blieb ihr übrig. Machte sie sich also weiter Gedanken über das bevorstehende Gespräch, das konnte nie schaden.

Praktisch wäre es sicherlich, dachte sie, ihre Zweifel bearbeitend, wenn Lottmann beide Morde auf dem Gewissen hätte. Er saß schließlich schon, den brauchten sie nicht mehr zu fangen. Wegen dieses Verdachts war sie hier. Allein kamen sie damit nicht weiter, das mussten die Fachleute aufklären. Sie und ihre Freunde konnten weder Lottmann ins Verhör nehmen noch den Wettkreis auffliegen lassen.

Das musste Schlüter doch beizubringen sein! Er sollte verdammt noch mal seine Pflicht tun und die aktuellen Fälle sauber abschließen, statt archaische Akten zu entstauben und sich über die Fehler früherer Bearbeiter aufzuregen.

Eine Ewigkeit später klopfte er auf eine Textstelle, die er offensichtlich gesucht hatte, murmelte zufrieden »Na also!«, schlug den Ordner zu, verstaute ihn ordentlich im Rollschrank hinter sich und erlöste endlich seine Besucher aus dem Phantomzustand.

»So, so, Frau Urban hat sich also einen anderen Begleiter mitgebracht«, sagte er anzüglich. »Fehlt nur noch der Dritte im Bunde, Dalhoff, was?« Meckerndes Gelächter, das Therese wenig lustig fand. »Deshalb sind Sie doch hier, oder? Bin gespannt, was Sie diesmal vorzutragen haben.«

Therese gelang es nur mit Mühe, ihre Gesichtszüge nicht völlig entgleisen zu lassen. Sie überging die Süffisanz und stellte Fritz vor. Aber Schlüter hatte erreicht, was er wollte: Sie war völlig verunsichert. Aus ihrem Mund kam nur piepsiges Kleinmädchengeplapper. Die coole Frau Urban saß wohl draußen auf dem Flur.

Sie straffte sich und versuchte zu retten, was zu retten war. Nur ganz wenig haspelig brachte sie ihr Anliegen vor. Erklärte sachlich, aber knapp, dass sie zwischen den beiden Mordfällen einen Zusammenhang sähen …

»Totschlag«, fiel Schlüter ihr ins Wort. »Da muss ich Sie leider korrigieren. Beim zweiten Fall handelt es sich um Totschlag im Affekt. Hat der Untersuchungsrichter festgestellt.«

Therese war überrascht. Überall war von Mord die Rede gewesen. Hatten wahrscheinlich die sensationsgeilen Journalisten ins Spiel gebracht. Aber egal.

Sie ging auf den Einwurf ein. »Das kann bei Herrn Vetter genauso gut der Fall gewesen sein. Wir wissen inzwischen, dass er kein beliebter Zeitgenosse war …«

Wieder fiel er ihr ins Wort, deutlich abweisend. »Was reden Sie denn da, Frau Urban? Unsere Untersuchungen haben ein völlig anderes Bild des Toten ergeben. Sie betreiben üble Nachrede, und das über einen, der sich nicht mehr wehren kann! Ob Dalhoff die Tat im Affekt begangen hat oder ob es geplanter Mord war, wird im Übrigen der Richter entscheiden. Die Verhandlung ist auf Ende März festgesetzt.«

Erschrocken sah sie auf. So lange sollte Thomas unschuldig eingesperrt bleiben? Umso wichtiger, dass sie den Beamten überzeugte.

»Haben Sie auch von den Fußballwetten erfahren, an denen Vetter beteiligt war?«, erkundigte sie sich vorsichtig.

»Aber selbstverständlich!«, tönte er. »Meinen Sie etwa, wir hätten das Umfeld des Toten nicht durchleuchtet? Das ist polizeiliches Handwerk, liebe Frau Urban, das sollten Sie als Krimileserin wissen. Aber dieser Wettkreis ist völlig harmlos, ein paar Kollegen, die ihre Einsätze zusammengeschmissen haben, das ist doch normal, ich bitte Sie!«

Jetzt habe ich dich, triumphierte Therese innerlich. Zuversichtlich zog sie ihr Ass aus dem Ärmel. »Bestimmt haben Sie aber nicht herausgefunden, dass Vetter und Lottmann sich kannten und bei den Wetten zusammenarbeiteten!«

Mit seinem hämischen Grinsen zerstörte der Polizist ihre freudige Erwartung. Gelangweilt tat er die brisante Nachricht ab. »Auch das wissen wir, liebe Frau Urban. Warum sollten sie nicht? Sie waren alte Freunde aus Fanclubzeiten, das hat uns Lottmann selbst erzählt.«

Er schaute sie misstrauisch an. »Woher wissen Sie das überhaupt?«, blaffte er jäh. »Für Ermittlungen sind wir zuständig, und wir haben es gar nicht gern, wenn irgendwelche hergelaufenen Dilettanten uns da reinpfuschen. Ich hab ja gleich gesagt, Sie lesen die falschen Bücher, Frau Urban!«

Schweren Herzens überging sie die Dreistigkeiten ihres Gegenübers und erklärte gelassen, dass sie eine Bekannte in der Arbeitsagentur habe und sie natürlich über den Mord gesprochen hätten. Kaum beruhigt starrte er sie weiter an.

»Aber es ist durchaus möglich, dass die Wetten illegal waren.« Die steinerne Miene gegenüber irritierte sie, und es gelang ihr kaum, sie zu ignorieren. Hatte der Mann gar kein kriminalistisches Gespür? »Der Wettskandal, der gerade durch die Medien ging, ist sicher nur die Spitze des Eisbergs. Der reicht sogar bis Paderborn, das wissen Sie doch! Und in illegalen Kreisen liegt Mord wohl näher als bei harmlosen Arbeitslosen ...«

Schlüter brach in übertriebenes Gelächter aus. »Hahaha!« Im Takt schlug er sich auf die Schenkel. »Der Witz ist gut! Gibt's da noch mehr von?«

Pikiert zog sich Therese zurück. Mit Ignoranten hatte sie immer schon Probleme gehabt.

Fritz, der die ganze Zeit erwartungsvoll zwischen den Kontrahenten hin und her geschaut hatte, sah seine Stunde gekommen und machte sich wichtig. »Sie glauben doch wohl nicht, dass die

Schiebereien mit der Verhaftung des Schiedsrichters aufgehört haben? Da hört man aber ganz was anderes …«

Schlüter wandte sich an Therese. »Aha, einen Fußballexperten haben Sie da angeschleppt!« Fritz war weiterhin durchsichtig. »Ich weiß nicht, was Ihnen das helfen soll! Er soll sich bloß vorsehen, dass er nicht ebenfalls wegen übler Nachrede belangt wird.«

Dann kam er ihr väterlich. »Meine liebe Frau Urban«, setzte er an. Noch einmal und ich kotze, dachte Therese. »Sie müssen doch einsehen, dass Sie nicht jedem Verbrecher in unserer Stadt den Mord an Herrn Vetter anhängen können, bloß damit Ihr Thomas frei kommt! Zu diesem Zweck diffamieren Sie sogar brave Beamte, das geht doch nicht! Der Staat bezahlt seine Diener gut, wir haben es nicht nötig, durch illegale Wetten unser Einkommen aufzubessern. Aber Lotto spiele sogar ich manchmal, jeder hat schließlich seinen kleinen Traum, nicht wahr?« Er zwinkerte ihr zu.

Jetzt schaute *sie* steinern.

»Jedem ist es freigestellt«, schwafelte er unbeeindruckt weiter, »sich an legalen Fußballwetten zu beteiligen, und um nichts anderes handelt es sich. Auch bei Lottmanns Aktivitäten im Verein nicht. Nur ein Freundschaftsdienst für diejenigen, die sich nicht mit dem Internet auskennen. Ich habe mit dem Präsidenten gesprochen, und der legt für alle seine Leute die Hand ins Feuer. Sowieso wurde nur in ganz kleinem Rahmen gewettet. So viel können die Leute nämlich gar nicht riskieren, was glauben Sie wohl! Für so kleine Einsätze wird keiner kriminell, das widerspräche jeder polizeilichen Erfahrung.«

»Bei den Wetten geht's um ordentliche Summen«, warf Fritz protestierend ein. »Darüber können sie sich gut in die Wolle gekriegt haben. Vielleicht auch unter den Kollegen …«

»Nun kommen Sie mir nicht wieder damit«, sagte Schlüter, Therese anseufzend. »Hab ich nicht eben erst gesagt, dass alle Agenturmitarbeiter nur Gutes über den Kollegen geäußert haben? Er war ein durchaus beliebter Vorgesetzter, was nicht immer selbstverständlich ist. Und alle seine Kollegen haben ein Alibi, das haben wir geprüft. Nein, Frau Urban, machen Sie sich nichts vor. Beide Todesfälle sind zweifelsfrei aufgeklärt, und ich bin mir bombensicher, dass die richtigen Leute dafür zur Rechenschaft gezogen werden. Die beiden Leichen werden dieser Tage von der Gerichtsmedizin zur Beerdigung freigegeben.« Dann schob er murmelnd nach: »Ist doch hirnrissig, eine Verbindung zwischen den Fällen anzunehmen!«

Kopfschüttelnd drehte er seinen Stuhl, um zum Computer zu rollen.

»Moment«, sagte Therese spontan, durch Fritzens auffordernden Blick ermuntert. So schnell wollte sie selbst nicht aufgeben. Er sollte nicht meinen, er könne sie mit seinen dummen Sprüchen ins Bockshorn jagen.

Ungeduldig wandte er seinen Kopf zu ihr. »Was denn jetzt noch?«

»Es gäbe da noch weitere Anhaltspunkte«, improvisierte Therese. Was sollte sie jetzt bloß sagen? »Dieser Josef Lottmann, den Sie verhaftet haben«, begann sie zögerlich, »ist doch eine ziemlich zweifelhafte Figur. Haben Sie mal überprüft, woher sein Geld kam? Vom Arbeitsamt bekommt man so viel nicht.«

»Genau!« Fritz sprang ihr zur Seite. »Dem sein Auto müssten Sie mal sehen!«

Schlüter winkte genervt ab. »Damit Sie Ruhe geben: Auch das haben wir geprüft. Es handelt sich um eine Aufwandsentschädigung für Tätigkeiten bei der Union, die der Präsident bestätigt hat. Ein völlig honoriger Mann, dessen Worte nicht einmal Sie bezweifeln werden. Verdienstvoller Unternehmer und Arbeitgeber. Er konnte schließlich nicht ahnen, dass sein Mitarbeiter außerdem zum Arbeitsamt ging. Und bevor Sie mir damit kommen: Ja, wir ermitteln auch wegen Schwarzarbeit. Kann sein, dass er die Arbeitslosenunterstützung zurückzahlen muss.«

Verschwörerisch beugte er sich über den Tisch. »Und das sage ich Ihnen im Vertrauen, Frau Urban, damit Sie endlich glauben, dass es keinen Zusammenhang zwischen Vetters tragischem Tod und unserem Totschlag gibt. Lottmann hatte privaten Streit mit dem Mannschaftsbetreuer, es ging wohl um die Frauen, das war Vereinsgespräch. Dann hat der eine den anderen provoziert und zack.«

Schlüter hatte offensichtlich ebenfalls eine Vorliebe für kurze Mordszenen.

Diesmal hielt Fritz den pflichtbewussten Beamten davon ab, sich seiner Arbeit zuzuwenden. »Da gibt's noch 'n Verdacht ...«, sagte er zögernd.

»Was – noch einen?« Erstmals nahm er Fritz zur Kenntnis. »Da bin ich aber gespannt, was der Fußballexperte auf Lager hat.«

»Nix mit Fußball.« Fritz verteidigte sich lahm. »Lothar. Lothar Knaup ...« Hilfesuchend sah er Therese an. Sollte sie jetzt auch noch diese hanebüchene Theorie verteidigen? Sie zuckte mit den Achseln und kickte mit einer Kopfbewegung das Problem zu ihm zurück.

»Also dieser Lothar Knaup«, begann er von vorn.

Schlüter schaute ihn stirnrunzelnd an. »Lothar Knaup? Den Namen kenn ich doch irgendwoher!«

Fritz fühlte sich ermutigt und sprudelte los: »Das ist der Freund von Annette Puls, die Tabletten genommen hat. Wegen Hartz IV, kam doch im Fernsehen. Die war nämlich bei Vetter, der ist schuld. Und Lothar hat geprahlt, dass er ihn umbringen wollte!«

Stolz auf seine logische Schlussfolgerung schaute er von Schlüter zu Therese. Ihr blieb nichts als bestätigend zu lächeln, was ihn zehn Zentimeter wachsen ließ.

Aber auch mit diesem Verdacht rannten sie offene Türen ein. Therese kam sich vor wie Hase und Igel. Schlüter immer einen Schritt voraus, doch grundsätzlich auf dem falschen Weg.

»Genau.« Der gewiefte Ermittler nickte. »Die Akten des Verstorbenen, daher kenne ich den Namen. Zu Ihrer Beruhigung: Die haben wir uns selbstverständlich ebenfalls vorgenommen. Ich muss zugeben, erst auf eine Anregung des Landrats hin, der den Fall in jede Richtung wasserdicht haben will. Sie sehen, wir arbeiten mit Sorgfalt und Akribie.«

Er nahm Therese fest in den Blick. Was hatte er jetzt mit ihr?

»Sie, Frau Urban, hätten übrigens gleich zugeben können, dass Sie mit Herrn Vetter zu tun hatten! Das hätte uns einige Arbeit erspart.«

»Ja, stimmt. Und ich war sogar am Tag seiner Ermordung bei ihm!« Sie versuchte ihn zu provozieren. Zwecklos. Er hatte den Einwand anders aufgefasst.

»Jetzt nur keine Angst, junge Frau«, sülzte er. »Ich hab doch gar nichts gesagt! Nach der Aktenlage war es offensichtlich, dass Sie keinen Grund hatten, dem lieben Herrn Vetter gram zu sein. Ihr Widerspruch wurde in allen Punkten genehmigt. Sie hätten ihm um den Hals fallen sollen!«

Das fehlte noch! Schaudernd erinnerte sich Therese an die scheußliche Szene in Vetters frostigem Büro. Diesem Widerling dankbar sein? Ihr gutes Recht war hart genug erkämpft gewesen.

»Aber was Ihren Verdacht angeht – dieser Lothar Knaup ...« Schlüter nickte fast beeindruckt. »Das ist gar nicht dumm. Wenn wir nicht Dalhoff auf frischer Tat ertappt hätten, wäre er wohl der nächste Kandidat gewesen. Sein Motiv haben Sie gut erkannt, er hatte schließlich die Lebensgefährtin verloren.«

Fritz wuchs um weitere zehn Zentimeter. Wart's mal ab, dachte Therese.

»Wir haben also auch Herrn Knaup überprüft.« Schlüter warf sich in die Brust. »Obwohl ich das wie gesagt für überflüssig hielt.«

Therese ahnte, dass die Befragung nicht sonderlich intensiv ausgefallen sein dürfte.

»Und so war es dann auch.« Der Beamte zeigte sich zufrieden. »Herr Knaup hatte nicht den geringsten Grund für einen Mord. Die beiden wären in keinerlei Notlage geraten, weil er durchaus in der Lage war, seine Lebensgefährtin zu unterhalten. Darum hätte sie sich überhaupt keine Sorgen machen müssen. Eher darüber, dass sie in ihrem Antrag diesen Sachverhalt verschwiegen hat! Das ist Betrug, das wissen Sie wohl!«

Inquisitorisch schaute er Therese an. Verdächtigte er sie, dem Amt gleich drei Männer unterschlagen zu haben?

»Und warum hat sich Frau Puls dann umgebracht?«, fragte sie aufsässig. »Schwierigkeiten hätte sie wohl nicht bekommen, nachdem der Antrag abgelehnt war.«

Schlüter wischte mit einer Handbewegung ihren unqualifizierten Einwurf beiseite und fuhr fort: »Die Entscheidung der Arbeitsagentur war rechtens, seinerzeit, da gibt's nichts zu deuteln. Das war auch Herrn Knaup völlig klar. Nein, der Grund ist wohl in der Persönlichkeit der jungen Frau zu suchen. Sie hat es einfach nicht ertragen, in einer abhängigen Position zu sein. Das kommt von der Emanzipation, sage ich nur …«

Wieder ein kritischer Blick. Hätte sie doch den roten statt des lila Schals umgehängt!

»… und dazu der berufliche Misserfolg, den sie ebenfalls nicht so schwer hätte nehmen müssen! Wo sie doch einen gut verdienenden Mann hatte, der sie sogar geheiratet hätte.«

Innerlich schrie Therese auf ob des völlig antiquierten Weltbilds dieses Machos. Ließ sich aber nichts anmerken. Wenn er schon nicht auf ihr Anliegen einging, konnte er wenigstens Informationen liefern. War jedenfalls interessant, was ihm Lothar da vorgemacht hatte. Fritz warf ihr bedeutungsvolle Blicke zu.

Nach einem gedankenvollen Blick zum Fenster, der wohl Anteilnahme ausdrücken sollte, kam Schlüter von seinem psychologischen Ausflug zurück in die Niederungen kriminalistisch verwertbarer Fakten. »Außerdem hat Herr Knaup ein Alibi«, berichtete er nüchtern. »Laut Stechuhr hat er den ganzen Vormittag bis zur Mittagspause um eins in seinem Büro verbracht.«

»Stechuhren kann man umgehen …«, wagte Therese einzuwerfen.

Schlüter sah sie an, als ob sie einen obszönen Spruch von sich gegeben hätte. »Sie haben einen merkwürdigen Begriff von der Arbeitswelt, liebe Frau Urban!« Er entrüstete sich mit rotem Kopf. »Wahrscheinlich sind Sie deshalb arbeitslos …«

Frechheit. Als ob er nicht wüsste, wie es zugeht.

»Aber zurück zur Sache, obwohl Sie das eigentlich gar nichts angeht.« Ungefragt referierte Schlüter weiter. Jetzt wollte er wohl beweisen, dass die Polizei entgegen ihrer Unterstellung sorgfältig gearbeitet hatte. »Bei unseren Recherchen in den Widerspruchsverfahren sind wir durchaus noch auf diesen oder jenen gestoßen, der eine Amtsentscheidung hätte übel nehmen können. Auch diese Motive haben wir natürlich nicht vernachlässigt. Alle Antragsteller sind genauestens befragt worden. Meist hatten sie unwiderlegbare Alibis für die Tatzeit, zumindest in den Fällen, wo es um größere Summen ging. Was mir übrigens große Freude gemacht hat, Frau Urban, das war die Feststellung, dass bei einigen der Arbeitslosen der Schock des abgelehnten Widerspruchs gewirkt hat.

Mindestens vier hatten wieder Arbeitsstellen. Ich gebe zu, nicht unbedingt das, was sie sich vorgestellt hatten, aber immerhin …«

Jawoll! Innerlich applaudierte Therese zynisch. Akademiker in die Fleischfabrik!

»Auch die Akte dieses Manuel Soundso haben wir in die Finger bekommen, und siehe da: Hier fand sich das Motiv. Vom notorischen Widerstand Dalhoffs gegen Hartz IV mal ganz abgesehen. Der Widerspruch sollte abgelehnt werden, konnten wir den Akten entnehmen, und wahrscheinlich hat Herr Vetter den beiden das im Gespräch mitgeteilt. Außer den Tatverdächtigen, die sich ja bekanntermaßen nicht zum Tathergang äußern« – wie auch, wenn sie nicht dabei waren?, dachte Therese aufmüpfig –, »kann kein Mensch sagen, wie es dann zur Eskalation kam. Aber dass es so gewesen sein muss, sieht man ja.«

Total logisch, dachte Therese ironisch. »Bis auf den Zeitfaktor«, warf sie ein. »Der Termin bei Vetter war um viertel nach zwölf, und nach Ihrer eigenen Aussage ist der Mord ein paar Minuten davor geschehen. Und für die Zeit …«

»Papperlapapp.« Schlüter fiel ihr ins Wort, bevor sie Thomas' Alibi erwähnen konnte. »Fünf Minuten vor der Zeit … Das Sprichwort kennen Sie wohl. Natürlich waren sie früher da, wie sich das für einen Amtstermin gehört. Wer kommt denn da auf die letzte Minute, ich bitte Sie!«

Thomas, dachte Therese. Grundsätzlich. Er wusste genau, wie lange er vom Zentrum zum Amt brauchte, hatte es oft genug ausprobieren dürfen. Obwohl ihr das Argument auf der Zunge brannte, behielt sie es frustriert für sich. Schlüter hatte es letzte Woche schon nicht hören wollen. Diesem Kerl war mit Vernunft nicht beizukommen. Mit Tricks allerdings auch nicht. Anders als Vetter, ihr damaliger Gegner in der Arbeitsagentur, bot er keine Angriffsfläche.

»Wenn Sie so von der Schuld Herrn Dalhoffs überzeugt sind«, sagte sie stattdessen, »warum lassen Sie dann nicht wenigstens Manuel frei? Zu zweit werden sie das Verbrechen nicht begangen haben, so viel Platz ist vor dem Fenster gar nicht.«

»Da sagen Sie etwas Kluges, liebe Frau Urban«, schleimte Schlüter. »Davon bin ich selbst völlig überzeugt. Der junge Mann hat höchstwahrscheinlich nicht selbst Hand angelegt, das hat schon Dalhoff selbst getan, so forsch, wie er immer rangeht. Aber dieser Manuel deckt ihn jetzt, und so lange er nicht kooperativ ist und an der Aufklärung mitarbeitet, bleibt er ebenfalls hinter Gittern.«

Therese schüttelte den Kopf. »Erwarten Sie von ihm, dass er etwas behauptet, was gar nicht geschehen ist, um freizukommen?«

»Bleiben Sie logisch, Frau Urban«, sagte er tadelnd. »Dass der Mord geschehen ist, wissen wir schließlich. Und auch, wer ihn begangen hat. Da können Sie ruhig daherkommen und einen Verdacht nach dem anderen äußern. Wie ich bei ihrem ersten Besuch bereits sagte: Die Kiste ist zu. So, und das war jetzt das Wort zum Sonntag. Wenn ich bitten darf ...«

Er wies zur Tür. Das war's dann wohl.

Zu Hause ärgerte sich Therese, überhaupt mitgegangen zu sein. Viel Zeit verloren und Frust eingehandelt. Wie begossene Pudel waren sie aus dem Büro des großen Kriminalisten geschlichen. Jetzt saß sie wieder vor ihrem Bildschirm mit dem Zeitungslayout und kam nicht voran. Ihr Kopf arbeitete an dem absurden Theaterstück, das sie gerade erlebt hatte, ihre Augen wanderten blicklos über die Seiten.

Neue Zweifel hatte Schlüter ebenfalls gesät. Sowohl Knaup als auch Lottmann schienen ihr wieder verdächtig. Ersterer, weil er sich selbst, der zweite, weil ihn die schwiemeligen Aussagen seines Präsidenten ins Zwielicht gerückt hatten. Sie lebte zu lange in der Bischofsstadt, um nicht hinter frommen Sprüchen unliebsame Wahrheiten zu wittern.

Was verbargen die Aussagen?, überlegte sie fieberhaft. Lothar hatte versucht, sein Motiv zu verschleiern, das war offensichtlich. Beim Beerdigungsfrühstück hatte er es noch offen zugegeben. Aufschneiderei, klar. Konnte aber durchaus sein, dass er seine angebliche Harmlosigkeit präsentieren wollte, um einem ernsthaften Verdacht vorzubeugen. Schlüter hatte er dann »voll ein' vorgemacht«, wie Fritz es treffend formuliert hatte. Auch er schwankte zwischen Lothar und seinem ehemaligen Wettfreund; dass es noch weitere Verdächtige gab, erzählte Therese ihm gar nicht erst.

Erleichtert hatte er nach dem Strohhalm aus dem Dilemma gegriffen, den ihm Therese mit der Ankündigung bot, dass er die Anschrift des Montagsdemonstranten bekommen würde. Gleich nachdem der PC hochgefahren war, hatte sie Renates Mail an Fritz weitergeleitet. Er wollte die anderen zusammentrommeln und das am Montag versäumte Gespräch nachholen. Wieder hatte Therese ein ungutes Gefühl, doch Fritz hatte versprochen, sich zivilisiert zu verhalten.

Sie versuchte, sich auf das Interview mit Thomas zu konzentrieren, das er in seiner üblichen Weitschweifigkeit auf zwei Blätter gekritzelt hatte. Eng beschrieben. Was sollte sie bloß herauskürzen?

Jedenfalls waren Thomas' Worte geradlinig, stellte sie fest, viel zu schade zum Wegwerfen. Ohne Hintersinn sagte er, was zu sagen war. Legte die gesamte Hartz-IV-Problematik dar, die einen tatsächlich zum Ausrasten bringen konnte. Kam auf seine zahllosen Aufrufe zurück, nett zu den Agenturmitarbeitern zu sein, aber den Politikern zu zeigen, »was 'ne Harke ist«. Beschrieb den Alltag im Knast, was jedenfalls drinbleiben musste. Hatte keine Theorie, wer den Mord sonst begangen haben könnte. Wollte niemandem die Schuld zuschieben, das sei Sache der Polizei. Mit ihm und Manuel als Verdächtigen habe Schlüter aber »in die Scheiße gepackt«, schrieb er wörtlich. Wie sollte sie das nur übersetzen?

Wieder fielen ihr die breiigen Sprüche des honorigen Unions-Präsidenten ein und verdrängten den aufrechten Thomas aus ihren Gedanken. Ihm gehörte das größte Baugeschäft vor Ort, und seine Arbeiter konnten ein Lied davon singen, dass dem kumpeligen Umgangston nicht zu trauen war. Auch im Verein regierte er, heuerte und feuerte nach Belieben, was er durfte, weil fast alles von seinem Geld bezahlt wurde.

Sie hatte ihm schon damals kein Wort geglaubt, als er blauäugig jede Beteiligung am Wettskandal abgestritten, sogar die Hamburger in ein schlechtes Licht gerückt, danach aber im Verein aufgeräumt hatte. »Bauernopfer« waren gefallen, hatte ein Journalist gewagt anzudeuten.

Fritz hatte von keiner Funktion Lottmanns gewusst, für die ihm der Verein hätte Geld zahlen sollen. Dass er etwas anderes getan hätte, als Wettgelder einzusammeln und zu verteilen, hatte er nie mitbekommen. Nahm sie mal an, Robrecht hätte gelogen. Dann musste er gewusst haben, womit Lottmann sein Geld verdiente, musste auch daran beteiligt sein, denn sonst hätte er den vorgeblichen Mitarbeiter ohne Bedenken der Staatsmacht ausgeliefert. Also doch der Wettkreis. Er musste illegal sein, sonst ergab alles keinen Sinn.

***

Lottmann hasste Sport. Wenn möglich, mied er jede körperliche Betätigung. Alle hatten sich gewundert, dass er trotzdem drahtig blieb. »Macht die tägliche Bewegung«, pflegte er dann zu sagen, aufs nachtblaue Blech seines Mercedes klopfend, der ihm die Beine ersetzte. Lieber sah er anderen zu, wie sie sich abquälten. Seiner Elf zum Beispiel, wenn sie auf Sieg über den Platz tobte. Oder verlor. Konnte ebenfalls einträglich sein.

Jetzt trabte er im Trainingsanzug, den er freiwillig nie angezogen hätte, hinter den anderen her. Immer im Kreis, wie letzte Woche Robrecht mit den Jungs. Da hatte der Kleine neben ihm gestanden, der ihm die Scheiße hier eingebrockt hatte.

War aber eine Abwechslung, das Laufen an der frischen Luft. Machte den Kopf frei, solange man nicht auf die hohen Mauern starrte. Der Knastalltag war langweilig, schon nach zwei Tagen. Er musste sich beschäftigen. Hier auf dem Hof waren Kontakte möglich, kleine Geschäfte, vielleicht sogar Wetten ... Wär doch gelacht, wenn er nicht auch hier ins Internet käme! Seinetwegen sogar unter den Augen der Beamten; ihr »Esperanto«, wie er den im Lauf der Jahre entwickelten Geheimcode nannte, hatte schon so manche Untersuchung überlebt.

Klartext war es aber gewesen, was der große Boss ihm durch seinen Rechtsanwalt hatte ausrichten lassen. Gestern schon, er hatte sich kaum in der Zelle eingerichtet. Seitdem plagten ihn Zweifel. Darauf eingehen oder nicht, war die Frage. Das eine war so teuer wie das andere.

Außer dem Zwiespalt quälten ihn jetzt heftige Seitenstiche. Sollte er sich umbringen? Er scherte aus der Runde aus, hielt sich die Rippen und bedeutete dem Wachhabenden mit dem Kopf und der anderen Hand, dass er gedachte, sich auf einer der Holzbänke entlang der Mauern niederzulassen. Der Kapo nickte gönnerhaft. Lottmann fühlte sich wie ein multifunktionales Stehaufmännchen: auf Befehl hinlegen, aufstehen, setzen, in die Runde laufen, setzen, laufen …

Dieser Dalhoff lief auch mit. Er entdeckte ihn, als er von seiner Bank aus die Mitgefangenen musterte. Der hatte ihn nicht erkannt. Bei den Arbeitslosen hatten sie sich nie getroffen, aber Dalhoffs Foto war durch alle Medien gegangen. Er hatte offensichtlich keine Ahnung, dass sie etwas miteinander zu tun hatten. War auch besser so.

Seufzend kehrte er zu seinen aktuellen Problemen zurück. »Vorauszuschicken ist«, hatte der ihm unbekannte Anwalt gesagt, der sich als Andreas Vossebürger vorgestellt hatte, »dass bei dem bewussten Auftrag nur Geld gemeint war und bestimmt nicht die Entwicklung, die das Ganze dann genommen hat. Die haben Sie ganz allein zu verantworten.«

»Bring das in Ordnung«, hatte der Boss auf dem Pott gemurmelt, als er vom Treffen mit Trappatoni erzählt hatte. »Kannst so weit gehn, wie du willst.«

Der Kleine war selbst schuld, rechtfertigte sich Lottmann. Was musste er die beleidigte Leberwurst spielen und drohen, alles auffliegen zu lassen! Sicher, war nicht schön, wie man ihm mitgespielt hatte. Nur noch die Drecksarbeit hatte er erledigen dürfen, wofür er eigentlich zu teuer war.

Auf Geld war der Blödmann aber nicht eingegangen, obwohl er ihm reichlich angeboten hatte. Nein, er wollte seine Autogrammkarten zurück. Als immer witziger Coach hatte er oft in der Zeitung gestanden, und die ganze Journaille stand hinter ihm. Was war übrig geblieben, als ihm das Maul zu stopfen?

Aus den Augenwinkeln nahm er eine Bewegung wahr, die offensichtlich ihm galt. Der Aufseher winkte ihn in den Ringelreihen zurück. »Hopp, hopp«, schrie er, »keine Müdigkeit vorschützen!«

Er tat, als müsse er sich immer noch die Seite halten, und reihte sich mit leidender Miene ein.

»Das vergeht beim Laufen«, sagte der Wachmann trocken, als Lottmann an ihm vorbeikam, und winkte ihn weiter. »Das versuchen alle«, rief er lachend hinter ihm her.

Lottmann lockerte seine Haltung und versuchte, Schritt zu halten. Wenigstens sein Auto hätte man ihm lassen sollen, dachte er sehnsüchtig. Mit dem 500er SL die Knackis zu scheuchen würde ihm Spaß machen. Jetzt jagten sie ihn. Wie ein Wild auf der Flucht.

Wenn er längere Zeit bleiben musste, sollte er sich um eine bessere Kondition bemühen. Am besten auch Boxen lernen. Sogar hier gab es Fans des italienischen Mannschaftsbetreuers, dessen Degradierung die regionalen Radiosender weidlich ausgeschlachtet hatten. Die erste Tracht Prügel war ihm von einem einsitzenden Unions-Anhänger bereits angedroht worden.

Und es sah nicht so aus, als ob ihn der Alte heraushauen würde, wie er insgeheim gehofft hatte. Im Gegenteil. Wenn er durchhalte – der Rechtsanwalt hatte ihn bedeutungsvoll angesehen –, sei die Familie abgesichert und er auch, wenn er entlassen werde.

»Am besten plädieren wir auf Totschlag im Rausch und Affekt, damit kommen Sie am billigsten davon«, hatte der Anwalt vorgeschlagen. »Wenn jemand immer so hetzt und stänkert wie der leider zu Tode Gekommene, darf er sich über nichts wundern, sagt mein Auftraggeber. Ein paar entsprechende Zeugenaussagen, und Sie bekommen mildernde Umstände. Ein paar Jahre maximal, vielleicht sogar auf Bewährung. Jedenfalls wird es bald Freigang geben, und alles ist wieder in Ordnung. Fürs Erste geben wir eine Presseerklärung heraus …«

Nichts ist in Ordnung, hatte Lottmann gedacht und dachte es jetzt wieder. Wenn ich sitzen muss, ein paar Jahre womöglich, sind die Kinder groß. Und ob sie dann mit einem verurteilten Mörder reden, ist die Frage.

Die Alternative war, nicht »durchzuhalten«. Seinen Auftraggeber hinzuhängen. Eine Schauergeschichte zu erzählen, die ihm vermutlich niemand glauben würde. Nicht bei der Reputation und dem Geld des Alten. Und Fakt war: Auf dem Parkplatz war *er* gewesen, Josef Lottmann persönlich, und nicht der Boss, der wieder einmal bei Kasparek den sicheren Aufstieg des Vereins in die Bundesliga gefeiert hatte.

Also hatte er dem Untersuchungsrichter das Märchen vom ewig stänkernden Kollegen aufgetischt, der es immer schon auf seine Frau abgesehen hatte. Zurücknehmen konnte er die Aussage immer noch.

»Elisabeth ist blond und schön, und er ist Italiener«, hatte er zu erklären versucht. Schon die ganze Fahrt über habe der Kerl geprahlt, er hätte sie im Bett gehabt. Habe im Suff immer wieder gelallt: »Ich hab sie gefickt!«, und ihn, Lottmann, »Schlappschwanz« genannt. Auch wieder auf dem Parkplatz, wo der Kleine ihm hinterhergetorkelt sei. Lauthals habe er geschrien: »Was versteckste dich im Dunkeln, Jüppi? Haste Angst, wir sehn, dass da nix is?« Da sei es halt passiert.

Der Untersuchungsrichter hatte teilnahmsvoll genickt und geäußert, dass sich sein Geständnis positiv auf das Urteil auswirken werde. Das sollte es auch, hatte Lottmann befriedigt und ziemlich stolz auf seine Erfindungsgabe gedacht.

Wär nicht schlecht, wenn ihm ebenfalls etwas einfiele, das ihn aus diesem Ringelpietz erlöste …

***

»Wenn einer schon in Mastbruch wohnt!« Kalla kicherte, als sie mit der Linie elf des Padersprinters die Dubelohstraße entlang stadtauswärts fuhren. Oberthstraße Nummer sieben sollte der Montagsdemonstrant wohnen. Noch zwei Haltestellen, entnahm Fritz dem Stadtplan.

»Was meinste?«, erkundigte sich Matthias begriffsstutzig.

»Is doch klar«, tuschelte Kalla ihm über Udo hinweg zu. Die zwei älteren Damen vor ihnen hatten schon bei der Erwähnung ihres vermutlichen Wohnorts die Köpfe gedreht.

»Er kricht 'n nich zum Stehen, deshalb wohnt er da!«

Alle drei prusteten los. Indigniertes Kopfschütteln vor ihnen.

»Aber sein Transpi stand immer wie 'ne Eins!«, meinte Udo beitragen zu müssen.

»Das könn wa ja jetzt ändern«, versprach Kalla im Überschwang der Gefühle.

Kindergarten, dachte Fritz. »Passt bloß auf, dass euch nicht der

Mast bricht!«, sagte er warnend. »Der Typ sieht aus, als ob er sich wehren könnte. Wir gehn kein Risiko ein, hört ihr! Das musste ich Therese versprechen. Wir fragen ihn ganz manierlich, wann er endlich bei den Bullen die Wahrheit sagen will.«

»Alles klar, Chef.« Grinsend gab Kalla den Gehorsamen. Den hatte er nicht überzeugt.

»Weiberkram«, murrte Udo. »Wir sind vier ...«

Matthias mäßigte ihn. »Damit erreichste nix, Udo.«

»Zwei zu zwei«, resümierte Fritz feixend. »Also gehen wir friedlich vor.«

Sie stiegen inmitten von Pferdeweiden aus dem Bus. Ein Fachwerkbauernhof daneben. Eine weitere Wiese war mit einem hässlichen Aldi-Komplex zugebaut, dahinter eine Reihe Mehrfamilienhäuser aus den Siebzigern.

»Mastbruch, sach ich doch!« Kalla wies auf die Einöde.

Udo stapfte schimpfend voran. »Das ist doch das Ende der Welt hier! Wetten, dass hier nur Russen wohnen?«

Sie drückten auf die Klingel mit dem Namen aus Thereses Mail und warteten auf das übliche Knacken. Warteten lange. Drückten noch mal.

»Der ist gar nicht da!« Kallas Miene war entsetzt. Fritz begannen die lange Anreise und vor allem das Busgeld aus der Vereinskasse zu reuen.

Endlich eine verschlafene Stimme. »Was ‘n los?«

»Wir sind vom Arbeitslosenzentrum. Komm runter oder mach auf!«, rief Udo.

»Moment«, nuschelte es. Die vier sahen sich erwartungsfroh an.

»Muss erst den Kampfanzug anziehn«, witzelte Kalla.

Fritz sah, wie sich an einem Fenster in der zweiten Etage die Gardine bewegte. Der unverkennbar platte Kopf des Demonstranten wurde kurz sichtbar. Dann knackte es wieder in der Sprechanlage.

»Bin krank«, krächzte es. »Was wollt ihr denn? Könn auch hier reden.«

»Komm runter, du feige Sau!«, krähte der um sein Vergnügen gebrachte Kalla.

»Der hat uns längst gesehn«, flüsterte Fritz ihm zu und zeigte zum Fenster.

Zum Lautsprecher sagte er: »Es geht um den Tag, wo dieser Vetter im Arbeitsamt aus dem Fenster gefallen ist. Weißte das noch?«

»Klar! War doch dabei!«, protzte sein unsichtbares Gegenüber. »Hab genau gehört, wie er aufgeschlagen ist.«

»Plopp!«, machte Kalla grinsend ins Mikro.

»Jau!«, kam es erstaunt zurück. »So war das! Woher wisst ihr das?«

»Einer aus dem Zentrum war auch in der Gegend«, erklärte Fritz, bevor Kalla mehr Witze machen konnte. »Thomas Dalhoff, den kennste doch.«

»Ja, den hab ich glaub ich gesehen«, kam die Antwort gedehnt.

»Von wegen glaub ich, du Blödmann«, rief Udo. »Du hast den Bullen gesagt, du hast Thomas gesehen, und ihn damit in ‘n Knast gebracht! Wenn ich dich erwische, brech ich dir alle Knochen!«

»Selber Blödmann! Muss ich mich hier anmachen lassen?«, schimpfte der Unsichtbare.

Schnell mischte sich Fritz ins Gespräch, bevor der oben den Knopf drückte und sie unten aussperrte. »Is ja gut«, sagte er genervt zu Udo und beruhigend zur Anlage: »Der meint es nicht so. Nur noch ‘ne Frage: Weißt du, wann du Thomas genau gesehen hast?«

»Um die Zeit, als der fiel. Hab ich den Bullen gesagt. Musst ich doch!«

»Genauer«, forderte Fritz. »Wenn du Thomas gesehen hast, als Vetter schon unten war, kann er’s nicht gewesen sein.«

»Meinste, das weiß ich heute noch so genau?«, fragte er gereizt. »Fakt ist, dass ich den gesehen hab. Wie er grad auf dem Weg nach oben war. Was wollt ihr eigentlich? Die Bullen haben ihn doch geschnappt! Am Tatort, stand in der Zeitung.« Kleine Pause, ein Tuscheln – offensichtlich war oben noch jemand aufgewacht –, dann: »Ihr könnt jetzt abhauen. Ich hab da kein Bock mehr drauf.«

Knack. Gespräch zu Ende. Sie versuchten ihr Glück mit weiterem Klingeln, doch vergeblich.

»Der ist zu blöd, eins und eins zusammenzuzählen«, schimpfte Kalla.

»Und 'ne Uhr kennt er auch nicht, dieser Neandertaler«, pflichtete Udo bei.

Die anderen zwei sahen sich bedrückt an. Fritz seufzte. »Den Sturkopp bringen wir nie zu 'ner vernünftigen Aussage.«

»Da kannste recht haben.« Matthias nickte nachdrücklich.

***

Männer!, dachte Renate. Alle in einen Sack, zubinden und ausklopfen, sagte ihre Mutter, wenn sie wieder mal ratlos vor ihren eigenen beiden stand. Nur gut, dass Manfred nicht so war. Er hasste es, in der Runde der Kollegen zu stehen, und verzichtete lieber auf seinen Kaffee.

Sie selbst konnte sich ebenfalls Schöneres vorstellen, als den Mitarbeitern beim Hahnenkampf zuzusehen. Noch schlimmer war, Angelika zu beobachten, die ihre Rolle als umworbenes Huhn sichtlich genoss.

Nur ihrer Recherchen wegen saß Renate halb auf dem Schreibtisch der Vorzimmerdame und wärmte ihre Kaffeetasse mit beiden Händen. Sie tat, als lausche sie interessiert dem Gespräch, lachte, wenn Angelika lachte, machte ab und an nickend einen Einwurf, den niemand beachtete, aber als Aufforderung nahm weiterzureden. Wenn nicht bald etwas Interessanteres kam als die übliche Angeberei mit Urlaub und Auto, würde sie gehen und sich ihren Akten widmen.

Als hätte er Renates Gedanken gelesen, äußerte Arnold Meurich endlich etwas, das sie aufhorchen ließ. In vertraulichem Ton kündigte er Enthüllungen an. »Wisst ihr übrigens, mit wem ich gestern Kaffee getrunken hab?«

»Lass mich raten«, sagte Bremer gelangweilt. »Verona Feldbusch?«

»Die heißt doch Pooth!«, korrigierte Angelika kichernd.

»Mit deiner Frau?«, fragte Jochen.

Arnold schüttelte den Kopf. »Quatsch, die seh ich oft genug. Gestern Nachmittag. Ich war nicht nur beim Zahnarzt!«

Angelika drohte schelmisch mit dem Finger. »Deshalb warst du so lange weg!«

»Du Schlingel!«, ergänzte Bremer, ihre Geste imitierend.

Jochen seufzte. »Nun mach's nicht so spannend, ich muss gleich weg.«

»Um keinen falschen Eindruck aufkommen zu lassen«, erklärte Meurich, »ich hab sie nur in der Stadt getroffen …«

»Sie? Du triffst dich mit Frauen?« Bremer spielte den Misstrauischen.

»Nur eine.« Meurich verteidigte seine Reputation. »Ist doch nichts dabei, wenn ich mal mit Vera Kaffee trinke, oder?«

»Vera?«, fragte Jochen verblüfft. »Vetters Frau? Was machste denn mit der?«

»Sie hat mir ihr Herz ausgeschüttet, das darf sie doch wohl!« Arnold trumpfte auf.

»Dir?« Ernst Bremer gab sich ungläubig. »Wieso das denn?«

Renate wartete gespannt. Kam jetzt die Bekanntgabe einer neuen, glücklichen Beziehung?

Arnold warf sich in die Brust. »Sie brauchte das wohl! Warum denn nicht! Hat lange genug unter dem Ekel gelitten. Ihr hättet sehen sollen, wie befreit sie gewirkt hat! Mit dem Sohn kommt sie jetzt viel besser klar, wo der Vater nicht mehr dazwischenfunkt. War immer viel zu streng mit Georg, sagt sie.«

»Ja, ja, der Sohn …« Bremer grinste vieldeutig.

Jochen fuhr ihn an: »Lass den mal, der ist ganz in Ordnung!«

»Wenn er schläft«, antwortete Ernst. »Sonst trau ich dem allerhand zu!«

Meurich schaute von einem zum anderen, begierig einzuhaken, um seine Story weiterzuerzählen. Renate sah ihn nachdenklich an. Mochte sein, dass Vera nach dem Desaster mit Vetter einen väterlichen Freund gebraucht hatte. So alt sah er nicht aus, schlank und groß, die Haare grau meliert und neuerdings flott geschnitten. Mit seinem »Mäuserich« hatte Vetter voll danebengelegen. Vielleicht tat Arnold nur harmlos und hatte längst etwas mit der Witwe. Und hielt es für pietätlos, damit herauszurücken, solange der Ehemalige nicht unter der Erde war. Sie nahm sich vor, bei nächster Gelegenheit Angelika nach dem Stand der Meurich'schen Ehe auszuquetschen.

Und die anderen beiden? Bremer war bullig wie Vetter. Wenn

er der geheimnisvolle Freund war, dann weil Vera was Vertrautes gesucht hatte. Jochen war ganz anders. Auch groß, aber feingliedriger als die Kollegen. Und ein bisschen sensibler. Blond und braun gebrannt, das entsprach Vera. Alle drei bieder im Äußeren, jedenfalls im Amt. Jackett und Krawatte; »kleiner Kampfanzug« hatte das bei Vetter geheißen.

Nachdem Angelika von ihrem letzten Treffen mit Georg erzählt, außerdem mit Faszination in den blauen Augen und Abscheu in der Stimme jedes Piercing aufgeführt hatte, ergriff Arnold seine Chance. »Der ändert sich nicht«, fiel er ein. »Aber Vera, die ist völlig neu! Ich hab nie verstanden, warum sie ihr Gesicht hinter der Schminke versteckt. Ohne ist sie genauso hübsch, und mit den kurzen Haaren sieht sie richtig jung aus.«

Das muss ich Therese mailen, dachte Renate, damit sie nicht der falschen Frau hinterherläuft. Aber schon erstaunlich, diese Verwandlung. Als ob sie mit dem verstorbenen Gatten ihre ganze Persönlichkeit abgestreift hätte.

»Sie *ist* doch auch noch jung!«, warf Jochen protestierend ein, der sich offensichtlich als Beschützer der Familie sah.

Bremer grinste anzüglich. »Und immer noch knackig! Was, Jochen, neulich beim Squash? Beine, sag ich euch! Und erst das Ende … wie bei unserm Engelchen hier!« Er gab Angelika einen Klaps auf den Po. Sie kicherte affektiert und strich ihren Rock glatt.

»Echt 'ne Sünde wert«, schob Ernst nach, was Angelika prompt auf sich bezog. Ihr Kichern nahm einen hysterischen Unterton an.

»Die hat längst 'n andern.« Jochen wiegelte ab. »Was meinste, warum sie so anders aussieht!«

»Ja, ja«, seufzte Bremer. »So 'n Wild läuft nicht lange frei herum. Da schießen die Jäger aus allen Rohren.«

»Red nicht so blöd über Vera«, raunzte ihn Jochen an. »Die arme Frau hat's schwer genug.«

Wieder der Retter der Bedrängten. Renate amüsierte sich. Wahrscheinlich hatte keiner von denen was mit Vera, obwohl sie – jeder auf seine Art – um die größte Nähe zu ihr wetteiferten.

Jetzt, wo der Platzhirsch vom Feld war, balgte sich der Nachwuchs um das ledige Weibchen, ohne zu fragen, ob es überhaupt für sie verfügbar war.

***

Langsam füllte sich das Heft. Zufrieden scrollte Therese durch die Seiten und beschloss, eine Pause einzulegen. Seit dem Besuch bei der Kripo saß sie am PC, hatte Texte verteilt, Abbildungen dazu gesucht und bearbeitet. Material war noch genug da, die Zeitung wurde voll. Keine Lücken, nach denen es anfangs immer aussah. Aber noch viel Arbeit, dachte sie seufzend, als sie aufstand, um ein paar Dehnübungen zu machen. Viel Zeit würde in dieser Woche nicht übrig bleiben, wenn sie die Deadline am Freitag schaffen wolle.

Sie ignorierte die bunte Zettelsammlung am Schrank mit der immer noch einsamen Vera in der Mitte und setzte Teewasser auf. In der Wartezeit nahm sie wieder vor dem PC Platz und öffnete ihr Postfach. Soziale Kontakte derzeit nur über E-Mail, war vereinbart.

Gemailt hatten Fritz, Renate und Michael, Letzterer erst kurz vor Feierabend. Seine Nachricht öffnete sie zuerst, doch er hatte nur mitzuteilen, dass er den Abend mit Frau und Kindern verbringen wollte und morgen nach dem Squash vorbeikäme. So war es verabredet, dachte Therese. Ihr Liebster stahl ihre Zeit mit unnützen Mails.

Fritz berichtete vom Ausflug nach Mastbruch und wie sie den Montagsdemonstranten per Sprechanlage interviewt hatten. Wenigstens keine Rangelei. Die wichtigsten Aussagen gab er wörtlich wieder, mit einer ebenso kreativen Orthografie wie in den Flugblättern des Befragten.

Therese war enttäuscht. Mit dem Misserfolg der tapferen vier war ihre einzige reale Hoffnung zerstoben, Thomas zu helfen, ohne selbst den Täter finden zu müssen. Wenn sie damit weiterhin nicht vorankamen, blieb nur noch die Gerichtsverhandlung, zu der Hansi den Demonstranten als Zeugen hatte vorladen lassen. Hoffentlich bekam er dann eine konkrete Aussage aus ihm heraus.

Von Renate kam ein ordentlich geschriebener Bericht über die

Runde an der Kaffeemaschine. Witzig und boshaft. Therese sah die rangelnden Alphatierchen geradezu vor sich. Aber weiter brachte sie das nicht. Kein Hinweis auf eine nähere Beziehung, könnten alle sein oder keiner, schrieb die Freundin. Jedenfalls wollte sie versuchen, bei Angelika mehr über die sonderbaren Ehemänner herauszufinden.

»Du wirst wohl doch nach Berghusen müssen«, schrieb sie am Schluss. »Meinst du, es klappt morgen? Mein Auto steht vorm Amt, das kannst du dir holen.«

Na gut, dachte Therese. Fuhr sie also morgen nach Berghusen. Obwohl sie keine Ahnung hatte, wie sie dort etwas über diesen mysteriösen Lover herauskriegen sollte.

Mittwoch, 23. Februar

»Guck mal, Therese«, kam es vom Esstisch, wo Michael bereits die Tageszeitung ausgebreitet hatte.

»Moment«, gab sie zurück und fuhr fort, ihren Kühlschrank nach brauchbaren Lebensmitteln für ein schnelles Frühstück zu durchforsten. Ungeplant, wie Michaels Auftauchen spät am gestrigen Abend.

»Muss doch aufpassen, dass du nicht die ganze Nacht arbeitest«, hatte er in ihr Haar genuschelt. Er wusste genau, dass sie ihn nicht in die finstere Februarnacht zurückschicken würde. Und sie musste zugeben, dass sie sich gefreut hatte. Jemand zum Kuscheln. Wer weiß, welch böse Geister bereitstanden, sie im Schlaf zu überfallen.

Doch trotz Michaels Nähe hatte sie schlecht geschlafen. Im Traum hatte sie abwechselnd die Kästchen ihres Zeitungslayouts und die Zettel an ihrem Kleiderschrank hin und her geschoben, in zunehmender Panik, die Zeit lief davon, etwas Schreckliches drohte …

Die Aufregung war immer noch in ihr. Von der Zeitung kam sie nicht, denn damit war sie gut vorangekommen. Vetters Tod und Thomas' ungerechte Verhaftung belasteten ihr Unterbewusstsein. Sie durfte das Problem nicht einfach beiseiteschieben.

Vielleicht sollte sie den Traum als Warnung nehmen. Drohte wirklich etwas Schreckliches? Wenn, dann nicht ihr. So nah war sie keinem ihrer Verdächtigen. Aber Renate war in Gefahr, wenn sie Lottmann zu Unrecht verdächtigte und der Mörder weiterhin in der Agentur herumlief. Sie musste die Freundin noch einmal eindringlich warnen, wenn sie gleich den Autoschlüssel bei ihr holte.

»Was gibt's denn?«, fragte Therese und stellte das Tablett auf den Tisch.

Michael hob die Nase aus dem Bäumchenblatt. »Hier.« Er tippte auf den Bericht und griff nach einer Scheibe Brot. »Wird dir Spaß machen.«

Sie goss sich Kaffee ein, gab Milch und Zucker hinzu, griff nach dem Blatt, das er nur protestierend herausrückte.

»Rechtsanwalt: Lottmann ist unschuldig!«, lautete die Überschrift. Therese wunderte sich. Gestern hatte sie einer kurzen Notiz entnommen, dass der Verdächtige den Totschlag an dem Mannschaftsbetreuer zugegeben habe. Angeblich ein Eifersuchtsdrama, wie Schlüter gesagt hatte.

Während sie die Presseerklärung des Rechtsanwalts überflog, erzählte ihr Michael, was darin stand.

»Der absolute Saubermann«, sagte er feixend, »unbescholten, was sonst. Will mit nichts was zu tun haben …«

»Pscht«, machte Therese. Half nichts.

»Natürlich hat er sich nie mit illegalen Fußballwetten befasst. Schließlich hat er Familie! Dieser Schleimer.«

Auf ihren finsteren Blick hin war er endlich still und ließ sie lesen.

Therese wollte ihren Augen nicht trauen. Dieser Lottmann war wirklich dreist. Stilisierte sich als armen Arbeitslosen, dem sie was anhängen wollten. Weil die Arbeitslosen als wehrlose Gruppe bekannt seien. »Es ist erwiesen, dass die Tendenz dahin geht, die Erwerbslosen zu kriminalisieren, was unter anderem am steigenden Anteil der arbeitslosen Gefängnisinsassen sichtbar wird«, stand da wörtlich.

Da hat er recht, dachte Therese. Hätte von Hansi Appelbaum kommen können. Viele Insassen waren nur kriminell geworden, weil sie weder Job noch Geld hatten.

Lottmann besaß sogar die Frechheit, sich mit Thomas Dalhoff zu vergleichen. »Das gibt's doch nicht!«, platzte sie heraus.

Jetzt machte Michael »Pscht!«, lachte aber mit. »Der ist gut, was!«

»Total logisch!«, kommentierte Therese spöttisch. »Weil beide, Thomas und dieser beknackte Strohmann, arbeitslos sind, müssen sie unschuldig sein. Das hilft Thomas bestimmt nicht, wenn die ganze Stadt über den Blödsinn lacht!«

Schönes Auto hat Renate, dachte Therese, als sie mit dem dunkelblauen Fiat Punto stadtauswärts fuhr. Sie war sofort damit klargekommen und hatte an keiner Ampel den Motor abgewürgt.

Vor Renates Schreibtisch hatte Kundschaft gesessen, weshalb sie auf dem Flur Therese nur kurz den Schlüssel in die Hand gedrückt und erklärt hatte, wo der Wagen stand. »Komm heute Mittag, da hab ich mehr Zeit«, hatte sie gesagt und war in ihrem Büro verschwunden. Therese hatte noch »Pass auf dich auf!« hinter ihr hergerufen, doch das hatte sie schon nicht mehr gehört.

Elf Uhr war es, Radio Hochstift brachte Nachrichten. So früh wurde der Rest der Familie Vetter bestimmt nicht aktiv, hatte sie gedacht und sich erst an den PC gesetzt. Für die vage Aussicht, dass in Berghusen die Lösung ihres Falls lag, gedachte sie ohnehin nicht mehr als zwei Stunden zu opfern.

Routiniert mit sechzig Stundenkilometern nahm Therese die enge Kurve hinter dem Bahnhof, die sie seit ihrer Jugend kannte. Nichts verlernt. Gleich danach ordnete sie sich links ein, schlich mit vorschriftsmäßigen dreißig den Frankfurter Weg entlang, wo die Einkaufszentren immer wieder Blasen zufriedener Kunden auf die Straße entließen, und bog endlich in die Berghusener Straße ein, wo sie Gas gab. Schön, mal wieder Auto zu fahren. Wie in alten Zeiten fuhr sie zu schnell durch Graffeln und bremste erst kurz vor Berghusen ab.

Am Rand der gestrüppumwucherten Einfahrt zum Schloss derer von Graffeln stellte sie das Auto ab. Auf eine kleine Besichtigungstour verzichtete sie schweren Herzens und wandte sich dorfeinwärts, die Kamera griffbereit unter der Jacke. Gleich links stand das Vetter'sche Haus. Jalousien unten, aus dem Briefkasten lugte die Tageszeitung. Schien noch niemand wach zu sein.

Im Vorbeigehen versuchte Therese einen Blick hinters Haus zu erhaschen, wurde aber vom dichten Buschwerk entlang des Grundstücks gehindert. Unter einem Vorwand zu klingeln traute sie sich nicht. Unausgeschlafen würde Vera sie sofort ungnädig abwimmeln. Und sie war nicht dreist genug, den Fuß einfach in die Tür zu stellen, wie es ein richtiger Detektiv gemacht hätte.

Unschlüssig wanderte sie weiter. Irgendwo hier in der Nähe sollte das Appartementhaus stehen, in dem Veras Freund wohnte.

Sie schaute die wenigen Seitenstraßen entlang, fand aber nur Zweifamilienhäuser und Fabrikgebäude, die wohl Bauernhöfe darstellen sollten. Näher am Dorfkern lagen ein paar größere Neubauten, Geschäfte unten, Wohnungen und Büros oben.

Kurz entschlossen sprach sie eine ältere Passantin an, die an zwei schweren Einkaufstüten schleppte. Erleichtert stellte sie die Last auf den Bürgersteig und hörte sich Thereses Anliegen an.

»Ich suche eine Wohnung«, improvisierte sie und gab vor, von einer Bekannten gehört zu haben, dass im Mietshaus der Familie Schonlau etwas frei sein sollte.

»Ja, das steht da vorne«, wies die Frau auf ein größeres weißes Haus mit vielen kleinen Balkonen. »Aber ob da was frei ist, weiß ich nicht. Meist haben sie ja alles voll ...«, fügte sie nach einem genaueren Blick auf Thereses Lederjacke und die verwaschenen Jeans hinzu.

Dann eben nicht, dachte Therese, die kurz überlegt hatte, der Berghusenerin die schweren Taschen zu tragen. Ungerührt sah sie zu, wie die alte Frau ächzend danach griff, bedankte sich knapp und überquerte die Straße.

Im Eingang des Wohnobjekts fand sie zwei Klingelreihen mit jeweils sechs Schildchen. Eins davon ohne Namen. Sie trat auf die Straße zurück und schaute an der Fassade hoch. An jedem Fenster Gardinen. Das Haus war völlig verschachtelt. Unmöglich, dem unbenannten Klingelschild eine bestimmte Wohnung zuzuweisen.

Sie ging auf der gegenüberliegenden Straßenseite auf und ab, blieb mal hier, mal da vor einem Schaufenster stehen, lernte den Busfahrplan auswendig und behielt nebenbei unauffällig den Hauseingang im Auge. Nichts tat sich. Wäre auch zu schön, wenn ausgerechnet jetzt der Gesuchte vor die Tür träte.

Plötzlich sah sie eine lange schwarze Gestalt die Dorfstraße herab auf sich zu kommen. Zweifellos Fetti. Schnell trat sie in einen Hauseingang und studierte die Namen an den Briefkästen. Blicklos schlurfte er an ihr vorbei. Therese fiel auf, dass er weniger martialisch aussah. Einen Teil seiner Stacheln schien er wenigstens zur Nacht abzulegen, die für ihn offensichtlich noch nicht vorbei war. Die schwarz gefärbten Haare standen strubbelig vom Kopf ab, an den Füßen trug er Schlappen und sonst nichts.

Vorsichtig lugte Therese aus ihrem Eingang hinter ihm her. Er betrat den Edeka-Laden in der Kurve und kam mit einer Brötchentüte und zwei Litern Milch wieder heraus. Eine Milchpackung riss er gleich auf und trank in großen Schlucken.

Sieh an, dachte Therese, ein Milchbubi. Schade, dass er genau in ihre Richtung sah. Das wäre ein super Foto geworden.

Als Fetti auf dem Rückweg an ihr vorbeikam, sah er Therese misstrauisch an. War auch zu blöd, wie sie wieder vor den Briefkästen stand. Bestimmt hielt er sie für einen Polizeispitzel.

Ihr Herzklopfen legte sich, und sie nahm ihre Wanderung entlang der Dorfläden wieder auf. Wieso lief Vetters Sohn jetzt auf der Straße herum?, fragte sie sich. Um diese Zeit gehörte er in die Schule, dafür hatte die Mutter zu sorgen, Trauer hin oder her. Aber die verschlief offensichtlich ebenfalls den halben Tag, um sich anschließend der Pflege ihres Luxuskörpers hinzugeben. Wahrscheinlich hatte sie eine Zugehfrau für die Niederungen des täglichen Lebens. Beim Putzen oder Spülen einen Fingernagel zu ruinieren war für Vera sicherlich eine Katastrophe.

Vielleicht war der Freund bei ihr. Daran hatte Therese bisher nicht gedacht. Aalte sich in ihrem Bett, und sie stand sich hier die Füße platt. Oder wenigstens er ging zur Arbeit. Auch diese Möglichkeit war ihr nicht in den Sinn gekommen. Dann wartete sie völlig umsonst. Du bist mir eine schöne Detektivin, Therese Urban!

Wenn sie nicht mit völlig leeren Händen zu Renate zurückkehren wollte, musste sie etwas unternehmen. Vielleicht mal an der Wohnung klingeln. Wenn jemand aufmachte, konnte sie wieder das Märchen von der Wohnungssuche auftischen. Gute Idee, fand sie. Da hätte sie eher drauf kommen können.

Doch Eigenlob öffnet keine Türen, musste sie feststellen, nachdem sie mehrfach den weißen Knopf betätigt hatte. Keine Reaktion. Sie überlegte, bei einem anderen Namen zu schellen, um sich nach der vielleicht leeren Wohnung zu erkundigen.

Bevor sie den Plan in die Tat umsetzen konnte, kam ihr jemand zuvor. Plötzlich öffnete sich die Tür, und eine junge Frau trat heraus. Auf ihrer rechten Schulter ein leichtes Rennrad, das sie geschickt durch die Öffnung balancierte. Der eng anliegende Sportdress ließ ihre Waden frei. Wetterfeste Leute, die Berghusener, dachte Therese beeindruckt.

Die Sportlerin stellte das Rad ab und löste den Kopfschutz vom Gepäckträger. Bevor sie ihn aufsetzen konnte, sprach Therese sie an. »Haben Sie vielleicht einen Moment Zeit?«, fragte sie.

»Einen kleinen«, gab die Hausbewohnerin zurück und wies auf ihre nackten Beine. »Ich muss mich bewegen. Sie sehen ja …«

»Nur 'ne Frage«, sagte Therese schnell. »Wissen Sie vielleicht, ob hier im Haus eine Wohnung frei ist? An diesem Klingelschild steht kein Name, und da dachte ich …«

»Nein, frei ist die Wohnung nicht«, kam die bedauernde Antwort. Wenigstens hatte die junge Frau keine Bedenken, dass Therese als neue Mitbewohnerin ihr Dorf verschandeln könne.

»Kann aber sein, dass sie bald frei wird«, fügte die Radfahrerin hinzu. »Unsere Frau Meyer hier, die Hauswartin, hat ihm schon mehrfach gesagt, er soll das Namensschild anbringen. Sieht ja aus, als ob er was zu verbergen hätte, hat sie geschimpft, das gibt's in diesem Haus nicht!« Sie lachte und strich sich die blonden Haare aus dem Gesicht. »Er hat aber wohl nicht vor, lange hier wohnen zu bleiben. Ich kenne mich im Dorftratsch nicht so aus, aber nach Frau Meyers Andeutungen hat er in der Nachbarschaft eine Freundin, da wird er wohl bald einziehen.«

Das muss er sein, dachte Therese. »Wissen Sie zufällig den Namen des Mieters?«, erkundigte sie sich, bevor der Helm endgültig auf dem Kopf landete. »Dann könnte ich ihn anrufen und fragen, was er vorhat.«

»Nein, leider nicht. Er hat sich im ganzen Haus nicht vorgestellt, obwohl das hier üblich ist. Darüber schimpft die Meyer'sche auch.« Sie schob ihr Fahrrad zur Straße, rief aber über die Schulter: »Trotzdem viel Glück!«

Therese blieb ratlos auf dem Bürgersteig stehen. Niemand im Dorf schien den Namen dieses ominösen Menschen zu kennen. Außer den Vermietern, fiel ihr ein. Auf dem Mietvertrag musste der Name eingetragen sein. Familie Schonlau, nicht gerade selten in Berghusen. Vorausgesetzt, sie fand die richtigen Leute – würden sie ihr Auskunft geben? Als Ortsfremde hatte sie vermutlich keine Chance.

Da musste noch mal Frau Volmari ran, ob es ihr passte oder nicht. Die konnte sich ohne Weiteres bei Schonlaus nach dem neuen Dorfbewohner erkundigen. Mit vollem Recht: Man wollte schließlich wissen, wer einem im Ort auf der Straße begegnete.

Wenn sie Frau Volmari besuchte, konnte sie außerdem probieren, sie noch ein wenig über Fetti auszuhorchen. Die Bäuerin hatte von Streichen des hoffnungsvollen Sprösslings berichtet, und Therese hatte vergessen zu fragen, welcher Art die waren und ob er vielleicht auch zu Gewalttätigkeiten neigte. Die coole Pose nahm sie dem jungen Mann nicht ab. Mit der Milchtüte hatte er ausgesehen wie ein Schuljunge, sanft und verletzlich. Doch der exzessive Drogenmissbrauch verwies auf einen brodelnden Vulkan, der hinter der Fassade tobte.

Erst als sie auf der Kirchturmuhr sah, dass es schon Viertel vor eins war, stoppte sie ihren Gang durch das Dorf. Jetzt war bei Volmaris Mittagszeit. Ungeschickt, ausgerechnet dann zu stören. Erleichtert, weil es ihr erspart blieb, unangemeldet bei der Familie einzufallen, beschloss Therese, ihre Informantin von zu Hause aus anzurufen.

Auch für Renate begann bald die Mittagspause. Sie sollte zusehen, dass sie in die Stadt kam und ihr das Auto zurückbrachte. Vielleicht konnten sie zusammen im Bahnhof eine Kleinigkeit essen und dabei beratschlagen, wie sie weiter vorgehen sollten.

***

»Hör auf zu schnüffeln, du kleine Fotze!«

Renate stand vor Schreck stocksteif. Wagte es nicht, die Hände herunterzunehmen, die gerade noch die Frisur geordnet hatten. Starrte auf das groteske Bild im Spiegel, wo eine schwarze Hand einer dunkelhaarigen Frau ein Messer an den Hals hielt. Sah nur das Messer und spürte den Druck kaum, den der andere Arm auf ihren Körper ausübte.

Nur nicht wehren, schoss es ihr durch den Kopf. Stillhalten …

Da war das böse Zischeln wieder, direkt neben ihrem Ohr. »Ich mein es ernst, verlass dich drauf!«

Der Druck an ihrem Hals verstärkte sich schmerzhaft. Panisch vermied sie den Blick auf das Mordinstrument, um das Blut nicht strömen zu sehen. Hinter ihr die schwarze Maske, aus deren winzigen Augenlöchern es bedrohlich glitzerte.

»Glaub nicht, ich hab nicht gemerkt, wie du neuerdings die Ohren aufsperrst!«, kam es aus dem mundlosen Kopf. »Sonst verdrückst du dich doch sofort mit deinem Kaffee. Und meinst du, Angelika könnte dichthalten? Der ganze Flur lacht über eure albernen Spitzeleien!«

Renate wagte nicht einmal mit dem Kopf zu schütteln, um seine Worte zu widerlegen. Der Arm um ihren Bauch rutschte höher, die Hand grapschte nach ihrem Busen. Stillhalten, Renate, befahl sie sich, konnte aber nicht verhindern, dass ihr Körper sich schmal machte, um dem Griff zu entgehen.

Ihr Peiniger riss sie heftig an sich, was zumindest den Druck auf ihren Hals lockerte.

»Jetzt hast du Angst, was?«, zischte er in ihr Ohr. Dann stieß er sie mit dem Knie von sich, wieder dem Messer entgegen.

»Das sollst du auch, blöde Gans«, fauchte er. »Willst du, dass die Bullen sich unsern Flur noch mal vornehmen? Dann ist auch dein Manfred dran, da kannste Gift drauf nehmen. Hast du gehört?«

Die Frau im Spiegel, große furchtsame Augen in einem schneeweißen Gesicht, nickte vorsichtig. Der Vermummte starrte zurück und prüfte ihren Ausdruck. Er schüttelte den unheimlichen Kopf, nuschelte: »Blöde Weiber!«, und nahm endlich das Messer von ihrer Kehle.

Rüde zerrte er sie herum und schubste sie in eine der Toilettenkabinen, wo sie geistesgegenwärtig hinter sich abschloss. Aber er hatte wohl nicht vorgehabt, ihr zu folgen. Draußen raschelte es einen Moment, dann schloss jemand die Tür hinter sich.

Zu jeder Reaktion unfähig blieb Renate auf dem Klodeckel sitzen. Ungläubig schüttelte sie den Kopf. Das war doch nicht ihr passiert! Ein böser Bube auf dem Damenklo der Staatsbehörde – undenkbar! Sie kicherte hysterisch.

Jetzt erst fiel ihr das Messer wieder ein. Der Druck an ihrem Hals war real gewesen. Vorsichtig ließ sie die Hand über die Stelle gleiten und wagte anschließend kaum, darauf zu schauen. Kein Blut. Er hatte sie nicht verletzt, stellte sie erleichtert fest.

Verwundert, als stünde sie neben sich, nahm sie wahr, dass von den Beinen aufsteigend ihr Körper zu zittern begann. Die Gefahr ist vorbei, Renate, versuchte sie sich zu beruhigen. Du kannst aufstehen und in dein Büro gehen. Wer immer das war hinter der Maske, er hat längst das Weite gesucht.

Als ihr die Beine wieder gehorchten, erhob sie sich. Beim Blick auf den Spiegel stieg erneut Angst in ihr hoch, deshalb schaute sie gar nicht erst hinein. Sie fühlte nach ihrem Haar, das lose auf die Schultern hing. Egal. Raus hier, bevor das Zittern zurückkam.

Mit weichen Knien schlich sie über den leeren Flur. Alle waren in der Mittagspause. Niemand hätte sie retten können, wenn der Maskierte ernst gemacht hätte. Aber auch gut, dass niemand sie sah. Besonders Manfred nicht. Wenn sie so aufgelöst aussah, wie sie sich fühlte, hätte er wahrscheinlich einen Heidenschreck bekommen.

Kaum hatte sie ihren Schreibtisch erreicht und sich auf dem Bürostuhl niedergelassen, brachen die Tränen aus ihr heraus. Auch das noch!, dachte sie gereizt. So schlimm war es doch gar nicht! Was sollte der Kollege denken, wenn er vom Essen kam …

Von ihrer Schelte unbeeindruckt flossen die Tränen weiter. Auch das Zittern kam zurück. Fassungslos legte Renate den Kopf auf die Arme und ergab sich dem Schock.

***

Nach ihrem Entschluss, in die Stadt zurückzufahren, war Therese dorfauswärts geschlendert. An Vetters Haus waren inzwischen die Jalousien hochgezogen worden. Zu sehen waren dicht gebauschte Wolkenstores, darunter grüne Gewächse auf einer Blumenbank. Kein Blick ins Hausinnere möglich.

Unschlüssig trödelte sie noch ein Weilchen in der Nachbarschaft herum. Bei Vetters tat sich nichts. Dafür an anderer Leute Fenster. Nachdem mehrere Gardinen sich auffällig bewegt hatten, gab Therese auf und wandte sich dem Schloss und Renates Fiat zu, der brav und von strafzettelverteilenden Politessen unbehelligt auf sie wartete.

Um die Mittagszeit war der Verkehr deutlich dichter, und so

kam es, dass Therese erst um halb zwei vor Renates Bürotür stand. Doch auf ihr Klopfen kam keine Antwort. Stattdessen merkwürdige Geräusche. Weinte da jemand?

Sie drückte die Klinke und öffnete die Tür. Renate hatte den Kopf in den Armen vergraben und heulte hemmungslos. Vom sonst so ordentlichen Knoten ragte nur noch das Kämmchen aus ihren Locken, zitternd wie die schmale Person darunter. Schnell zog Therese den Besucherstuhl neben die Freundin und legte die Arme um sie. Renate schluchzte weiter.

Tröstend streichelte Therese ihren Rücken und wartete geduldig. Sie ahnte, dass sich ihr Traum von bevorstehendem Schrecken bewahrheitet hatte, und war froh, die Freundin augenscheinlich unverletzt anzutreffen. Obwohl sie etwas Schlimmes erlebt haben musste. Ihr Zittern wollte sich nicht beruhigen.

Endlich hob Renate den Kopf und schaute Therese aus trüben Augen an. »Ich kann nie wieder in einen Spiegel gucken!«, klagte sie.

Therese musste unwillkürlich lachen. »Wenn das deine einzige Sorge ist …«, gab sie vorsichtig zurück.

Oh Wunder – Renate lächelte ebenfalls. Schief und unter Tränen. »Du kannst ruhig lachen«, sagte sie mit wackliger Stimme. »Aber ich hab wirklich vor allem daran gedacht, wie ich aussehe, bevor ich hier zusammengebrochen bin. Wir Weiber sind einfach bescheuert!«

Renate hatte sich halbwegs gefasst. Lachen ist doch die beste Medizin, dachte Therese, die Banalität nicht scheuend. Sie strich der Freundin die Haare aus dem Gesicht und gab ihr ein Taschentuch. Nachdem sie sich geschnäuzt und mit einem zweiten Tuch die verheulten Reste ihrer Wimperntusche abgewischt hatte, erfuhr Therese endlich, was Renate so aus der Fassung gebracht hatte.

Trotz ihrer Vorahnung erschrak sie heftig, als Renate mit knappen Worten den Überfall vor dem Toilettenspiegel zusammenfasste. Der Messerabdruck an ihrer Kehle war noch deutlich zu sehen. Aber die Haut war nicht eingeritzt, da konnte sie die Freundin beruhigen.

Die Gedanken rasten in ihrem Kopf. Sie hatten den Mörder also aufgestört, und er begann, sich zu wehren. Jetzt waren sie gewarnt. Renate durfte einfach nicht sein nächstes Opfer werden. Zum Glück war es diesmal bei dem Schreck geblieben. Renate hatte starke Nerven, sie würde ihn überwinden. Aber das nächste Mal … Therese wagte sich nicht vorzustellen, was alles passieren konnte.

»Hast du den Mann erkannt?« Das war jetzt die wichtigste Frage. Therese sah der Überfallenen den Schauder an, als sie an die Szene vor dem Spiegel zurückdachte.

»Er hatte so ‘ne Art Skimütze über den Kopf gezogen«, antwortete Renate immer noch verängstigt. »Aber umgedreht, die Öffnungen nach hinten. Mit ganz kleinen Löchern für die Augen. Und im Mund muss er so ein Karnevalsgebiss gehabt haben, ich hab gesehen, wie sich die Maske beim Sprechen ausbeulte. Deshalb war auch die Stimme so verzerrt. Aber mehr konnte ich nicht sehen, war alles verdeckt«, fügte sie bedauernd hinzu.

»Und die Kleidung? Die Schuhe?«, erkundigte sich Therese. »Die würdest du doch bestimmt wiedererkennen!«

»Wahrscheinlich«, überlegte Renate und bewegte die Augen, als ob sie verstohlen an ihrem Gegner herabsähe. »Da hing was runter, hab ich aus den Augenwinkeln gesehen. Irgendwie glitzernd.« Sie konzentrierte sich. »Ein Umhang!«, fiel ihr dann ein. »Der Arm kam aus einem Schlitz. Ein weißer Hemdsärmel. Die Hände steckten in schwarzen Handschuhen. Das sah so schrecklich aus mit dem Messer darin!«

Wieder fing sie an zu weinen. Beruhigend wiegte sie Therese in ihren Armen.

Plötzlich schaute Renate auf. »Mond und Sterne!«, sagte sie erstaunt.

Als sie Thereses entgeistertes Gesicht sah, musste sie lachen. »Keine Angst, ich fang nicht an zu spinnen! So schlimm war der Schock auch wieder nicht. Nein, Monde und Sterne hab ich auf der Verkleidung gesehen. Gold auf Schwarz. Ist mir eben wieder eingefallen. Wie so ‘n Zaubererumhang, bodenlang. An Schuhe kann ich mich jedenfalls nicht erinnern.«

Therese war verblüfft. »Den hat er bestimmt noch vom Karneval«, überlegte sie. »Weißt du, ob hier einer als Magier gegangen ist?«

Renate schüttelte den Kopf. »Da geh ich nie mit, das ist mir zu blöd.« Wieder eine Gemeinsamkeit, dachte Therese.

»Danach frag ich Angelika aber nicht«, rief Renate aufbegehrend. »Die hat mir alles eingebrockt mit ihrer Tratscherei!«

»Du musst sowieso die Ermittlungen einstellen. Du darfst dich nicht noch mehr gefährden. Am besten lässt du dich für ein paar Tage krankschreiben nach dem Schock. Das wird jeder Arzt verstehen.«

»Und mich zur Polizei schicken«, widersprach Renate. »Die gucken mich dann wieder an wie 'ne hysterische Ziege, die sich alles Mögliche aus den Fingern saugt.«

»Jedenfalls wissen wir jetzt sicher, dass der Mörder einer deiner Kollegen ist«, resümierte Therese. Sie verkniff sich den Hinweis darauf, dass sie mit dem geheimen Schleicher auf dem Nachtigallenweg recht behalten hatte. Renate schaute auch so schon betroffen genug.

»So weit hab ich noch gar nicht gedacht!« Verwirrt schüttelte ihr Gegenüber den Kopf. »Aber woher sollte er sonst von Angelika wissen?«

»Kannst du dich denn an die Figur erinnern oder die Größe?« Therese versuchte noch einmal, etwas über den Schurken herauszufinden, der Renate so geängstigt hatte.

Wieder Kopfschütteln. »Ich hatte viel zu viel Angst, um auf so etwas zu achten«, sagte sie entschuldigend. »Er war größer als ich, aber das sind alle ...«

»Macht nichts.« Therese beruhigte sie. »Vielleicht fällt dir ja später noch etwas ein, wenn du erst mal drüber geschlafen hast. Aber jetzt würde ich an deiner Stelle doch mal in den Spiegel gucken. Du willst bestimmt nicht so aussehen wie jetzt, wenn dein Kollege zurückkommt.«

»Stell dich aber hinter mich«, forderte Renate. »Sonst seh ich wieder schwarze Männer ...«

Sie klappte die Schranktür auf, die eine kleine Garderobe versteckte. »Oje«, machte das Überfallopfer beim Anblick ihres Gesichts. »Ganz schön ramponiert, was?« Sie bürstete ihr Haar durch und steckte es mit dem Kamm lose fest. »Der Rest muss so bleiben«, murmelte sie und schloss die Tür.

»Wir sollten deinem Manfred sowieso erzählen, was passiert ist«, schlug Therese vor. »Einer muss auf dich aufpassen, und er ist der Einzige, den wir nicht verdächtigen.«

»Daran habe ich eben auch gedacht«, gab Renate zu. »Wär schon beruhigend, wenn im Notfall jemand da ist.«

Als hätten sie ihn mit ihren Worten herbeizitiert, öffnete sich die Bürotür, und Manfred Koch kam herein. »Was ist denn hier los?«, fragte er überrascht. »Du bist ja ganz verheult, Renate! Was geht hier vor?«, blaffte er Therese unfreundlich an.

Protestierend griff Renate ein. »Stop, Manfred, doch nicht Therese! Die hat mir nur geholfen, mich wieder zu fangen.«

Koch schaute perplex von einer zur anderen. »Und wovon gefangen?«, wollte er wissen. »Hat dich etwa die Lauterbach ...«

»Ach was«, entgegnete Renate. »Hör erst mal zu. Aber halt dich fest, sonst fällst du um. Siehst du das hier an meinem Hals?« Sie hielt den Kopf schräg, damit er den Messerabdruck sehen konnte.

»Ein roter Strich«, sagte Manfred. »Was hast du gemacht?«

Renate befühlte die Stelle und sah aus, als ob sie wieder anfangen wollte zu weinen. »Erzähl du«, bat sie Therese mit gedrückter Stimme.

Therese gab wieder, was die Freundin ihr über den Anschlag berichtet hatte, und klärte Koch auch über ihren Verdacht und die Recherchen seiner Kollegin auf.

»Deshalb war sie neuerdings so tratschsüchtig.« Verständnislos schüttelte er den Kopf. Therese sah, dass ihm erst nach und nach aufging, in welcher Gefahr Renate geschwebt hatte und was der Abdruck an ihrer Kehle wirklich zu bedeuten hatte. Wieder schaute er ratlos von einer zur anderen, drehte sich aber endlich zu Renate um und legte die Arme um sie.

»Wie schrecklich!«, hörte Therese ihn murmeln. »Was hast du nur mitgemacht, du Arme!« Ohne Renate loszulassen, wandte er den Kopf. »Wie könnt ihr aber auch so unvernünftig sein!«, rief er tadelnd. »So was überlässt man der Polizei, die kann das besser!«

Renate löste sich aus seinen Armen. Endlich hatte ihr Gesicht wieder Farbe, stellte Therese fest.

»Therese *war* bei der Polizei!«, sagte sie betont. »Aber dieser

Schlüter ist zu blöd, einen Eimer Wasser umzukippen!« Sie musste über das in Paderborn häufig gebrauchte Bild selbst lachen; immer noch ein bisschen hysterisch, fand Therese.

»Willst du nicht doch nach Haus gehen und dich hinlegen?«, schlug sie noch einmal vor. »Mit so einem Schock darf man nicht leichtsinnig sein!«

»Auf jeden Fall«, pflichtete Manfred ihr bei. »Du gehörst ins Bett, Renate. Ich fahr dich heim, keine Widerrede.«

»Das kann ich machen«, bot Therese an. »Ich war sowieso mit ihrem Auto unterwegs.«

Koch akzeptierte den Vorschlag. »Ich sage Angelika Bescheid, dass du dich wegen Kopfschmerzen krankmeldest. Und wenn du morgen wieder auftauchen solltest, lasse ich dich nicht aus den Augen.«

»Ich werde wohl gar nicht mehr gefragt?« Renate versuchte, ihre Autonomie zu retten.

»Nein«, beschied Therese knapp. »Du bist überstimmt.«

Manfred holte Renates Mantel aus dem Schrank und half ihr fürsorglich hinein. Dann setzte er sich auf ihren Schreibtischstuhl, um den Rechner herunterzufahren.

»Feierabend«, bestätigte er. »Erhol dich gut und grüble nicht.«

»Danke«, sagte Renate gerührt und folgte Therese zur Tür hinaus.

Therese hatte die Freundin der sicheren Obhut ihrer Familie übergeben und lief erleichtert bergab Richtung Dom, der wie gewöhnlich den drohenden Zeigefinger über die Stadthäuser reckte. Klärchen beschien auch ihn; nach langen grauen Tagen hatte sie die Güte, sich endlich wieder am Himmel zu zeigen. Dankbar für das bisschen Wärme dehnte Therese im Gehen ihre Glieder.

Zwischen der oberen Kilianstraße und ihrer Wohnung im Ükern lag ein gutes Stück Wegs, lang genug, um den Kopf frei zu bekommen. Trotz der aufregenden Ereignisse musste sie sich auf ihr Arbeitslosenblättchen konzentrieren. Wer weiß, wie viel Zeit ihr morgen blieb. Nach einem kurzen Bericht über den Berghusener Misserfolg hatte sie Renate zusichern müssen, am nächsten Tag noch einmal in Vetters früheren Wohnort zu fahren.

»Wie sollen wir sonst herausfinden, wer es war, wenn ich nicht mehr mitmachen darf?«, hatte sie betrübt gefragt. Therese hätte alles versprochen, um die Geplagte aufzumuntern. Sie hatten vereinbart, dass Renate sie am Morgen von zu Hause abholen sollte.

»Lass dir ruhig Zeit«, hatte Therese ihr geraten. »Dein Kollege wird die Stellung halten, und je weniger du derzeit im Amt bist, umso besser.«

Zu ihrer Rechten kam das Oval des Turnplatzes in Sicht, wie immer mit Autos zugestellt. Als Kind war sie hier Rollschuh gelaufen und mehr als einmal über die Wurzeln der mächtigen Bäume gestolpert. Parkplätze waren natürlich wichtiger. Ohnehin gab es keine Kinder mehr auf der Straße. Heutzutage ließen Mütter den behüteten Nachwuchs nicht ohne Aufsicht draußen spielen. Und wenn Renates Mutter erfuhr, was der einzigen Tochter widerfahren war, würde auch sie ihren Augapfel nicht mehr vor die Tür lassen. Vorausschauend hatte die Freundin deshalb beschlossen, ihr Abenteuer für sich zu behalten.

Therese fragte sich, ob ihr das gelingen würde. Im Auto jedenfalls hatte sie den Mund nicht halten können. Gut so, hatte Therese gedacht, während sie sich auf den Stadtverkehr konzentrierte. Die Spannung muss raus. Soll sie reden.

Jetzt war es ihr, als ob Renate die Spannung auf sie übertragen hätte. Therese kam nicht los von den finsteren Vorfällen, die sie die gesamte Kilianstraße hinunter begleiteten.

Übersprudelnd hatte Renate erklärt, wie der Mörder den Überfall hatte planen können. Es lief darauf hinaus, dass nur sie und Angelika das Damenklo ihres Flurs benutzten, beide zu festen Zeiten. Während Renate mit ihrem mittäglichen Gang wartete, bis der letzte Ratsuchende ihr Büro verlassen hatte, konnte Angelika sich schon auf den Weg machen, wenn alle Kunden auf die Sachbearbeiter verteilt waren. So hatten sie beide den Raum für sich und konnten vor der Mittagspause in Ruhe Make-up und Frisur auffrischen. Auch in dieser Woche hatten sie die Gewohnheit beibehalten, obwohl auf ihrem Flur wegen der immer noch nicht freigegebenen Akten kein Publikumsverkehr herrschte.

»Das weiß jeder da oben«, hatte Renate versichert. »Die haben sich immer darüber lustig gemacht, dass wir nicht zwischendurch gehen. Wenn die Natur ruft ... wie oft hab ich das gehört! Man kann doch die Leute nicht einfach auf dem Flur stehen lassen und auf dem Klo verschwinden!«

Jedenfalls hatte der Angreifer sich ohne Weiteres in einer der Kabinen verstecken können, bis sie vor den Spiegel getreten war. Gesehen hatte sie ihn nicht beim Herauskommen, ihn erst wahrgenommen, als er neben ihrem Ohr die bösen Worte zischte, die sie nur teilweise wiedergeben wollte.

»Und dann war da sofort das Messer«, hatte sie immer noch entsetzt gemurmelt, als Therese das Auto vor Quicksterns Haus einparkte. Sie waren im Auto sitzen geblieben. Noch war nicht alles verarbeitet, der Redebedarf weiterhin enorm. Bereitwillig hatte Therese zugehört. Der Freundin half es, und vielleicht fiel nebenbei eine wichtige Information ab.

Der Reihe nach war Renate ihre Kollegen durchgegangen, erst alle vom Wettkreis her bekannten, dann die von ihrem Flur, die mit Vera näheren Kontakt hatten.

»Ich kann mir überhaupt nicht vorstellen, dass einer von denen so grob sein könnte«, sagte sie nachdenklich. »Höchstens Ernst Bremer. Mit Schimpfwörtern ist er immer schnell bei der Hand, und hinterhältig ist er auch. Aber so gewalttätig?«

»Wenn die Verzweiflung groß genug ist ...«, warf Therese ein.

Renate ließ sie nicht ausreden. »Man kennt die Kollegen nicht richtig, das ist das Problem«, klagte sie. »Den lieben langen Tag lang erzählt man sich dummes Zeug, aber nie das, was wirklich wichtig ist.«

»Wenn einer dauernd in Schlägereien verwickelt ist, wird er das lieber für sich behalten.«

»Stimmt auch wieder. Man schaut den Leuten eben nur vor den Kopf, nicht hinein.«

Dann war Meurich an der Reihe. »Arnold kenne ich nicht so gut«, überlegte sie laut. »Deshalb kann ich ihn kaum einschätzen. Er redet nicht so viel wie Bremer, und blöde Bemerkungen macht er kaum. Angelika meinte, seine Ehe wäre in Ordnung, aber alles weiß sie auch nicht. Kann ich mir den mit einem Messer vorstellen?« Langsam bewegte sie den Kopf hin und her, den Blick auf ihren Händen, als ob es Meurichs wären.

»Und Jochen schon gar nicht«, setzte Renate ihr Gedankenspiel fort. »Der würde mir nie ein Messer an die Kehle setzen!« Unwillkürlich musste sie kichern. »So ungeschickt, wie der sich immer anstellt, würde er sich eher selbst verletzen als sein Opfer.«

Nach weiteren konfusen Spekulationen über alle möglichen und unmöglichen Täter hatte Renate sie endlich entlassen und war ins Haus gegangen, um sich von der Mutter umsorgen zu lassen.

An der Karlstraße stand die Fußgängerampel auf Rot. Also warten. Viele junge Leute fuhren in kleinen Autos an ihr vorbei zur Katholischen Fachhochschule, wo gleich Seminarbeginn war. Therese musterte die Statue Karls des Großen an der Straßenecke, ein Dank der Stadt an den berühmten Kaiser, der den Einwohnern das Christentum gebracht hatte. Dass von den dezimierten und umgesiedelten Sachsen nur wenige in der Lage gewesen waren, dessen Segnungen zu genießen, vergaß man hier gern.

Allerdings war das pseudomoderne Ehrenmal denkbar mickerig ausgefallen, was Therese als verdiente Rache empfand. Der große Karl sah aus wie ein bärtiger Messdiener, der mit seinen zierlichen Schnabelschuhen auf ein meterhohes Podest gekrabbelt war und seitdem Mühe hatte, sich oben zu halten.

Die Studentenautos hielten an. Therese stolzierte ganz allein über die Straße, während die Schlange immer länger wurde. Sie konnte sich lebhaft vorstellen, wie die jungen Leute fluchten, die jetzt zu spät in ihr Seminar kommen würden.

Sie wanderte die bevölkerte Rosenstraße hinab, ignorierte den Weltbild-Buchladen, Klamottenläden und Schuhgeschäfte sowieso, und bog am Multistore ab zum Marienplatz. Durch das entlaubte Buschwerk sah sie Elke auf ihrer gewohnten Bank sitzen. Im fast warmen Sonnenschein hatte sie die Lederjacke ausgezogen.

Auch bei den übrigen Platzbewohnern konnte man nackte Arme und sogar kurze Hosen bewundern, aus Solidarität mit der Maria wohl, die ebenfalls wenig warm gekleidet über ihren Köpfen thronte, die Augen unbeirrt auf den Dom gerichtet, wo der Stellvertreter ihres Sprösslings residierte. Therese jedoch wandte angesichts des wabbligen Winterspecks zu Füßen der Madonna den Blick mit Grausen ab.

Lieber hätte sie den Speck an Elke gesehen, die immer noch erschreckend mager mitten auf der Bank thronte. Die Beine untergeschlagen, las sie heute eins der Michener-Briketts, wie Therese die dicken Wälzer des amerikanischen Schriftstellers bezeichnete. Früher hatten seine Romane um die Bewohner eines Landstrichs von der Urgeschichte bis ins Heute Therese ebenfalls fasziniert. Leider war James A. Michener längst verstorben und weit und breit kein Nachfolger in Sicht.

»Alaska«, tippte Elke in ihr Buch, bevor sie sorgfältig das Lesezeichen einlegte und es zuklappte. »Das ist schon anfangs tierisch spannend, wenn er nur beschreibt, wie sich die Flechten entwickelt haben.«

»Und wenn dann erst die Tiere auftauchen …« Therese machte sich über den Widerspruch in ihrem Satz lustig.

»Dann wird's tierisch, genau«, lachte Elke mit. »Aber auch die Menschen«, fuhr sie begeistert fort. »Wie der immer ein paar Familien durch alle Generationen verfolgt und nebenbei erzählt, was drum herum los war, das ist schon toll.«

»Ist aber ziemlich unwahrscheinlich, dass die jeweilige Sippe nie ausgestorben sein soll.« Gleich ärgerte sich Therese über ihre Besserwisserei, deshalb fügte sie hinzu: »Aber unwahrscheinlich, eben konstruiert, sind Romane immer, das geht gar nicht anders. Und ich hab immer schon gesagt, dass man aus gut gemachten Geschichten viel lernen kann.« Deshalb unter anderem hatte sie ihr eigenes Buch geschrieben; ob es gut gemacht war, musste sich erst zeigen.

Über den Wirklichkeitsgehalt historischer Stoffe hatte Therese an der Universität Prüfungen abgelegt, aber das sagte sie nicht, um nicht zu eingebildet zu klingen. Sie wusste, dass Elke auch gern studiert hätte; Sozialarbeiterin wäre sie dann geworden. Die Drogenkarriere war ihr dazwischengekommen.

»Wie geht's euerm Thomas?«, wollte Elke wissen. »Hast du den richtigen Mörder immer noch nicht erwischt?«

»Schlecht und nein«, beantwortete Therese beide Fragen auf einmal. »Wir hatten gehofft, dass dieser Lottmann vielleicht auch Vetter auf dem Gewissen hat, aber jetzt ist etwas passiert, was alle unsere Überlegungen über den Haufen wirft. Bloß, dass wir niemandem etwas beweisen können. Das ist das Problem.«

»Ich versteh nur Bahnhof«, sagte Elke.

»Ist schon richtig.« Therese schmunzelte. »Am Bahnhof liegt die Lösung, gegenüber in der Arbeitsagentur. Es muss ein Kollege von Vetter gewesen sein. Wir können uns aber erstens nicht auf einen von ihnen einigen und zweitens wie gesagt nichts beweisen.«

In der Gewissheit, dass Elke alles für sich behalten würde, berichtete Therese von dem schrecklichen Geschehen in Renates Mittagspause, von ihren Verdächtigungen und den Recherchen der vergangenen Tage.

Beeindruckt nickte Elke. »Hört sich an wie ein richtiger Krimi! Da bin ich echt gespannt auf das Ende. Aber keins mit Schrecken bitte, dafür hab ich zu schlechte Nerven.«

»Den Schrecken hatten wir schon mit Annettes Tod«, sagte Therese leise. »Daran war Vetter jedenfalls beteiligt, egal, wer ihn dann umgebracht hat. Der Grund lag in seiner verkorksten Persönlichkeit, da bin ich sicher. Aber keine Sorge. Die Detektive in deinem Roman mögen dilettantisch sein, aber sie können auf sich aufpassen.«

»Was deine Renate von der Bahnhofstraße bestätigen kann«, spottete Elke.

Schaudernd gab Therese es zu. »Es war Glück, dass der Überfall nur eine Warnung sein sollte. Aber jetzt sind wir vorsichtig. Und wenn der Täter nervös wird, ist das immer ein gutes Zeichen. In Krimis ist man dann der Auflösung ganz nah.«

Wie sie die allerdings bewerkstelligen sollten, war Therese völlig schleierhaft.

»Denn mach ma hinne«, empfahl die eifrige Leserin ebenso skeptisch und im schönsten Paderbörnsch. »Normalerweise will ich so 'n Buch gleich fertig lesen, wenn's spannend wird, und nicht 'ne Ewigkeit warten!«

Therese wechselte das Thema. »Übrigens hab ich in Berghusen Fetti gesehen.« Sie erzählte von der Milchtüte.

Elke lachte sich halbtot. »Der Stachelkopp und Milch trinken! Wenn ich das den andern erzähle, ist er unten durch, wo er doch immer so tut, als ob er mit Schnaps und schwarzem Kaffee groß geworden wäre!«

»Ich hab den Namen!«, rief Michael schon, bevor die Wohnungstür hinter ihm ins Schloss fiel.

Elektrisiert sprang Therese auf. »Von Veras Freund?«, fragte sie aufgeregt. »Sag schon!«

»Yogi heißt er«, gab Michael stolz zur Antwort, während er seinen Mantel im Flur entsorgte.

»Yogi«, wiederholte Therese. »Und weiter?«

»Na, Yogi eben!« Michael trumpfte auf. »Mehr Namen gibt's bei uns nicht. Alles nur Spitznamen, weißt du doch.«

Damit hättest du rechnen können, Therese, warf sie sich ihre Blauäugigkeit vor. Auch ihr Freund war im Sport nur als »Dumbo« bekannt, und zwar nicht der flugtüchtigen Ohren, sondern der Nase des kleinen Elefanten wegen, obwohl sie nicht im Mindesten an Michaels knubbligen Gesichtserker erinnerte.

Natürlich hatte sie bei »Yogi« gleich an Jochen Rensing gedacht. Aber so einfach funktionierte die clubinterne Namensgebung offenbar nicht. Man musste schon um die Ecke denken können.

»Und das ist alles?«, fragte sie enttäuscht.

Michael strahlte sie hoffnungserweckend an. »Ist es nicht!« Er warf sich in die Brust. »Begabter Undercoveragent der ich bin, hab ich noch einen weiteren fetten Brocken für dich.«

Na ja, dachte Therese, wenn er so fett ist wie der eben …

»Nu mach hinne«, forderte sie ihn auf, ihre Freundin von der Maria kopierend. »Ich platze sonst!« Sie blies die Backen auf, um zu demonstrieren, dass es dringlich war.

Mit Daumen und Zeigefinger ließ Michael ihr zärtlich die Luft ab. »Ein Kollege ist es«, flötete er in ihr Ohr.

»Och nee!« Therese fiel endgültig in sich zusammen. »Da wär ich nie drauf gekommen!«, lästerte sie matt.

Michael spielte den Gekränkten. »Da tut man dir schon mal einen Gefallen und ermittelt unter Einsatz seines Lebens, und wenn man dann was rausfindet, ist es nicht richtig.«

Therese ging auf seine Klagen nicht ein. »Und was ist mit dem Foto?« Ihre letzte Hoffnung …

»Ja, das Foto … das ging natürlich nicht, weil Veruschka gar nicht da war. Spielt wohl an einem anderen Tag, weil ihr Freund dann besser kann.«

Seufzend ging Therese in ihre Arbeitsecke und schaltete den PC aus. Mit leiser Verzweiflung blieb sie auf dem Rückweg vor ihrem Kleiderschrank stehen und durchsuchte die Zettelsammlung nach brauchbaren Ideen. Nichts, wie immer. Es war nicht einmal sicher, ob Vera zu Recht in der Mitte stand, oder ob doch der Wettkreis einen der Kollegen zum Mord getrieben hatte. Lottmanns Zettel jedenfalls konnte sie wegnehmen. Von ihm als Einzigem wusste sie sicher, dass er Renate heute nicht bedroht haben konnte.

Michael lockte sie mit Janis Joplin. Genau das, was sie jetzt brauchte. Blues, der ordentlich abging und ihr die finsteren Flausen aus dem Gehirn pustete.

»*Freedom's just another word for nothing left to lose*«, nuschelte sie beim Zähneputzen hinternwackelnd mit. Ein Satz, über den es sich jederzeit lohnte nachzudenken.

Es reichte, wenn sie ihren kriminalistischen Superman morgen früh über die bösen Entwicklungen aufklärte, die ihr Fall genommen hatte. Jetzt war Feierabend und Zeit für anderes.

»*Feeling good … was good enough for me …*«, sang Janis zärtlich, und Therese folgte ihr bereitwillig.

Donnerstag, 24. Februar

Der nächste Tag begann mit einem doppelten Frühstück. Therese hatte gerade den Computer hochgefahren, als es an ihrer Tür klingelte. Hoffentlich nur der Briefträger, dachte sie auf dem Weg zum Flur. Doch die Treppe hinauf kam Renate.

Der frühe Zeitpunkt passte Therese gar nicht. Sie hatte gehofft, noch ein wenig arbeiten zu können, bevor sie nach Berghusen fuhr. Schon das Frühstück mit Michael und der ausführliche Bericht über die gestrigen Ereignisse hatten zu lange gedauert. Aber Renate konnte sie nicht wegschicken. Nicht jetzt, nach dem Überfall, und wo sie niemanden zum Reden hatte.

»Ich weiß«, sagte die Freundin entschuldigend. »Du hast zu tun. Aber ich hab es zu Hause nicht mehr ausgehalten. Meine Mutter tüddelt dauernd um mich rum, macht sich Sorgen, ob ich nicht doch krank bin, und stopft mich voll wie 'ne Weihnachtsgans. Hast du nicht Lust, mit mir frühstücken zu gehen? Ich lade dich auch ein.«

»Du bist schuld, wenn ich die ganze Nacht vor dem Bildschirm sitzen muss!«, drohte Therese unter schamloser Übertreibung ihres Zeitdrucks. Wenn alles gut ging, der PC nicht streikte und sie zum Schluss die Druckvorbereitung ordentlich hinbekam, konnte sie bis Freitagnachmittag locker fertig werden. Dann die CD zur Post; Montagfrüh liefen die Druckmaschinen an.

Im nahen Café Röhren saßen sie am runden Tisch und kauten zum wiederholten Mal ihre Informationen und die sich daraus ergebenden Schlüsse durch. Viel gesünder, aber ebenso schwer zu beißen waren die schweren Körnerbrötchen des Mühlenstraßenbäckers, die nach Thereses Erfahrungen für den ganzen Tag sättigten. Die Zeit für Mittag- und Abendessen hatte sie also eingespart; ein paar Äpfel mussten reichen.

Erst nach elf fuhr Therese, nachdem sie Renate an der Agentur abgesetzt hatte, auf der inzwischen vertrauten Strecke dem Nachbarort entgegen. Im Radio verwöhnte sie Nicole Hischer, beliebte Moderatorin des Hochstiftsenders und – an ihrem Tonfall deutlich zu hören – ein Kind des Paderborner Landes, mit Rockstücken der Achtziger.

»I'm an alien«, sang Therese lauthals mit, *»... an alien in New York!«* David Bowie? Namen konnte sie sich schlecht merken, und Nicole verriet es ihr nicht. Dafür legte sie – nach den üblichen Jingles und der Ankündigung des Superflirters Philipp von Senftleben, zum Glück erst für die nächste Stunde – Joe Cocker auf, den sie sofort erkannte.

»With a little help from my friends«, röhrte er, noch jung und frisch in einer alten Aufnahme.

Mutlos fielen Therese ihre eigenen Helferlein ein. Renate, ihr wichtigster Beistand, war außer Gefecht gesetzt, Michael kam mit nutzlosen Informationen an, und die Leute aus dem Zentrum hielten all die schönen Verdächtigen für unschuldig. Bis auf Fritz, der hielt immer noch an Lothar fest. Dass er den vergessen konnte, musste sie ihm auch noch mitteilen.

Sie stellte den Fiat wieder am Schloss ab und machte sich als Erstes auf den Weg zu Schonlaus Appartementhaus. Im Vorübergehen stellte sie fest, dass Vetters Haus belebt aussah. Durch die Gardinen schimmerte Licht, nötig an dem grauen Tag, doch Bewohner waren nicht zu sehen. Später, nahm sich Therese vor, und spähte schon mal nach einem geeigneten Standort für die heimliche Beobachtung.

Wie erwartet stand neben dem bewussten Klingelknopf immer noch kein Name. Wieder keine Reaktion auf ihr Klingeln.

Als sie auf dem Bürgersteig stand, fiel ihr ein, dass sie gestern vor lauter Aufregung um Renate vergessen hatte, Frau Volmari anzurufen. Zögerlich lenkte sie ihre Schritte in Richtung Kirche, kehrte jedoch auf halbem Weg um. Das ging jetzt nicht. Die Bauersfrau beanspruchte zu viel Zeit. Sie würde sie – dann aber sicher – am Nachmittag anrufen. Vera ging jetzt vor. Zum ersten Mal hatte sie Gelegenheit, sie zu Gesicht zu bekommen.

Doch als sie zum Haus zurückkam, war die Beleuchtung gelöscht. Wäre sie doch stehen geblieben!, ärgerte sie sich. »So dumm, dass dich die Schweine beißen!« Das wäre die Umschreibung ihrer

Oma für den Geisteszustand der Enkelin gewesen. Dumm wie Brot, sagte man heute vornehmer, womit sie sich eher anfreunden konnte. Kam jedoch aufs Gleiche raus.

Sie war eine schöne Jägerin! Lief an den Jagdobjekten vorbei, obwohl sie im vollen Licht standen.

Während sie noch vor dem Haus stand und sich selbst beschimpfte, öffnete sich die Tür, und eine Frau mit kurzen blonden Haaren und kobaltblauer Lederjacke trat heraus. Geistesgegenwärtig drehte Therese sich um und wanderte langsam eine Nebenstraße hinauf. Als sie über die Schulter zurückblickte, sah sie Vera – denn die musste es sein – die Garagentür öffnen.

Jetzt ist es so weit!, dachte Therese und fühlte ihr Herz klopfen. Du musst observieren, hinterherfahren, sie beschatten – was auch immer –, jedenfalls hoffen, dass sie dich endlich zu ihrem neuen Kerl führt.

Als die trauernde Witwe in der Garage außer Sicht war, lief Therese zu ihrem Auto. Sie hatte es kaum aufgeschlossen, als der rote Sport-BMW – das musste es natürlich sein für Veruschka, und mit Verdeck! – an ihr vorbeibrauste. Sie startete den Fiat und fuhr ihr hinterher, ebenfalls zu schnell, bekam sie aber trotzdem erst am Frankfurter Weg wieder zu Gesicht, als sie bei Grün um die Kurve bog. Therese musste warten. Der BMW an der nächsten Ampel ebenfalls. Kurz darauf hatte sie ihn eingeholt.

Auf den Paderborner Stadtverkehr war Verlass. Die vielen Rotlichter – nicht umsonst schimpfte man die Stadt Ampelborn – gaben auch langsamen Autos eine Chance.

Beim Einfädeln in die einspurige Kurve über dem Containerbahnhof ließ Therese zwei Fahrzeuge vor, um nicht direkt hinter Vera in die um diese Zeit wenig belebte Stadt zu fahren. Profimäßig, klopfte sie sich in Gedanken auf die Schultern. Verlier sie jetzt bloß nicht!, warnte ihr realistischeres Ich. Kein Problem, dachte Therese, bei der Signalfarbe!

Tatsächlich verlor sie den BMW erst in den Steilkurven der Tiefgarage aus den Augen. Sie fuhr herum und stieß auf die Frauenparkplätze, deren besonders breite Boxen offensichtlich auch Vera angezogen hatten. Sie saß noch im Wagen und kramte herum, was Therese im Vorbeifahren wahrnahm. Renates Auto musste mit einem normalen Parkplatz vorliebnehmen, der dafür direkt neben dem Ausgang lag, dem Vera jetzt zustrebte.

Therese kramte ihrerseits im fremden Handschuhfach und versteckte ihr Gesicht, bis die Tür zufiel. Schnell folgte sie den Schritten ihres Opfers durch das Treppenhaus bis auf die Geschäftsebene. Auf dem Königsplatz war es nicht schwer, Vera zu verfolgen. Das Blau ihrer Jacke leuchtete ebenso intensiv wie ihr Auto; Therese konnte sie von Weitem im Auge behalten.

Jetzt betrat die Verfolgte Klingenthals Modeladen. Er hatte drei Ausgänge, was erhöhte Aufmerksamkeit erforderte. Vera bummelte von einem Markenshop zum anderen, verschwand zweimal in einer Umkleidekabine, fand offensichtlich nichts Passendes. Therese stöberte ebenfalls interessiert die Kleiderständer durch, verbot sich aber jeglichen Kaufwunsch. Dennoch hätte sie die Spur fast verloren. Gerade noch sah sie, wie Vera das Geschäft zur Westernstraße hin verließ.

Die Trendläden, die Vera jetzt durchmusterte, hatten nur einen Ausgang. Weil Therese das wusste, trieb sie sich vor den Geschäften herum, bis das coole Blau wieder auftauchte.

Mit Therese auf den Fersen näherte sich das verfolgte Wild dem Marienplatz. Sie fragte sich, ob ein Treffen mit dem Sohn geplant war. Und richtig: Am Multistore blieb Vera stehen und sah sich suchend um. Eher als sie hatte Therese Fetti entdeckt, der wie üblich blasiert über die kleine Runde Grufties vor dem Plus-Eingang blickte. Als er seine Mutter sah, scherte er aus und ging die paar Schritte zu ihr hinüber.

Therese tat, als interessiere sie sich für Wüsekes Wühltische, auf denen nur linke Schuhe lagen. Mit finsterem Blick redete der Sohn von oben herab auf seine Mutter ein, die flehentlich zu ihm aufschaute. Nachdem sie ein paar Mal schuldbewusst genickt hatte, öffnete sie ihre Handtasche und drückte ihm ein paar Scheine in die Hand.

Verwundert beobachtete Therese den Vorgang. Wusste Vera nicht, was hier lief? Wie konnte die Mutter die Drogensucht des Jungen finanzieren!

War allerdings auch möglich, dass er sie erpresste, überlegte Therese. Aus freien Stücken hatte sie das Geld nicht herausgerückt.

Vielleicht wusste er etwas über den Tod des Vaters, das er nicht wissen durfte. Oder war er gar selbst beteiligt? Dann musste er das Attentat auf Renate verübt haben, was durchaus möglich war. Er kannte sich auf den Fluren der Agentur aus und konnte von Angelika erfahren haben, dass Renate hinter dem Mörder seines Erzeugers her war. Hatte die Vorzimmerdame nicht erzählt, sie habe Fetti getroffen?

Nach kurzem Kopfzerbrechen, wen von beiden sie im Auge behalten sollte, entschied sich Therese für Vera. Bei ihr war Action, wie es im Film hieß, sie bewegte sich, traf vielleicht noch jemand anderen. Auf ihren Spuren konnte sich etwas ergeben, während Fetti schon wieder Ausschau nach seinem Dealer hielt.

Seine Mutter stapfte auf hochhackigen Stiefeletten dem Rathaus entgegen. Den Blick starr geradeaus gerichtet. Wütend offensichtlich. Am östlichen Eingang des Marienplatzes blieb sie stehen und zückte ihr Handy. Nach einem kurzen, aufgeregten Gespräch steckte sie es wieder ein und ging auf Ostermanns neues Bistro-Café zu. Hinter den riesigen Schaufenstern des ehemaligen Teppichladens saßen die schmausenden Gäste wie auf dem Präsentierteller.

Therese musste ihr wohl oder übel folgen. Nie hätte sie freiwillig das edle Parkett betreten, dessen stilvolle Kirschholzmöbel unter dezenter Beleuchtung jetzt voll besetzt waren. Vera fand einen Zweiertisch vor dem gläsernen Raumteiler, Therese musste ein paar Tische dahinter Platz nehmen, wo die Padersprinterbusse direkt neben ihr am Fenster vorbeifuhren und die gelangweilten Fahrgäste ihr in die Kaffeetasse blickten.

Sehr gemütlich, dachte sie. Und dafür solche Preise?

Durch die farbige Glaskunst des Paravents war Veras Kopf nur schemenhaft zu erkennen. Besser als nichts. Dafür konnte die Bespitzelte Therese nicht sehen. Sie konnte sie ungeniert beobachten. Und hatte außerdem die Straße im Blick und konnte sehen, wen Veruschka heranzitiert hatte.

Doch erst mal tat sich nichts. Beide rührten im Kaffee und warteten. Therese schaute zum Marienplatz hinüber, wo sich heute nur ein paar fusselige Gestalten um die Treppe scharten. Im Sommer breitete sich das Café neuerdings bis auf den Platz aus. Quer durch das Busgewühl hatte die Bedienung zu sprinten, um die Gäste zu versorgen.

Zu Pfarrer Jürgens Zeit war der heilige Platz um die Marienstatue, der zu seinem Sprengel gehörte, für kommerzielle Veranstaltungen tabu gewesen. Das Café war eine weitere Strategie der Innenstadtkaufleute, die Randständigen, die sich unter den Fittichen der göttlichen Mutter geschützt fühlten, von ihrem traditionellen Treffpunkt zu vertreiben. Schon deshalb hätte sie vom Bäcker Ostermann freiwillig kein Stück Brot genommen. Schlimm genug, dass sie den teuren Kaffee bezahlen musste, den sie nicht einmal, wie Liborius Schlüter es getan hätte, als Spesen absetzen konnte.

Therese verrückte ihren Stuhl ein wenig, um am üppigen Farn vorbei einen besseren Blick ins vordere Caféabteil zu bekommen. Vera blieb schemenhaft, dafür fiel ihr ein Gemälde an der gegenüberliegenden Wand ins Auge. Eher ein Kinderbild, schwarz gepinselt auf hellem Untergrund. Eine Frau mit speckigem Baby und Punkt-Punkt-Komma-Strich-Gesicht. Die Mutter im Sternenkleid, um sie herum schwarze Sterne und Wolken …

Sollte das Maria sein?, überlegte Therese. Genau – wegen der Maria gegenüber! Schwaches Abbild der majestätischen Jungfrau auf dem Platz, die ohne Kind im Arm, dafür unter den Füßen die Schlange und damit das allgegenwärtige Böse zertretend dargestellt war. Die Beine dieser Mary waren nicht zu sehen, verschlangen sich unter dem besternten Rock wie die einer Meerjungfrau.

Von plötzlichem Lachen am Nachbartisch aufgeschreckt, nahm sie wahr, dass an Veras Tisch ein neuer Besucher Platz genommen hatte. Therese hatte nicht aufgepasst, konsterniert auf das merkwürdige Bild gestarrt und ihren Weltschmerz gepflegt. Jeder richtige Detektiv würde sich totlachen über seine schusselige Kollegin. Wie sollte sie jetzt herausbekommen, wer da mit ihrer Verdächtigen die Köpfe zusammensteckte?

Kurz entschlossen stand Therese auf und ging zur Kuchentheke. Musste sie also ihr nicht vorhandenes Spesenkonto überziehen. Von dort aus hatte sie einen guten Blick auf die andere Seite des Raumteilers, den sie verstohlen nutzte, während sie auf die Bedienung wartete. Sie bestellte ein Stück Apfelkuchen, konnte sich auch die Sahne nicht verkneifen, und ging nachdenklich zu ihrem Tisch zurück.

Erst als sie wieder Platz genommen hatte und auf jetzt zwei verschwommene Köpfe starrte, fiel ihr ein, wer der Mann war, der mit Vetters Witwe herumturtelte. Die blonde Bürste auf dem Kopf, dunkelroter Schlips und braunes Jackett – genauso hatte er ausgesehen, als er am Tag von Annettes Beerdigung Renate Quicksterns Büro verließ. Therese hatte die versprochene Liste mit Verdächtigen unter Vetters Kunden abholen wollen, erinnerte sie sich. Die aussichtslosen Fälle hatten motivmäßig so vielversprechend geklungen ...

Inzwischen war alles anders, und sie hatten konkretere Verdächtige. Obwohl sie auch Fetti nicht ganz ausschließen wollte, war nach dem Überfall einer von Renates Kollegen am wahrscheinlichsten. Und hier saß ein Agenturmitarbeiter an Veras Tisch. Renate hatte seinen Namen genannt, aber der fiel ihr jetzt nicht ein. Sie hatte seitdem so viele Kollegennamen gehört, dass sie keinem ein bestimmtes Bild zuordnen konnte. Außer diesem Bremer, er sah aus wie Vetter. Also mit Halbglatze. Der war es eher nicht.

Therese überlegte fieberhaft, aber der Name war nicht zu greifen. Was weiter nicht schlimm war – sie konnte den Mann genau beschreiben. Renate würde ihn bestimmt erkennen.

Offensichtlich gab es jetzt einen kleinen Streit hinter dem Paravent. Die Schattenköpfe ruckten ein paar Mal hektisch hin und her, Vera warf die nicht mehr vorhandenen blonden Locken zurück, dann krochen zwei zombiehafte Handpaare über den Tisch aufeinander zu, vereinigten sich wie die Köpfe, deren Münder sich grotesk verzerrt berührten.

Befriedigt, einen wichtigen Stein ihres gefährlichen Puzzles gefunden zu haben, machte sich Therese über den eben gelieferten Apfelkuchen her. Während sie aß, verließen die beiden Turteltäubchen eng umschlungen das Café. Der Entschluss, auf eine weitere Beschattung zu verzichten, fiel Therese angesichts des halb gegessenen Kuchens nicht schwer. Sie würde gleich zu Renate fahren und ihr erzählen, was sie herausgefunden hatte.

Durchs Fenster sah sie zwischen den Passantenströmen auf

dem Rathausplatz neben der kobaltblauen Jacke die höchst verdächtige blonde Bürste auftauchen. Offensichtlich hatte er vor, die Witwe seines Kollegen beim Stadtbummel zu begleiten. Mitten in der Dienstzeit.

Wenn es sich bei Veras Freund wirklich um den Mörder handelte, war Renate im Moment jedenfalls sicher.

***

»Manfred, du sollst sofort zur Chefin kommen!«

Mit hochrotem Gesicht hatte Jochen Rensing die Tür aufgestoßen und trieb den Kollegen zur Eile an. »Sie ist geladen, sag ich dir!«

»Was will sie denn?« Manfred versuchte Zeit zu gewinnen. Fragend sah er auf Renate.

»Keine Ahnung«, gab Jochen zurück. »Mich hat sie eben zusammengeschissen, weil ich zu spät aus der Mittagspause gekommen bin.«

»Geh nur«, forderte Renate ihn auf. »Sonst machst du es nur schlimmer.«

»Und was ist mit dir?«

»Mich will sie zum Glück nicht sehen«, antwortete sie lachend und setzte beruhigend hinzu: »Mach dir keine Sorgen. Jochen bleibt so lange hier und erzählt mir was.«

Widerwillig wandte sich Manfred zur Tür. Als sie hinter ihm ins Schloss gefallen war, erkundigte sich Jochen grinsend: »Muss man jetzt auf dich aufpassen, Renate? Du hast wohl Angst, dass es dir geht wie unserm lieben Kollegen nebenan, oder wie?«

Unwillkürlich wanderte Renates Blick zum Fenster neben ihrem Stuhl, das sie nach der Mittagspause nicht geschlossen hatte. Tief unten hörte sie den Autoverkehr die Bahnhofstraße entlangrauschen. Gleich schalt sie sich für die kleine Angst, die ihr den Rücken hinaufkroch. Bei Jochen war sie sicher, der war viel zu lieb. Oder spielte er ihr etwas vor? Trug er eine Maske wie der bedrohliche Schatten im Spiegel?

Kein übertriebenes Misstrauen!, maßregelte Renate die warnende Stimme in ihrem Inneren. Es gab diesen schrecklichen Angriff, okay, das war aber kein Grund, jeden zu verdächtigen. Jochen ist in Ordnung, der mag dich und würde dir nie etwas Böses tun.

Ausweichend beschied sie den Kollegen, ebenfalls grinsend: »Man kann ja nicht wissen, ne? Vorsicht ist die Mutter der Porzellankiste …«

Jochen lachte. »Ach komm, Renate, meinst du, ich hab nicht gemerkt, das unser Manni dir sogar aufs Klo nachschleicht? Und sich dann auf dem Flur herumdrückt, bis du wieder rauskommst? So groß kann die Liebe doch nicht sein!«

Oh nein, seufzte Renate innerlich auf. Glauben die Kollegen etwa, dass Manfred deshalb dauernd um mich herumscharwenzelt? Wahrscheinlich wollte Jochen nur etwas über die neue Affäre auf dem Flur herausfinden. Wieder ein Beweis für seine Harmlosigkeit. Würde er sich um derlei Albernheiten kümmern, wenn er die bösen Taten auf dem Gewissen hätte, die ihm ihr neuerdings überängstliches Unterbewusstsein unterstellte?

Vielleicht sollte sie Jochen sogar ins Vertrauen ziehen. Ein weiterer Verbündeter auf dem gewalttätig verseuchten Flur konnte nicht schaden. Ein kleiner Hintergedanke in ihrem Kopf deutete an, dass er, falls er doch der Täter sein sollte, sich vielleicht verraten würde. Dann soll aber bitte Manfred bald zurückkommen, betete sie, bevor ihr mutigeres Ich die kleine Besorgnis wieder unter Kontrolle bekam.

***

Jochen Rensing!

Plötzlich war Therese der Name wieder eingefallen. Hier vor der Ampel am Westerntor, das sie bisher nie als besonders inspirierend empfunden hatte. Auch jetzt: Autoschlangen, Busse dazwischen, kaum ein Vorwärtskommen. Nur ruckweise näherte sie sich der Bahnhofstraße, wo Renate sicher schon ungeduldig auf ihren Observationsbericht wartete.

Jochen Rensing also. Er war der Kollege, der Vetters Witwe abgestaubt hatte. Übernommen hatte, um es nicht ganz so salopp auszudrücken. Therese fragte sich, seit wann die beiden zusammen waren. Schon zu Lebzeiten des Gatten? Gestritten hatten sie wie ein altes Ehepaar, geturtelt wie frisch verliebt. Das erinnerte sie an ihre eigene Beziehung, die so frisch nicht war.

Wieder ging es ein paar Meter vorwärts, bis zur Ampel an der Florianstraße. Wieder warten. Als Fußgänger kam man schneller voran, das hatte sie oft genug ausprobiert.

War Rensing der Mann auf dem Nachtigallenweg gewesen? Renate glaubte nicht daran. Einer ihrer Lieblingskollegen offensichtlich. Bei den Wetten war er beteiligt, doch Manfred Koch hatte ebenfalls Vertrauen zu ihm gehabt.

Er hatte sein Büro direkt neben Renate, fiel ihr jetzt ein. Sie hatte das Namensschild neben der Tür gelesen. Folglich hatte er allen Grund, an der Bürotür der Kollegin vorbeizuschleichen, um nicht zu verraten, dass die Schritte des Mörders in ihrem Nachbarbüro endeten.

Therese wurde von heftiger Unruhe ergriffen. Sie sollte zusehen, dass sie schnell zu Renate kam.

An der Grunigerstraße bog sie rechts ab und fuhr gleich links auf den Parkplatz der Arbeitsagentur. Nicht eine freie Bucht. Donnerstagnachmittag, klar. »Schlado« nannten ihn die Beamten, »Scheiß langer Donnerstag«, an dem sie bis achtzehn Uhr den Kunden zur Verfügung zu stehen hatten.

Therese reihte sich wieder in den Bahnhofstraßenverkehr ein, um über die Rathenaustraße im Hintergelände ihr Glück zu versuchen. Zwei rote Ampeln. Die Parkplätze vor dem Kreishaus ebenfalls besetzt. Auch hier war Schlado.

Es wurde immer später. Schon das Auto aus der Tiefgarage zu befreien hatte viel Zeit in Anspruch genommen. Natürlich hatte sie kein Kleingeld gehabt und einen anderen Autofahrer bitten müssen, ihr zu wechseln. Veras Parkplatz war da bereits leer gewesen. Die beiden mussten durch die Rathauspassage zurückgeschlendert sein, und bestimmt hatte Vera ihren Lover längst am Amt abgesetzt, während sie, die eifrige Ermittlerin, schlemmend vor ihrem Kuchen gesessen hatte.

Angesichts der vollgestellten Straßenränder stieg in Therese die Panik vom Morgen wieder auf. Wie in ihrem Traum: Gefahr im Anzug, aber tausend Hindernisse im Weg.

Dass dieser Jochen Veras Freund ist, muss nicht unbedingt heißen, dass er auch der Mörder ist, versuchte sie sich zu beruhigen. Es gab noch andere Motive. Auch der Nachtigallenweg war nur ein Anhaltspunkt, kein Beweis. Außerdem war Manfred Koch da, der auf Renate aufpassen wollte.

***

Jochen war völlig entsetzt. »Das ist doch nicht zu fassen – auf unserem Flur!«, polterte er. »Diese Arbeitslosen schrecken aber auch vor nichts zurück!«

»Ein Kunde war es bestimmt nicht«, klärte Renate ihn auf. »Dafür wusste er zu viel von dem, was in unseren Büros vorgeht. Der Überfall hatte ganz klar mit Vetters Tod zu tun. Ich soll nicht so viel rumschnüffeln, hat dieser Kerl mich gewarnt.«

»Und er hatte wirklich ein Messer?«, fragte Jochen konsterniert.

»Meinst du, ich hab das geträumt?«

»Nein, Renate, nein«, beteuerte er. »Ich glaube dir schon. Ich kann's mir bloß nicht vorstellen. Wer tut denn ausgerechnet dir so was an?«

»Tja, wenn ich das wüsste«, gab Renate trocken zurück.

»Und du hast sein Spiegelbild nicht erkannt?«, fragte Jochen. »Ich meine, er hat doch genau hinter dir gestanden.«

Renate stutzte. Vom Spiegel hatte sie nichts erzählt, nur vom Toilettenraum gesprochen. Dass sich der feige Anschlag vor den Waschbecken abgespielt hatte, konnte eigentlich nur einer wissen, der dabei gewesen war. Andererseits war der Raum nicht so groß; den genauen Standort konnte Jochen geraten haben.

Werd nicht hysterisch, Renate, warnte sie sich. Bald siehst du in jeder Ecke Gespenster.

Jochen stand neben ihrem Schreibtisch und schaute nachdenklich auf sie hinab. »Hörst du denn jetzt auf zu schnüffeln?«, erkundigte er sich fürsorglich.

»Natürlich.« Renate lachte beklommen. »Jedenfalls hier im Amt. So viel Angst hat mir der schwarze Mann immerhin gemacht. Aber draußen im Dschungel der Großstadt jagt immer noch Supergirl hinter dem Schurken her und wird ihn fassen, verlass dich darauf.«

Der Kollege schüttelte bedenklich den Kopf. Er schien sich wirklich Sorgen zu machen.

»Aber im Ernst«, fuhr Renate fort. »Hast du denn keine Idee, wer Vetter auf dem Gewissen haben könnte? Wir glauben ja, es hängt mit Vera zusammen und ihrem neuen Freund. Er hat das beste Motiv, findest du nicht?«

»So, so, Veras Freund.« Wieder Kopfschütteln. »Hast du denn eine Idee, wer das sein könnte?«

»Na, wenn du es nicht bist«, frozzelte Renate, »dann vielleicht ein anderer Kollege. Hast du gar keine Ahnung? Ihr redet doch über so etwas, wenn ihr unter euch seid.«

Jochen überlegte, dann schien er zu einem Entschluss gekommen zu sein. »Du bist ihm doch näher auf den Fersen, als du tust …«

Aufgeregt unterbrach ihn Renate. »Meinst du, du weißt, wer es ist? Sag schon …«

Überrascht beobachtete sie, wie das Gesicht unter dem hellen Stoppelhaar rot anlief. Bis zu den Ohren. Seine Miene verzerrte sich höhnisch. Was war denn in Rensing gefahren?

»Nun tu nicht so scheinheilig«, platzte es aus ihm heraus. »Du weißt doch längst, dass ich es war.«

Der Schreck erfasste ihren gesamten Körper. Elektrisiert sprang sie von ihrem Sitz auf und wich vor ihm zurück. Das Fenster. Nicht in die Richtung. Doch den Weg zur Tür versperrte Jochen.

***

Therese hatte endlich an der Riemekestraße einen Parkplatz gefunden und war im Eilschritt zur Bahnhofstraße marschiert. Mit Seitenstechen und Herzklopfen stand sie vor der Todeskeule und sah zur vierten Etage hinauf, wo sie das Büro ihrer Mitstreiterin wusste. Renates Hinterkopf mit dem wieder ordentlich aufgesteckten Knoten war durch das offene Fenster zu sehen. Anscheinend lehnte sie lässig auf der Heizung und sprach mit jemand im Raum.

Jetzt kam ein anderer Kopf in Sicht. Blonde Stoppeln darauf. Jochen Rensing. Von Manfred keine Spur. Renate hatte keine Ahnung, dass Rensing der potenzielle Mörder war, und das Fenster stand sperrangelweit offen.

Therese spurtete los. Hätte sie nur den Kuchen stehen gelassen! Zusammen mit den zwei Frühstücken fühlte er sich in ihrem Magen an wie ein Berg Wackersteine. Ihre Beine waren wie Blei. Schon an der Eingangstür war sie außer Atem. Kleine Verschnaufpause im Aufzug. Gleich war sie oben.

Doch vor dem Lift knubbelten sich mindestens dreißig Wartende. Mit Polizeiausweis hätte sie sich jetzt einfach vordrängeln können. Was jetzt? Auch vor der engen Treppe stauten sich die Ratsuchenden. Das Treppenhaus am anderen Ende des Gebäudes fiel ihr ein, das meist die Angestellten nahmen, weil die Antragsteller bis hierher nicht fanden. Therese lief den endlosen Flur entlang, umkurvte wuchernde Blasen von Arbeitslosen, öffnete Glastüren, ließ sie hinter sich zufallen ...

Mit zunehmender Verzweiflung stellte sie fest, dass sie in einem ihrer Alpträume unterwegs war, unfähig, einen Ausweg aus dem bedrohlichen Labyrinth zu finden.

***

Panisch starrte Renate über Jochens Schulter hinweg auf ihre Bürotür. Warum öffnete sie sich nicht? Manfred hätte längst zurück sein sollen. Auch Therese war überfällig, wollte schon mittags das Auto zurückgebracht haben. Einer von euch beiden muss kommen und mich retten, flehte Renate stumm. Jetzt sofort.

Vor Angst gelähmt stand sie am Fenster, vor sich den gereizten Mörder, hinter sich den Abgrund. Du musst Jochen beruhigen, sagte sie sich ermutigend. So tun, als ob alles nur ein Spaß war. Vielleicht glaubt er dir, dass du nichts weißt, und lässt von dir ab.

»Du willst mich wohl auf den Arm nehmen!«, protestierte sie mit zittriger Stimme. »Das meinst du doch nicht ernst!« Schon besser. »Mach nicht so schlimme Witze, sonst glaub ich dir noch.«

»Keine Witze.« Er schüttelte halb wütend, halb bedauernd den

Kopf. »Vetter hatte es verdient, aber du … Was musst du auch rumwühlen wie 'ne Blöde!« Er fuhr auf. »Ich hatte dich gewarnt, aber wenn du nicht hören kannst …«

Er trat einen Schritt auf sie zu. Renate spürte sein Zögern. Er traute sich nicht, sie auf die gleiche Art zu beseitigen wie sein erstes Opfer. Hatte Mitleid mit ihr. Aber retten würde sie das nicht, das sah sie ganz klar. Er hatte den Mord zugegeben; jetzt musste er die Mitwisserin loswerden.

»Supergirl weiß genauso viel wie ich!«, versuchte sie noch einmal zu spaßen.

»Dein Supergirl kannste vergessen. Ich weiß längst, wer das ist. Ohne dich kriegt die Urban hier nichts raus, und wenn …« Er machte eine hämische Kopfbewegung zum Fenster hin, die Renate zeigte, was ihr selbst blühte. Aber noch stand sie aufrecht, und Jochen machte vorerst keine Anstalten, das zu ändern. Nur gut, dass ich eine Frau bin, dachte sie erleichtert. Bei ihr hatte er mehr Skrupel als bei dem männlichen Kollegen.

»Vetter hat meine Ehe zerstört«, begann er jetzt in altbewährter Manier zu klagen. »Nur deshalb hab ich …« Verlegen brach er ab.

Er hatte das Bedürfnis, sich vor ihr zu rechtfertigen. Ein kleiner Aufschub. Manfred hatte noch eine Chance. Wo blieb er nur?

»So etwas Ähnliches hab ich mir schon gedacht.« Um Jochen hinzuhalten, gab sie sich gewohnt einfühlsam.

»Ja, er ist an allem schuld«, sagte er unglücklich. »Auch wenn ich dich jetzt …« Wieder kam er einen Schritt näher.

Renate zwang ihre Angst zurück und fragte anteilnehmend: »War das etwas Ernstes mit Sandra?«

»Für sie ja.« Jochen seufzte. »Nach diesem Betriebsfest ist sie monatelang hinter ihm hergelaufen. Mir hat sie vorgeworfen, ich hätte ihr Glück hintertrieben, weil ich diesem Schwein angeblich Schlechtes über sie erzählt hab. Stell dir das mal vor! Er wollte nichts mehr von ihr wissen, hat sie einfach fallen lassen. Und mir hat sie die Schuld gegeben!«

Weil es zu Hause nur noch Streit gab, hatte er mit dem Squash angefangen. Schon vor Monaten. An seinem ersten Schnupperabend hatte er Vera getroffen, und sie hatten sich gegenseitig das

Herz ausgeschüttet. Seitdem waren sie zusammen, sagte er mit verträumtem Blick.

»Und dann muss ich mir angucken, wie er auch Veras Leben ruiniert!«, setzte er sein Lamento fort. »Jeden Abend unterwegs, Weiber noch und noch, und das ganze Geld verzockt. Sogar an ihr eigenes Geld wollte er ran, dieses Schwein, das elende! Und Georg, der so ein lieber Junge ist, hat er völlig vernachlässigt und nur auf ihm rumgehackt.«

Obwohl Renate seine Worte über Georg bezweifelte, nickte sie verständnisvoll. Bloß weiterreden, beschwor sie ihn mit eindringlichem Blick.

Jochen glaubte ihr die Anteilnahme und erzählte weiter. Zuletzt sei Vera nur noch zu ihm gekommen, um sich auszuheulen. Es sei nicht mehr auszuhalten gewesen. Sowohl Sandra als auch Vera – immer sei es nur um Vetter gegangen bei seinen, Jochens, Frauen …

»Und dann hast du ihn zur Rede gestellt?« In sanftem Ton ermunterte ihn Renate weiterzureden.

»Genau. Nachdem Bremer durchblicken ließ, dass er uns auch mit Geld betuppt hatte. Da hatte ich die Schnauze voll. Er stand am Fenster und qualmte und lachte mich aus. Bei mir würden sich die Weiber immer nur ausheulen, hat er mich gehänselt, während er sie fickt. Und immer wieder fickt. Da bin ich dann auf ihn zugegangen. Aber er hat nur gesagt: Weichei, traust dich ja doch nicht, und hat die Kippe rausgeschnippt. Da hab ich ihn eben gepackt …«

Trotz ihres Grauens nickte Renate immer noch mitfühlend. Am Reden halten, das war in Krimis auch immer so. Die einzige Rettung …

Doch Jochen sprach von allein weiter. Auch das wie im Krimi. Fast hätte Renate gelacht. Wenn die Schleusen erst mal geöffnet waren, mussten sich offenbar alle Gewalttäter die Last von der Seele reden.

»Sogar Meurich hat gemerkt, wie gut Vera jetzt drauf ist.« Er warb immer noch um Renates Verständnis. »Sie ist endlich frei und richtig erlöst, nach allem, was sie mitgemacht hat! Und sie kommt wieder in mein Bett, Renate! Du weißt ja selbst, wie seelische Probleme Frauen belasten. Das musst du doch einsehen, dass ich Veras Glück jetzt nicht wieder zerstören darf!« Eindringlich sah er ihr ins Gesicht. »Jetzt muss sie endlich leben dürfen, Renate, mit mir. Nur ich kann ihr jetzt Halt geben. Der ganzen Familie Halt geben. Georg mag mich nämlich auch. Ich könnte ihm ein guter Vater sein. Mit seinem richtigen gab's ja nur Streit, weil der so geizig war. Aber man weiß doch, was Jugendliche in dem Alter brauchen, und er ist immer so dankbar, wenn ich ihm was zustecke.«

Ein warmes Lächeln trat auf sein Gesicht. Renate bestärkte durch abermaliges Nicken seinen Vaterstolz. Er schien nicht zu ahnen, womit der Stiefsohn das Geld verbriet.

»Du verstehst, dass ich jetzt nicht ins Gefängnis gehen kann, Renate«, erklärte er gefühlvoll. »Nicht wegen dem Arschloch. Der tut mir nicht im Mindesten leid, aber du bist so eine Liebe …«

Fast hatte er sie eingelullt, doch sie behielt ihn fest im Blick. Wie Kaa, die Schlange im Dschungelbuch. Hypnotisieren war auch 'ne Möglichkeit …

Vetters Mörder ließ sich durch eindringliche Blicke nicht beeinflussen. Nachdem er eine Weile zurückgestarrt hatte, murmelte er: »Hilft alles nichts …«, und kam plötzlich auf sie zugestürzt.

Trotz des jähen Schrecks, der Renate durchfuhr, reagierte sie wie geplant. Sie hatte nur auf den Angriff gewartet. Wie früher in Rangeleien mit dem älteren Bruder ließ sie sich einfach fallen. Tauchte unter seinem Griff hinweg, setzte sich flach auf den Boden und klammerte sich am Heizungsrohr fest. Sie hier wegzuholen würde ihn ein schönes Stück Arbeit kosten.

Rabiat zerrte er an ihr herum. Fluchte: »Verdammtes Weibsstück!« Versuchte, sie unter den Armen zu fassen, doch Renate presste sie fest an ihren Körper. Machte sich schwer und unhandlich, als er sie wie einen Sack hochheben wollte. Auch ihr großer starker Robbi hatte es nie geschafft, sie von ihrem Platz zu hieven.

***

Als Therese pustend auf der vierten Etage ankam, kam aus der fünften Manfred Koch die Treppe heruntergerannt. Er packte sie am Arm und zog sie mit sich.

»Schnell!« Er drängte sie durch die Tür. »Das Schwein hat mich ausgetrickst.«

»Jochen Rensing?«, keuchte Therese, während sie den Flur entlanghasteten. Zum Glück keine Antragsteller, die den Weg blockierten.

»Hmm«, machte Manfred nur und steigerte auf der geraden Strecke sein Tempo. Therese versuchte Schritt zu halten, aber ohne Chance. Verwundert steckte Angelika den Kopf zur Tür heraus und verfolgte die wilde Jagd.

»Ruf die Polizei an!«, rief Manfred über die Schulter. »Sofort!«

Die Sekretärin schaute Therese fragend an. »Herrn Schlüter!«, ergänzte sie, ebenfalls ohne anzuhalten.

Manfred riss die Tür seines Büros auf und verschwand darin. Die Tür schwang wieder zu, und Therese musste sie erneut öffnen. Ein groteskes Bild bot sich ihr dar. Der kleine Koch hatte den langen Rensing über den Schreibtisch gezwungen, lag halb auf ihm und bearbeitete ihn mit beiden Fäusten. Wo war der sanfte Junge geblieben, der sich gegen Vetters Zumutungen nicht gewehrt hatte? Rensing hielt ängstlich die Arme um den Kopf geschlungen, um wenigstens den zu schützen.

Renate sah sie nicht. Bitte, bitte nicht, versuchte sie hilflos die schreckliche Gewissheit zu vertreiben, dass die Freundin den gleichen Tod gefunden hatte wie ihr unangenehmer Kollege. Das Fenster stand immer noch offen.

Sie stürzte durch den Raum und entdeckte Renate. Sie lag völlig verstört am Boden und sah kläglich zu ihr auf. Im letzten Moment vermied Therese, auch noch auf sie zu treten. Der Schreibtisch hatte sie verdeckt, aber sie schien unverletzt zu sein.

Die Ladung Wackersteine in Thereses Bauch löste sich in Wohlgefallen auf. Glücklich sank sie zu Boden und umarmte die Freundin.

»Na, Supergirl«, flüsterte Renate matt. »Hast es ja doch noch geschafft ...«

Manfred Koch hatte inzwischen eingesehen, dass von dem völlig demoralisierten Kollegen keine Gefahr mehr ausging, und seine Attacken eingestellt. Er zog Jochen vom Tisch hoch und schubste ihn auf Renates Stuhl. Mit dem Tesafilm von ihrem Schreibtisch fesselte er ihm die Hände an die Rücklehne und sah zufrieden aufatmend auf ihn herunter.

»Du bist so ein verdammtes Schwein!«, sagte er mit voller Überzeugung. »Vetter versteh ich ja noch, aber sich an Renate zu vergreifen ...«

Dann wandte er sich der Kollegin zu, half ihr mit Therese zusammen auf und platzierte sie vorsichtig auf seinem eigenen Schreibtischstuhl.

Jochen nickte ergeben vor sich hin. »Und es war alles umsonst«, murmelte er. »Jetzt ist Vera doch allein ...«

Die wird sich schon trösten, dachte Therese herzlos, die mit immer noch weichen Knien auf der Schreibtischkante Platz genommen hatte.

Als hätte er den gleichen Gedanken gehabt, hob Jochen den Kopf. »Aber so leicht kommt sie nicht davon!«, drohte er der abwesenden Geliebten. »Sie hat mich zu allem angestiftet, wisst ihr das? Ohne Vera wäre ich nie auf die Idee gekommen. Ewig ihr ›Wenn er doch mal aus dem Fenster fiele, der Blödmann!‹. Auch dich hat sie auf dem Gewissen, Renate, glaub mir das.«

Therese konnte sich ihr »Zum Glück nicht!« kaum verkneifen.

»Von Georg hat sie nämlich gehört«, beichtete Jochen, »dass du auf dem Flur herumschnüffelst und mir schon fast auf der Spur warst. Der hat es natürlich von Angelika, die hat er in der Stadt getroffen. Muss ja alle Neuigkeiten weitertratschen, das dumme Huhn, obwohl das Georg gar nichts angeht. Der Junge hat dann zwei und zwei zusammengezählt, ist ja nicht dumm, und ist zur Mama gerannt. Und die zu mir. Tja, und so ist es dann gekommen, Renate, leider«, fügte er entschuldigend hinzu.

»Da hast du dir 'ne schöne Geschichte ausgedacht«, schimpfte Manfred. »Meinst du, damit kommst du durch, wenn du jetzt alles auf Vera schiebst? Das ist 'ne ganz linke Nummer, du Arschloch, das hätte ich dir früher nie zugetraut.«

»Halt du dich da raus, du Grünschnabel!« Jochen hatte wieder Oberwasser und zerrte am Tesafilm. »Mach erst mal deine Erfahrungen mit den Weibern, dann weißt du vielleicht, worum es geht.«

In diesem Moment wurde die Tür aufgerissen, und ein Bataillon behelmter Grüner stürzte herein. Pistole im Anschlag die zwei ersten. Mit der bewaffneten Hand zielten sie in alle Zimmerecken, schrien über die Schulter: »Sauber!«, und gruppierten sich zusammen mit ihren Kollegen um Manfreds Gefangenen, den sie ohne Schwierigkeiten als Täter identifiziert hatten.

Jetzt erschien Liborius Schlüter in der Türöffnung. Mit einem Blick erfasste er die Lage, nickte seinen Leuten zu, lobte: »Gut gemacht, Jungs!«, und fragte Therese: »Was machen Sie denn hier, Frau Urban?«

So viel zu den Prioritäten unserer Polizei, dachte Therese.

»Frau Urban liefert Ihnen Vetters Mörder!«, rief Renate empört dazwischen. »Da sitzt er, geständig. Sie brauchen ihn nur noch festzunehmen.«

»Das Verdienst kommt allein Frau Quickstern und Herrn Koch zu«, stellte Therese richtig. »Als ich dazukam, war schon alles vorbei.«

»Das hab ich mir gleich gedacht«, sagte er trocken. Liborius der Allwissende.

»Aber es würde mich doch interessieren, wie Sie dazu kommen, einen Mörder zu fangen, Frau Quickstern.«

Renate fasste kurz zusammen, worauf sich ihr Verdacht gegründet hatte und wie es dazu gekommen war, dass Jochen ihr seine Tat gestanden hatte. Manfred habe sie davor bewahrt, ebenfalls aus dem Fenster geworfen zu werden, erklärte sie dessen Rolle.

Beeindruckt nickte Schlüter. »Abführen!«, wies er mit einer Handbewegung zu Jochen seine Leute an. Die rollten den festgeklebten Mordbuben mitsamt Renates Stuhl zum Flur.

»Aber warum sind Sie mit Ihrem Verdacht nicht gleich zu mir gekommen, liebe Frau Quickstern?«, erkundigte er sich, nachdem die Tür sich hinter der grünen Armada geschlossen hatte. »Sie als Amtsperson mit einem begründeten Verdacht hätten doch einen ganz anderen Eindruck gemacht als gewisse andere Damen ...« – Seitenblick zu Therese –, »die mir die Zeit mit blödsinnigen Hypothesen gestohlen haben.«

Dann drehte er sich zu Therese um. »Was ist denn jetzt aus Ihrem Lottmann geworden, Frau Urban?«, fragte er höhnisch. »Er war es nun nicht, oder?«

»Thomas Dalhoff aber auch nicht«, gab Therese spitz zurück. »Den werden Sie freilassen müssen, und mehr wollte ich nicht.«

»Ich muss hier raus«, hatte Renate gesagt, nachdem sich Schlüter, zufrieden mit sich und der Welt, verabschiedet hatte. Therese war gespannt, wie er es schaffen würde, den Erfolg sich und seiner Polizei zuzuschreiben. Für morgen um zehn hatte er Manfred und Renate, Therese nicht, zur Riemekestraße bestellt. »Aufs Präsidium«, hatte er hochtrabend gesagt.

Jetzt lag Renate warm eingepackt auf Thereses Sofa. Das sporadische Zittern hatte aufgehört. Manfred, der sich ebenfalls für arbeitsunfähig erklärt hatte, saß neben ihr und hielt ihre Hand. Therese lief zwischen Küche und Wohnzimmer hin und her und tischte Tee und Vollkornkekse auf.

Nachdem sie sich dazugesetzt hatte, begann Renate stockend zu erzählen, was vor der Ankunft ihrer beiden Retter im Büro geschehen war. Wie Jochen erst harmlos getan, sich aber plötzlich als Vetters Mörder und derjenige, der sie vor dem Spiegel bedroht hatte, entpuppt hatte.

»Vor Schreck wär ich fast von allein aus dem Fenster gefallen!« Wieder schüttelte es sie bei der Erinnerung. Zum Glück habe er sich rechtfertigen müssen, was ihr Aufschub gewährt hatte.

Sogar ein wenig lachend gab sie zum Besten, wie Jochen erfolglos an ihr herumgezerrt hatte und wem sie die Fähigkeit, sich aus der Affäre zu ziehen, zu verdanken hatte. »Glitschig wie ein Sack Sülze«, hatte ihr Bruder in solchen Situationen geschimpft. »Nur gut, dass beide nicht auf die Idee gekommen sind, an meinen Haaren zu zerren. Dann hätte ich wohl oder übel hochkommen müssen.«

»Du würdest mir auch skalpiert gefallen«, gab Manfred grinsend zurück.

»Brr«, machte Renate. »Das hätt ich nicht erleben wollen. Aber ihr habt euch ganz schön Zeit gelassen!« Ein vorwurfsvoller Blick auf Manfred und Therese. »Ich hab eine Angst ausgestanden, sag ich euch! Dabei hab ich bei Jochen noch mit Supergirl angegeben, das hinter dem Schurken herjagt.«

Therese musste trotz ihres schlechten Gewissens lachen. »Da hast du dir ein ziemlich hinkendes Supergirl ausgesucht!«

Immer noch unzufrieden mit ihrer langen Leitung berichtete Therese von der Beschattung Veras, ließ den Apfelkuchen weg, erzählte, wie sie erst spät auf Rensings Namen gekommen war und welch alptraumhafte Hindernisse auf dem Weg in Renates Büro zu überwinden waren.

Renate erteilte ihr nickend die Absolution.

»Und du?«, sprach sie Manfred an. »Was wollte Walburga denn von dir?«

»Nichts!«, gab er empört zurück. »Das war eine Finte von dem Schwein!«

Manfred hatte, nachdem Jochen ihn zur Chefin geschickt hatte, lange bei der Sekretärin herumgesessen, weil Walburga Besuch hatte. Frau Meermeier wusste von nichts, aber das wollte nichts heißen. Wahrscheinlich habe die Lauterbach Jochen an der Tür getroffen und ihm nach der Zurechtweisung den Auftrag an Manfred mitgegeben, ohne ihr das zu sagen, meinte sie. Das käme vor. Erst als der Besucher endlich ging, klärte sich auf, dass die Agenturleiterin ihn mitnichten hatte rufen lassen. Daraufhin war er blitzartig die Treppe herabgesaust und auf die atemlose Therese gestoßen.

»Er hat Jochen von mir weggerissen und voll auf den Schreibtisch geknallt«, sagte Renate befriedigt, aber mit strahlendem Gesicht. Sie hatte ihren weißen Ritter gefunden.

»Und ich konnte dich nicht sehen hinter deinem Schreibtisch und hatte so eine Angst, du wärst raus aus dem Fenster!« Fröstelnd erinnerte sich Therese an ihren späten Auftritt.

»Beinahe wärst du sogar noch auf mich getreten!«, sagte Renate entrüstet.

»Lieber da auf dem Fußboden als unten im Vorgarten.«

Freitag, 25. Februar

»Das ist ja gar nicht Herr Dalhoff!« Renate machte ein verblüfftes Gesicht, als Therese ihr Michael als ihren Freund vorstellte.

»Nein, Thomas musste erst nach Warendorf zu seiner Freundin«, klärte Therese sie auf.

»Ich dachte, das bist du?« Renate staunte immer noch.

»Ich? Wie kommste denn da drauf?«

Entgeistert erklärte Renate, sie habe angenommen, Therese bemühe sich aus Liebe um Thomas' Freilassung. Wenn von Michael die Rede war, habe sie gedacht, er sei ein Bekannter, der für sie in Squashkreisen herumfrage. Jetzt staunte Therese. Vor lauter Ermittlungen hatten sie so wenig Zeit für Privates gehabt, dass so ein Missverständnis bestehen bleiben konnte! Das würden sie nachholen, versprachen sie sich.

Sie hatten sich beim Griechen getroffen, wohin Michael und Manfred als Belohnung für ihre erfolgreiche »Rechtspflege« eingeladen hatten. Therese hatte, ohne groß zu fragen, Elke und Fritz dazugebeten. Sie hatten ihren Anteil an der Aufklärung, außerdem hatte sie bei der Beerdigung beobachtet, dass beide des anderen Nähe suchten. Kein schlechtes Paar, dachte Therese. Da lohnte es sich, ein bisschen zu kuppeln. Elke wäre bei dem gemütlichen Fritz gut aufgehoben, und ihn könnte ihr Vorbild vom Alkohol entwöhnen.

Weil die beiden ausführlich über das Ende des Krimis in der Arbeitsagentur informiert werden wollten, was Therese Manfred und Renate überließ, um das Kennenlernen zu erleichtern, konnte sie wieder einmal ihr Essen genießen. Es war ein wunderbar heller Tag gewesen, sie war nachmittags lange mit Renate spazieren gegangen, und jetzt hatte sie einen Bärenhunger.

Fleisch am Freitag!, hörte Therese die tadelnde Stimme ihrer Mutter im Hinterkopf. Und das in der Fastenzeit!, fügte Therese abgebrüht hinzu.

Schon gestern Abend hatte sie gesündigt. Nach dem überstandenen Schrecken hatte Renate Hunger bekommen, was ihre Krankenpfleger als gutes Zeichen aufgefasst hatten. Sie hatten den Chinamann angerufen und sich ein opulentes Mahl kommen lassen. Manfred hatte widerspruchslos bezahlt.

Renate und Therese hatten sich eine Flasche Wein dazu geteilt, wovon der junge Mann als verantwortungsbewusster Krankentransporteur nichts abbekommen hatte. In gelöster Stimmung hatten sie angefangen, das Erlebte zu einem Kriminalroman zu verarbeiten. Sie hatten sich gegenseitig im Erfinden grusliger Szenen zu übertrumpfen versucht und viel Spaß gehabt.

Manfred hatte große Augen gemacht, als sie auf den Nachtigallenweg zu sprechen kamen. Sein Buchtipp hatte die Auflösung gebracht!

»Damit wart ihr schon ganz nah dran!«, hatte er beeindruckt gesagt.

Therese hatte kleinlaut abgewinkt. »Mir hätte eher einfallen müssen, dass Jochen Rensing nur eine Tür weiter saß als ihr und den besten Grund hatte, den Nachtigallengesang zu vermeiden!«

Am Tisch ging es jetzt ebenfalls um Jochen. Renate erklärte, warum sie nicht auf ihn gekommen waren. Verdächtigt hatten sie viele, doch es hatte kein Licht gegeben, das auf ihn allein gefallen wäre. Sie berichtete vom Wettkreis und Lottmann – ein strafender Blick auf Therese –, der alles durcheinandergebracht habe.

Das konnte Therese nicht auf sich sitzen lassen. »Der hatte Dreck genug am Stecken!«

»Und ein Mörder ist er auch!« Fritz sprang ihr zur Seite. »Damit hatten wir jedenfalls recht. Den haben sie *nicht* rausgelassen!«

»Lange wird's nicht dauern«, meinte Michael. »Wenn man den Gerüchten glauben will, hat jemand großes Interesse daran, Lottmann aus den Fängen der Justiz zu befreien, bevor er plaudert. Er schickt angeblich Scharen von Anwälten los. Aber ich will nichts gesagt haben …«

Neugierig erkundigte sich Manfred: »Ein Auftragsmord? Ich denke, der hat den Mannschaftsbetreuer aus Eifersucht umgebracht?«

»So steht's in der Zeitung«, bestätigte Michael. »Das andere ist nur ein Gerücht, wie gesagt. Auf dem Fußballplatz wird viel gequatscht ...«

»Die Wetten laufen jedenfalls weiter.« Jetzt schauten alle auf Manfred. »Hatte ich vergessen«, sagte er entschuldigend. »Über dem ganzen Trubel ... Jedenfalls ist gestern morgen noch Jochen bei mir gewesen und wollte Geld kassieren. Sie hätten einen neuen Verbindungsmann, hat er erzählt, der noch bessere Quoten biete als Lottmann. Zum Glück war ich nicht flüssig, so kurz vorm Ersten ...«

Jetzt traf ihn Renates strafender Blick. Er schaute so schuldbewusst drein, dass sie selbst lachen musste.

»Lasst mich mal weitermachen«, sagte sie dann. »Ich dachte, ihr wollt wissen, wie das mit Jochen war?«

Alle nickten, und sie berichtete weiter über Thereses und ihre Ermittlungen, die sie immer wieder in die Irre geführt hatten. Rensing hatten sie nie verdächtigt. Dass seine Frau ernsthaft in Vetter verliebt war, hatte er erst ganz am Schluss zugegeben. Andere Kollegen waren ebenfalls von Vetter düpiert worden, hatten also das gleiche Motiv. Dann hatten sie nach Veras Freund gesucht, der seine Identität gut versteckt hatte.

»Da konnte auch Supergirl nichts machen«, sagte sie liebevoll zu Therese und erzählte von deren Ausflügen nach Berghusen. Niemand konnte wissen, dass Jochen schon vor Vetters Tod bei seiner Frau ausgezogen war, und die neue Anschrift hatte er seinem Arbeitgeber und den Kollegen vorenthalten.

»Wahrscheinlich wollte er jeden Hinweis auf die Verbindung mit Vera vermeiden«, warf Manfred ein. »Der liebende Gatte saß schließlich nur ein paar Türen weiter.«

»Ja«, bestätigte Renate, »er hat immer so getan, als ob er sie nur von Weitem kennt. Außerdem passten die beiden, so wie Vera früher aussah, überhaupt nicht zusammen. Früher hätte ich gedacht, auch innerlich nicht. Jochen war immer so lieb ...«

»Seht ihr? Das können die Frauen aus einem machen!« Michael wackelte mit dem Zeigefinger.

»Wenn sie mit so kaputten Typen wie Vetter zu tun haben!«, mümmelte Elke mit vollem Mund. Sie schluckte hinunter und kündigte an: »Ich weiß noch was von Fetti, aber erst mal essen.«

Das fand Therese auch. Ihr Lammfleisch mit Rosmarin duftete verlockend.

Fritz hatte keine Bedenken, auch während der Mahlzeit die oft wiederholte Story vom »Verhör« des Montagsdemonstranten zum Besten zu geben. Er schmückte die Geschichte farbig aus und übertrieb seine coole Handhabung der Befragung per Sprechanlage und seine Rolle als Bändiger rabiater Horden kräftig.

Therese ignorierte seine Münchhauserien, hing lustvoll kauend ihren Gedanken nach und rekapitulierte den Tag, der so entspannt angefangen hatte, wie der vorige geendet war.

Nachdem Manfred und Renate sie verlassen hatten, war Michael gekommen, und sie hatte das schaurige Romanende von vorn erzählen müssen. In der Nacht hatte sie dann wunderbar geschlafen, selten in letzter Zeit. Alles hatte sich aufgelöst.

Am Morgen hatte Therese als Erstes den Drucker angerufen und die Anlieferung der Druckdaten auf Montag verschoben. Der Erscheinungstermin würde sich um einen Tag verschieben, aber das war es wert. Am Wochenende konnte sie mit Thomas zusammen ihre Berichterstattung auf den neuesten Stand bringen, die Lösung des Mordrätsels aus erster Hand liefern, womit sie der »großen« Konkurrenz weit voraus waren. Und vor allem konnte sie Schlüter in die Schranken weisen. Durchblicken lassen, dass nicht er, sondern Thereses Dr. Watson in der Arbeitsagentur den Fall gelöst hatte.

Denn der übereifrige Kriminalbeamte hatte tatsächlich die Frechheit besessen, sich in der Zeitung als derjenige feiern zu lassen, der den Mörder des Agenturmitarbeiters gefasst hatte. »Sensationelle Wendung im Fall Vetter!«, hatte die Überschrift gelautet. Wie immer hatte das Bäumchenblatt schon heute einen großen Bericht gebracht, während die »Rote« wieder mal hinterherhinkte. »Unermüdliche Recherchen« – Liborius Schlüters, suggerierte das abgedruckte Foto – hätten ergeben, dass der wahre Mörder im Kollegenkreis des Toten zu suchen war. Der Mann sei auf frischer Tat ertappt worden, wie er gerade sein nächstes Opfer habe aus dem Fenster befördern wollen.

Rensing wurde dargestellt wie ein Serientäter, dachte Therese empört. Kein Wort davon, dass er Renate beseitigen wollte, weil sie ihm auf die Spur gekommen war, und dass sie es war, die den Fall unter Einsatz ihres Lebens gelöst hatte.

Ein Geständnis liege vor, hieß es weiter, eine Komplizin sei verhaftet worden. Die zuerst aufgrund der drückenden Beweislage Verhafteten habe man natürlich freigelassen.

So, so, dachte Therese. Hatte Jochen tatsächlich Vera mit hineingezogen. Ein Foto zeigte inmitten behelmter Polizisten einen Mann und eine Frau, die sich die Mäntel über die Köpfe zogen. Vera war nicht zu erkennen, aber wer sonst sollte es sein?

Noch mal Vetters Haus mit der kahlen Korkenzieherhasel, diesmal mit hochgezogenen Jalousien. Therese fragte sich, wie lange das Grünzeug auf der Fensterbank die Pflege des verwaisten Sohns wohl überleben würde. Auch ein Foto von Thomas mit der fetten Unterschrift »Rehabilitiert!« war zu sehen. Wenigstens den Fehlgriff hatte Schlüter zugegeben.

Mittags am Briefkasten hatte sie dann eine freudige Überraschung erlebt. Endlich war der lang ersehnte Brief eingetroffen. Ein länglicher Umschlag mit nur einem Blatt. Zusagen kamen in kleinen Briefen, so viel wusste sie jetzt. Die Rücksendung abgelehnter Manuskripte erforderte größere Formate.

Ausgerechnet ihr Lieblingsverlag, auf den sie insgeheim gesetzt hatte, zeigte sich interessiert. Sie solle den Roman überarbeiten – Anregungen waren beigegeben – und um einiges kürzen. Ihr Erstling habe das Potenzial zu einem guten Krimi, schrieb die Lektorin. Therese war fast in die Luft gesprungen.

Sofort hatte sie Michael gemailt, weil sie die gute Nachricht nicht für sich behalten konnte, und auch Renate hatte sie davon erzählt. Die war jetzt mit ihrem spannenden Report vom Angriff Jochens im Zauberermantel an der Reihe, den sie nicht unterbrechen wollte. Alle hörten gebannt zu. Elke fasste sich unwillkürlich an den Hals, als fühle sie ebenfalls das Messer an der Kehle.

Am Nachmittag hatte Therese der Bewohnerin des trockenen Südviertels ihren Lieblingsweg paderabwärts vorgeführt. Mit Klärchen an der Seite und dem Dom im Nacken. Ausgiebig hatten sie sich über die verquere Darstellung des Volksblatts lustig gemacht.

Nach Renates Worten hatte Schlüter auch am Morgen bei der

Vernehmung den Eindruck erweckt, er sehe in den Kollegen des Verhafteten eher unbeteiligte Zeugen als aktiv Mitwirkende. Er habe nur wissen wollen, was Jochen während des Mordversuchs gesagt hatte. Hatte dessen Geständnis genau protokollieren lassen, war aber über Renates Schilderungen ihrer aufopferungsvollen Recherchen und der heldenhaften Rolle, die sie in der gefährlichen Konfrontation gespielt hatte, kommentarlos hinweggegangen. Nur als sie erzählte, dass Jochen sie schon am Mittwoch bedroht hatte, knipste er sein Interesse wieder an. Das war ein weiterer Punkt auf dem Schuldkonto des Verhafteten, der ihm noch ein paar Jährchen mehr einbringen würde.

Von dem bizarren Verhör erzählte auch Manfred gerade. Im Wesentlichen so, wie Renate es dargestellt hatte. »Er hat gar nicht wissen wollen, wie dieses Schwein, denn anders werde ich den Kerl nie mehr nennen, mit zusammengeklebten Händen auf den Stuhl gekommen ist!« Die Entrüstung über das Desinteresse an seinem Bravourstück stand ihm ins Gesicht geschrieben.

Renate kicherte. »Jedenfalls werden sie Mühe gehabt haben, ihn loszukriegen, bei dem vielen Tesafilm, den du um ihn herumgewickelt hast!«

Er machte ein zufriedenes Gesicht. Seine Prinzessin hatte ihn gelobt. Am Morgen habe er noch mit Angelika gesprochen, berichtete Manfred weiter.

»Endlich hat sie mal geschnallt, worum es ging!« Er lachte.

Die Sekretärin hatte wie geheißen sofort Schlüters Durchwahl eingegeben und aufgeregt von einem neuen Mord berichtet. Dann hatte sie sich todesmutig vor Renates und Manfreds Bürotür gestellt, um der anrückenden Staatsmacht den Weg zu zeigen. »Sie hat natürlich alles gehört.« Manfred grinste. »Das Schwein war ja laut genug. Sie war am Boden zerstört, weil er ihr die Schuld an allem gegeben hat. Sie habe Georg nur mitteilen wollen, dass nach dem wahren Mörder seines Vaters gesucht werde, um ihn zu beruhigen, hat sie gesagt.«

»Der hat sie bestimmt kaltblütig ausgehorcht!«, platzte es aus Elke heraus. Nachdem die Teller leer waren, eine neue Flasche Wein ihren Tisch erreicht und alle sich gesättigt zurückgelehnt hatten, hatte sie nur auf ihr Stichwort gewartet.

Therese bestätigte ihren Verdacht. »Dass der da mit drinsteckt, glaube ich auch.« Sie schilderte die merkwürdige Szene zwischen Mutter und Sohn am Marienplatz, die mit der Übergabe einer größeren Summe Geldes geendet hatte.

Elke nickte wissend. »Er ist echt ein schlimmer Finger«, sagte sie. »Ihr hättet ihn heute an der Maria sehen sollen! Er hat angegeben wie sonst was. Der Fast-Stiefvater ein Mörder, die Mutter wegen Beihilfe im Knast – der war völlig zu und hat sogar Passanten damit vollgequatscht.«

Die ganze Zeit habe er gewusst, dass Jochen der Mörder seines Vaters war, und ihn dafür bluten lassen. Elke erzählte, wie er damit geprotzt hatte. »Mein Alter war schließlich nicht mehr da, und irgendwoher muss die Kohle kommen«, hatte er gelallt.

Auch Vetter hatte er schon erpresst. »Stellt euch vor, Fetti hat im Wohnzimmer und im Fitnessstudio Wanzen versteckt! Sein Vater hat immer am Telefon seine Wetten klargemacht, und der Sohn hat ihm dann die Kohle weggenommen.«

Manfred und Renate staunten über die ihnen völlig unbekannten Familieninterna. Versöhnlich gedachte Renate des ungeliebten Kollegen. »Mit Georg hatte er auch sein Kreuz zu tragen!«

»Auch seine Mutter und den neuen Freund hat er belauscht«, fuhr Elke fort. »Dabei hat er das gehört mit dem Mord.«

»Deshalb war Fetti daran interessiert, dass Jochen auch dich beseitigt.« Therese wandte sich an Renate. »Wenn der Goldesel im Gefängnis sitzt, kann er nichts ausspucken.«

»Kam das nicht am anderen Ende raus?« Michael meinte sich ins Gespräch bringen zu müssen, flachsend, wie es seine Art war.

»Korinthenkacker!«

»Der Goldesel kackt auch im Gefängnis.« Trocken stellte Elke das Bild richtig. »Fetti geht's richtig gut. Seine Mutter hat ihm nämlich ihre Kreditkarten und Sparbücher dagelassen. Er habe sie gefunden, sagt er. Der kann jetzt feiern ohne Ende. Das Haus für sich …«

»Nach allem ist er – jedenfalls aus seiner Sicht – der eigentliche Gewinner der traurigen Geschichte«, fasste Renate bedrückt zusammen. »Hoffentlich überlebt er die Jubeltage.«

Das war ihm zu wünschen, dachte Therese. Laut sagte sie: »Aber erst mal stoßen wir darauf an, dass Renate die Aufklärung unseres Mordrätsels unbeschadet überlebt hat. Wenn sie nicht die Nerven behalten und Rensing ausgetrickst hätte, könnte Schlüter jetzt nicht seinen Erfolg feiern. An etwas anderes will ich hier gar nicht denken ...«

Renate spielte die überstandene Gefahr herunter. »Jochen hätte mir nichts getan, das glaube ich immer noch. Mit seinen Schimpfwörtern hat er sich Mut gemacht, aber nur ziemlich halbherzig an mir herumgezerrt, als ich auf dem Fußboden lag. Und immer wieder hat er mich angefleht, ich soll doch bitte Verständnis haben! Ich hatte fast den Eindruck, er hofft, dass ich von allein aufstehe und aus dem Fenster springe.«

»So sah das nicht aus!«, protestierte Manfred. »Als ich kam, wollte er gerade unter deine Beine fassen und dich hochheben!«

Renate lachte. »Ja, aber da kam er nicht drunter mit seinen Händen! Das hatte er schon die ganze Zeit versucht, doch ich hab sie fest auf den Boden gepresst. Keine Chance, das musste schon mein Bruderherz einsehen. Und richtig zuzupacken hat Jochen sich eben nicht getraut, sag ich doch.« Als sie die bedröppelte Miene ihres vom Pferd gestoßenen Ritters sah, fügte sie ernsthaft hinzu: »Aber schrecklich war es schon, und ich weiß nicht, wie lange ich noch durchgehalten hätte! Zum Glück ging dann die Tür auf, und Superman flog über den Schreibtisch ...«

Manfred strahlte und legte den Arm um sie. »Du warst super, Renate, als Einzige!« Mit einem Blick auf Therese fügte er hinzu: »Wir Lahmärsche wären doch fast zu spät gekommen.«

Therese hob ihr Glas. »Das war das Wort zum Sonntag, wie Schlüter es auszudrücken beliebt. Darauf stoßen wir an!«

»Und dann stoßen wir auf Thereses Buch an!«, rief Renate.

Mit einigem Stolz, den sie sich nicht verkneifen konnte, erzählte Therese von den Recherchen und der Schreiberei der letzten Monate und dem umfangreichen Krimi aus der Stadthistorie, der dabei herausgekommen war. Ihre Arbeit war gelungen, die Mühe nicht vergeblich. Alle freuten sich mit ihr und sparten sich völlig unnötige Hinweise darauf, dass mit Bücherschreiben nicht viel Geld zu verdienen war.

»Und danach schreiben wir unseren Roman!« Renate schlug

ebenso gut gelaunt mit der flachen Hand auf das unsichtbare Manuskript auf dem Tisch vor ihr.

Michael spendierte noch eine Flasche Wein, der Restaurantchef die ein oder andere Runde Ouzo, womit sie erst auf den detektivischen Spürsinn aller Anwesenden, dann auf eine weitere fröhliche Fastenzeit anstießen.

»Blasphemisch!«, nannte Michael Letzteres und prophezeite, ihnen werde die Hand aus dem Grabe wachsen.

Die Domuhr schlug zwölf, als endlich alle wieder auf der Straße standen. Aufgekratzt und paarweise, ohne Angst vor bösen Geistern und der steinernen Drohung des erzbischöflichen Zeigefingers, waren sie in die klare, aber eisig kalte Nacht entschwunden.

Auf dem Heimweg mit Michael fiel Therese ein, dass Fetti nicht der Einzige war, der seinen, wenn auch zweifelhaften, Nutzen aus den Geschehnissen gezogen hatte. Es gab noch andere Gewinner.

»Neue Freundschaften sind auch was wert!«, verblüffte sie ihren Liebhaber mit einer unverhofften Erkenntnis.